Honoré de Balzac, geboren am 20. Mai 1799 in Tours, ist am 18. August 1850 in Paris gestorben.

Eine Reihe von Werken Honoré de Balzacs, vorwiegend Erzählungen, spielt in der Zeit Napoleon Bonapartes, die hier in einem Band zusammengefaßt ist. Im Mittelpunkt steht die spannende Kriminalgeschichte *Eine dunkle Affäre*, in der von einer fein gesponnenen politischen Intrige gegen den künftigen Kaiser, verknüpft mit einer aristokratischen Verschwörung gegen ihn, erzählt wird. Von einem wundersamen Abenteuer erfährt der Leser in *Eine Leidenschaft in der Wüste*, das den Ägyptenfeldzug Bonapartes als Hintergrund hat. Ein französischer Soldat, auf der Flucht vor seinen arabischen Verfolgern, versteckt sich in einer Felsenhöhle, wo er Schlafgefährte eines Pantherweibchens wird, das der auf einen martervollen Ausgang Vorbereitete hilf- und ratlos allmählich durch Streicheln seinen Liebkosungen zugänglich findet. Die Novelle *Lebwohl!* berichtet herzergreifend vom Schicksal der Stephanie de Vaudières, die den Rückzug der Franzosen aus Rußland erlebt und Augenzeugin der in der eiskalten Beresina ertrinkenden Soldaten wird, wodurch sie dem Wahnsinn verfällt. In das von den Franzosen besetzte Spanien führt die Kurzgeschichte *El Verdugo*, in der ein spanischer Grande, aus Angst vor beschmutzter Familienehre, seine gesamte Familie köpft, die sonst dem Scharfrichter durch den Spruch eines napoleonischen Kriegsgerichts verfallen wäre.

insel taschenbuch 1920
Honoré de Balzac
Eine dunkle Affäre

Honoré de Balzac
Die Menschliche Komödie

Die großen Romane und Erzählungen in zwanzig Bänden

Band 20

Honoré de Balzac
Eine dunkle Affäre

Erzählungen aus der napoleonischen Sphäre

Aus dem Französischen
von Felix Paul Greve

Insel Verlag

Neu durchgesehen von Eberhard Wesemann

insel taschenbuch 1920
Erste Auflage 1996

Hinweise zu dieser Ausgabe am Schluß des Bandes
Vertrieb durch den Suhrkamp Taschenbuch Verlag
Umschlag nach Entwürfen von Willy Fleckhaus
Satz: Hümmer GmbH, Waldbüttelbrunn
Druck: Nomos Verlagsgesellschaft, Baden-Baden
Printed in Germany

1 2 3 4 5 6 – 01 00 99 98 97 96

Inhalt

Eine dunkle Affäre

Für Monsieur de Margonne
Von seinem dankbaren Gast
auf Château de Saché
de Balzac

Die Sorgen der Polizei

Der Herbst des Jahres 1803 war einer der schönsten der ersten Periode dieses Jahrhunderts, die wir das Kaiserreich nennen. Im Oktober hatten einige Regenfälle die Wiesen aufgefrischt; Mitte November waren die Bäume noch grün und belaubt. Das Volk begann daher zwischen dem Himmel und Bonaparte, der damals auf Lebenszeit zum Konsul erklärt worden war, ein Einvernehmen zu sehen, dem dieser Mann einen Teil seines Prestiges verdankte; und seltsam, an dem Tage, da sich ihm 1812 die Sonne versagte, war es mit seinem Glück zu Ende. Am 15. November dieses Jahres goß die Sonne gegen vier Uhr nachmittags etwas wie roten Staub über die hundertjährigen Wipfel der vier Ulmenreihen in der langen Allee eines Herrensitzes aus; sie ließ den Sand und die Grasbüschel eines jener ungeheuren Rondells erglänzen, wie man sie auf Landgütern findet; dort ist der Boden noch billig genug, um dem Schmuck geopfert zu werden. Die Luft war so rein, das Wetter so mild, daß eine Familie wie im Sommer im Freien saß. Ein Mann in einer Jagdjacke aus grünem Zwillich und mit grünen Knöpfen, einer Hose aus gleichem Stoff, dünnsohligen Schuhen und Zwillichgamaschen, die bis zum Knie hinaufreichten, reinigte eine Büchse, und zwar mit der Sorgfalt, die geschickte Jäger dieser Beschäftigung in ihren Mußestunden widmen. Der Mann hatte weder Jagdtasche noch Wildnetz bei sich, keines der Attribute, die auf einen geplanten oder überstandenen Jagdausflug schließen ließen; und zwei Frauen, die in der Nähe saßen, sahen ihm zu und schienen mit einer schlecht verhehlten Angst zu ringen. Wer, in einem Strauch versteckt, diese Szene hätte beobachten können, hätte wahrscheinlich genauso gezittert, wie Schwiegermutter und Frau dieses Mannes zitterten. Offenbar trifft kein Jäger so peinliche Vorkehrungen, wenn er Wild töten will, und im Landkreis der Aube verwendet er auch keine gezogene Büchse.

»Du willst Rehe schießen, Michu?« fragte seine schöne junge Frau, wobei sie versuchte, eine lachende Miene anzunehmen. Ehe Michu antwortete, sah er aufmerksam seinen Hund an. Der lag in der Sonne, die Pfoten vor sich hingestreckt, den Kopf daraufgelegt, wie man die reizende Haltung der Jagdhunde kennt; eben aber hatte er den Kopf gehoben und witterte nun abwechselnd geradeaus in die Allee, die eine Viertelstunde lang war, und in einen Querweg hinein, der links in das Rondell einmündete. »Nein«, erwiderte Michu, »sondern ein Ungeheuer, das ich nicht fehlen werde, einen Luchs.« Der Hund, ein prachtvoller Wachtelhund mit weißem, braungeflecktem Fell, knurrte. »Schön!« sagte Michu vor sich hin, »Spione! Von denen wimmelt es im Land.«

Madame Michu hob die Augen schmerzlich gen Himmel. Sie war eine schöne Blondine mit blauen Augen, gewachsen wie eine antike Statue, und schien, nachdenklich und in Betrachtungen versunken, von einem schwarzen und bitteren Kummer verzehrt zu werden. Der Anblick des Mannes konnte die Angst der beiden Frauen bis zu einem gewissen Grade erklären. Die Gesetze der Physiognomie haben ihre Gültigkeit nicht nur, soweit es sich um die Deutung der Charaktere handelt, sondern auch in bezug auf das Verhängnis des Daseins. Es gibt prophetische Physiognomien. Wenn es möglich wäre, und eine solche lebende Statistik wäre wichtig für die Gesellschaft, eine genaue Zeichnung von all denen zu erhalten, die auf dem Schafott umkommen, so würden die Wissenschaften Lavaters und Galls untrüglich beweisen, daß in den Köpfen all dieser Leute, selbst bei den Unschuldigen, wunderliche Merkmale zu finden waren. Ja, das Verhängnis drückt dem Gesicht all derer seinen Stempel auf, die irgendeines gewaltsamen Todes sterben sollen. Nun lag dieser Stempel, den Augen des Beobachters sichtbar, auf den ausdrucksvollen Zügen des Mannes mit der Büchse. Michu war klein und dick, schnell und behend wie ein Affe, wenn auch von ruhigem Charakter, und seinem weißen, rotadrigen

Gesicht, das zusammengezogen war wie das eines Kalmükken, gaben die roten, krausen Haare einen unheimlichen Ausdruck. Seine gelblichen und hellen Augen zeigten wie die des Tigers eine innere Tiefe, in der sich der Blick dessen, der ihn betrachtete, verlor, ohne Bewegung oder Wärme zu finden. Seine Augen waren starr, hell und unbeweglich, und schließlich beängstigten sie. Der beständige Gegensatz der reglosen Augen zu der Lebhaftigkeit des Körpers steigerte noch den eisigen Eindruck, den Michu auf den ersten Blick machte. Bei diesem Mann mußte ein schnell entschlossenes Handeln im Dienst eines einzigen Gedankens stehen; genau wie bei den Tieren das Leben ohne Überlegung im Dienst der Instinkte steht. Seit 1793 hatte er sich seinen roten Bart fächerförmig stehen lassen. Auch wenn er während der Schreckenszeit nicht Vorsitzender eines Jakobinerklubs gewesen wäre, hätte ihn allein diese Eigentümlichkeit seines Gesichts zu einem schrecklichen Anblick gemacht. Das sokratische Gesicht mit der Stumpfnase wurde von einer sehr schönen, aber so stark gewölbten Stirn überragt, daß sie über dem Gesicht auszuladen schien. Die abstehenden Ohren besaßen eine gewisse Beweglichkeit, ähnlich der der wilden Tiere, die stets auf der Hut sind. Der Mund, der infolge einer bei Landbewohnern ziemlich häufigen Gewohnheit stets halb offen war, zeigte starke und mandelweiße Zähne, die jedoch schlecht standen. Der Backenbart rahmte dieses weiße und stellenweise violette Gesicht dicht und leuchtend ein. Die Haare, die vorn kurzgeschoren, über den Backen und am Hinterkopf aber langgewachsen waren, hoben durch ihre falbe Röte all das Wunderliche und Verhängnisvolle hervor, was diese Physiognomie aufzuweisen hatte. Der kurze, dicke Hals schien nach dem Fallbeil des Gesetzes zu rufen. In diesem Augenblick beleuchtete die Sonne, die schräg auf die Gruppe fiel, voll die drei Köpfe, die der Hund Augenblicke lang ansah. Die Szene spielte übrigens auf einem großartigen Schauplatz. Das Rondell liegt an der Grenze des Parks von

Gondreville, einem der reichsten Landgüter Frankreichs und unstreitig dem schönsten im Landkreis der Aube. Es umfaßte prachtvolle Ulmenalleen, ein Schloß, das nach Plänen Mansarts erbaut worden war, einen ummauerten Park von fünfzehnhundert Morgen, neun große Pachthöfe, einen Wald, Mühlen und Weiden. Dieses fast königliche Landgut hatte vor der Revolution der Familie de Simeuse gehört. Ximeuse ist ein Lehnsgut in Lothringen. Man sprach den Namen Simeuse aus, und schließlich hatte man ihn geschrieben, wie man ihn aussprach.

Das große Vermögen der Simeuses, eines Geschlechts von Edelleuten, die dem Hause Burgund anhingen, geht zurück auf die Zeit, in der die Guisen die Valois bedrohten. Zunächst Richelieu und dann Ludwig XIV. hatten sich erinnert, wie ergeben die Simeuses an dem rebellischen Lothringer Hause gehangen hatten, und also stießen sie sie von sich. Der damalige Marquis de Simeuse, ein ehemaliger Burgunder, ein ehemaliger Anhänger der Guisen, ein ehemaliger Gefolgsmann der Liga, ein ehemaliger Rebell der Fronde – er hatte den vierfachen großen Groll des Adels gegen das Königtum geerbt –, richtete sich in Cinq-Cygne ein. Der vom Louvre abgewiesene Höfling hatte die Witwe des Comte de Cinq-Cygne geheiratet, aus der jüngeren Linie des berühmten Hauses von Chargebœuf, eines der erlauchtesten in der alten Grafschaft der Champagne; die jüngere Linie wurde ebenso berühmt und noch reicher als die ältere. Der Marquis, einer der reichsten Leute jener Zeit, baute, statt sich am Hof zu ruinieren, Gondreville, brachte die Güter zusammen und fügte noch Ländereien hinzu, einzig, um sich eine schöne Jagd zu schaffen. Auch in Troyes erbaute er das Hôtel Simeuse, das wenige Schritt vom Hôtel Cinq-Cygne liegt. Diese beiden alten Häuser und der erzbischöfliche Palast waren in Troyes lange Zeit hindurch die einzigen Bauten aus Stein. Simeuse verkaufte der Marquis an den Duc de Lorraine. Sein Sohn verschwendete die Ersparnisse und einen Teil des großen Vermögens unter der Regierung Ludwigs XV. Aber dieser Sohn wurde erst Schwadronschef, dann Vizeadmiral, und er machte die Torheiten seiner Jugend durch glänzende Dienste wieder gut. Der Marquis de Simeuse, der Sohn dieses Seefahrers, war zu Troyes auf dem Schafott umgekommen; er hatte Zwillingskinder hinterlassen, die emigriert waren und gegenwärtig im Ausland weilten, um das Schicksal des Hauses Condé zu teilen.

Das Rondell war ehedem bei den Jagden des großen Marquis der Versammlungspunkt gewesen. Den ›großen Marquis‹ nannte man in der Familie jenen Simeuse, der Gondreville erbaut hatte. Seit 1789 wohnte Michu im Jagdschloß des Rondells, das innerhalb des Parks lag, zu Ludwigs XIV. Zeiten erbaut worden war und der Pavillon von Cinq-Cygne hieß. Das Dorf Cinq-Cygne liegt am Rande des Waldes von Nodesme (eine Entstellung von Notre-Dame); in ihn führt die Allee mit den vier Ulmenreihen, wo Couraut die Spione witterte. Seit dem Tod des großen Marquis war dieser Pavillon ganz vernachlässigt worden. Der Vizeadmiral war mehr auf dem Meer und am Hof als in der Champagne, und sein Sohn gab den verfallenen Pavillon Michu zur Wohnung.

Der edle Bau ist aus Backstein, an den Ecken, den Türen und Fenstern geschmückt mit gewundenen Verzierungen. Auf beiden Seiten öffnet sich ein Tor aus schöner Schmiedearbeit, die aber vom Rost zerfressen ist. Hinter dem Gitter erstreckt sich eine tiefe Wolfsgrube, aus der sich kräftige Bäume erheben und deren Brustwehr von Eisenarabesken starrt, die allen Missetätern ihre zahlreichen Spitzen entgegenhalten. Die Mauern des Parks beginnen erst jenseits des vom Rondell beschriebenen Kreises. Draußen wird der großartige Halbmond von Böschungen eingerahmt, die mit Ulmen bepflanzt sind, und ebenso wird der Halbkreis, der in den Park einschneidet und jenem gegenüberliegt, von Gruppen exotischer Bäume abgeschlossen. Der Pavillon nimmt die Mitte des Rondells ein, das diese beiden Hufeisen bilden.

Michu hatte aus den alten Sälen des Erdgeschosses einen Pferdestall, einen Kuhstall, eine Küche und einen Holzschuppen gemacht. Von dem alten Glanz blieb als einziger Rest ein Vorzimmer mit einem Boden aus schwarzen und weißen Marmorfliesen, das man vom Park her durch eine jener Fenstertüren mit kleinen Glasscheiben betrat, wie es ihrer noch in Versailles gab, bevor Louis-Philippe es zum Lazarett der Ruhmestaten Frankreichs machte. Im Innern wird dieser Pavillon durch eine alte charaktervolle, aber wurmstichige Holztreppe geteilt, die in den ersten Stock hinaufführt; oben liegen fünf etwas niedrige Zimmer. Darüber erstreckt sich ein ungeheurer Boden. Dieser ehrwürdige Bau ist gedeckt mit einem jener großen, vierflächigen Dachstühle, deren First zwei Blumenbüschel aus Blei verzieren und die von vier jener Ochsenaugen durchbrochen werden, wie Mansart sie mit Recht so liebte; denn in Frankreich sind Attikas und flache Dächer nach italienischer Art eine Sinnlosigkeit, gegen die das Klima protestiert. Michu brachte dort sein Futter unter. Der ganze Teil des Parks, der diesen alten Pavillon einschließt, ist englisch angelegt. Hundert Schritte weiter hinein gibt ein ehemaliger See, der zu einem fischreichen Teich geworden ist, Kunde von seinem Dasein einesteils durch einen leichten Nebel über den Bäumen, andernteils durch das Geschrei von tausend Fröschen, Kröten und anderen Amphibien, die mit Sonnenuntergang geschwätzig werden. Das Alter aller Dinge, die tiefe Stille der Wälder, das vom Rost zerfressene Eisen, die Massen der vom Moos überzogenen Steine, alles macht diesen Bau, der noch vorhanden ist, romantisch.

In dem Augenblick, da diese Geschichte beginnt, stand Michu gegen eine bemooste Brustwehr gelehnt, auf der sein Pulverhorn, seine Mütze, sein Taschentuch, ein Schraubenzieher, Lappen, kurz alle Geräte lagen, die zu seiner verdächtigen Arbeit nötig waren. Der Stuhl seiner Frau stand mit dem Rücken an der äußeren Tür des Pavillons, über der noch das reichgemeißelte Wappen der Simeuse mit der schönen Devise

›Si meurs!‹ vorhanden war. Die als Bäuerin gekleidete Mutter hatte ihren Stuhl vor Madame Michu gerückt, um die Füße auf eine der Leisten stellen zu können, wo sie vor der Feuchtigkeit geschützt waren.

»Ist der Kleine da?« fragte Michu seine Frau. »Er streift am Teich herum, er ist toll auf Frösche und Insekten«, sagte die Mutter. Michu pfiff auf eine Art, daß man erzittern konnte. Die Schnelligkeit, mit der sein Sohn herbeigelaufen kam, verriet, welchen Despotismus der Verwalter von Gondreville ausübte. Michu war seit 1789, vor allem aber seit 1793, fast Herr auf diesem Landsitz. Die Angst, die er seiner Frau, seiner Schwiegermutter, einem kleinen Bedienten namens Gaucher und einer Magd namens Marianne einflößte, wurde auf zehn Meilen in der Runde geteilt. Vielleicht dürfen wir nicht länger damit zögern, die Gründe für diese Empfindung anzugeben, die übrigens Michus Bildnis in moralischer Beziehung vervollständigen werden.

Der alte Marquis de Simeuse hatte 1790 seinen Besitz abgegeben; da ihm aber die Ereignisse zuvorkamen, so hatte er sein schönes Landgut Gondreville nicht mehr in treue Hände bringen können. Unter der Anklage, mit dem Herzog von Braunschweig und dem Fürsten von Coburg Beziehungen zu unterhalten, wurden der Marquis de Simeuse und seine Frau von dem Revolutionsgericht in Troyes, dessen Vorsitz Marthes Vater führte, gefangengesetzt und zum Tode verurteilt. Der schöne Besitz wurde also als Nationalgut verkauft. Bei der Hinrichtung des Marquis und der Marquise bemerkte man nicht ohne Grauen den Generalverwalter des Landsitzes Gondreville, der in Arcis Präsident des Jakobinerklubs geworden war und nach Troyes kam, um zuzusehen. Als Sohn eines einfachen Bauern und als Waise galt Michu, den die Marquise mit Wohltaten überhäuft hatte – denn sie hatte ihm den Verwalterposten gegeben, nachdem er im Schloß aufgezogen worden war –, den Heißspornen als ein Brutus; aber im Lande hörte nach diesem Zeugnis des Undanks jedermann auf, ihn zu besuchen. Der Käufer des Besitzes war ein Mann aus Arcis namens Marion, der Enkel eines Haushofmeisters im Hause Simeuse. Dieser Mann, der vor und nach der Revolution Advokat war, fürchtete den Verwalter; er ließ ihn in seiner Stellung, gab ihm dreitausend Francs Gehalt und eine Tantieme von den Verkäufen. Michu, dem man bereits etwa zehntausend Francs Vermögen zuschrieb, heiratete unter dem Schutz seines Rufs als Patriot die Tochter eines Gerbers in Troyes, des Apostels der Revolution in dieser Stadt, in deren Revolutionsgericht er auch den Vorsitz führte. Der Gerber, ein Mann von Überzeugung, der seinem Charakter nach Saint-Just glich, wurde später in die Verschwörung Babeufs verwickelt und beging Selbstmord, um sich einer Verurteilung zu entziehen. Marthe war das schönste Mädchen in Troyes. Trotz ihrer rührenden Bescheidenheit war sie daher auch von ihrem Vater gezwungen worden, bei einer republikanischen Zeremonie die Freiheitsgöttin zu spielen. Der Käufer kam in sieben Jahren nur dreimal nach Gondreville. Sein Großvater war Haushofmeister der Simeuses gewesen; ganz Arcis glaubte damals, daß der Citoyen Marion die Herrschaft Simeuse vertrat. Solange die Schreckensherrschaft dauerte, sah sich der Gutsverwalter von Gondreville als ergebener Patriot, als Schwiegersohn des Vorsitzenden im Revolutionsgericht zu Troyes, als Gegenstand der Schmeicheleien Malins – im Kreis der Aube –, des einen der Vertreter des Landkreises, von einer gewissen Achtung umgeben. Als aber die Bergpartei besiegt wurde, als sein Schwiegervater Selbstmord beging, wurde Michu zum Sündenbock; jedermann beeilte sich, ihm wie seinem Schwiegervater Handlungen zuzuschreiben, die wenigstens ihm vollkommen fremd waren. Der Gutsverwalter bäumte sich gegen die Ungerechtigkeit der Masse auf; er wurde schroff und nahm eine feindselige Haltung an. Sein Wort wurde verwegen. Aber seit dem 18. Brumaire bewahrte er jenes tiefe Schweigen, das die Philosophie der Starken ist; er kämpfte nicht mehr gegen die allgemeine Meinung, er begnügte sich damit, zu handeln. Dieses kluge Verhalten trug ihm den Ruf der Heimtücke ein, denn er besaß in Ländereien ein Vermögen von etwa hunderttausend Francs. Zunächst gab er nichts aus; dann hatte er dieses Vermögen rechtmäßig erworben durch die Erbschaft von seinem Schwiegervater und die sechstausend Francs jährlich, die er an Prozenten und Gehalt bezog. Obgleich er seit zwölf Jahren Verwalter war, obgleich jeder seine Ersparnisse nachrechnen konnte, erhoben sich, als er zu Beginn des Konsulats ein Pachtgut für fünfzigtausend Francs kaufte, allerlei Anklagen wider den ehemaligen Anhänger der Bergpartei; die Leute in Arcis schoben ihm die Absicht unter, er wolle sich durch ein großes Vermögen die Achtung zurückgewinnen. Unglücklicherweise belebte in dem Augenblick, als jedermann ihn vergaß, eine dumme Geschichte, die durch das Gerede auf den Bauernhöfen noch vergiftet wurde, den allgemeinen Glauben an die Wildheit seines Charakters von neuem.

Eines Abends ließ er auf dem Heimweg von Troyes, während ihn mehrere Bauern begleiteten, unter anderen der Pächter von Cinq-Cygne, ein Papier auf die Straße fallen; der Pächter, der den Schluß des Zuges bildete, bückte sich und hob es auf. Michu wandte sich um, sah das Papier in den Händen dieses Menschen, zog eine Pistole aus dem Gürtel, lud sie und drohte dem Pächter, der lesen konnte, er werde ihm eine Kugel in den Kopf schießen, wenn er das Blatt auseinanderfaltete. Michus Bewegung war so rasch und heftig, der Klang der Stimme so beängstigend, und seine Augen flackerten so wild, daß alle vor Angst erstarrten. Der Pächter von Cinq-Cygne war naturgemäß Michus Feind. Mademoiselle de Cinq-Cygne, die Cousine der Simeuses, besaß von ihrem ganzen Vermögen nur noch einen Pachthof, und sie wohnte in ihrem Schloß Cinq-Cygne. Sie lebte nur für ihre Cousins, die Zwillinge, mit denen sie in ihrer Kindheit zu Troyes und auf Gondreville gespielt hatte. Ihr einziger Bruder, Jules de Cinq-Cygne, war schon vor den Simeuses ausgewandert und vor Mainz gefallen; aber vermöge eines ziemlich seltenen Vorrechts, von dem noch die Rede sein wird, erlosch der Name der Cinq-Cygnes nicht mit dem Aussterben der männlichen Linie. Dieser Vorfall zwischen Michu und dem Pächter von Cinq-Cygne erregte gewaltiges Aufsehen im Kreise und machte die geheimnisvollen Schleier, die Michu umgaben, noch dunkler. Doch dies Ereignis war nicht das einzige, das ihn als beängstigend erscheinen ließ. Ein paar Monate danach kam der Citoyen Marion mit dem Citoyen Malin nach Gondreville. Es lief das Gerücht, Marion werde den Landsitz an diesen Mann verkaufen, dem die politischen Ereignisse sehr genützt hatten und den der Erste Konsul eben in den Staatsrat berief, um ihn für seine Dienste am 18. Brumaire zu belohnen. Die politischen Köpfe der kleinen Stadt Arcis errieten jetzt, daß Marion nur der Strohmann des Malin gewesen war, nicht der der Simeuses. Der allmächtige Staatsrat war die große Persönlichkeit in Arcis. Er hatte einen seiner politischen Freunde zum Präfekten von Troyes ernannt, er hatte den Sohn eines der Pächter von Gondreville namens Beauvisage vom Dienst befreit; er verpflichtete jedermann. Diese Angelegenheit könnte also in dem Land, wo Malin herrschte und noch herrscht, nicht auf Widerspruch stoßen. Man stand im Sonnenaufgang des Kaiserreichs. Wer heute die Geschichte der Französischen Revolution liest, wird nie begreifen, welche ungeheuren Zwischenräume das öffentliche Denken zwischen die so schnell aufeinanderfolgenden Ereignisse dieser Zeit legte. Das allgemeine Bedürfnis nach Frieden und Ruhe, das nach den verbreiteten Erschütterungen jedermann empfand, ließ die schwersten früheren Geschehnisse in Vergessenheit geraten. Die Geschichte veraltete schnell, da sie beständig durch neue, brennende Interessen welk wurde. So forschte denn auch außer Michu niemand nach der Entwicklung dieser Angelegenheit, die man ganz einfach fand. Marion, der seinerzeit Gondreville für sechshunderttausend Francs in Staatspapieren gekauft hatte, verkaufte es für eine

Million in barem Geld; aber das einzige, was Malin wirklich auszahlte, war die Stempelsteuer für die Eintragung. Grévin, ein alter Bürokollege Malins, begünstigte diese Schiebung naturgemäß, und der Staatsrat belohnte ihn, indem er ihn zum Notar in Arcis ernennen ließ. Als diese Nachricht den Pavillon erreichte, und zwar durch den Pächter eines Hofes zwischen dem Wald und dem Park, links von der schönen Allee – der Hof hieß Grouage –, erblich Michu und ging hinaus; er lauerte Marion auf und traf ihn schließlich allein in einer Allee des Parks.

»Der Herr verkauft Gondreville?«

»Ja, Michu, ja. Sie werden einen mächtigen Mann zum Herrn erhalten. Der Staatsrat ist ein Freund des Ersten Konsuls, und er steht in enger Verbindung mit allen Ministern; er wird Ihnen ein Gönner sein.«

»So hatten Sie den Landsitz für ihn erworben?«

»Das sage ich nicht«, erwiderte Marion; »ich wußte damals nicht, wie ich mein Geld unterbringen sollte; der Sicherheit halber habe ich es in Nationalgütern angelegt; aber es paßt mir nicht, den Landsitz zu behalten, der dem Hause gehört hat, in dem mein Großvater ...«

»Bedienter, Haushofmeister war!« sagte Michu heftig. »Aber Sie werden ihn nicht verkaufen; ich will ihn, und ich kann ihn Ihnen bezahlen, ich ...«

»Du?«

»Ja, ich, im Ernst und in gutem Gold, achthunderttausend Francs...«

»Achthunderttausend Francs!... Woher hast du die?« fragte Marion.

»Das geht Sie nichts an«, erwiderte Michu. Dann wurde er milder und fügte leise hinzu: »Mein Schwiegervater hat viele Menschen gerettet.«

»Du kommst zu spät, Michu; das Geschäft ist abgeschlossen.«

»Sie werden es rückgängig machen!« rief der Gutsverwalter, indem er seinen Herrn bei der Hand nahm und sie ihm wie in einem Schraubstock drückte. »Ich bin verhaßt; ich will reich und mächtig werden; ich brauche Gondreville! Hören Sie, mir liegt nichts am Leben; Sie werden mir den Landsitz verkaufen, oder ich jage Ihnen eine Kugel in den Kopf ...«

»Aber mindestens muß ich doch Zeit haben, mich mit Malin abzufinden, der nicht gerade gemütlich ist ...«

»Ich gebe Ihnen vierundzwanzig Stunden. Wenn Sie hiervon ein Wort sagen, so mache ich mich anheischig, Ihnen den Kopf abzuschneiden wie einer Rübe ...«

Marion und Malin verließen noch in der Nacht das Schloß. Marion fürchtete sich und teilte dem Staatsrat von dieser Begegnung mit, indem er ihm sagte, er möge ein Auge auf den Gutsverwalter haben. Es war Marion nicht möglich, sich der Verpflichtung zu entziehen, die ihn zwang, den Landsitz dem zu übergeben, der ihn in Wahrheit bezahlt hatte; und Michu schien nicht der Mann, um einen solchen Grund zu begreifen oder gelten zu lassen. Übrigens mußte dieser Dienst, den Marion Malin leistete, zum Ausgangspunkt seiner politischen Laufbahn und der seines Bruders werden, und er wurde es auch. Malin ließ 1806 den Advokaten Marion zum Ersten Vorsitzenden eines kaiserlichen Gerichtshofs ernennen, und sowie die Posten der Generalsteuereinnehmer geschaffen wurden, ließ er dem Bruder des Advokaten die Stellung im Departement der Aube verleihen. Der Staatsrat riet Marion, in Paris zu bleiben, und erstattete Anzeige bei dem Polizeiminister, der den Gutsverwalter unter Überwachung stellte. Um ihn aber nicht zum Äußersten zu treiben, vielleicht auch, um ihn besser überwachen zu können, behielt Malin Michu als Gutsverwalter, und zwar unter der Zuchtrute des Notars in Arcis. Von diesem Augenblick an genoß Michu, der immer schweigsamer und versonnener wurde, den Ruf eines Mannes, der eines schlimmen Streiches fähig war. Malin spielte in Paris als Staatsrat – eine Stellung, die der Erste Konsul damals der eines Ministers gleichmachte – und als einer der Redakteure des ›Codex‹ eine große Rolle; er hatte sich eines der schönsten Häuser im Faubourg Saint-Germain gekauft, nachdem er zuvor die einzige Tochter Sibuelles, eines reichen, wenig angesehenen Hoflieferanten, den er Marion im Departement der Aube als zweiten Steuereinnehmer beigesellte, geheiratet hatte. Daher war er auch nur ein einziges Mal nach Gondreville gekommen; er verließ sich übrigens in allem, was seine Interessen anging, auf Grévin. Was hatte schließlich er, der ehemalige Vertreter der Aube, von einem ehemaligen Vorsitzenden des Jakobinerklubs in Arcis zu befürchten? Inzwischen wurde die öffentliche Meinung, die Michu in den unteren Klassen bereits so ungünstig war, naturgemäß von der Bürgerschaft geteilt; und Marion, Grévin und Malin bezeichneten ihn, ohne sich näher zu erklären oder bloßzustellen, als einen äußerst gefährlichen Menschen. Die Behörden aber, die von dem Polizeiminister angewiesen worden waren, den Verwalter im Auge zu behalten, zerstreuten diesen Glauben nicht. Man hatte sich schließlich in der Gegend darüber gewundert, daß Michu seine Stellung behielt; aber man sah in dieser Konzession eine Wirkung der Angst, die er einflößte. Wer begriffe jetzt nicht die tiefe Melancholie im Gesicht von Michus Frau?

Zunächst war Marthe von ihrer Mutter fromm erzogen worden. Beide hatten sie als gute Katholiken unter den Ansichten und dem Verhalten des Gerbers gelitten. Marthe dachte nie ohne Erröten daran, wie sie im Kostüm einer Göttin durch Troyes geführt worden war. Ihr Vater hatte sie zu der Ehe mit Michu gezwungen; dessen schlechter Ruf wuchs immer mehr, und sie fürchtete ihn zu sehr, um ihn je beurteilen zu können. Nichtsdestoweniger fühlte diese Frau sich geliebt, und auf dem Grunde ihres Herzens regte sich für diesen beängstigenden Menschen die echteste Neigung. Sie hatte nie erlebt, daß er etwas anderes tat, als was gerecht war; nie waren seine Worte brutal, wenigstens ihr gegenüber nicht; ja, er gab sich Mühe, all ihre Wünsche zu erraten. Dieser arme

Paria glaubte seiner Frau unangenehm zu sein, und deshalb blieb er fast immer draußen. Marthe und Michu lebten infolge des gegenseitigen Mißtrauens im ›bewaffneten Frieden‹, wie man heutzutage sagt. Marthe, die niemanden sah, litt schwer unter der allgemeinen Verurteilung, die sie als die Tochter eines Kopfabschneiders und als Frau eines Verräters traf. Mehr als einmal hatte sie gehört, wie die Leute von dem Pachthof, der rechts von der Allee in der Ebene lag, Bellache hieß und von Beauvisage verwaltet wurde, einem Mann, der an den Simeuses hing, sagten, wenn sie vor dem Pavillon vorüberkamen: »Das ist das Haus der Judasse!«

Die eigentümliche Ähnlichkeit, die des Verwalters Kopf mit dem des dreizehnten Apostels hatte, die er noch vollständiger machen zu wollen schien, trug ihm in der Tat in der ganzen Gegend diesen Beinamen ein. Dieses Unglück und unbestimmte beständige Besorgnisse vor der Zukunft machten Marthe nachdenklich und verschlossen. Nichts verletzt tiefer als eine unverdiente Erniedrigung, aus der sich zu erheben unmöglich ist. Hätte nicht ein Maler ein schönes Bild aus dieser Pariafamilie mitten in einer der schönsten Landschaften der Champagne machen können, wo die Szenerie schon im allgemeinen traurig ist?

»François!« rief der Verwalter, um seinen Sohn zu noch größerer Eile zu treiben.

François Michu, ein Kind von zehn Jahren, vergnügte sich in Park und Wald wie der Herr, und überall erhob er seine Naturaliensteuern; er aß von den Früchten, er jagte, er hatte weder Sorge noch Mühen; er war das einzige glückliche Wesen dieser Familie, die durch die Lage zwischen Park und Wald isoliert war, wie sie moralisch durch die allgemeine Abneigung für sich stand.

»Nimm all das auf, was da liegt«, sagte der Vater zu seinem Sohn, indem er ihm die Brustwehr zeigte, »und schließe es ein. Sieh mich an! Du liebst doch deinen Vater und deine Mutter?« Das Kind wollte seinen Vater umarmen; aber Michu machte eine Bewegung, um die Büchse wegzustellen, und schob ihn zurück. »Schön! Du hast zuweilen über das, was hier geschieht, geschwätzt«, sagte er, indem er seine beiden Augen, furchterregend wie die einer wilden Katze, auf ihn heftete. »Merke dir dies: wenn du das Gleichgültigste von dem, was hier geschieht, Gaucher oder den Leuten aus Grouage und Bellache oder selbst Marianne, die uns liebt, verrätst, so tötest du deinen Vater. Daß dir das nicht wieder passiert, und ich verzeihe dir dein gestriges Geschwätz.«

Das Kind begann zu weinen. »Weine nicht, aber was man dich auch frage, antworte wie die Bauern: ›Ich weiß nicht ...‹ Hier schweifen Leute im Lande herum, die mir nicht behagen. Geh ... Ihr habt gehört, ihr beiden?« fragte Michu die Frauen; »haltet reinen Mund.«

»Mein Freund, was hast du vor?«

Michu, der aufmerksam eine Ladung Pulver abmaß und in den Lauf seiner Büchse schüttete, lehnte die Waffe gegen die Brustwehr und sagte zu Marthe: »Niemand kennt diese Büchse bei mir; setz dich davor!«

Couraut hatte sich aufgerichtet und bellte wütend. »Schönes, kluges Tier!« rief Michu. »Ich bin sicher, das sind Spione ...«

Man weiß, wenn man beobachtet wird. Couraut und Michu, die nur eine Seele zu haben schienen, lebten miteinander, wie in der Wüste der Araber mit seinem Pferde. Der Verwalter kannte alle Modulationen der Stimme Courauts; er wußte, was sie ausdrückten; und ebenso las der Hund seinem Herrn die Gedanken von den Augen ab, ja er roch sie in der Luft, die sein Körper ausströmte. »Was sagst du dazu?« rief Michu ganz leise, indem er seiner Frau zwei unheimliche Gestalten zeigte, die in einer Seitenallee auftauchten und auf das Rondell zukamen.

»Was geht denn im Lande vor? Das sind Pariser!« sagte die Alte. »Aha!« rief Michu. »Verdecke doch meine Büchse«, sagte er seiner Frau ins Ohr, »sie kommen zu uns.«

Die beiden Pariser, die das Rondell durchschritten, zeigten Gesichter, die für einen Maler wahrlich Typen ergeben hätten. Der eine, der der Untergebene zu sein schien, trug Stulpenstiefel, die ein wenig tief herabfielen und schmächtige Waden in buntseidenen Strümpfen von zweifelhafter Sauberkeit zeigten. Die Hose aus aprikosenfarbenem, geripptem Tuch war ein wenig zu weit; der Leib hatte reichlich darin Platz, und die abgescheuerten Falten deuteten durch ihre Anordnung auf einen Mann mit sitzender Lebensweise. Die mit stark aufliegenden Stickereien überladene Pikeeweste war offen und wurde über dem Bauch nur von einem einzigen Knopf zusammengehalten; sie gab dieser Person ein um so unordentlicheres Aussehen, als sein schwarzes, zu Korkzieherlocken gedrehtes Haar die Stirn verbarg und über die Wangen herabfiel. Zwei stählerne Uhrketten hingen auf die Hose hinab. Das Hemd war mit einer weiß und blauen Kameennadel geschmückt. Der zimtfarbene Rock empfahl sich dem Karikaturisten durch einen langen Schoß, der, von hinten gesehen, so vollkommen dem geschweiften Schwanz einer Schwalbe glich, daß man ihm diesen Namen gab. Die Mode der Schwalbenschwanzröcke hatte zehn Jahre gedauert, fast so lange wie das Reich Napoleons. Die Krawatte, die den Hals locker und in zahlreichen Falten umschloß, erlaubte diesem Mann, das Gesicht bis nur Nase darin zu vergraben. Sein finniges Gesicht, seine dicke, ziegelrote Nase, seine frischen Backen, sein zahnloser, aber drohender und gefräßiger Mund, seine mit dicken Ohrringen geschmückten Ohren, seine niedrige Stirn, all diese Einzelheiten, die nur grotesk erschienen, wurden furchtbar durch zwei kleine Augen, deren Stellung und tiefe Lage sie denen der Schweine ähnlich machte; zudem waren sie von unerbittlicher Gier und einer spöttischen, beinahe lustigen Grausamkeit. Diese beiden stöbernden, scharfblickenden Augen von einem eisigen und gefrorenen Blau konnte man für das Vorbild jenes berühmten Auges halten, des furchtbaren Emblems der Polizei, das während der Revolution erfunden wurde. In der Hand hielt er schwarzseidene Handschuhe und ein Spazierstöckchen. Er mußte irgendeine Amtsperson sein, denn in seiner Haltung, in der Art, wie er seinen Tabak nahm und in die Nase schob, verriet sich die bürokratische Wichtigkeit eines untergeordneten Mannes, der jedoch sein Gehalt nur zum Schein bezieht und den die von oben kommenden Befehle für den Augenblick selbstherrlich machten.

Der andere, dessen Kleidung in gleichem Geschmack gehalten, aber elegant war und sehr elegant getragen wurde, gepflegt bis in die kleinste Einzelheit hinein, der im Gehen seine über die enganliegende Hose gezogenen Stiefel à la Suworow knarren ließ, trug über dem Rock einen Spenzer; diese Mode war aristokratisch, und ihr folgten die Anhänger der royalistischen Klubs und die Jeunesse dorée; aber sowohl die einen wie die anderen sanken vor ihr ins Grab. Um diese Zeit gab es Moden, die länger lebten als die Parteien, ein Symptom der Anarchie, das uns auch das Jahr 1830 schon gezeigt hat. Dieser vollendete ›Stutzer‹ schien etwa dreißig Jahre alt zu sein. Seine Manieren rochen nach der guten Gesellschaft; er trug wertvolle Steine. Der Kragen seines Hemdes reichte bis zu den Ohren hinauf. Sein eitles und fast impertinentes Wesen deutete auf eine gewisse verborgene Überlegenheit; sein fahles Gesicht schien nicht einen Tropfen Blut zu enthalten; seine dünne Plattnase zeigte den sardonischen Umriß der Nase eines Totenkopfs, und seine grünen Augen waren undurchdringlich: ihr Blick war ebenso diskret, wie sein dünner und verkniffener Mund es sein mußte. Der erste erschien im Vergleich mit diesem dürren, mageren jungen Menschen, der mit einem Stock, dessen goldener Knopf in der Sonne glänzte, durch die Luft schlug, als ein guter Kerl. Der erste konnte wohl selber einen Kopf abschneiden, aber der zweite war imstande, die Unschuld, die Schönheit, die Tugend in die Netze der Verleumdung und Intrige zu verstricken, sie kühl zu ertränken oder zu vergiften. Der Rote hätte sein Opfer mit

Kalauern getröstet, der andere nicht einmal gelächelt. Der erste war etwa fünfundvierzig Jahre alt, er mußte das Wohlleben und die Weiber lieben. Solche Leute haben alle Laster, und die machen sie zu Sklaven ihres Berufs. Aber der Jüngere war ohne Leidenschaften und Laster. Wenn er ein Spion war, so gehörte er zur Diplomatie, und er arbeitete um der Kunst willen. Er entwarf, der andere führte aus; er war der Gedanke, der andere die Form.

»Wir müssen hier in Gondreville sein, gute Frau?« sagte der Jüngere.

»Man sagt hier nicht ›gute Frau‹«, erwiderte Michu; »wir haben die Einfachheit der Formen bewahrt und nennen uns noch Citoyen und Citoyenne.«

»Ah!« sagte der junge Mann mit der natürlichsten Miene, ohne im geringsten verletzt zu scheinen.

Oft haben die Spieler, besonders beim Ecarté, gleichsam eine innerliche Panik empfunden, wenn sich vor ihnen, mitten in ihrem Glück, ein Spieler niedersetzt, dessen Manieren, dessen Blick, dessen Stimme und dessen Art, die Karten zu mischen, ihnen ihre Niederlage prophezeien. Beim Anblick des jungen Mannes empfand Michu eine derartige prophetische Entmutigung. Ihm kam eine Todesahnung, er sah unklar das Schafott vor sich; irgendeine Stimme sagte ihm, dieser Stutzer werde ihm verhängnisvoll werden, obwohl sie noch nichts miteinander gemein hatten. Daher war sein Wort auch rauh gewesen; er hatte grob sein wollen, er war es.

»Gehören Sie nicht dem Staatsrat Malin?« fragte der zweite Pariser.

»Ich bin mein eigener Herr«, erwiderte Michu.

»Nun, Mesdames«, sagte der junge Mann, indem er die höflichsten Formen annahm, »sind wir in Gondreville? Wir werden dort von Monsieur Malin erwartet.«

»Das ist der Park«, sagte Michu, indem er auf das Tor zeigte.

»Und weshalb verstecken Sie diese Büchse, mein schönes

Kind?« fragte der joviale Begleiter des jungen Mannes, als er durchs Tor trat und die Waffe bemerkte.

»Du ›arbeitest‹ doch immer, selbst auf dem Lande!« rief der junge Mann lächelnd aus.

Beide kehrten, von einem mißtrauischen Gedanken getrieben, um; trotz der Unerschütterlichkeit ihrer Gesichter erriet der Verwalter ihren Gedanken. Marthe ließ sie die Büchse betrachten, während Couraut bellte. Sie war überzeugt, daß Michu irgend etwas Schlimmes plante, und sie war fast glücklich über den Scharfblick der Unbekannten. Michu warf seiner Frau einen Blick zu, vor dem sie erzitterte. Er nahm die Büchse und schickte sich an, eine Kugel in den Lauf zu stoßen; er ließ es auf die verhängnisvollen Möglichkeiten dieser Entdeckung und Begegnung ankommen; es schien, daß er keinen Wert mehr auf sein Leben legte, und seine Frau begriff seinen verderblichen Beschluß.

»Haben Sie denn Wölfe hier?« fragte der junge Mann Michu.

»Es gibt immer Wölfe, wo es Schafe gibt. Sie sind in der Champagne, und da ist ein Wald; aber wir haben auch Schwarzwild hier, wir haben große und kleine Tiere, wir haben von allem ein wenig«, sagte Michu mit spöttischer Miene.

»Ich wette, Corentin«, sagte der ältere der beiden, nachdem er mit dem anderen einen Blick getauscht hatte, »dieser Mann ist mein Michu ...«

»Wir haben noch keine Schweine zusammen gehütet«, sagte der Gutsverwalter.

»Nein, aber wir sind Vorsitzende der Jakobiner gewesen, Citoyen«, erwiderte der alte Zyniker, »du in Arcis, ich anderswo. Du hast die Manieren der Roten Mütze beibehalten; aber sie sind nicht mehr in Mode, Kleiner.«

»Der Park scheint mir recht groß, wir könnten uns verirren; wenn Sie der Verwalter sind, so lassen Sie uns ins Schloß führen«, sagte Corentin in einem Ton, der keinen Widerspruch duldete.

Michu pfiff seinem Sohn und stieß seine Kugel fest. Corentin sah Marthe mit gleichgültigem Blick an, während sein Gefährte entzückt schien; aber er bemerkte an ihr Zeichen einer Angst, die dem alten Lüstling entgingen, obwohl doch gerade ihn die Büchse erschreckt hatte. In dieser so großen Kleinigkeit spiegelten sich die beiden Charaktere ganz und gar.

»Ich habe eine Verabredung jenseits des Waldes«, sagte der Verwalter, »ich kann Ihnen den Dienst nicht selber leisten; aber mein Sohn wird Sie zum Schloß führen. Von woher kommen Sie denn nach Gondreville? Wären Sie über Cinq-Cygne gekommen?«

»Wir haben wie Sie im Wald zu tun«, sagte Corentin ohne jede merkliche Ironie.

»François«, rief Michu, »führe diese Herren auf den Richtpfaden zum Schloß, damit man sie nicht sieht, sie gehen nicht auf betretenen Wegen ... Erst komm her«, sagte er, als er sah, daß die beiden Fremden ihnen den Rücken gewandt hatten und im Gehen leise miteinander sprachen.

Michu ergriff sein Kind und küßte es fast andächtig und mit einem Ausdruck, der die Befürchtungen seiner Frau bestätigte; es lief ihr kalt den Rücken hinunter, und sie sah mit trockenem Auge ihre Mutter an, denn weinen konnte sie nicht. »Geh!« sagte Michu zu seinem Sohn. Und er sah ihm nach, bis er ihn ganz aus den Augen verloren hatte.

Couraut bellte in der Richtung nach dem Pachthof Grouage hin. »Oh, das ist Violette,« nahm Michu das Wort wieder auf. »Da kommt er seit heute morgen zum drittenmal vorüber! Was liegt denn nur in der Luft? ... Genug, Couraut!«

Ein paar Minuten darauf hörte man den langsamen Trab eines Pferdes. Violette ritt einen jener Klepper, wie sie die Pächter in der Umgebung von Paris benutzen. Unter einem Hut mit rundem Kopf und breitem Rand zeigte er sein holzfarbenes Gesicht mit den starken Falten, das dadurch noch düsterer aussah. Seine grauen, boshaften und glänzenden Augen verbargen den Charakter des Verräters. Seine dürren Beine hingen in Gamaschen aus weißer Leinwand, die bis zum Knie heraufreichten, ohne die Stütze der Steigbügel herab und schienen von dem Gewicht der groben, eisenbeschlagenen Schuhe gehalten zu werden. Über seiner blauen Tuchjacke trug er einen weiß und schwarz gestreiften Fuhrmannsmantel. Sein graues Haar fiel am Hinterkopf in Locken nieder. Dieses Kostüm, das graue Pferd mit den niedrigen, dünnen Beinen, die Art, wie Violette sich hielt: den Bauch vorgestreckt, den Oberkörper zurückgebogen, ferner die rissige, erdfarbene Hand, die einen elenden, angenagten und zerschlitzten Zügel hielt – all das verriet einen habgierigen, ehrgeizigen Bauern, der Grund und Boden besitzen will und ihn um jeden Preis kauft. Sein Mund mit den bläulichen Lippen, der gespalten war, als hätte ein Chirurg ihn mit seinem Messer eingeschnitten, und die zahllosen Runzeln seines Gesichts und seiner Stirn hinderten das Spiel der Züge, so daß nur ihre Umrisse Zeugnis gaben. Die harten, festen Linien schienen trotz des demütigen Wesens, das sich fast alle Leute vom Lande geben und unter dem sie ihre Erregung und ihre Berechnungen bergen, wie die Orientalen und Wilden die ihrigen unter unerschütterlichem Ernst verstecken – jene Linien schienen einer Drohung Ausdruck zu verleihen. Nachdem er durch ein System immer wachsender Heimtücke vom einfachen Bauern, der auf Tagelohn arbeitete, zum Pächter von Grouage geworden war, bildete er dies System doch immer weiter aus, obwohl die erlangte Stellung bereits seine ersten Träume übertraf. Er wollte dem Nächsten übel und wünschte ihm glühend alles Böse. Wenn er dazu beitragen konnte, half er liebevoll. Violette war eingestandenermaßen neidisch. Aber trotz all seiner Bosheit blieb er in den Grenzen der Gesetze, nicht mehr und nicht weniger als eine parlamentarische Opposition. Er glaubte, sein Vermögen hänge ab vom Ruin anderer, und was über ihm stand, war ein Feind, gegen den jedes Mittel gut sein mußte. Ein solcher Charakter ist bei den Bauern ziemlich häufig. Im Augenblick beschäftigte ihn vor allem eine große Sorge: er wollte von Malin eine Verlängerung seiner Pacht erlangen, die nur noch sechs Jahre lief. Er war eifersüchtig auf das Vermögen des Verwalters und überwachte ihn also genau; man führte in der Gegend Krieg gegen ihn wegen seiner Beziehungen zu den Michus; aber in der Hoffnung, seine Pacht auf weitere zwölf Jahre verlängert zu erhalten, suchte der schlaue Pächter nach einer Gelegenheit, der Regierung oder Malin einen Dienst zu leisten, denn der mißtraute Michu. Violette, dem der von Gondreville angestellte Wächter, der Feldhüter und einige Holzsammler halfen, hielt den Polizeikommissar von Arcis über die geringsten Handlungen Michus auf dem laufenden. Dieser Beamte hatte, freilich vergeblich, versucht, Marianne für die Interessen der Regierung zu gewinnen; aber Violette und seine Getreuen erfuhren alles durch Gaucher, den kleinen Bedienten, auf dessen Treue Michu sich verließ und der ihn um ein paar Lappalien, um eine Weste, eine Schnalle, um Baumwollstrümpfe und ein paar Leckereien verriet. Übrigens ahnte der Bursche nicht einmal, daß sein Geschwätz irgendwie von Bedeutung war. Violette schwärzte alles an, was Michu tat; durch absurde Unterstellungen verwandelte er es in Verbrechen, natürlich ohne daß der Verwalter etwas davon merkte, obwohl er wußte, welche unedle Rolle der Pächter spielte und sich ein Vergnügen daraus machte, ihn zu mystifizieren.

»Sie haben wohl sehr viel in Bellache zu tun, daß Sie schon wieder kommen?« sagte Michu.

»Schon wieder! Das ist ein Vorwurf, Monsieur Michu ... Mit solchen Flöten können Sie den Spatzen nicht pfeifen! Die Büchse da habe ich noch nie bei Ihnen gesehen ...«

»Die ist auf einem meiner Felder gewachsen; da wachsen Büchsen«, erwiderte Michu; »passen Sie auf, wie ich sie säe!« Der Verwalter nahm in dreißig Schritt Entfernung eine Natterkopfblüte aufs Korn und schnitt sie glatt ab.

»Haben Sie eine solche Banditenwaffe, um Ihren Herrn zu schützen? Vielleicht hat er sie Ihnen geschenkt ...«

»Er ist eigens aus Paris gekommen, um sie mir zu geben«, erwiderte Michu.

»Ja, man schwatzt in der ganzen Gegend viel von seiner Reise; die einen sagen, er sei in Ungnade gefallen und ziehe sich von den Geschäften zurück; die andern behaupten, er wolle hier klarsehen ... Wahrhaftig, weshalb kommt er, ohne ein Wort zu sagen, genau wie der Erste Konsul? Haben Sie gewußt, daß er kommen würde?«

»Ich stehe mich nicht gut genug mit ihm, um ins Vertrauen gezogen zu werden.«

»So haben Sie ihn noch nicht einmal gesehen?«

»Ich habe von seiner Ankunft erst erfahren, als ich von meinem Rundgang im Wald zurückkam«, sagte Michu, indem er seine Büchse wieder lud.

»Er hat nach Arcis geschickt, um Monsieur Grévin zu holen; die werden zusammen ›tribunieren‹...« Malin war Tribun gewesen.

»Wenn Sie auf Cinq-Cygne zu reiten«, sagte der Verwalter zu Violette, »so nehmen Sie mich mit; ich will auch hin.« Violette war zu furchtsam, um einen Mann von Michus Kraft auf die Kruppe zu nehmen; er machte sich aus dem Staube. Der Judas warf die Büchse über die Schulter und eilte in die Allee hinein davon.

»Auf wen hat Michu es denn abgesehen?« fragte Marthe ihre Mutter.

»Seit er von der Ankunft des Monsieur Malin erfahren hat, ist er recht finster geworden«, antwortete die. »Aber es ist feucht; laß uns hineingehen.«

Als die beiden Frauen unter dem Kaminmantel saßen, hörten sie Couraut.

»Da kommt mein Mann«, rief Marthe. Wirklich stieg Michu die Treppe herauf; seine Frau ging unruhig zu ihm in ihr Zimmer.

»Sieh zu, ob auch niemand da ist«, sagte er mit bewegter Stimme zu Marthe.

»Niemand«, erwiderte sie; »Marianne ist mit der Kuh auf den Feldern und Gaucher ...«

»Wo ist Gaucher?« fragte er.

»Ich weiß nicht.«

»Ich mißtraue diesem kleinen Schlingel; steig auf den Boden, durchsuche ihn und sieh in den geringsten Winkeln des Pavillons nach!«

Marthe ging und suchte. Als sie wiederkam, fand sie Michu kniend im Gebet. »Was hast du denn?« fragte sie erschreckt. Der Verwalter faßte seine Frau um die Hüften, zog sie auf sein Knie, küßte sie auf die Stirn und erwiderte mit bewegter Stimme: »Wenn wir uns nicht wiedersehen, so wisse, meine arme Frau, daß ich dich von Herzen geliebt habe. Folge Punkt für Punkt den Anweisungen, die ich in einem Brief niedergelegt habe, der unter der Lärche der Gruppe dort vergraben ist«, sagte er nach einer Pause, indem er ihr einen Baum zeigte; »er steckt in einem Weißblechrohr. Rühre ihn nicht vor meinem Tod an. Schließlich, was mir auch widerfahre, sei überzeugt, daß mein Tun trotz der Ungerechtigkeit der Menschen der Gerechtigkeit gedient hat.«

Marthe, die langsam erblich, wurde weiß wie ein Laken; sie sah ihren Mann mit starrem und schreckensweitem Auge an; sie wollte reden, aber ihre Kehle war trocken. Michu entschlüpfte wie ein Schatten; er hatte Couraut an den Fuß seines Bettes gebunden, und das Tier heulte, wie Hunde heulen, wenn sie verzweifeln.

Michus Grimm gegen Monsieur Marion hatte ernste Gründe gehabt, aber er hatte sich gegen einen in seinen Augen weit Verbrecherischeren gewandt, gegen Malin, dessen Geheimnisse sich vor den Augen des Verwalters enthüllt hatten: er war mehr als irgend jemand in der Lage, das Verhalten des Staatsrates zu beurteilen. Michus Schwiegervater hatte, politisch gesprochen, das Vertrauen Malins genossen, der durch

Grévins Bemühungen zum Vertreter der Aube im Konvent ernannt geworden war.

Vielleicht ist es nicht ohne Nutzen, hier zu berichten, was die Simeuses und die Cinq-Cygnes mit Malin zusammengeführt hatte und was auf dem Schicksal der Zwillinge und von Mademoiselle de Cinq-Cygne lastete, mehr noch freilich auf dem Michus und Marthes. In Troyes lag das Hôtel Cinq-Cygne dem Hôtel Simeuse gegenüber. Als der von ebenso kundigen wie vorsichtigen Händen entfesselte Pöbel das Hôtel Simeuse geplündert, den Marquis und die Marquise, die beschuldigt wurden, mit den Feinden in Beziehung zu stehen, entdeckt und den Nationalgarden überliefert hatten, die sie ins Gefängnis führten, schrie die Menge folgerichtig: »Zu den Cinq-Cygnes!« Sie kam gar nicht auf den Gedanken, daß die Cinq-Cygnes an dem Verbrechen der Simeuses unschuldig sein könnten. Der würdige und mutige Marquis de Simeuse hatte seine beiden Sohne, die achtzehn Jahre alt waren und die ihr Mut bloßstellen konnte, wenige Augenblicke vor dem Sturm, um sie zu retten, ihrer Tante, der Comtesse de Cinq-Cygne, anvertraut. Zwei Diener, die am Hause Simeuse hingen, hielten die jungen Leute eingeschlossen. Der Greis, der nicht wollte, daß sein Name unterging, hatte befohlen, seinen Söhnen für den Fall des schlimmsten Unglücks alles zu verbergen. Laurence, die damals zwölf Jahre alt war, wurde von beiden Brüdern gleich geliebt, und auch sie liebte sie ebenso. Wie viele Zwillinge glichen die beiden Simeuses sich so sehr, daß ihnen ihre Mutter lange Zeit Kleider von verschiedenen Farben geben mußte, um sie unterscheiden zu können. Der Erstgeborene hieß Paul-Marie, der andere Marie-Paul. Laurence de Cinq-Cygne, der man das Geheimnis der Lage anvertraut hatte, spielte ihre Frauenrolle sehr gut; sie flehte ihre Cousins an, sie schmeichelte ihnen und behütete sie, bis der Pöbel das Hôtel Cinq-Cygne umringte. Im selben Augenblick begriffen die beiden Brüder die Gefahr und sagten es sich durch einen Blick. Ihr Entschluß war alsbald gefaßt; sie bewaffneten ihre beiden Diener wie auch die der Comtesse de Cinq-Cygne, verrammelten das Tor und gingen, nachdem sie die Jalousien geschlossen hatten, mit fünf Dienern und dem Abbé d'Hauteserre, einem Verwandten der Cinq-Cygnes, an den Fenstern in Stellung. Die acht mutigen Kämpfer eröffneten ein furchtbares Feuer auf die Menge. Jeder Schuß tötete oder verwundete einen der Angreifer. Laurence lud, statt zu verzweifeln, mit außerordentlicher Kaltblütigkeit die Gewehre und reichte denen, die sie brauchten, Kugeln und Pulver. Die Comtesse des Cinq-Cygne war auf die Knie gesunken. »Was tust du, liebe Mutter?« fragte Laurence.

»Ich bete«, erwiderte sie, »für sie wie für euch.«

Ein erhabenes Wort, das auch die Mutter des Friedensfürsten in Spanien bei einer ähnlichen Gelegenheit sagte. In einem Augenblick waren elf Personen getötet und unter die Verwundeten zu Boden gestreckt. Solche Ereignisse kühlen den Pöbel ab, oder sie machen ihn noch wütender; er verbeißt sich in sein Vorhaben, oder er läßt es fallen. Die Vordersten wichen entsetzt zurück; aber die ganze Masse, die morden und stehlen wollte, begann zu schreien: »Mord! Meuchelei!«

Die Vorsichtigen suchten den Volksvertreter auf. Die beiden Brüder, die jetzt von den verhängnisvollen Ereignissen des Tages unterrichtet wurden, faßten Verdacht, das Konventsmitglied wünsche den Untergang ihres Hauses, und ihr Verdacht wurde bald zur Überzeugung. Vom Rachedurst getrieben, nahmen sie Stellung unter der Einfahrt und luden ihre Gewehre, um Malin zu erschießen, sobald er sich zeigen würde. Die Comtesse hatte den Kopf verloren, sie sah ihr Haus schon eingeäschert und ihre Tochter ermordet; sie schalt auf ihre Verwandten wegen der heldenhaften Verteidigung, die Frankreich acht Tage lang beschäftigte. Laurence öffnete die Tür ein wenig, als Malin sie aufforderte. Als er sie sah, verließ sich der Volksvertreter auf seinen gefürchteten Charakter und die Schwäche dieses Kindes; er trat ein.

»Wie«, antwortete sie auf das erste Wort, das er sprach, um

Rechenschaft wegen dieses Widerstandes zu verlangen, »Sie wollen Frankreich die Freiheit geben, und Sie schützen die Leute nicht einmal in ihrem Hause? Man will unser Haus niederreißen und uns ermorden, und wir hätten nicht einmal das Recht, die Gewalt mit Gewalt zurückzuweisen?« Malin stand wie angenagelt da. »Sie, der Enkel eines Maurers, den der große Marquis beim Bau seines Schlosses verwandt hat«, sagte Marie-Paul, »Sie lassen unsern Vater ins Gefängnis schleppen, da Sie auf eine Verleumdung hören?«

»Er wird in Freiheit gesetzt werden«, sagte Malin, der sich für verloren hielt, als er sah, wie die beiden jungen Leute krampfhaft ihre Gewehre schüttelten. »Diesem Versprechen verdanken Sie das Leben«, sagte Marie-Paul feierlich. »Aber wenn es nicht noch heute abend erfüllt wird, so werden wir Sie zu finden wissen!«

»Was diesen heulenden Pöbel angeht«, sagte Laurence, »so wird, wenn Sie ihn nicht fortschicken, der erste Schuß Ihnen gelten ... Jetzt, Monsieur Malin, gehen Sie hinaus.«

Das Konventsmitglied ging hinaus und hielt eine Ansprache an die Menge, in der er von den geheiligten Rechten des Herdes, vom Habeas corpus und vom englischen Hausrecht redete. Er sagte, das Gesetz und das Volk seien souverän; das Gesetz sei das Volk, das Volk dürfe nur durch das Gesetz handeln, und das Gesetz müsse siegen. Das Gesetz der Not machte ihn beredt, er brachte die Versammlung auseinander. Aber nie vergaß er den Ausdruck der Verachtung im Gesicht der beiden Brüder, noch auch das ›Gehen Sie hinaus!‹ von Mademoiselle de Cinq-Cygne. Sobald also die Rede davon war, den Besitz des Comte de Cinq-Cygne, des Bruders der Laurence, als Nationalgut zu verkaufen, wurde die Aufteilung streng durchgeführt. Die Kommissare des Distrikts ließen Laurence nichts als das Schloß, den Park, die Gärten und den Pachthof, die den Namen von Cinq-Cygne trugen. Nach Malins Anweisungen hatte Laurence nur auf ihren Pflichtteil Anspruch, da an die Stelle des Emigrierten die

Nation trat, zumal seit er die Waffen gegen die Republik trug. Am Abend nach diesem wütenden Sturm flehte Laurence ihre Cousins so inständig an, aufzubrechen, denn sie fürchtete irgendeinen Verrat und die Fallen des Volksvertreters, daß sie zu Pferde stiegen und zu den Vorposten der preußischen Armee stießen. In dem Augenblick, als die beiden Brüder den Wald von Gondreville erreichten, wurde das Hôtel Cinq-Cygne umringt; der Volksvertreter kam selbst mit bewaffneter Macht, um die Erben des Hauses Simeuse zu verhaften. Er wagte es nicht, sich der Comtesse de Cinq-Cygne und ihrer Tochter Laurence, die damals ein Kind von zwölf Jahren war, zu bemächtigen; die Comtesse lag im Bett, gequält von einem heftigen Nervenfieber. Die Bedienten, die die Strenge der Republik fürchteten, waren verschwunden. Am folgenden Morgen verbreitete sich die Nachricht von dem Widerstand der beiden Brüder und ihrer Flucht nach Preußen – denn von einer solchen sprach das Gerücht – in der ganzen Gegend; es bildete sich vor dem Hôtel Cinq-Cygne eine Rotte von dreitausend Menschen, und das Haus wurde mit unerklärlicher Schnelligkeit demoliert. Madame de Cinq-Cygne, die ins Hôtel Simeuse übergeführt wurde, starb dort in einem neuen, gesteigerten Fieberanfall. Michu war erst nach diesen Ereignissen auf dem politischen Schauplatz erschienen, denn der Marquis und die Marquise blieben etwa fünf Monate im Gefängnis. Während dieser Zeit übernahm der Volksvertreter der Aube eine Mission. Als aber Marion Gondreville an Malin verkaufte, als in der ganzen Gegend die Wirkungen der Volksgärungen vergessen waren, da begriff Michu den ganzen Malin; wenigstens glaubte Michu ihn zu begreifen; denn Malin gehörte wie Fouché zu jenen Persönlichkeiten, die so viele Gesichter und unter jedem Gesicht so viel Tiefe haben, daß sie in dem Augenblick, in dem sie spielen, undurchdringlich sind und erst lange nach der Partie erklärt werden können.

Nie unterließ Malin es, bei den großen Gelegenheiten seines Lebens seinen treuen Freund Grévin zu Rate zu ziehen, denn das Urteil des Notars von Arcis über Dinge und Menschen in der Ferne war scharf, klar, genau. Diese Gewohnheit ist die Klugheit der Menschen zweiten Ranges, und sie macht ihre Stärke aus. Nun lagen die Dinge im November 1803 für den Staatsrat so ernst, daß ein Brief die beiden Freunde bloßgestellt hätte. Malin, der zum Senator ernannt werden sollte, fürchtete sich vor einer Auseinandersetzung in Paris; er verließ sein Haus und kam nach Gondreville, indem er dem Ersten Konsul einen einzigen der Gründe angab, die ihm den Wunsch eingaben, dort zu sein, einen Grund, der ihm in Bonapartes Augen den Anstrich des Eifers gab, während es sich statt um den Staat vielmehr um ihn selber handelte. Als nun Michu im Park nach Art der Wilden auf einen der Rache günstigen Augenblick lauerte und fahndete, führte der politische Malin, gewohnt, alle Ereignisse für seine Rechnungen auszunutzen, seinen Freund auf eine kleine Wiese des englischen Gartens, einen verlassenen Ort, wie er einer geheimnisvollen Besprechung günstig war. So waren die beiden Freunde, die sich mitten auf die Lichtungen stellten und leise sprachen, zu weit entfernt, um behorcht zu werden, wenn sich etwa jemand versteckte, um ihnen zuzuhören; und wenn Eindringlinge kamen, so konnten sie das Thema wechseln.

»Weshalb sind wir nicht auf dem Schloß in einem Zimmer geblieben?« fragte Grévin. »Hast du nicht die beiden Leute gesehen, die mir der Polizeipräfekt schickt?«

Obgleich Fouché in Dingen der Verschwörung Pichegru, Georges, Moreau und Polignac die Seele des Konsulatskabinetts gewesen war, leitete er nicht das Polizeiministerium und war damals wie Malin einfacher Staatsrat.

»Diese beiden Leute sind Fouchés beide Arme. Der eine, der junge Stutzer, dessen Gesicht aussieht wie eine Flasche Limonade, der Essig auf den Lippen hat und Krätzer in den Augen, hat im Jahre VII dem Aufstand im Westen in vierzehn Tagen ein Ende gemacht. Der andere ist ein Kind Lenoirs; er ist der einzige, der die großen Traditionen der Polizei besitzt. Ich hatte um irgendeinen Agenten gebeten, den eine Amtsperson unterstützen sollte, und man schickt mir diese beiden Gevattern. Ah, Grévin, Fouché will mir zweifellos in die Karten sehen. Deshalb ließ ich diese beiden beim Diner im Schloß allein; mögen sie alles durchsuchen, sie werden weder Ludwig XVIII. noch das geringste Anzeichen finden.«

»Ah ja, aber«, sagte Grévin, »welches Spiel spielst du denn?«

»He, mein Freund, ein doppeltes Spiel ist recht gefährlich; aber in bezug auf Fouché ist mein Spiel dreifach; er hat vielleicht gerochen, daß ich die Geheimnisse des Hauses Bourbon kenne.«

»Du?«

»Ich«, erwiderte Malin. »Denkst du denn nicht mehr an Favras?« Dies Wort machte Eindruck auf Malin. »Und seit wann?« fragte Grévin nach einer Pause. »Seit dem Konsulat auf Lebenszeit.«

»Aber keine Beweise?«

»Nicht so viel!« sagte Malin, indem er den Nagel seines Daumens gegen einen seiner Schneidezähne schlagen ließ.

In wenig Worten entwarf Malin ein scharfes Bild der kritischen Lage, in die Bonaparte England drängte, das durch das Lager bei Boulogne tödlich bedroht war; er erklärte Grévin die Frankreich und Europa unbekannte Tragweite dieses Invasionsplans, die Pitt freilich ahnte; dann die kritische Lage, in die England Bonaparte bringen wollte. Eine imposante Koalition, Preußen, Österreich und Rußland, sollte, durch englisches Gold unterstützt, siebenhunderttausend Mann unter die Waffen bringen. Zu gleicher Zeit spannte im Innern eine furchtbare Verschwörung ihre Netze aus und vereinigte die Bergpartei, die Chouans, die Royalisten und ihre Prinzen.

»Solange Ludwig XVIII. drei Konsuln sah, glaubte er, die Anarchie dauerte noch fort, und er würde mit Hilfe irgendeiner Bewegung Rache nehmen können für den 13. Vendémiaire und den 18. Fructidor«, sagte Malin; »aber das Konsulat auf Lebenszeit hat Bonapartes Pläne aufgedeckt, er wird bald Kaiser sein. Dieser ehemalige Unterleutnant geht mit dem Gedanken um, eine Dynastie zu gründen! Diesmal aber will man ihm ans Leben, und der Handstreich ist noch geschickter angelegt als der der Rue Saint-Nicaise. Pichegru, Georges, Moreau, der Duc d'Enghien, Polignac und Rivière, die beiden Freunde des Comte d'Artois, sind mitverschworen.«

»Was für ein Gemisch!« rief Grévin. »Frankreich wird heimlich überfallen, man will von allen Seiten anstürmen, man setzt Himmel und Hölle in Bewegung. Hundert Mann, die Georges befehligt, sollen die Leibwache des Konsuls und den Konsul Mann gegen Mann angreifen.«

»Gut, denunziere sie!«

»Seit zwei Monaten haben der Konsul, sein Polizeiminister, der Präfekt und Fouché einen Teil der Fäden dieses ungeheuren Gewebes in der Hand; aber sie kennen die ganze Ausdehnung noch nicht; und im Augenblick lassen sie fast alle Verschworenen in Freiheit, um alles zu erfahren.«

»Soweit es sich um Recht handelt«, sagte der Notar, »so haben die Bourbonen wohl eher das Recht, ein Unternehmen gegen Bonaparte anzuzetteln, als Bonaparte es hatte, am 18. Brumaire sich gegen die Republik zu verschwören, deren Kind er war. Er ermordete seine Mutter; diese wollen nur wieder in ihr Haus. Ich verstehe, daß die Prinzen, als sie sahen, daß die Liste der Emigranten geschlossen wurde, die Streichungen in den Listen wuchsen, der katholische Kultus wiedererrichtet wurde und die konterrevolutionären Erlasse sich häuften – daß die Prinzen da begriffen, wie schwierig, um nicht zu sagen unmöglich, ihre Rückkehr wurde. Bonaparte ist jetzt das einzige Hindernis, das sich ihrer Rückkehr entgegensetzt, und sie wollen das Hindernis beseitigen; nichts ist einfacher. Werden die Verschwörer besiegt, so sind sie Räuber; siegen sie, so sind sie Helden, und da scheint mir deine Ratlosigkeit ziemlich natürlich.«

»Es handelt sich darum, den Bourbonen durch Bonaparte den Kopf des Duc d'Enghien zuwerfen zu lassen, wie der Konvent den Königen Ludwigs XVI. Kopf zugeworfen hat, um ihn ebenso tief wie uns in den Strom der Revolution zu tauchen; oder darum, das gegenwärtige Idol des französischen Volks und seinen künftigen Kaiser zu stürzen, um den echten Thron auf den Trümmern aufzupflanzen. Ich bin der Gnade eines Ereignisses ausgeliefert, eines glücklichen Pistolenschusses, eines Anschlags der Rue Saint-Nicaise, der glükken könnte. Man hat mir nicht alles gesagt. Man hat mir vorgeschlagen, im kritischen Augenblick den Staatsrat zu versammeln und die gesetzmäßige Aktion der Wiedereinsetzung der Bourbonen zu leiten.«

»Warte«, erwiderte der Notar. »Unmöglich! Mir bleibt nur noch der gegenwärtige Augenblick, um meine Entscheidung zu treffen.«

»Und weshalb?«

»Die beiden Simeuses sind mitverschworen; sie sind da in der Gegend; ich muß sie entweder verfolgen lassen, so daß sie sich bloßstellen und ich ihrer ledig werde, oder ich muß sie blindlings schützen. Ich hatte um Unterbeamte gebeten, und man schickt mir ausgesuchte Luchse, die über Troyes gekommen sind, um die Gendarmerie für sich zu haben!«

»Gondreville ist das ›Haltefest‹ und die Verschwörung das ›So wirst du haben‹«, sagte Grévin. »Weder Fouché noch Talleyrand, deine beiden Partner, gehören ihr an: spiele offenes Spiel mit ihnen. Wie! Alle, die Ludwig XVI. den Kopf abgeschnitten haben, sitzen in der Regierung; Frankreich ist voll von Leuten, die konfiszierte Güter erworben haben, und du wolltest die zurückführen, die Gondreville von dir fordern würden?«

»Wenn die Bourbonen keine Dummköpfe sind, müssen sie alles, was wir getan haben, mit dem Schwamm wegwischen.«

»Warne Bonaparte.«

»Ein Mann von meinem Rang denunziert nicht«, sagte Malin lebhaft.

»Von deinem Rang?« rief Grévin lächelnd. »Man bietet mir das Justizministerium an.«

»Ich verstehe, daß du geblendet bist, und es ist meines Amtes, in diesen politischen Finsternissen klarzusehen, das Ausgangstor zu wittern. Nun ist es unmöglich, die Ereignisse vorauszusehen, die die Bourbonen zurückführen könnten, solange ein General Bonaparte achtzig Schiffe und vierhunderttausend Mann besitzt. Es gibt nichts Schwierigeres in der zuwartenden Politik, als zu erkennen, wann eine Macht, die sich neigt, stürzen wird; die Macht Bonapartes aber, mein Alter, ist noch im Steigen ... Sollte nicht Fouché dich haben sondieren lassen, um deine tiefsten Gedanken kennenzulernen und sich deiner zu entledigen?«

»Nein, ich bin des Gesandten sicher. Übrigens würde mir Fouché nicht zwei solche Affen schicken, die ich zu gut kenne, um nicht argwöhnisch zu werden.«

»Mich beängstigen sie«, sagte Grévin. »Wenn Fouché dir nicht mißtraut, dich nicht prüfen will, weshalb hat er sie dir da geschickt? Fouché spielt einen solchen Streich nicht ohne irgendeinen Grund ...«

»Das entscheidet es!« rief Malin; »ich werde vor diesen beiden Simeuses niemals Ruhe haben; vielleicht will Fouché, der meine Lage kennt, sie nicht verfehlen, und er glaubt, durch sie bis zu den Condés durchzudringen.«

»Ah, mein Alter, nicht unter Bonaparte wird man den Besitzer von Gondreville beunruhigen.«

Als Malin die Augen hob, bemerkte er im Laub einer großen dichten Linde den Lauf eines Gewehrs. »Ich hatte mich nicht getäuscht; ich hatte das trockene Geräusch eines Gewehrs gehört, das man lud«, sagte er zu Grévin, nachdem er hinter einen dicken Baumstamm getreten war, wohin der Notar ihm folgte, da ihn die plötzliche Bewegung seines Freundes beunruhigte.

»Das ist Michu«, sagte Grévin. »ich sehe seinen roten Bart.«

»Laß uns tun, als hätten wir keinerlei Furcht«, erwiderte Malin, der langsam davonging, indem er wiederholt sagte: »Was hat dieser Mensch gegen die Käufer dieses Landguts? Sicherlich zielte er nicht auf dich. Wenn er uns gehört hat, muß ich ihm eine Suppe einbrocken! Wir hätten besser getan, in die Ebene hinauszugehen. Wer zum Teufel sollte daran denken, der Luft zu mißtrauen?«

»Man lernt immer noch«, sagte der Notar; »aber er war ziemlich fern, und wir haben nur geflüstert.«

»Ich werde Corentin ein paar Worte darüber sagen«, erwiderte Malin.

Wenige Augenblicke darauf kam Michu nach Hause; er war bleich und sein Gesicht verkniffen. »Was hast du?« fragte seine Frau beängstigt.

»Nichts«, erwiderte er, als er Violette erblickte, dessen Anwesenheit ihn traf wie ein Blitzschlag.

Michu nahm einen Stuhl, setzte sich ruhig vors Feuer und warf einen Brief hinein, den er aus jener Blechröhre gezogen hatte, deren sich die Soldaten bedienen, um ihre Papiere aufzubewahren. Diese Handlung, die Marthe erlaubte aufzuatmen, als wäre sie von einer ungeheuren Last befreit, machte Violette viel zu schaffen. Der Verwalter legte seine Büchse mit bemerkenswerter Kaltblütigkeit auf den Kaminsims. Marianne und die Mutter häkelten beim Licht einer Lampe. »Auf, François!« sagte der Vater, »zu Bett ... Willst du wohl zu Bett gehen!«

Er faßte seinen Sohn brutal um die Hüften und trug ihn davon. »Steig in den Keller hinunter«, sagte er ihm ins Ohr, als sie auf der Treppe waren, »fülle zwei Flaschen Mâcon, aus denen du ein Drittel ihres Inhalts ausgegossen hast, mit dem Kognak auf, der auf dem Flaschenbrett steht; dann mische in einer Flasche eine Hälfte Weißwein und eine Hälfte Branntwein. Mach das geschickt und stelle die drei Flaschen auf das leere Faß am Eingang des Kellers. Wenn ich dann das Fenster öffne, so steige aus dem Keller herauf, sattle mir mein Pferd, sitze auf und erwarte mich beim Bettlerpfahl!« – »Der kleine Schlingel will doch nie ins Bett«, sagte der Verwalter, als er wieder eintrat; »er will es machen wie die Erwachsenen, will alles sehen, hören und erfahren. Sie verderben mir meine Leute, Vater Violette.«

»Großer Gott! Großer Gott!« rief Violette, »wer hat Euch die Zunge gelöst? So viel habt Ihr noch nie geredet.«

»Meint Ihr, ich ließe mich ausspionieren, ohne es zu merken? Ihr steht nicht auf der rechten Seite, lieber Vater Violette. Wenn Ihr, statt denen zu dienen, die mir übelwollen, für mich wäret, so würde ich noch mehr für Euch tun, als Euch die Pacht erneuern ...«

»Was noch?« fragte der habgierige Bauer, indem er die Augen weit aufriß.

»Ich würde Euch billig meinen Besitz verkaufen.«

»Billig ist nichts, solange man bezahlen muß«, sagte Violette sentenziös.

»Ich will die Gegend verlassen, ich will Euch meinen Pachthof Le Mousseau mit Gebäuden, Saaten und Vieh für fünfzigtausend Francs geben.«

»Wahrhaftig?«

»Das paßt Euch?«

»Ei, müßte sehen.«

»Laßt uns darüber reden. Aber ich verlange ein Aufgeld.«

»Ich habe nichts.«

»Ein Wort.«

»Auch noch! ...«

»Sagt mir, wer Euch hierhergeschickt hat.«

»Ich war auf dem Rückweg von dort, wohin ich vorher ging, und ich wollte Euch eben guten Abend sagen.«

»Auf dem Rückweg ohne dein Pferd? Für was für einen Dummkopf hältst du mich? Du lügst, du bekommst meinen Pachthof nicht.«

»Gut also, Monsieur Grévin. ›Violette‹, hat er gesagt, ›wir brauchen Michu, such ihn. Wenn er nicht da ist, so warte ...‹ Ich begriff, daß ich heute abend hierbleiben sollte ...«

»Die Pariser Schnapphähne waren noch auf dem Schloß?«

»Ah, ich weiß nicht genau; aber es waren Leute im Salon.«

»Du sollst meinen Pachthof haben, laß uns zu den Bedingungen kommen. Marthe, geh und hole den Vertragswein. Nimm vom besten Roussillon, dem Wein des alten Marquis. Wir sind keine Kinder mehr. Du wirst zwei Flaschen beim Eingang auf dem leeren Faß finden; auch eine Flasche Weißen.«

»Das geht!« sagte Violette, der sich nie betrank; »laßt uns trinken!«

»Ihr habt fünfzigtausend Francs unter den Fliesen Eures Schlafzimmers, genau unter dem Bett; vierzehn Tage nachdem der Vertrag bei Grévin abgeschlossen ist, werdet Ihr sie mir geben ...« Violette sah Michu fest an und wurde farblos. »Ah, du willst einen ausgedienten Jakobiner auskundschaften, der die Ehre gehabt hat, dem Klub von Arcis vorzusitzen, und du meinst, er werde dich nicht zwicken? Ich habe Augen, ich habe gesehen, daß deine Fliesen frisch vergipst sind, und ich konnte wohl den Schluß ziehen, daß du sie nicht ausgehoben hättest, um Getreide darunter zu säen. ... Komm, trink!«

Violette trank in seiner Unruhe ein ganzes Glas Wein, ohne auf die Qualität zu achten; der Schrecken hatte ihm gleichsam ein heißes Eisen in den Leib gestoßen; der Geiz verbrannte dort den Branntwein. Er hätte viel darum gegeben, wenn er hätte plötzlich zu Hause sein können, um seinem Schatz einen andern Platz zu geben. Die drei Frauen lächelten.

»Das paßt Euch?« fragte Michu Violette, indem er ihm sein Glas noch einmal füllte.

»Aber ja!«

»Dann bist du auf eigenem Grund und Boden, alter Halunke!«

Nach einer halben Stunde lebhafter Diskussionen über den Zeitpunkt des Besitzantritts und über die tausend Spitzfindigkeiten, unter denen die Bauern ihre Geschäfte abschließen, fiel Violette mitten unter Beteuerungen, unter geleerten Weingläsern, unter Worten voller Versprechungen, unter Ableugnungen, unter Rufen wie ›Nicht wahr?‹, ›Gewiß‹, ›Auf mein Wort‹, ›Was ich dir sage!‹, ›Man soll mir den Hals abschneiden, wenn ...‹, ›Dies Glas Wein werde mir zu Gift, wenn ich nicht die reine Wahrheit sage!‹ mit dem Kopf auf den Tisch; er war nicht berauscht, sondern sinnlos betrunken; und sowie Michu gesehen hatte, daß seine Augen trübe wurden, hatte er eiligst das Fenster aufgemacht.

»Wo ist Gaucher, der Schlingel?« fragte er seine Frau.

»Er ist zu Bett gegangen.«

»Du, Marianne«, sagte der Verwalter zu seiner treuen Magd, »stell dich vor seine Tür und bewache ihn. Du, Mutter, bleibst unten und behütest mir diesen Spion; sei auf der Hut und öffne nur, wenn François ruft. Es handelt sich um Leben oder Tod!« fügte er mit tiefer Stimme hinzu. »Für alle Geschöpfe, die unter meinem Dach wohnen, habe ich heute nacht das Haus nicht verlassen; und dabei werdet ihr bleiben, wenn man euch den Kopf auch unters Fallbeil legt. Geh«, sagte er zu seiner Frau, »geh, Mama, zieh Schuhe an, nimm deine Haube und auf! Keine Fragen, ich begleite dich.«

Seit dreiviertel Stunden hatte dieser Mann in Blick und Geste einen despotischen, unwiderstehlichen Willen verraten, der aus der gemeinsamen und unbekannten Quelle geschöpft war, aus der sowohl die großen Generäle auf dem Schlachtfeld, wo sie die Massen entflammen, wie die großen Redner, die Versammlungen fortreißen, wie auch, um nichts zu verschweigen, die großen Verbrecher für ihre verwegenen Taten ihre außerordentlichen Kräfte schöpfen. Es ist dann, als gehe vom Kopf eine unbezwingliche Wirkungskraft aus, die das Wort übermittelt, und als flöße die Geste andern einen Willen ein. Die drei Frauen wußten, daß sie inmitten einer furchtbaren Gefahr standen; ohne daß man ihnen etwas davon sagte, fühlten sie sie in der Schnelligkeit der Handlungen dieses Mannes, dessen Gesicht funkelte, dessen Stirn redete, dessen Augen wie Sterne glänzten; sie hatten den Schweiß an der Wurzel seiner Haare stehen sehen; mehr als einmal hatte seine Stimme vor Ungeduld und Wut vibriert. So gehorchte denn Marthe auch ganz passiv. Michu sprang, bis an die Zähne bewaffnet, das Gewehr über der Schulter, in die Allee hinab; seine Frau folgte ihm, und schnell erreichten sie den Kreuzweg, wo François sich im Gestrüpp verborgen hatte. »Der Kleine hat Verstand«, sagte Michu, als er ihn sah. Es war sein erstes Wort; seine Frau und er waren bisher gelaufen, ohne eine Silbe sprechen zu können.

»Kehre zum Pavillon zurück, verbirg dich im dichtesten Baum, behalte die Felder und den Park im Auge!« sagte er zu seinem Sohn. »Wir sind alle zu Bett gegangen, wir öffnen niemandem. Deine Großmutter wacht; sie wird sich nur rühren, wenn sie dich sprechen hört. Merke dir meine geringsten Worte. Es handelt sich um das Leben deines Vaters und deiner Mutter. Die Polizei darf nie erfahren, daß wir wieder aufgestanden sind!«

Als Michu seinem Sohn diese Worte ins Ohr geflüstert hatte, verschwand der durch den Wald wie ein Aal im Schlamm; sein Vater aber sagte zu seiner Frau: »Aufs Pferd! Und bitte Gott, daß er für uns sei. Halte dich gut fest! Das Tier kann dabei verenden.«

Kaum waren diese Worte gesprochen, so schoß das Pferd, dem Michu beide Füße in die Flanken stieß und das er mit seinen starken Knien einpreßte, mit der Geschwindigkeit eines Rennpferds davon. Das Tier schien seinen Herrn zu verstehen: in einer Viertelstunde lag der Wald hinter ihnen. Michu, der nicht vom kürzesten Weg abgewichen war, stand an einer Stelle des Saums, von der aus man im Mondschein die Dächer des Schlosses von Cinq-Cygne sehen konnte. Er band sein Pferd an einen Baum und stieg schnell auf den kleinen Hügel, von dem aus man das Tal von Cinq-Cygne beherrschte.

Das Schloß, das Marthe und Michu einen Augenblick gemeinsam betrachteten, macht in der Landschaft einen reizenden Eindruck. Obgleich es sich weder durch seine Größe noch durch seine Architektur auszeichnet, fehlt es ihm nicht an einem gewissen altertümlichen Reiz. Der alte Bau, der auf einer Höhe liegt und von tiefen, breiten und noch mit Wasser gefüllten Gräben umgeben ist, ist aus Kieseln und Mörtel erbaut; aber die Mauern haben sieben Fuß Dicke. Seine Einfachheit erinnert wundervoll an das rauhe und kriegerische Leben der Ritterzeiten. Dieses echte Naturschloß besteht aus zwei großen Türmen, die durch ein langes Gebäude getrennt sind; die Mauer des Baues ist durchbrochen von wirklichen Steinfenstern, deren roh gemeißelte Kreuze Weinranken gleichen. Die Treppe liegt in der Mitte vor dem Ganzen in einem fünfkantigen Turm mit kleinem Spitzbogentor. Das Erdgeschoß, dessen Inneres unter Ludwig XIV. modernisiert wurde, wie übrigens auch das des ersten Stocks, wird überragt von ungeheuren Dächern, deren Fenster gemeißelte Giebelfelder zeigen. Vor dem Schloß liegt eine ausgedehnte Wiese, deren Bäume kürzlich abgeholzt worden waren. Zu beiden Seiten der Zugangsbrücke liegen zwei feste Baracken, in denen die Gärtner wohnen; sie werden getrennt durch ein charakterloses, offenbar modernes, dürftiges Gitterwerk. Rechts und links von der durch eine gepflasterte Straße geteilten Wiese dehnen sich die Pferde- und Kuhställe, die Scheunen, die Holzschuppen, die Bäckerei, die Hühnerställe und die Gesindewohnungen; all das ist ohne Zweifel in den Resten zweier Flügel untergebracht, die dem gegenwärtigen Schloß ganz ähnlich waren. Früher wird dieses Kastell ein Viereck gewesen sein, das an den vier Ecken befestigt war und von einem ungeheuren Turm mit gewölbtem Tor verteidigt wurde; unterhalb befand sich da, wo jetzt das Gittertor steht, eine Zugbrücke. Die beiden großen Türme, deren kegelförmige

Dächer noch nicht flachgelegt waren, gaben dem Dorf, zusammen mit dem Glockengestühl des mittleren Turms, Charakter. Die ebenfalls alte Kirche zeigte einige Schritt weiter weg ihren spitzen Glockenturm, der sich harmonisch in die Massen dieses Kastells einfügte. Der Mond goß Glanz über alle Dächer und Kegel, um die das Licht spielte und flimmerte. Michu sah diesen alten Herrensitz mit einem Blick an, der die Gedanken seiner Frau umwarf, denn sein jetzt ruhigeres Gesicht zeigte den Ausdruck der Hoffnung und einen gewissen Stolz. Seine Augen schweiften nicht ohne Mißtrauen über den Horizont; er lauschte über die Felder hin. Es mochte etwa neun Uhr sein, der Mond traf mit seinem Licht den Waldrand, und vor allem der Hügel war hell beleuchtet. Dieser Standpunkt schien dem Verwalter gefährlich; er stieg hinab, denn er fürchtete offenbar, gesehen zu werden. Doch keinerlei verdächtiges Geräusch störte den Frieden des schönen Tals, das auf dieser Seite von dem Wald von Nodesme umschlossen wurde. Marthe erwartete, nach einem solchen Ritt erschöpft und zitternd, eine Aufklärung. Wozu sollte sie dienen? Zu einer guten Tat oder zu einem Verbrechen?

In diesem Augenblick neigte Michu sich zum Ohr seiner Frau hinab. »Du wirst zur Comtesse de Cinq-Cygne gehen und sie zu sprechen verlangen; wenn du sie siehst, so bitte sie, abseits zu kommen. Und wenn euch niemand hören kann, so sagst du ihr: ›Mademoiselle, das Leben Ihrer beiden Cousins ist in Gefahr, und der, der Ihnen das Warum und Wie auseinandersetzen kann, wartet.‹ Wenn sie sich fürchtet, wenn sie mißtrauisch ist, so füge hinzu: ›Sie gehören zu der Verschwörung gegen den Ersten Konsul, und die Verschwörung ist entdeckt.‹ Nenne nicht deinen Namen, man mißtraut uns zu sehr.«

Marthe hob den Kopf zu ihrem Mann und fragte: »So dienst du ihnen?«

»Ja, und?« fragte er, indem er die Stirn runzelte, denn er glaubte an einen Vorwurf.

»Du verstehst mich nicht!« rief Marthe, indem sie Michus breite Hand ergriff und vor ihm auf die Knie fiel; als sie die Hand küßte, war sie plötzlich von Tränen feucht.

»Lauf! Weinen kannst du nachher«, sagte er, indem er sie mit roher Kraft umarmte.

Als er den Schritt seiner Frau nicht mehr hörte, traten diesem Mann aus Eisen die Tränen in die Augen. Er hatte Marthe wegen der Anschauungen ihres Vaters mißtraut; er hatte ihr die Geheimnisse seines Lebens verborgen; aber die Schönheit des einfachen Charakters seiner Frau war ihm plötzlich klargeworden, wie ihr die Größe des seinen aufgeglänzt war. Marthe machte die Wandlung aus der tiefen Demütigung, wie sie der Verruf eines Mannes, dessen Namen man trägt, mit sich bringt, zu dem Entzücken durch, das sein Ruhm verleiht. Es war ein Umschlag ohne Übergang; genügte er nicht, um ohnmächtig zu werden? Im Kampf mit den lebhaftesten Sorgen hatte sie, wie sie ihm später sagte, auf dem Weg vom Pavillon bis nach Cinq-Cygne Blut geschwitzt; und einen Augenblick hatte sie die Empfindung gehabt, als würde sie unter die Engel in den Himmel entrückt. Er, der sich nicht verstanden fühlte, der die traurige und melancholische Haltung seiner Frau für einen Mangel an Liebe hielt, der sie sich selbst überließ, indem er im Freien lebte und seine ganze Zärtlichkeit auf seinen Sohn übertrug, hatte jetzt in einem Augenblick begriffen, was die Tränen dieser Frau bedeuteten: sie fluchte der Rolle, die ihre Schönheit und der väterliche Wille sie zu spielen gezwungen hatten. Mitten im Gewitter hatte das Glück wie im Blitz seine schönste Flamme für sie entzündet. Und es mußte ein Blitz sein! Beide dachten an zehn Jahre der Mißverständnisse, und jeder gab sich allein die Schuld. Michu blieb reglos stehen, den Ellenbogen auf die Büchse gestützt und das Kinn auf den Ellenbogen; er war versunken in tiefes Sinnen. In einem solchen Augenblick nimmt man allen Schmerz der schmerzlichsten Vergangenheit hin.

Von tausend denen ihres Mannes ähnlichen Gedanken bewegt, lief Marthe dahin, das Herz bedrückt von der Gefahr der Simeuse, denn sie begriff alles, selbst die Gestalten der beiden Pariser; aber die Büchse konnte sie sich nicht erklären. Sie lief wie eine Hirschkuh und erreichte den Weg zum Schloß; sie schrak zusammen, als sie die Schritte eines Mannes hinter sich hörte, und stieß einen Schrei aus; Michus breite Hand schloß ihr den Mund.

»Oben von dem Hügel habe ich das Silber auf den Bortenhüten glänzen sehen! Lauf durch die Bresche des Grabens zwischen dem Turm von Mademoiselle und den Ställen; die Hunde werden dir nicht nachbellen. Geh in den Garten, rufe die junge Comtesse durchs Fenster, laß ihr Pferd satteln, sag ihr, sie soll es durch den Graben führen; ich werde da sein, nachdem ich den Plan der Pariser erkundet und die Mittel gefunden habe, ihnen zu entgehen.«

Diese Gefahr, die wie eine Lawine daherrollte und der man zuvorkommen mußte, gab Marthe Flügel.

Der fränkische Name, der den Cinq-Cygnes und den Chargebœufs gemeinsam ist, lautet Duineff. Cinq-Cygne wurde der Name der jüngern Linie der Chargebœufs, nachdem fünf Töchter dieses Hauses in Abwesenheit ihres Vaters ein Kastell verteidigt hatten; sie waren alle auffallend weiß, und niemand hätte von ihnen ein solches Verhalten erwartet. Einer der ersten Comtes der Champagne wollte durch diesen hübschen Namen die Erinnerung daran so lange verewigen, wie die Familie leben würde. Seit dieser merkwürdigen Waffentat waren alle Töchter des Hauses stolz, aber sie waren vielleicht nicht alle weiß. Die letzte, Laurence, war entgegen dem Salischen Gesetz die Erbin des Namens, des Wappens und der Lehnsgüter. Der König von Frankreich hatte den Erlaß des Comte der Champagne bestätigt, nach dem in dieser Familie die Frau adeln und erben sollte. Laurence war also Comtesse de Cinq-Cygne; ihr Gatte mußte ihren Namen und ihr Wappen annehmen, in dem man als Devise die erhabene Antwort las, die die älteste der fünf Schwestern auf den Ruf zur Übergabe des Schlosses gegeben hatte: ›Singend sterben!‹ Laurence war dieser schönen Heldinnen würdig; ihre Weiße wirkte wie eine Wette des Zufalls. In dem feinen und dichten Gewebe ihrer Haut sah man die geringsten Verästelungen ihrer blauen Adern. Ihr Haar, das vom hübschesten Blond war, stimmte wundervoll zu ihren tiefblauen Augen. Alles war zierlich an ihr. Aber in ihrem gebrechlichen Körper lebte trotz ihres schlanken Wuchses, trotz ihres Milchteints eine Seele, gehärtet wie die eines Mannes; niemand, selbst kein Beobachter, hätte sie beim Anblick einer sanften Physiognomie, eines zurückfallenden Gesichts, dessen Profil eine unbestimmte Ähnlichkeit mit dem Kopf eines Schafs hatte, erraten. Diese übergroße, wenn auch vornehme Sanftheit schien bis zum Stumpfsinn eines Lamms zu gehen. »Ich sehe aus wie ein Schaf, das träumt«, sagte sie mitunter lächelnd. Laurence, die wenig sprach, schien nicht so sehr nachdenklich wie schläfrig. Erhoben sich ernste Verhältnisse, so offenbarte sich auf der Stelle die verborgene Judith, die dann erhaben war; und an solchen Verhältnissen hatte es ihr unglücklicherweise nicht gefehlt. Mit zwölf Jahren stand Laurence nach den bekannten Ereignissen als Waise vor dem Platz, auf dem sich noch tags zuvor einer der merkwürdigsten Bauten der Architektur des sechzehnten Jahrhunderts erhoben hatte: das Hôtel Cinq-Cygne. Monsieur d'Hauteserre, einer ihrer Verwandten, der ihr Vormund geworden war, brachte die Erbin sofort aus Troyes aufs Land. Dieser wackere Provinzedelmann, den der Tod seines Bruders, des Abbés d'Hauteserre, beängstigte – er war in dem Augenblick, als er sich im Kostüm eines Bauern retten wollte, auf dem Platz von einer Kugel getroffen worden –, war nicht imstande, die Interessen seines Mündels zu verteidigen. Er hatte zwei Söhne im Heer der Prinzen, und tagtäglich glaubte er beim geringsten Geräusch, die Behörden von Arcis kämen, um ihn zu verhaften. Laurence, die stolz darauf war, eine Belagerung durchgemacht zu haben und die historische Blässe ihrer Vorfahren zu besitzen, sah mit Verachtung auf diese kluge Feigheit des unter dem Sturm gebeugten Greises herab; sie dachte nur daran, sich berühmt zu machen. Deshalb hängte sie auch verwegenermaßen das mit kleinen durcheinandergeflochtenen Eichenzweigen bekränzte Bild der Charlotte Corday in ihren ärmlichen Salon auf Cinq-Cygne. Dem Gesetz, das sie mit dem Tode bestraft hätte, zum Trotz stand sie durch einen reitenden Boten in Briefwechsel mit den Zwillingen. Der Bote, der gleichfalls sein Leben aufs Spiel setzte, brachte ihr die Antworten. Seit der Katastrophe in Troyes lebte Laurence nur noch für den Triumph der königlichen Sache. Nachdem sie sich ein verständiges Urteil über Monsieur und Madame d'Hauteserre gebildet und in ihnen den ehrenhaften, aber energielosen Charakter erkannt hatte, stellte sie sie außerhalb der Gesetze ihrer Sphäre. Laurence hatte zuviel Geist und wirkliche Nachsicht, um ihnen wegen ihres Charakters zu grollen. Sie war gut, liebenswürdig und herzlich gegen sie, aber sie gab ihnen keines ihrer Geheimnisse preis. Nichts verschließt die Seele so sehr wie beständige Heimlichkeiten im Schoß der Familie. Als Laurence großjährig wurde, ließ sie die Verwaltung ihrer Geschäfte wie früher dem guten d'Hauteserre. Wenn nur ihre Lieblingsstute gut gestriegelt wurde, wenn ihre Zofe Cathérine nur nach ihrem Geschmack und ihr kleiner Diener Gothard anständig angezogen waren, so kümmerte sie sich wenig um das andere. Sie richtete ihr Denken auf ein zu hohes Ziel, um sich zu den Beschäftigungen herabzulassen, die ihr zu anderen Zeiten zweifellos gefallen hätten. Die Toilette spielte für sie eine geringe Rolle. Laurence hatte ein flaschengrünes Reitkleid zum Ausreiten, ein Westenkleid mit Schnurbesatz aus gewöhnlichem Wollstoff, wenn sie zu Fuß ausging, und fürs Haus einen seidenen Morgenrock. Gothard, ihr kleiner Stallknecht, ein geschickter und mutiger Junge von fünfzehn Jahren, begleitete sie, denn sie war fast immer draußen und jagte auf allen Feldern von Gondreville, ohne daß sich die Pächter oder Michu widersetzten. Sie ritt ausgezeichnet, und ihre Geschicklichkeit auf der Jagd war fast ein Wunder. Selbst während der Revolution nannte man sie in der ganzen Gegend stets nur ›Mademoiselle‹.

Wer den schönen Roman ›Rob Roy‹ gelesen hat, wird sich eines der seltenen Frauencharaktere entsinnen, bei deren Schilderung Walter Scott seine kühlen Gewohnheiten fallenließ; ich meine Diana Vernon. Diese Erinnerung kann dazu dienen, Laurence verständlich zu machen, wenn man den Eigenschaften der schottischen Jägerin die verhaltene Begeisterung der Charlotte Corday hinzufügt, aber die liebenswürdige Lebhaftigkeit abzieht, die Diana so reizvoll macht. Die junge Comtesse hatte ihre Mutter sterben, den Abbé d'Hauteserre fallen, den Marquis und die Marquise de Simeuse auf dem Schafott umkommen sehen; ihr einziger Bruder war an seinen Wunden gestorben; ihre beiden Cousins, die in der Armee Condés dienten, konnten jeden Augenblick getötet werden; schließlich war das Vermögen der Simeuses und der Cinq-Cygnes von der Republik verschlungen worden, ohne der Republik Nutzen zu bringen. Man wird ihren Ernst, der in scheinbare Erstarrung ausartete, jetzt begreifen.

Monsieur d'Hauteserre zeigte sich übrigens als der ehrlichste und einsichtsvollste Vormund. Unter seiner Verwaltung nahm Cinq-Cygne die Gestalt eines Pachthofs an. Der gute Mann, der weit weniger wie ein Ritter aussah als wie ein strebsamer Landwirt, hatte den Park und die Gärten, die etwa zweihundert Morgen maßen, ausgenutzt; dort fand er Nahrung für Pferde und Leute und Holz zum Heizen. Dank der strengsten Sparsamkeit hatte die Comtesse, als sie großjährig wurde, durch die Anlage der Einkünfte in Staatspapieren bereits ein genügendes Vermögen zurückgewonnen. 1798 besaß die Erbin zwanzigtausend Francs Staatsrenten, deren Zinsen freilich Außenstände waren, und zwölftausend Francs in Cinq-Cygne, wo man die Pachtverträge unter beträchtlichen Steigerungen erneuert hatte. Monsieur und Madame d'Hauteserre hatten sich mit einer Leibrente der Leibrentengesellschaft ›Lafarge‹ aufs Land zurückgezogen; sie betrug dreitausend Francs. Dieser Rest ihres Vermögens erlaubte ihnen nicht, anderswo zu wohnen als auf Cinq-Cygne; daher war auch das erste, was Laurence tat, daß sie ihnen die lebenslängliche Nutznießung des Pavillons, den sie bewohnten, überließ. Die d'Hauteserres, die für ihr Mündel ebenso geizig geworden waren wie für sich selbst und die ihre tausend Taler alljährlich weglegten, da sie an ihre beiden Söhne dachten, gaben der Erbin eine elende Kost.

Die Gesamtausgaben von Cinq-Cygne gingen nicht über fünftausend Francs jährlich hinaus. Aber Laurence, die sich um keine Einzelheiten kümmerte, fand alles gut. Der Vormund und seine Frau, über die der unmerkliche Einfluß dieses Charakters, der sich in den kleinsten Dingen geltend machte, unversehens Gewalt gewann, waren schließlich dahin gekommen, daß sie dies Mädchen, das sie als Kind gekannt hatten, bewunderten; eine recht seltene Empfindung. Aber Laurence hatte im Wesen, in ihrer gutturalen Stimme, in ihrem herrischen Blick jenes Etwas, jene unerklärliche Macht, die stets imponiert, auch wenn sie nur scheinbar vorhanden ist; denn für die Dummen gleicht die Leere der Tiefe. Für die Masse ist die Tiefe unverständlich. Daher kommt vielleicht die Bewunderung des Volks für alles, was es nicht versteht. Monsieur und Madame d'Hauteserre harrten, da das gewöhnliche Schweigen der jungen Comtesse und ihre Wildheit ihnen tiefen Eindruck machten, ewig irgendeines großen Geschehnisses. Da Laurence mit Vorsicht Gutes tat und sich nicht täuschen ließ, so gewann sie sich bei den Bauern große Achtung, obgleich sie Aristokratin war. Ihr Geschlecht, ihr Name, ihr Unglück, die Wunderlichkeit ihres Lebens, alles trug dazu bei, ihr Macht über die Bewohner des Tals von Cinq-Cygne zu geben. Mitunter ritt sie, von Gothard begleitet, auf ein oder zwei Tage fort, und nie fragten Monsieur und Madame d'Hauteserre sie bei ihrer Rückkehr nach den Gründen ihrer Abwesenheit. Man beachte, daß Laurence nichts Wunderliches an sich hatte. Die Virago verbarg sich unter der scheinbar weiblichsten und schwächsten Form. Ihr Herz war von äußerster Empfindsamkeit, aber im Kopf trug sie eine männliche Entschlossenheit und eine stoische Festigkeit. Ihre klarblickenden Augen verstanden nicht zu weinen. Wenn man ihr weißes und zartes Handgelenk sah, das von blauen Adern getönt war, hätte man niemals geglaubt, daß es dem des verhärtetsten Ritters hätte trotzen können. Ihre so weiche, so helle Hand gebrauchte die Pistole, das Gewehr mit der Kraft eines geübten Jägers. Draußen trug sie nie eine andere Kopfbedeckung, als eben die Frauen sie zum Reiten tragen, nämlich einen koketten kleinen Kastorhut mit herabgeschlagenem grünem Schleier; daher hatte auch ihr zartes Gesicht, ihr weißer Hals, der mit einer schwarzen Krawatte umhüllt war, nie von ihren Ritten in freier Luft gelitten. Unter dem Direktorium und zu Beginn des Konsulats hatte Laurence ein solches Verhalten zeigen können, ohne daß sich irgend jemand um sie kümmerte; aber seit die Regierung wieder fester im Sattel saß, versuchten die neuen Behörden, der Präfekt der Aube, Malins Freunde und Malin selbst, sie in Mißachtung zu bringen. Laurence dachte nur an den Sturz Bonapartes, dessen Ehrgeiz und Triumph in ihr gleichsam eine Wut geweckt hatten, aber eine kalte und berechnete Wut. Als unbekannte und unbeachtete Feindin dieses ruhmbedeckten Mannes zielte sie auf ihn mit grauenhafter Starrheit aus der Tiefe ihres Tals und ihrer Wälder hervor. Sie wollte bisweilen hingehen und ihn in der Umgebung von Saint-Cloud oder Malmaison erschießen. Die Ausführung dieses Plans hätte sofort die Übungen und Gewohnheiten ihres Lebens erklärt; aber da sie seit dem Bruch des Friedens zu Amiens in die Verschwörung der Männer eingeweiht war, die den 18. Brumaire gegen den Ersten Konsul erneuern wollten, so hatte sie seither ihre Kraft und ihren Haß dem ausgedehnten und sehr gut geleiteten Plan untergeordnet, der Bonaparte von außen her durch die ungeheure Koalition Rußlands, Österreichs und Preußens, die er als Kaiser zu Austerlitz besiegte, treffen sollte; im Innern aber durch die Koalition der unter sich verschiedensten Leute, die doch ein gemeinsamer Haß verband und von denen manche wie Laurence auf den Tod dieses Mannes sannen, ohne vor dem Wort Meuchelmord zurückzuschrecken. Dies scheinbar so gebrechliche, für den, der sie genauer kannte, so starke Mädchen war also in diesem Augenblick der treue und sichere Leiter der Edelleute, die aus Deutschland kamen, um an diesem ernsten Angriff teilzunehmen. Fouché fußte auf dieser Mitarbeit der Emigranten jenseits des Rheins, als er den Duc d'Enghien in das Komplott verwickeln wollte. Die Anwesenheit dieses Fürsten auf badischem Gebiet, nicht weit von Strasbourg, gab später solchen Unterstellungen Gewicht. Die große Frage, ob der Fürst wirklich Kenntnis von dem Unternehmen hatte, ob er nach dessen Gelingen in Frankreich einziehen sollte, gehört zu den Geheimnissen, über die die Prinzen des Hauses Bourbon wie über noch einige andere das tiefste Schweigen bewahrt haben. In dem Maße, wie wir uns von der Geschichte dieser Zeit entfernen, werden unparteiische Geschichtsschreiber dem Fürsten wenigstens die Unvorsichtigkeit zum Vorwurf machen, daß er sich in dem Augenblick, als eine ungeheure Verschwörung zum Ausbruch kommen sollte, bei der sicherlich die ganze königliche Familie ins Vertrauen gezogen worden war, der Grenze näherte. Die Vorsicht, die Malin angewandt hatte, als er sich mit Grévin im Freien besprach, beobachtete dies junge Mädchen bei ihren geringsten Unterredungen. Sie empfing die Abgesandten und besprach sich mit ihnen, sei es an den verschiedenen Säumen des Waldes von Nodesme, sei es jenseits des Tals von Cinq-Cygne, zwischen Sézanne und Brienne. Oft legte sie mit Gothard in einem einzigen Ritt fünfzehn Meilen zurück, und wenn sie nach Cinq-Cygne heimkehrte, sah man auf ihrem frischen Gesicht nicht die geringste Spur der Ermüdung oder der Sorge. Sie hatte einst in den Augen dieses kleinen Kuhhirten die naive Bewunderung bemerkt, die die Kinder dem Außergewöhnlichen entgegenbringen; sie nahm ihn zum Stallknecht und lehrte ihn die Pferde mit der Sorgfalt und Aufmerksamkeit der Engländer striegeln. Sie erkannte in ihm den Wunsch, alles gut zu machen, Intelligenz und den Mangel jeder Berechnung. Sie stellte seine Ergebenheit auf die Probe; sie fand in ihm nicht nur die Anlage dazu, sondern auch den Adel: er dachte an keinen Lohn. Sie pflegte diese noch so junge Seele, sie war gut gegen ihn, gut nicht ohne Größe; sie fesselte ihn an sich, indem sie sich an ihn anschloß; sie schliff diesen halbwilden Charakter selbst, ohne ihm seine Frische und Einfalt zu nehmen. Als sie die fast hündische Treue, die sie züchtete, zur Genüge erprobt hatte, wurde er zu ihrem sinnreichen und harmlosen Mitschuldigen. Der kleine Bauer, den niemand in Verdacht haben konnte, ritt bisweilen von Cinq-Cygne bis Nancy, ohne daß jemand erfuhr, daß er die Gegend verlassen hatte. Er wandte alle Listen an, deren sich Spione bedienen. Das höchste Mißtrauen, das seine Herrin ihm eingeimpft hatte, veränderte seinen Charakter in nichts. Gothard, der zugleich die List der Frauen, die Offenheit der Kinder und die unablässige Aufmerksamkeit der Verschwörer besaß, verbarg seine wunderbaren Eigenschaften unter der tiefen Unwissenheit und der Apathie der Leute vom Lande. Dieser kleine Mensch schien albern, schwach und ungeschickt zu sein. War er aber einmal am Werk, so war er behend wie ein Fisch und entschlüpfte wie ein Aal; er verstand wie ein Hund einen Blick: er witterte den Gedanken. Sein gutes und grobes, rundes und rotes Gesicht, seine schläfrigen und braunen Augen, seine nach Bauernart kurzgeschnittenen Haare, sein Anzug, sein sehr zurückgebliebenes Wachstum bewahrten ihm die Erscheinung eines zehnjährigen Kindes.

Unter dem Schutz ihrer Cousine, die von Strasbourg bis Bar-sur-Aube über ihnen wachte, kamen die d'Hauteserres und de Simeuses durch Elsaß, Lothringen und die Champagne, begleitet vom mehreren anderen Emigranten; zugleich landeten weitere, nicht minder mutige Verschwörer an den Klippen der Normandie in Frankreich. Als Arbeiter verkleidet, waren die d'Hauteserres und die Simeuses von Wald zu Wald gezogen, geführt von Ort zu Ort durch Leute, die Laurence seit drei Monaten in den verschiedenen Landkreisen unter den ergebensten und am wenigsten beargwöhnten Anhängern der Bourbonen ausgesucht hatte. Die Emigranten schliefen am Tage und wanderten nachts. Jeder brachte zwei ergebene Soldaten mit, von denen einer auf Kundschaft vorauszog, während der andere folgte, um im Fall eines Unglücks den Rückzug zu decken. Dank diesen militärischen Vorsichtsmaßregeln hatte das kostbare Fähnlein ohne Unfall den Wald von Nodesme erreicht, der zum Ort des Zusammentreffens erwählt worden war. Weitere siebenundzwanzig Edelleute kamen durch Burgund aus der Schweiz; sie wurden unter ähnlichen Vorsichtsmaßregeln nach Paris geführt. Monsieur de Rivière zählte auf fünfhundert Mann, unter denen hundert junge Edelleute waren: die Offiziere dieses geweihten Bataillons. Monsieur de Polignac und Monsieur de Rivière, deren Verhalten als Führer außerordentlich bemerkenswert war, schützten all diese Mitverschworenen, die nicht entdeckt wurden, mit undurchdringlicher Verschwiegenheit. So kann man denn heute im Einklang mit den während der Restauration gemachten Enthüllungen sagen, daß Bonaparte den Umfang der Gefahren, die er damals lief, so wenig kannte wie England die bedrohliche Lage, in die es durch das Lager von Boulogne geriet; und doch wurde die Polizei zu keiner Zeit geistvoller oder geschickter geleitet. In dem Augenblick, in dem diese Geschichte beginnt, gab ein Feigling, wie sich ihrer einer bei allen Verschwörungen findet, die nicht streng auf eine kleine Anzahl gleich starker Männer beschränkt werden, gab ein Mitverschworener, der dem Tod gegenübergestellt wurde, Aufklärungen über das Ziel des Unternehmens, die zum Glück hinsichtlich der Ausdehnung ungenügend, aber immerhin ziemlich genau waren. Die Polizei also ließ, wie Malin zu Grévin gesagt hatte, die überwachten Verschwörer in aller Freiheit handeln, um die ganze Verzweigung des Komplotts zu erkennen. Nichtsdestoweniger waren der Regierung gewissermaßen durch Georges Cadoudal die Hände gebunden; das war einer der Vollstrecker, der nur seinem eigenen Gutdünken folgte und sich in Paris mit fünfundzwanzig Royalisten verborgen hielt, um den Ersten Konsul anzugreifen.

Bei Laurence verbanden sich in ihrem Denken Haß und Liebe. Hieß nicht Napoleon vernichten und die Bourbonen zurückzuführen, sich Gondrevilles von neuem bemächtigen und das Glück ihrer Cousins machen? Diese beiden Empfindungen, von denen die eine das Gegenstück zur anderen ist, genügen, vor allem im Alter von dreiundzwanzig Jahren, um alle Fähigkeiten der Seele und alle Lebenskräfte zur Entfaltung zu bringen. Seit zwei Monaten erschien daher Laurence den Bewohnern von Cinq-Cygne schöner, als sie je gewesen war: ihre Wangen waren rosig geworden, die Hoffnung gab ihrer Stirn auf Augenblicke den Stolz. Aber wenn man abends die ›Gazette‹ las und dann die konservativen Verfügungen des Ersten Konsuls erfuhr, so senkte sie die Augen, um nicht die drohende Gewißheit von dem baldigen Sturz des Feindes der Bourbonen zu verraten. Niemand ahnte im Schloß, daß die junge Comtesse in der letzten Nacht ihre Cousins wiedergesehen hatte. Die beiden Söhne von Monsieur und Madame d'Hauteserre hatten die Nacht im Zimmer der jungen Comtesse verbracht, unter einem Dache mit ihrem Vater und ihrer Mutter; denn Laurence war, um keinerlei Verdacht zu erwekken, nachdem sie die beiden d'Hauteserres zu Bett gebracht hatte, zwischen ein und zwei Uhr morgens aufgebrochen und zu ihren Cousins gestoßen, die sie mitten in den Wald geführt und in der verlassenen Hütte eines Forstaufsehers untergebracht hatte. Da sie des Wiedersehens mit ihnen sicher war, so verriet sie nicht das geringste Zeichen der Freude, nichts deutete auf die Erregung des Wartens; auch hatte sie die Spuren der Freude über das genossene Wiedersehen verwischt und war ganz gleichgültig geworden. Die hübsche Cathérine, die Tochter ihrer Amme, und Gothard, die beide ins Vertrauen gezogen waren, paßten ihr Verhalten dem ihrer Herrin an. Cathérine war neunzehn Jahre alt. In diesem Alter ist ein junges Mädchen wie in dem Gothards fanatisch, und sie läßt sich den Hals abschneiden, ohne ein Wort zu sagen. Für Gothard aber genügte es, wenn er das Parfüm roch, welches seine Herrin sich ins Haar und in die Kleider tat, daß er die peinliche Folter ertrug, ohne das Geringste zu verraten.

In dem Augenblick, als Marthe, von der unmittelbaren Gefahr verständigt, mit der Geschwindigkeit eines Schattens auf die von Michu bezeichnete Bresche zueilte, bot der Salon des Schlosses von Cinq-Cygne das friedlichste Bild. Seine Bewohner waren weit davon entfernt, zu ahnen, welch ein Sturm über sie daherbrechen sollte, so daß ihre Haltung bei dem ersten besten, der ihre Lage kannte, Mitleid geweckt haben würde. In dem hohen Kamin, der mit einem Wandspiegel geschmückt war, über dessen Scheibe Schäferinnen im Reifrock tanzten, glühte eines jener Feuer, wie man sie nur in den Schlössern am Rande der Wälder kennt. Vor diesem Kamin lag in einem großen viereckigen Sessel aus vergoldetem Holz, dessen Polsterung mit wundervoller grüner chinesischer Seide überzogen war, die Comtesse in der Haltung vollständiger Erschöpfung. Sie war erst gegen sechs Uhr von den Grenzen der Brie nach Hause gekommen, nachdem sie so lange auf Kundschaft umhergestreift war, um die vier Edelleute in dem Lager, in dem sie ihre letzte Rast abhalten sollten, ehe sie in Paris einzogen, sicher in den Hafen zu bringen; sie hatte Monsieur und Madame d'Hauteserre am Schluß ihres Diners überrascht. Da der Hunger sie quälte, hatte sie sich zu Tisch gesetzt, ohne ihr schmutzbespritztes Reitkleid und ihre Stiefel abzulegen. Statt sich nach dem Diner umzukleiden, hatte sie, von all ihren Anstrengungen ganz erschöpft, den entblößten schönen Kopf mit seinen tausend blonden Locken gegen die Rückenlehne des riesigen Sessels gestützt und die Füße vor sich auf ein Taburett gelegt. Das Feuer trocknete die Dreckspritzer auf ihrem Reitkleid und ihren Stiefeln. Ihre wildledernen Handschuhe, ihr kleiner Kastorhut, ihr grüner Schleier und ihre Gerte lagen noch auf der Konsole, auf die sie sie geworfen hatte. Sie sah bald auf die alte Boulle-Uhr, die zwischen zwei Blütenleuchtern auf dem Kaminsims stand, denn sie fragte sich, ob die vier Verschwörer wohl inzwischen schliefen, und bald auf den Bostontisch, der vor dem Kamin aufgestellt war und an dem Monsieur und Madame d'Hauteserre mit dem Pfarrer von Cinq-Cygne und dessen Schwester saßen.

Selbst wenn diese Personen nicht in unser Drama verwachsen wären, so hätten ihre Köpfe doch das Verdienst, eines der Gesichter darzustellen, die die Aristokratie nach ihrer Niederlage im Jahre 1793 annahm. In dieser Hinsicht schmeckt die Schilderung des Salons von Cinq-Cygne nach der Geschichte im Negligé.

Der Edelmann, der damals zweiundfünfzig Jahre alt war, eine große, dürre, vollblütige Gestalt von robuster Gesundheit, hätte ohne die fayenceblauen großen Augen, deren Blick auf äußerste Einfalt schließen ließ, für energisch gelten können. In seinem Gesicht, das in ein spitzes, gebogenes Kinn auslief, lag zwischen der Nase und dem Mund ein nach den Gesetzen der Zeichnung maßloser Zwischenraum, der ihm einen Zug von Unterwürfigkeit verlieh, wie er mit seinem Wesen in vollkommenem Einklang stand; übrigens stimmten die geringsten Einzelheiten seiner Züge zu diesem Charakter. So bildete sein graues Haar, das durch den Hut, den er fast den ganzen Tag hindurch auf dem Kopf behielt, verfilzt war, gleichsam eine Kappe, die den Umriß des birnenförmigen Schädels klar hervortreten ließ. Seine vom Landleben und beständigen Sorgen stark gefurchte Stirn war flach und ausdruckslos. Seine Adlernase belebte das Gesicht ein wenig; das einzige Zeichen der Kraft lag in den buschigen Augenbrauen, die ihre schwarze Farbe bewahrt hatten, und in der lebhaften Tönung seines Teints. Aber dieses Anzeichen log auch nicht; der Edelmann hing, wiewohl er einfältig und sanft war, fest am monarchischen und katholischen Glauben, und keine Erwägung hätte ihn zu einem Wechsel der Partei gebracht. Der gute Mann hätte sich verhaften lassen; er hätte nicht auf die Behörden geschossen und wäre ganz sacht aufs Schafott gestiegen. Die dreitausend Francs Leibrente, die seine einzigen Mittel darstellten, hatten ihn an der Emigration gehindert. Er fügte sich also der gegenwärtigen Regierung, ohne deshalb von seiner Liebe zur königlichen Familie und dem Wunsch nach ihrer Wiedereinsetzung zu lassen. Aber er hätte es abgelehnt, sich bloßzustellen, indem er an einem Anschlag zugunsten der Bourbonen teilnahm. Er gehörte zu jener Schar von Royalisten, die ewig daran dachten, daß man sie geschlagen und bestohlen hatte; sie lebten hinfort stumm und sparsam, grollend ohne jede Energie, aber auch jeder Entsagung und jedes Opfers unfähig; sie waren bereit, das Königtum zu begrüßen, wenn es triumphierte, sie waren Freunde der Religion und der Priester, aber sie waren auch entschlossen, jeden Schimpf des Unglücks zu ertragen. Es heißt das nicht mehr, eine Meinung haben, sondern im Eigensinn verharren. Das Wesen der Parteien besteht im Handeln. Geistlos, aber königstreu, geizig wie ein Bauer und doch von edlen Umgangsformen, kühn in seinen Wünschen, aber vorsichtig in Worten und Handlungen – so vertrat Monsieur d'Hauteserre, der aus allem Nutzen zog und bereit war, sich zum Bürgermeister von Cinq-Cygne ernennen zu lassen, vortrefflich jene ehrenwerten Edelleute, die die Gewitter der Revolution über ihre Adelssitze und ihre Köpfe dahinziehen ließen, sich mit dem Reichtum ihrer versteckten Ersparnisse unter der Restauration wieder erhoben, stolz auf ihre verschwiegene Gefolgschaft, und nach 1830 auf ihre Landgüter zurückkehrten. Sein Anzug, die beredte Hülle dieses Charakters, malte den Mann wie die Zeit. Er trug einen jener haselnußbraunen Überröcke mit kleinem Kragen, wie der letzte Duc d'Orléans sie bei seiner Rückkehr aus England in Mode gebracht hatte; sie waren während der Revolution gewissermaßen ein Kompromiß zwischen den häßlichen Volkstrachten und den eleganten Röcken der Aristokratie. Seine Samtweste mit den geblümten Streifen, deren Form an die Robespierres und Saint-Justs erinnerte, ließ den oberen Teil eines kleingefältelten Jabots sehen, das auf dem Hemd ruhte. Er trug noch die Kniehose, aber sie war aus grobem blauem Tuch und hatte blind gewordene Stahlschnallen. Seine Strümpfe aus schwarzer Florettseide lagen glatt um die Hirschbeine, an denen die groben Schuhe von Gamaschen aus schwarzem Tuch festgehalten wurden. Er trug auch noch den tausendfach gefältelten Musselinkragen, der am Hals durch eine goldene Schnalle zusammengehalten wurde. Der gute Mann hatte keineswegs politischen Eklektizismus treiben wollen, als er dieses zugleich bäurische, revolutionäre und aristokratische Kostüm annahm; er hatte sehr unschuldigerweise den Verhältnissen gehorcht.

Madame d'Hauteserre, die vierzig Jahre alt und von den Aufregungen sehr mitgenommen war, hatte ein verwelktes Gesicht, das immer aussah, als stünde sie Modell für ein Porträt; ihre Spitzenhaube, die mit weißen Satinschleifen geschmückt war, trug in merkwürdigem Grade dazu bei, ihr ein feierliches Aussehen zu geben. Trotz des weißen Fichus, des flohbraunen Seidenkleids mit glatten Ärmeln und dem sehr weiten Rock – es war das letzte traurige Kleid der Marie-Antoinette – trug sie noch Puder auf. Sie hatte eine dünne Nase, ein spitzes Kinn, ein fast dreieckiges Gesicht und Augen, die geweint hatten; aber sie trug auch einen ›Soupçon‹ Rot auf, das ihre grauen Augen belebte. Sie schnupfte, und stets wandte sie all jene hübschen Vorsichtsmaßregeln an, mit denen früher die eleganten Damen so viel Mißbrauch trieben; alle Einzelheiten des Schnupfens bildeten eine Zeremonie, die ein einziges Wort erklärt: sie hatte hübsche Hände.

Seit zwei Jahren hatte der ehemalige Erzieher der beiden Simeuses, ein Freund des Abbés d'Hauteserre, ein Abt der Minimen namens Goujet, aus Freundschaft für die d'Hauteserre und die junge Comtesse die Pfarre von Cinq-Cygne als Sinekure übernommen. Seine Schwester, Mademoiselle Goujet, die siebenhundert Francs Rente besaß, legte ihr Geld mit den mageren Einkünften der Pfarre zusammen und führte ihrem Bruder den Haushalt. Weder die Kirche noch das Pfarrhaus waren verkauft worden, weil sie zuwenig wert waren. Der Abbé Goujet wohnte also wenige Schritt vom Schloß entfernt, denn die Mauer des Gartens der Pfarrei und die des Parks vereinigten sich an einzelnen Stellen. Daher speisten denn auch der Abbé Goujet und seine Schwester zweimal in der Woche auf Cinq-Cygne, wo sie jeden Abend mit den d'Hauteserres ihr Spielchen machten. Laurence verstand keine Karte zu halten. Der Abbé Goujet, ein weißhaariger Greis mit liebenswürdigem Lächeln und sanfter, einschmeichelnder Stimme, dessen weißes Gesicht dem einer alten Frau glich, belebte dieses ziemlich puppenhaft fade Gesicht durch eine Stirn, aus der Intelligenz sprach, und durch sehr feine Augen. Er war von mittlerer Größe und gut gewachsen; er trug noch immer den schwarzen französischen Rock, an Hose und Schuhen silberne Schnallen, schwarzseidene Strümpfe und eine schwarze Weste, auf die sein Bäffchen herabfiel; all das gab ihm etwas Großartiges, ohne ihm doch die Würde zu nehmen. Dieser Abbé, der zur Zeit der Restauration Bischof von Troyes wurde und durch sein früheres Leben daran gewöhnt war, junge Leute zu durchschauen, hatte in Laurence den großen Charakter erkannt. Er schätzte sie in ihrem vollen Wert, und vom ersten Augenblick an hatte er diesem jungen Mädchen eine ehrfurchtsvolle Achtung bezeigt, die viel dazu beitrug, sie auf Cinq-Cygne unabhängig zu machen, so daß die strenge Dame und der gute Edelmann sich ihr beugten, wiewohl sie nach der Sitte ihnen hätte gehorchen müssen. Seit sechs Monaten beobachtete der Abbé Goujet Laurence mit dem den Priestern eigenen Genie – sind sie doch die scharfblickendsten Leute; und ohne zu wissen, daß dies junge Mädchen von dreiundzwanzig Jahren den Gedanken hegte, Bonaparte zu stürzen, wenn sie mit ihren schwachen Händen eine der Schnüre entwirrte, die sich von ihrem Reitkleid gelöst hatte, nahm er doch an, daß ein großer Plan sie bewegte.

Mademoiselle Goujet war eines jener Mädchen, deren Porträt in zwei Worten gezeichnet ist, die selbst den am wenigsten Phantasievollen erlauben, sie sich vorzustellen: sie gehörte zur Familie der großen Ungeschlachten. Sie wußte, daß sie häßlich war, sie lachte als erste über ihre Häßlichkeit, wobei sie ihre langen Zähne zeigte, die gelb waren wie ihr Gesicht und ihre knochigen Hände. Sie war durchaus gut und lustig. Sie trug die berühmte Schoßjacke der alten Zeit, einen sehr weiten Rock, dessen Taschen stets voller Schlüssel waren, eine Bänderhaube und eine ›Haartour‹. Sie war sehr früh vierzig Jahre alt geworden, aber wie sie sagte, hielt sie sich dafür schadlos, indem sie seit zwanzig Jahren an diesem Alter festhielt. Sie verehrte den Adel und wußte die eigene Würde zu wahren, indem sie den Adligen an Achtungsbezeigungen und Huldigungen gab, was ihnen gebührte.

Diese Gesellschafter waren für Madame d'Hauteserre sehr gelegen nach Cinq-Cygne gekommen; sie hatte nicht wie ihr Mann irgendwelche Beschäftigungen mit der Landwirtschaft, noch auch wie Laurence die Stütze eines Hasses, der ihr die Last eines einsamen Lebens erleichtert hätte. Daher war auch seit sechs Jahren alles ein wenig besser gegangen. Der wiederhergestellte katholische Kult erlaubte, die religiösen Pflichten zu erfüllen, die im Landleben mehr Widerhall finden als sonst irgendwo. Monsieur und Madame d'Hauteserre hatten, beruhigt durch die konservativen Maßnahmen des Ersten Konsuls, mit ihren Söhnen korrespondieren und von ihnen hören können, ohne für sie zu zittern; sie hatten sie gebeten, um ihre Streichung von den Listen einzukommen und wieder nach Frankreich zurückzukehren. Der Staatsschatz hatte die rückständigen Zinsen gezahlt und hielt die halbjährlichen Termine regelmäßig ein. Die d'Hauteserres besaßen damals außer ihrer Leibrente achttausend Francs jährlich. Der Greis beglückwünschte sich zu seinem klugen Verhalten; er hatte, ebenso wie sein Mündel, all seine Ersparnisse, zwanzigtausend Francs, vor dem 18. Brumaire angelegt, der, wie man weiß, den Kurs von zwölf auf achtzehn Francs steigerte.

Lange war Cinq-Cygne kahl, leer und verödet geblieben. Aus Berechnung hatte der vorsichtige Vormund während der Aufregungen der Revolution nichts an seinem Äußeren ändern wollen; aber nach dem Frieden zu Amiens hatte er eine Reise nach Troyes gemacht, um ein paar Reste aus den beiden geplünderten Häusern zu holen, die er bei Trödlern aufkaufen konnte. Damals hatte man unter seiner Aufsicht den Salon möbliert. Schöne Vorhänge aus grüngeblümter weißer chinesischer Seide, die aus dem Hôtel Simeuse stammten, schmückten die sechs Fenster des Salons, in dem die geschilderten Personen saßen. Der ungeheure Raum war ganz mit Täfeleien ausgekleidet, die in umrahmte Felder geteilt waren; die Rahmen bestanden aus Perlleisten, die an den Ecken mit Grotesken geschmückt und in zwei verschiedenen Grau getönt waren. Die Simse der vier Türen zeigten jene Figuren in Grau, wie sie unter Ludwig XV. Mode waren. Zu Troyes hatte der gute Mann ein paar vergoldete Konsolen, eine Zimmereinrichtung in grüner Seide, einen Kristallüster, einen eingelegten Spieltisch und sonst alles gefunden, was zur Wiederherstellung von Cinq-Cygne dienen konnte. 1792 war das ganze Mobiliar des Schlosses geraubt worden, denn die Plünderung der beiden Häuser hatte auch im Tal ihren Rückschlag gehabt. Sooft der Greis nach Troyes ging, kehrte er mit ein paar Überresten des alten Glanzes zurück: bald brachte er einen schönen Teppich, wie zum Beispiel den, der den Boden des Salons bedeckte, bald einen Satz Geschirr oder alten Porzellans aus Meißen oder Sèvres.

Vor sechs Monaten hatte er sogar den Mut gefunden, das Silber von Cinq-Cygne auszugraben, das der Koch in einem kleinen ihm gehörigen Hause verscharrt hatte, ganz am Ende eines der langen Vororte von Troyes.

Dieser treue Diener namens Durieu wie auch seine Frau waren ihrer jungen Herrin in all ihren Schicksalen gefolgt. Durieu war das Faktotum des Schlosses, wie seine Frau die Wirtschafterin war. Durieu hatte zur Gehilfin in der Küche Cathérines Schwester, die er in seiner Kunst unterrichtete und die eine ausgezeichnete Köchin wurde. Ein alter Gärtner und seine Frau, deren als Tagelöhner besoldeter Sohn und ihre Tochter, die als Kuhmagd diente, vervollständigten die Dienerschaft des Schlosses. Vor sechs Monaten hatte die Durieu für den Sohn des Gärtners und für Gothard heimlich Livreen in den Farben der Cinq-Cygnes machen lassen. Obwohl der alte Edelmann sie wegen dieser Unvorsichtigkeit streng schalt, hatte sie sich doch das Vergnügen nicht versagen können, am Sankt-Laurentius-Tag, zum Namensfest der jungen Comtesse, das Diner fast wie ehemals servieren zu lassen.

Diese langsame und mühsame Wiederherstellung der Dinge machte die Freude von Monsieur und Madame d'Hauteserre und der Durieus aus. Laurence lächelte darüber und nannte all das Kindereien. Aber der gute d'Hauteserre dachte auch an die Grundlagen: er besserte die Gebäude aus, richtete die Mauern wieder auf, pflanzte an, wo nur ein Baum Aussicht hatte zu wachsen, und ließ keinen Zoll des Bodens unbenutzt; daher sah man ihn denn auch im ganzen Tal von Cinq-Cygne im Ackerbau als eine Art Orakel an. Er hatte es verstanden, hundert Morgen Acker zurückzuerhalten, die strittig und nicht verkauft worden waren, die aber die Gemeinde in ihren Besitz einbezogen hatte; er hatte sie in künstliche Weiden verwandelt, die das Vieh des Schlosses ernährten, und hatte sie eingerahmt mit Pappeln, die seit sechs Jahren wundervoll wuchsen. Er trug sich mit der Absicht, noch einige Äcker zurückzukaufen und alle Gebäude des

Schlosses auszunutzen, indem er einen zweiten Pachthof anlegte, den er selbst zu verwalten gedachte. Das Leben war also seit zwei Jahren auf dem Schloß beinahe glücklich geworden. Monsieur d'Hauteserre brach mit Sonnenaufgang auf und überwachte seine Arbeiter, denn stets beschäftigte er Leute; er kehrte zum Frühstück zurück, stieg dann auf einen Pächterklepper und machte wie ein Inspektor seine Runde; wenn er zum Diner zurückkam, beendete er sein Tagewerk mit einer Partie Boston. Alle Bewohner des Schlosses hatten ihre Beschäftigung; das Leben war geregelt wie in einem Kloster. Nur Laurence brachte durch ihre plötzlichen Reisen, durch ihr Fehlen, durch das, was Madame d'Hauteserre ihre Streiche nannte, Unruhe hinein. Und doch bestanden auf Cinq-Cygne zwei politische Lager, und es gab Keime der Zwietracht. Zunächst waren Durieu und seine Frau eifersüchtig auf Gothard und Cathérine, die es in der Vertraulichkeit mit ihrer jungen Herrin, dem Idol des Hauses, weiter gebracht hatten als sie. Dann wollten die beiden d'Hauteserres, gestützt von Mademoiselle, Goujet und dem Pfarrer, daß ihre Söhne, ebenso wie die Zwillinge der Simeuse, heimkehrten und teilnahmen an dem Glück dieses friedlichen Lebens, statt mühselig im Ausland zu leben. Laurence brandmarkte einen solchen schmählichen Kompromiß; sie vertrat den reinen kriegerischen und unerbittlichen Royalismus. Die vier alten Leute, die nicht wollten, daß man ein glückliches Dasein gefährdete oder diesen Winkel Landes preisgab, den sie den wilden Gewässern des revolutionären Gießbachs abgewonnen hatten, suchten Laurence zu ihren wirklich verständigen Lehren zu bekehren, denn sie sahen gar wohl, daß sie an dem Widerstand, den ihre Söhne und die beiden Simeuses der Rückkehr nach Frankreich entgegensetzten, stark beteiligt war. Die hochmütige Geringschätzung ihres Mündels beängstigte die armen Leute, die sich nicht täuschten, wenn sie fürchteten, was sie einen unüberlegten Streich nannten. Die Zwietracht war ausgebrochen, als in der Rue Saint-Nicaise die Höllenmaschine explodierte; es war das erste royalistische Attentat gegen den Sieger von Marengo gewesen, als er sich geweigert hatte, mit dem Hause Bourbon zu unterhandeln. Die d'Hauteserres sahen es als ein Glück an, daß Bonaparte dieser Gefahr entgangen war, denn sie glaubten, die Urheber des Anschlags seien Republikaner gewesen. Laurence weinte vor Wut, als sie den Ersten Konsul gerettet sah. Ihre Verzweiflung siegte über ihre gewöhnliche Verstellung: sie klagte Gott an, er verrate die Söhne des heiligen Ludwig.

»Aber ich«, rief sie aus, »ich hätte Erfolg gehabt! Hat man nicht«, sagte sie zu dem Abbé Goujet, als sie sah, welch tiefe Bestürzung sich bei ihrem Wort auf allen Gesichtern malte, »hat man nicht das Recht, die Usurpation mit allen nur möglichen Mitteln anzugreifen?«

»Liebes Kind«, erwiderte der Abbé Goujet, »die Kirche ist von den Philosophen scharf angegriffen und getadelt worden, weil sie ehemals behauptet hatte, man dürfe die Waffen, deren die Usurpatoren sich bedient hätten, um den Erfolg zu erringen, auch gegen die Usurpatoren anwenden; aber heute verdankt die Kirche dem Ersten Konsul zuviel, um ihn nicht zu schützen und ihn vor diesem Grundsatz zu sichern, den man übrigens den Jesuiten verdankt.«

»So läßt die Kirche uns im Stich!« hatte sie mit finsterer Miene erwidert.

Von diesem Tage an verließ die junge Comtesse, sooft die vier Alten davon sprachen, daß man sich der Vorsehung fügen müsse, den Salon. Seit einiger Zeit hob der Pfarrer, der geschickter war als der Vormund, statt Prinzipien zu erörtern, die materiellen Vorteile der Konsulatsregierung hervor, weniger um die Comtesse zu bekehren, als vielmehr um in ihren Augen einen Ausdruck zu erkennen, der ihn über ihre Pläne aufklären könnte. Die Reisen Gothards, die vielfachen Ritte des jungen Mädchens und ihre Zerstreutheit, die sich in den letzten Tagen selbst auf ihrem Gesicht gezeigt hatte, und schließlich eine Fülle von Kleinigkeiten, die in der Stille und

Ruhe des Lebens auf Cinq-Cygne wenigstens den unruhigen Augen der d'Hauteserres, des Abbés Goujet und der Durieus nicht entgehen konnten – alles hatte die Befürchtungen dieser fügsamen Royalisten geweckt. Aber da keinerlei Ereignis eintrat und seit einigen Tagen in der politischen Sphäre die vollkommenste Ruhe herrschte, so war das Leben dieses kleinen Schlosses wieder friedlich geworden. Jedermann hatte die Ritte der Comtesse ihrer Leidenschaft für die Jagd zugeschrieben.

Man kann sich vorstellen, welch tiefe Stille um neun Uhr im Park, auf den Höfen und draußen beim Schloß herrschte, wo in diesem Augenblick die Dinge und die Menschen so harmonisch abgetönt waren, wo der tiefste Friede herrschte, wo der Wohlstand sich wieder einstellte und wo der gute, verständige Edelmann sein Mündel durch die Dauer der glücklichen Erfolge zu seinem System des Gehorsams zu bekehren hoffte. Diese Royalisten spielten auch weiterhin Boston, das unter einer frivolen Form Unabhängigkeitsideen durch ganz Frankreich verbreitete, das zu Ehren der Aufständischen Amerikas erfunden worden war und dessen sämtliche Ausdrücke an den Kampf erinnern, den Ludwig XVI. ermutigt hatte. Während sie ihre ›Indépendances‹ und ›Misères‹ ansagten, beobachteten sie Laurence, die, vom Schlummer besiegt, bald mit einem ironischen Lächeln auf den Lippen einschlief: ihr letzter Gedanke hatte dem friedlichen Bild dieses Tisches gegolten, an dem zwei Worte, die den d'Hauteserres sagten, daß ihre Söhne die letzte Nacht unter ihrem Dach geschlafen hatten, den lebhaftesten Schrecken verbreiten konnten. Welches junge Mädchen von dreiundzwanzig Jahren wäre nicht ebenso wie Laurence stolz darauf gewesen, sich selbst zum Schicksal zu machen, und hätte nicht gleich ihr eine leichte Regung des Mitleids mit denen gespürt, die sie so weit unter sich sah?

»Sie schläft«, sagte der Abbé; »ich habe sie nie so müde gesehen.«

»Durieu sagte mir, ihre Stute sei ganz marode«, bemerkte Madame d'Hauteserre; »ihre Flinte ist nicht benutzt, die Zündpfanne war sauber; gejagt also hat sie nicht.«

»Ah, zum Henker«, erwiderte der Pfarrer, »das besagt nichts!«

»Bah!« rief Mademoiselle Goujet, »als ich meine dreiundzwanzig Jahre alt war und mich dazu verurteilt sah, eine alte Jungfer zu werden, bin ich noch ganz anders herumgelaufen und habe mich abgemattet. Ich verstehe es, wenn die Comtesse durch die Felder spazierenreitet, ohne an das Wild zu denken. Seit bald zwölf Jahren hat sie ihre Cousins nicht mehr gesehen; sie liebt sie; nun, an ihrer Stelle würde ich, wenn ich jung und hübsch wäre wie sie, auch einen Ritt nach Deutschland machen! Vielleicht zieht es den armen Liebling auch an die Grenze.«

»Sie urteilen etwas gewagt, Mademoiselle Goujet«, sagte der Pfarrer lächelnd.

»Nun, ich sehe«, erwiderte sie, »Sie machen sich Sorge um das Kommen und Gehen eines jungen Mädchens von dreiundzwanzig Jahren; ich erkläre es Ihnen.«

»Ihre Cousins werden heimkehren, sie ist dann reich und wird sich schließlich beruhigen«, sagte der gute d'Hauteserre.

»Gott gebe es!« rief die alte Dame, indem sie ihre goldene Tabatière ergriff, die seit dem Konsulat auf Lebenszeit das Tageslicht wiedergesehen hatte.

»Es gibt Neues im Ort«, sagte der gute d'Hauteserre zum Pfarrer: »Malin ist seit gestern abend auf Gondreville.«

»Malin?« rief Laurence, die trotz ihres tiefen Schlummers der Name weckte.

»Ja«, erwiderte der Pfarrer, »aber er bricht heute nacht wieder auf, und man ergeht sich in Vermutungen über den Zweck dieser überstürzten Reise.«

»Dieser Mensch«, sagte Laurence, »ist der schlimme Geist unserer beiden Häuser.«

Die junge Comtesse hatte von ihren Cousins und den d'Hauteserres geträumt, sie hatte sie bedroht gesehen. Ihre schönen Augen wurden starr und trüb, als sie an die Gefahren dachte, die sie in Paris liefen; sie stand jählings auf und ging ohne ein Wort in ihr Zimmer. Sie bewohnte das Ehrenzimmer, mit dem ein Kabinett und ein Betsaal verbunden war; es lag in dem Turm, der auf den Wald sah. Als sie den Salon verlassen hatte, schlugen die Hunde an; man hörte an dem kleinen Gitter schellen, und Durieu trat mit verstörtem Gesicht in den Salon, um zu melden: »Der Bürgermeister kommt! Es gibt etwas Neues...«

Dieser Bürgermeister, ein ehemaliger Bereiter des Hauses Simeuse, kam bisweilen aufs Schloß, wo die d'Hauteserres ihm aus Politik eine Achtung bezeigten, auf die er den größten Wert legte. Dieser Mann namens Goulard hatte eine reiche Kaufmannsfrau aus Troyes geheiratet, deren Besitz im Gemeindebezirk von Cinq-Cygne lag; er hatte ihn um all die Ländereien einer reichen Abtei vermehrt, auf deren Erwerb er seine sämtlichen Ersparnisse verwandte. Die ausgedehnte Abtei des Val-des-Preux, eine Viertelstunde vom Schloß entfernt gelegen, gab ihm einen fast ebenso prachtvollen Wohnsitz wie Gondreville, und seine Frau und er nahmen sich darin aus wie zwei Ratten in einem Dom.

»Goulard, du bist ein Vielfraß* gewesen!« sagte Mademoiselle lachend, als sie ihn zum ersten Mal auf Cinq-Cygne sah. Obgleich er ein eifriger Anhänger der Revolution war und von der Comtesse kühl aufgenommen wurde, fühlte der Bürgermeister sich doch noch immer durch die Bande der Achtung an die Cinq-Cygnes und die Simeuses gebunden. Deshalb drückte er auch bei allem, was im Schloß vorging, ein Auge zu. Ein Auge zudrücken nannte er es, wenn er die Porträts Ludwigs XVI., der Marie-Antoinette, der Prinzen aus königlichem Geblüt, des Comte d'Artois, Cazalès' und Char-

* Wortspiel: Goulard – goulu

lotte Cordays übersah, die die Felder im Getäfel des Salons verzierten; ferner, wenn er nichts Arges dabei fand, daß man in seiner Gegenwart der Republik den Untergang wünschte und daß man sich über die fünf Direktoren und alle damaligen Kombinationen lustig machte. Die Stellung dieses Mannes, der, gleich vielen Emporkömmlingen, nachdem er einmal sein Glück gemacht hatte, den Glauben an die alten Familien zurückgewann und sich ihnen verbinden wollte, war von den beiden Persönlichkeiten ausgenutzt worden, deren Beruf Michu so rasch erriet und die, ehe sie nach Gondreville kamen, die ganze Gegend durchforscht hatten.

Der Mann der schönen Traditionen der alten Polizei und Corentin, der Phönix der Spione, hatten eine geheime Mission. Malin täuschte sich nicht, wenn er diesen beiden Künstlern in tragischen Possen eine doppelte Rolle zuschrieb: vielleicht ist es daher auch nötig, ehe wir sie an der Arbeit sehen, den Kopf zu zeigen, dem sie als Arme dienten. Als Bonaparte Erster Konsul wurde, fand er Fouché mit der Leitung der allgemeinen Polizei betraut. Die Revolution hatte offen und mit gutem Grund ein eigenes Ministerium der Polizei gegründet. Bonaparte aber schuf bei seiner Rückkehr von Marengo die Polizeipräfektur, die er Dubois gab; Fouché berief er in den Staatsrat, indem er ihm im Polizeiministerium das Konventsmitglied Cochon zum Nachfolger gab, der inzwischen Comte de Lapparent geworden war. Fouché, der das Polizeiministerium in einer vorausschauenden Regierung mit feststehender Politik für das Wichtigste hielt, sah einen Schimpf oder mindestens ein Mißtrauen in diesem Wechsel. Als Napoleon in den Affären der Höllenmaschine und der Verschwörung, um die es sich hier handelt, die außerordentliche Überlegenheit dieses großen Staatsmannes erkannt hatte, gab er ihm das Polizeiministerium zurück. Später erschreckten den Kaiser die Talente, die Fouché während seiner Abwesenheit zur Zeit der Affäre Walcheren entfaltete, und er gab das Ministerium dem Duc de Rovigo, während er Fouché, den Duc d'Otranto, als Gouverneur in die illyrischen Provinzen schickte: in ein wahres Exil.

Dieses eigenartige Genie, das Napoleon eine Art Schrecken einjagte, zeigte sich bei Fouché nicht auf einmal. Das unbekannte Konventsmitglied, einer der außerordentlichsten und zugleich der am verkehrtesten beurteilten Männer, wurde in den Stürmen zu dem, was er nachher war. Er erhob sich unter dem Direktorium zu der Höhe, von der aus tiefblickende Männer die Zukunft zu erkennen wissen, indem sie die Vergangenheit abwägen; dann gab er ganz plötzlich – wie manche mittelmäßigen Schauspieler, durch ein plötzliches Licht aufgeklärt, ausgezeichnete Darsteller werden – während der schnellen Revolution des 18. Brumaire Beweise seiner Geschicklichkeit. Dieser Mann mit dem blassen Gesicht, der unter klösterlicher Beherrschung aufgewachsen war, der alle Geheimnisse der Bergpartei, der er zunächst angehörte, und auch die der Royalisten kannte, zu denen er schließlich überging, hatte die Menschen, die Dinge und die Interessen des politischen Schauplatzes langsam und schweigsam studiert; er durchschaute Bonapartes Geheimnisse und gab ihm nützliche Ratschläge und kostbare Auskünfte. Zufrieden damit, seine Gewandtheit und Nützlichkeit bewiesen zu haben, hatte Fouché sich wohl gehütet, sich ganz zu offenbaren; er wollte an der Spitze der Geschäfte bleiben; aber Napoleons Unsicherheit ihm gegenüber gab ihm seine politische Freiheit zurück. Die Undankbarkeit oder vielmehr das Mißtrauen des Kaisers nach der Affäre Walcheren erklärt diesen Menschen, der zu seinem Unglück kein großer Herr war und dessen Verhalten sich knechtisch nach dem Talleyrands richtete. In diesem Augenblick ahnten weder seine neuen noch seine ehemaligen Kollegen den Umfang seines Genies, das ein rein ministerielles, das wesentlich Regierungsgenie war: treffend in all seinen Prophezeiungen und von unglaublichem Scharfblick. Sicherlich gilt heute jedem unparteiischen Geschichtsschreiber Napoleons übertriebene

Eitelkeit als einer der tausend Gründe seines Sturzes, der übrigens all sein Unrecht grausam gesühnt hat. Bei diesem mißtrauischen Souverän war eine große Eifersucht auf seine junge Macht vorhanden, die seine Taten ebensosehr beeinflußte wie sein geheimer Haß auf alle geschickten Leute, die ihm die Revolution als kostbares Legat hinterlassen hatte und aus denen er sich hätte ein Kabinett zusammenstellen können, das nur ein Gefäß für seine Ideen war. Talleyrand und Fouché waren nicht die einzigen, die ihm ein Dorn im Auge blieben. Nun ist es das Unglück der Usurpatoren, daß sie sowohl all jene, die ihnen die Krone gegeben haben, wie auch die, denen sie sie genommen haben, zu Feinden behalten. Napoleon überzeugte die Leute, die seine Vorgesetzten und seinesgleichen gewesen waren, und auch die, die am Recht festhielten, niemals ganz von seiner Souveränität: niemand also hielt sich durch seinen Eid ihm gegenüber für gebunden. Malin, ein mittelmäßiger Mensch, außerstande, das düstere Genie Fouchés zu würdigen oder seinem schnellen Blick zu mißtrauen, verbrannte sich wie ein Schmetterling an der Kerze, als er ihn vertraulich bat, ihm Agenten nach Gondreville zu schicken, wo er, wie er sagte, Aufklärung über die Verschwörung zu erlangen hoffte. Fouché fragte sich, ohne seinen Freund durch eine Frage zu erschrecken, wozu Malin nach Gondreville ging, warum er die Auskünfte, die er zu geben hatte, nicht gleich und in Paris gab. Der ehemalige Oratorianer, der voller Trug steckte und wohl um die doppelte Rolle wußte, die manche Konventsmitglieder spielten, sagte sich: ›Durch wen kann Malin etwas wissen, wenn wir noch nicht viel erfahren haben?‹

Fouché schloß also auf eine verborgene oder abwartende Mitschuld und hütete sich, dem Ersten Konsul irgend etwas zu sagen. Er wollte sich in Malin lieber ein Werkzeug schaffen, als ihn verlieren. So behielt Fouché einen großen Teil der Geheimnisse, die er entdeckte, für sich; und er schuf sich eine Macht über die Menschen, die der Bonapartes noch überlegen war. Diese Doppelzüngigkeit war eine der Beschwerden Napoleons gegen seinen Minister. Fouché kannte die Gaunereien, denen Malin seinen Landsitz Gondreville verdankte und die ihn zwangen, die Familie Simeuse zu überwachen. Die Simeuses dienten im Heer Condés; Mademoiselle de Cinq-Cygne war ihre Cousine; sie konnten sich also sehr wohl in der Gegend befinden und an dem Unternehmen beteiligt sein; ihre Teilnahme verwickelte auch das Haus Condé in das Komplott, denn diesem Hause hatten sie sich geweiht. Monsieur de Talleyrand und Fouché legten Wert darauf, diesen sehr dunklen Winkel der Verschwörung von 1803 aufzuklären. Solche Erwägungen stellte Fouché mit großer Geschwindigkeit und Scharfblick an. Aber es gab zwischen Malin, Talleyrand und ihm gewisse Bande, die ihn zwangen, die größte Umsicht anzuwenden, und ihm den Wunsch einflößten, das Innere des Schlosses von Gondreville genau kennenzulernen. Corentin hing rückhaltlos an Fouché, wie Monsieur de la Besnardière an Talleyrand, wie Gentz an Metternich, wie Dundas an Pitt, wie Duroc an Napoleon, wie Chavigny an Kardinal Richelieu. Corentin war nicht der Ratgeber dieses Ministers, sondern seine schlimmere Hälfte, der heimliche Tristan dieses Ludwig XI. im kleinen. Daher hatte Fouché ihn denn auch naturgemäß im Polizeiministerium belassen, um ein Auge und einen Arm dort zu behalten. Der Bursche sollte nach dem, was man sagte, zu Fouché in einer jener verwandtschaftlichen Beziehungen stehen, die man nie eingesteht; Fouché belohnte ihn, sooft er seine Tätigkeit in Anspruch nahm, außerordentlich reichlich. Corentin hatte sich in Peyrade, dem alten Schüler des letzten Polizeileutnants, einen Freund geschaffen; nichtsdestoweniger hatte er Heimlichkeiten vor Peyrade. Corentin erhielt von Fouché den Auftrag, das Schloß von Gondreville auszukundschaften, sich den Plan des Baues ins Gedächtnis zu graben und seine geringsten Verstecke zu rekognoszieren. »Wir werden vielleicht gezwungen sein, darauf zurückzukommen«, sagte der

Exminister zu ihm, genau wie Napoleon seinen Leutnants sagte, sich das Schlachtfeld von Austerlitz genau so weit anzusehen, wie er zurückzuweichen gedachte.

Corentin sollte ferner Malins Verhalten studieren, sich Klarheit darüber verschaffen, wie weit sein Einfluß im Lande ging, und die Leute beobachten, die er in seine Dienste zog. Fouché hielt es für so gut wie sicher, daß die beiden Simeuses in der Gegend waren. Wenn Peyrade und Corentin die beiden Offiziere, die der Prince de Condé liebte, geschickt ausspionierten, so konnten sie vielleicht kostbare Aufklärungen über die Verästelungen des Komplotts jenseits des Rheins erhalten. Auf jeden Fall erhielt Corentin die Mittel, die Befehle und die Agenten, die nötig waren, um Cinq-Cygne einzuschließen und das Land vom Wald von Nodesme an bis nach Paris hin auszuspionieren. Fouché empfahl die größte Umsicht und gab die Erlaubnis zu einer Haussuchung auf Cinq-Cygne nur für den Fall, daß Malin positive Auskünfte gegeben hätte. Um Corentin aufzuklären, machte er ihn schließlich mit der unbegreiflichen Persönlichkeit Michus bekannt, der seit drei Jahren überwacht wurde. Corentin kam bald auf denselben Gedanken wie sein Auftraggeber: ›Malin kennt die Verschwörung ... Aber wer weiß‹, sagte er sich, ›ob Fouché ihr nicht ebenfalls angehört?‹

Corentin hatte sich, da er vor Malin nach Troyes gereist war, mit dem Kommandanten der Gendarmerie verständigt; er hatte die intelligentesten Leute ausgesucht und ihnen einen geschickten Hauptmann zum Befehlshaber gegeben. Diesem Hauptmann bezeichnete Corentin als Sammelpunkt das Schloß von Gondreville; er befahl ihm, nachts an vier verschiedene Punkte des Tals von Cinq-Cygne, in einem Abstand, groß genug, um nirgends Alarm zu wecken, je ein Fähnlein von zwölf Mann zu schicken. Diese vier Fähnlein sollten ein Viereck bilden und es um das Schloß von Cinq-Cygne zusammenziehen. Da Malin ihn während seiner Beratung mit Grévin im Schloß allein ließ, so hatte er Corentin

Gelegenheit gegeben, einen Teil seiner Mission zu erfüllen. Als der Staatsrat aus dem Park zurückkam, hatte er Corentin so bestimmt gesagt, die Simeuses und die d'Hauteserres seien im Lande, daß die beiden Agenten den Hauptmann entsandten, der zum Glück für die Edelleute den Wald auf der Allee durchquerte, während Michu seinen Spion Violette betrunken machte. Der Staatsrat hatte Peyrade und Corentin zunächst auseinandergesetzt, welchem Hinterhalt er soeben entgangen war. Die beiden Pariser erzählten ihm daraufhin den Zwischenfall mit der Büchse, und Grévin schickte Violette aus, um einige Aufklärungen darüber zu erhalten, was im Pavillon vorging. Corentin sagte dem Notar, er solle der größeren Sicherheit halber seinen Freund, den Staatsrat, für die Nacht in die kleine Stadt Arcis in sein Haus mitnehmen. In dem Augenblick, als Michu in den Wald jagte und nach Cinq-Cygne ritt, brachen also auch Corentin und Peyrade von Gondreville auf, und zwar in einem elenden Rohrwagen, den ein Postpferd zog und den der Brigadier von Arcis lenkte; diesen Mann hatte ihnen der Kommandant von Troyes als einen der schlausten Leute der Legion empfohlen.

»Das beste Mittel, alle abzufangen, ist, daß man ihnen zuvorkommt«, sagte Peyrade zu Corentin. »In dem Augenblick, in dem ihre Bestürzung beginnt, in dem sie ihre Papiere in Sicherheit bringen oder entfliehen wollen, fallen wir wie der Blitz über sie her. Die Gendarmenkette wird, wenn sie sich um das Schloß zusammenzieht, wirken wie ein Netzwurf. Also wird uns niemand entgehen.«

»Sie können ihnen den Bürgermeister schicken«, sagte der Brigadier; »er ist gefällig, er wünscht denen im Schloß nichts Arges, sie werden ihm nicht mißtrauen.«

In dem Augenblick, als Goulard zu Bett gehen wollte, trat also Corentin, der den Wagen in einem kleinen Gehölz halten ließ, bei ihm ein, um ihm im Vertrauen zu sagen, ein Agent der Regierung werde ihn in wenigen Minuten auffordern, das Schloß von Cinq-Cygne zu umstellen, weil man dort die

Hauteserres und Simeuses abfangen wolle; falls sie verschwunden sein sollten, wolle man sich vergewissern, ob sie die letzte Nacht dort verbracht hätten, die Papiere von Mademoiselle de Cinq-Cygne untersuchen, und etwa Leute und Herren des Schlosses verhaften.

»Mademoiselle de Cinq-Cygne«, sagte Corentin, »hat ohne Zweifel hohe Persönlichkeiten zu Gönnern, denn ich habe den geheimen Auftrag, sie von der Haussuchung zu benachrichtigen und, ohne mich bloßzustellen, alles zu tun, um sie zu retten. Bin ich einmal auf dem Schauplatz, so sind mir die Hände gebunden; da bin ich nicht allein. Also eilen Sie aufs Schloß.«

Der Besuch des Bürgermeisters am späten Abend erstaunte die Spieler um so mehr, als Goulard ihnen ein ganz verstörtes Gesicht zeigte. »Wo ist die Comtesse?« fragte er. »Sie geht zu Bett«, sagte Madame d'Hauteserre. Der Bürgermeister begann ungläubig auf die Geräusche zu lauschen, die man im ersten Stock vernahm.

»Was haben Sie heute, Goulard?« fragte Madame d'Hauteserre. Goulard schwebte in den tiefsten Tiefen des Staunens, als er diese Gesichter sah, die von jener Aufrichtigkeit sprachen, wie man sie in jedem Alter besitzen kann. Beim Anblick dieser Ruhe und dieser unschuldigen gestörten Bostonpartie begriff er den Verdacht der Pariser Polizei nicht mehr.

In diesem Augenblick betete Laurence, in ihrer Betkammer hingekniet, glühend für den Erfolg der Verschwörung. Sie bat Gott, den Mördern Bonapartes Hilfe und Beistand zu leihen. Sie flehte voller Liebe zu Gott, diesen Schicksalsmenschen zu zerbrechen. Der Fanatismus eines Harmodios, einer Judith, eines Jacques Clément, eines Ankaström, einer Charlotte Corday, eines Limoelan belebte die reine und jungfräulich schöne Seele. Cathérine machte das Bett bereit, und Gothard schloß die Läden, so daß Marthe Michu, als sie unter den Fenstern der Comtesse ankam und kleine Steine gegen die Scheiben warf, bemerkt werden konnte.

»Mademoiselle, hier kommt etwas Neues«, sagte Gothard, als er die Unbekannte erblickte.

»Still!« sagte Marthe leise; »kommt herunter, ich habe mit Euch zu reden.«

Gothard war schneller im Garten, als ein Vogel von einem Baum zu Boden geflogen wäre. »In einem Augenblick wird das Schloß von der Gendarmerie umringt... Du«, sagte sie zu Gothard, »sattle geräuschlos das Pferd von Mademoiselle und führe es zwischen dem Turm und den Ställen durch die Bresche in der Grabenmauer hinunter.« Marthe zitterte, als sie zwei Schritt vor sich Laurence erkannte, die Gothard gefolgt war.

»Was gibt es?« fragte Laurence einfach und scheinbar ohne jede Erregung.

»Die Verschwörung gegen den Ersten Konsul ist entdeckt«, flüsterte Marthe der jungen Comtesse ins Ohr. »Mein Mann, der Ihre beiden Cousins retten will, schickt mich, Ihnen zu sagen, daß Sie mitkommen und sich mit ihm verständigen sollen.«

Laurence wich drei Schritt zurück und sah Marthe an. »Wer seid Ihr?« fragte sie.

»Marthe Michu.«

»Ich weiß nicht, was Ihr von mir wollt«, erwiderte Mademoiselle de Cinq-Cygne kühl.

»Kommen Sie, im Namen der Simeuses!« sagte Marthe, indem sie sich auf die Knie warf und Laurence die Hände entgegenstreckte. »Sind keine Papiere hier? Nichts, was Sie bloßstellen kann? Oben vom Wald aus hat mein Mann die Bortenhüte und Gewehre der Gendarmen glänzen sehen.«

Gothard war zunächst auf den Boden geklettert; er sah in der Ferne die Tressen der Gendarmen, er hörte in der tiefen Stille der Felder das Geräusch ihrer Pferde; er eilte in den Stall hinunter und sattelte das Pferd seiner Herrin, um dessen Hufe Cathérine auf ein einziges Wort aus seinem Munde Lappen band.

»Wohin soll ich kommen?« fragte Laurence Marthe, deren Blick und Wort ihr auffielen, weil sie den unnachahmlichen Stempel der Aufrichtigkeit trugen.

»Durch die Bresche«, sagte sie, indem sie Laurence mitzog; »da ist mein edler Mann. Sie sollen erfahren, was ein Judas wert ist.«

Cathérine trat schnell in den Salon, nahm Reitgerte, Handschuhe, Hut und Schleier ihrer Herrin und ging hinaus. Cathérines plötzliches Erscheinen und Tun waren ein so sprechender Kommentar zu den Worten des Bürgermeisters, daß Madame d'Hauteserre und der Abbé Goujet einen Blick austauschten, durch den sie sich diesen furchtbaren Gedanken mitteilten: ›Leb wohl, unser ganzes Glück! Laurence ist mitverschworen, sie hat ihre beiden Cousins und die beiden d'Hauteserres ins Verderben gestürzt ...‹

»Weshalb fragen Sie?« sagte Monsieur d'Hauteserre zu Goulard.

»Nun, das Schloß ist umringt, Sie werden eine Haussuchung zu gewärtigen haben. Wenn Ihre Söhne hier sind, so lassen Sie sie retten, ebenso wie die von Simeuse.«

»Meine Söhne!« rief Madame d'Hauteserre bestürzt.

»Wir haben niemanden gesehen«, sagte Monsieur d'Hauteserre.

»Um so besser!« fuhr Goulard fort. »Aber ich liebe die Familien von Cinq-Cygne und Simeuse zu sehr, um zuzusehen, wie ihnen ein Unglück widerfährt. Hören Sie auf mich: wenn Sie kompromittierende Papiere haben ...«

»Papiere ...?« wiederholte der Edelmann.

»Ja, wenn Sie welche haben, so verbrennen Sie sie«, fuhr der Bürgermeister fort. »Ich werde die Agenten aufhalten.«

Goulard, der sowohl die royalistische Ziege wie den republikanischen Kohl schützen wollte, ging hinaus; in diesem Augenblick begannen die Hunde wütend zu bellen.

»Sie haben keine Zeit mehr, da sind sie schon«, sagte der Pfarrer. »Aber wer wird die Comtesse warnen? Wo ist sie?«

»Cathérine hat ihre Gerte, ihre Handschuhe und ihren Hut nicht geholt, um Reliquien daraus zu machen«, sagte Mademoiselle Goujet.

Goulard versuchte die beiden Agenten ein paar Minuten aufzuhalten, indem er ihnen die vollständige Unwissenheit der Bewohner des Schlosses von Cinq-Cygne schilderte. »Sie kennen solche Leute nicht«, sagte Peyrade, indem er Goulard ins Gesicht lachte.

Jetzt traten die beiden so süßlich unheimlichen Männer, begleitet von dem Brigadier aus Arcis und einem Gendarmen, ins Zimmer. Die vier friedlichen Bostonspieler, die, über einen solchen Aufwand von Kräften bestürzt, ruhig sitzen blieben, erstarrten bei ihrem Anblick vor Schrecken. Von der Wiese her klang das Geräusch herauf, das die etwa zehn Gendarmen machten, da ihre Pferde stampften.

»Hier fehlt nur Mademoiselle de Cinq-Cygne«, sagte Corentin.

»Sie schläft ohne Zweifel in ihrem Zimmer«, erwiderte Monsieur d'Hauteserre.

»Kommen Sie mit, Mesdames«, sagte Corentin, indem er in das Vorzimmer stürzte und von dort auf die Treppe, wohin Mademoiselle Goujet und Madame d'Hauteserre ihm folgten.

»Zählen Sie auf mich«, flüsterte Corentin der alten Dame ins Ohr, »ich bin einer der Ihren, ich habe Ihnen schon den Bürgermeister geschickt. Mißtrauen Sie meinem Kollegen und vertrauen Sie mir, ich werde Sie alle retten!«

»Um was handelt es sich denn?« fragte Mademoiselle Goujet.

»Um Leben oder Tod! Wissen Sie das nicht?« fragte Corentin.

Madame d'Hauteserre wurde ohnmächtig. Zum großen Erstaunen Mademoiselle Goujets und zu Corentins großer Enttäuschung war das Schlafzimmer der Comtesse leer. Da Corentin überzeugt war, daß niemand aus dem Park oder dem Schloß ins Tal entschlüpfen konnte, dessen sämtliche Ausgänge bewacht wurden, so ließ er in jedes Zimmer einen Gendarmen hinaufsteigen; er gab Befehl, die Ställe und Wirtschaftsgebäude zu durchsuchen, und kehrte in den Salon zurück, wohin schon in heftigster Aufregung Durieu, seine Frau und alle Leute geflüchtet waren. Peyrade studierte mit seinem kleinen blauen Auge alle Gesichter; er blieb mitten in diesem Wirrwarr kalt und ruhig. Als Corentin allein wiederkam, denn Mademoiselle Goujet bemühte sich um Madame d'Hauteserre, hörte man, mit dem Weinen eines Kindes vermischt, das Geräusch von Pferden. Die Pferde drängten durchs kleine Tor herein. Mitten in der allgemeinen Angst zeigte sich ein Brigadier, der Cathérine und Gothard mit gefesselten Händen vor sich herschob und den Agenten vorführte. »Die haben wir gefangen«, sagte er. »Dieser kleine Schlingel war zu Pferde und machte sich aus dem Staube.«

»Dummkopf!« sagte Corentin dem verblüfften Brigadier ins Ohr. »Weshalb hast du ihn nicht laufen lassen? Dann hätten wir etwas erfahren, indem wir ihm folgten.«

Gothard hatte sich dafür entschieden, nach Art der Idioten zu heulen und zu weinen. Cathérine stand in einer Haltung der Unschuld und Naivität da, die den alten Agenten tief nachdenklich machte. Nachdem der Schüler Lenoirs diese beiden Kinder miteinander verglichen, die einfältige Miene des alten Edelmanns, den er für listig hielt, studiert und den geistreichen Pfarrer, der die Spielmarken durch die Finger gleiten ließ, sowie die Bestürzung aller Leute und der Durieus beobachtet hatte, wandte er sich zu Corentin und flüsterte ihm ins Ohr: »Wir haben es nicht mit Tolpatschen zu tun!«

Corentin antwortete zunächst durch einen Blick auf den Spieltisch; dann fügte er hinzu: »Sie spielten Boston! Man machte der Schloßherrin das Bett; sie ist entschlüpft, wir haben sie überrascht, wir bekommen sie fest.«

Eine Bresche hat stets ihre Ursache und ihren Zweck. Der Grund, weshalb man jene zwischen dem Turm, der heute

›Tour de Mademoiselle‹ heißt, und den Ställen angelegt hatte, ist dieser: Als der gute d'Hauteserre sich auf Cinq-Cygne niederließ, machte er aus einer langen Schlucht, durch die sich die Wasser des Waldes in den Graben ergossen, einen Weg, der zwei große Gebiete teilt, die zum Reservat des Schlosses gehören; aber er tat es einzig, um dort etwa hundert Nußbäume anzupflanzen, die er in einer Baumschule gefunden hatte. In elf Jahren waren diese Nußbäume dicht genug geworden, sie überdeckten den Weg fast, zumal er von sechs Fuß hohen Böschungen eingeschlossen wurde; er führte zu einem kürzlich gekauften kleinen Wald von dreißig Morgen. Als das Schloß all seine Bewohner erhielt, ging jedermann, statt den Umweg durchs Tor zu machen, lieber über den Graben, um dann den Gemeindeweg einzuschlagen, der an den Parkmauern entlang zum Pachthof führte. Da man immer hindurchging, so erweiterte man, ohne es zu wollen, die Bresche auf beiden Seiten; das erregte um so weniger Bedenken, als im neunzehnten Jahrhundert Festungsgräben vollständig nutzlos sind und der Vormund oft davon sprach, sie auszunutzen. Diese beständige Abbröckelung lieferte Erde, Kies und Steine, die schließlich den Boden des Grabens verschütteten. Das Wasser, das dieser Damm überragte, bedeckte ihn nur zur Zeit der großen Regen. Trotz dieser Zerstörung, an der alle, selbst die Comtesse, mitgeholfen hatten, war freilich die Bresche immer noch so steil, daß es Schwierigkeiten bereitete, ein Pferd hinunterzuführen, vor allem aber, es jenseits wieder auf den Gemeindepfad zu bringen; doch scheint es, als zeigten Pferde in Gefahren volles Verständnis für die Gedanken ihrer Herren.

Während die junge Comtesse zögerte, Marthe zu folgen, und Erklärungen von ihr verlangte, verzweifelte Michu, der oben von seinem Hügel aus den Linien, die die Gendarmen beschrieben, gefolgt war, so daß er den Plan der Spione begriff, bereits am Erfolg, weil er niemanden kommen sah. Ein Fähnlein der Gendarmen folgte der Parkmauer; die einzelnen

Leute stellten sich als Posten auf, und zwar in einem Abstand, der ihnen erlaubte, sich zu verstehen und zu erkennen und die leichtesten Geräusche und die geringsten Dinge zu hören und zu überwachen. Michu, der, das Ohr an den Erdboden geschmiegt, flach auf dem Bauch lag, schätzte nach Art der Indianer auf Grund der Kraft des Schalles ab, wieviel Zeit ihm noch blieb.

›Ich bin zu spät gekommen!‹ sagte er bei sich selber. ›Das soll Violette mir bezahlen! Hat das lange gedauert, ehe er betrunken war! ... Was ist zu tun?‹ Er hörte das Fähnlein, das vom Wald herabkam, vor dem Tor vorüberreiten; durch ein Verfahren, ähnlich dem des anderen Fähnleins auf dem Gemeindeweg, wollte es die Verbindung mit diesem herstellen. ›Noch fünf bis sechs Minuten!‹ sagte er sich.

In diesem Augenblick erschien die Comtesse. Michu ergriff sie mit kräftiger Hand und schob sie in den überwachsenen Weg. »Gehen Sie geradeaus! Führe sie«, sagte er zu seiner Frau, »dahin, wo mein Pferd steht; und vergessen Sie nicht, daß die Gendarmen Ohren haben.«

Als dieser Mensch, der in der Gefahr so schnelle Geistesgegenwart bewies, Cathérine erblickte, die Gerte, Handschuhe und Hut trug, vor allem aber, als er Gothard mit der Stute erkannte, beschloß er, die Gendarmen ebenso erfolgreich an der Nase herumzuführen, wie er eben Violette an der Nase herumgeführt hatte. Gothard hatte die Stute wie durch Zauberei gezwungen, den Graben zu erklettern.

»Lappen um die Hufe des Pferdes! ... Ich umarme dich!« sagte der Gutsverwalter, indem er Gothard an sich drückte. Michu ließ das Tier neben seiner Herrin gehen und nahm Handschuhe, Hut und Gerte an sich. »Du hast Verstand, du wirst mich verstehen«, fuhr er fort, »zwinge dein eigenes Pferd, hier die Böschung hinaufzuklettern, steig ohne Sattel auf, zieh die Gendarmen hinter dir her, indem du in Karriere querfeldein auf den Pachthof zu reitest; und nimm mir das ganze Fähnlein mit, das sich da auseinanderzieht!« fügte er hinzu, indem er seinen Gedanken durch eine Geste beendete, die den zu verfolgenden Weg andeutete. »Du, mein Mädchen«, sagte er zu Cathérine, »auf dem Weg von Cinq-Cygne nach Gondreville kommen gleichfalls Gendarmen auf uns zu; lauf also in der Gothard entgegengesetzten Richtung durchs Holz und zieh sie vom Schloß fort auf den Wald zu! Kurz, sorgt dafür, daß wir im Hohlweg nicht belästigt werden!«

Cathérine und das bewundernswerte Kind, das in dieser Angelegenheit so viele Beweise von Verstand geben sollte, führten ihr Manöver so vortrefflich aus, daß die beiden Gendarmenketten glaubten, ihr Wild entschlüpfe ihnen. Das trügerische Mondlicht erlaubte nicht, Wuchs, Kleidung, Geschlecht, ja Zahl der Verfolgten zu erkennen. Man lief ihnen auf Grund des falschen Satzes nach: ›Wer flieht, den muß man verhaften!‹ Wie töricht dieser Satz in der Kunst der Polizei ist, hatte Corentin dem Brigadier ja eben energisch bewiesen. Michu, der auf den Instinkt der Gendarmen gerechnet hatte, konnte den Wald kurze Zeit nach der jungen Comtesse erreichen, die Marthe schon an den verabredeten Ort geführt hatte.

»Lauf zum Pavillon!« sagte er zu Marthe. »Der Wald wird von den Parisern bewacht werden; es ist gefährlich, hier zu bleiben. Wir werden ohne Zweifel unsere ganze Freiheit brauchen.«

Michu band sein Pferd los und bat die Comtesse, ihm zu folgen. »Ich werde nicht weiter mitgehen«, sagte Laurence, »ohne daß Sie mir ein Pfand für das Interesse geben, das Sie mir entgegenbringen; denn schließlich sind Sie Michu.«

»Mademoiselle«, sagte er mit sanfter Stimme, »meine Rolle wird Ihnen nach wenigen Worten klar sein. Ich bin, ohne daß die Simeuses es wissen, der Verwalter ihres Vermögens. Ich habe in dieser Hinsicht von ihrem verstorbenen Vater und ihrer teuren Mutter, meiner Gönnerin, klare Anweisungen erhalten. Ich habe die Rolle eines wütenden Jakobiners gespielt, um meinen jungen Herren von Nutzen sein zu können; zum Unglück habe ich mein Spiel zu spät begonnen und die Alten nicht mehr retten können!« Hier versagte Michu die Stimme. »Seit der Flucht der jungen Leute habe ich ihnen die Summen zukommen lassen, die sie brauchten, um anständig zu leben.«

»Durch das Haus Breintmayer in Strasbourg?« fragte sie.

»Ja, Mademoiselle, die Geschäftsfreunde von Monsieur Girel in Troyes, eines Royalisten, der um seines Vermögens willen wie ich den Jakobiner gespielt hat. Das Papier, das Ihr Pächter eines Abends am Tor von Troyes aufhob, bezog sich auf diese Affäre, die uns kompromittieren konnte: mein Leben gehörte nicht mehr mir, sondern ihnen; Sie verstehen? Zum Herrn von Gondreville konnte ich mich nicht machen. In meiner Stellung hätte man mir den Hals abgeschnitten, um zu erfahren, woher ich soviel Geld hätte. Ich zog es vor, den Landsitz etwas später zurückzukaufen; aber dieser Halunke Marion war nur der Strohmann eines anderen Halunken, Malins. Gondreville wird trotzdem an seine Herren zurückfallen. Das ist meine Sache. Vor vier Stunden hatte ich Malin vor dem Lauf meiner Büchse, oh, er war geliefert! ... Wahrhaftig, ist der tot, so wird man Gondreville versteigern und verkaufen; dann können Sie es erstehen. Im Fall meines Todes hätte meine Frau Ihnen einen Brief zugestellt, der Ihnen die Mittel in die Hand gegeben hätte. Aber dieser Räuber sagte seinem Gevatter Grévin, einem zweiten Hund, die Simeuses seien gegen den Ersten Konsul verschworen, sie seien im Land, und es sei besser, sie auszuliefern und sich ihrer zu entledigen, um auf Gondreville Ruhe zu haben. Da ich nun zwei Meisterspione hatte kommen sehen, so entlud ich meine Büchse und verlor keine Zeit, hierherzueilen, denn ich dachte mir, Sie müßten wissen, wo und wie man die jungen Leute warnen kann ... Das ist alles.«

»Sie verdienten, von Adel zu sein«, sagte Laurence, indem sie Michu ihre Hand reichte; er wollte niederknien, um diese Hand zu küssen. Laurence sah seine Bewegung, kam ihm zuvor und sagte in einem Ton und mit einem Blick, der ihn in diesem Augenblick ebenso glücklich machte, wie er seit zwölf Jahren unglücklich gewesen war: »Hoch den Kopf, Michu!«

»Sie belohnen mich, als hätte ich schon alles getan, was mir noch zu tun bleibt«, sagte er.

»Hören Sie das Geleit zur Guillotine? Wir wollen anderswo weiterreden.«

Michu ergriff den Zügel der Stute, ritt auf die Seite, der die Comtesse den Rücken zuwandte, und sagte: »Kümmern Sie sich um nichts, als daß Sie sich gut festhalten, Ihr Tier vorwärtsjagen und Ihr Gesicht vor den Zweigen schützen, die es Ihnen zerpeitschen wollen!« Dann führte er das junge Mädchen eine halbe Stunde lang in scharfem Galopp dahin; er beschrieb Umwege und Wendungen, kreuzte mehrmals den eigenen Weg quer über die Lichtungen, um die Spur zu verwischen, bis er an einer anderen Stelle haltmachte.

»Ich weiß nicht mehr, wo ich bin, und ich kenne den Wald doch ebensogut wie Sie«, sagte die Comtesse, indem sie sich umsah.

»Wir sind genau im Mittelpunkt«, erwiderte er. »Wir haben zwei Gendarmen auf den Fersen, aber wir sind gerettet!«

Der malerische Ort, an den der Verwalter Laurence geführt hatte, sollte für die Hauptpersonen dieses Dramas und für Michu so verhängnisvoll werden, daß es die Pflicht des Historikers ist, ihn zu beschreiben. Die Landschaft ist übrigens, wie man sehen wird, in den Gerichtsannalen des Kaiserreichs berühmt geworden.

Der Wald von Nodesme gehörte zu einem Kloster, das Notre-Dame hieß. Dieses Kloster, das einst gestürmt, geplündert und geschleift wurde, verschwand vollständig, sowohl die Mönche wie der Besitz. Der Wald, ein Gegenstand großer Begehrlichkeit, wurde zur Habe der Comtes de Champagne geschlagen, die ihn später verpfändeten und verkaufen ließen. In sechs Jahrhunderten deckte die Natur die Ruinen mit ihrem reichen, kraftvollen grünen Mantel zu und tilgte sie so völlig, daß von dem Dasein eines der schönsten Klöster nur noch eine ziemlich schwache Bodenerhebung sprach, die schöne Bäume beschatteten und undurchdringlich dichte Büsche umschlossen; Michu hatte sie seit 1794 zu seinem Vergnügen noch dichter gemacht, indem er in die der Sträucher entbehrenden Zwischenräume stachlige Akazien pflanzte. Am Fuß dieser Erhebung befand sich ein Sumpf, der auf eine verlorene Quelle deutete, wie sie ohne Zweifel einst die Lage des Klosters bestimmt haben mochte. Nur der Besitzer der Urkunden über den Wald von Nodesme hatte die Etymologie dieses Wortes, das achthundert Jahre alt war, aufklären können und zu entdecken vermocht, daß einst mitten im Wald ein Kloster gelegen hatte. Als der Marquis de Simeuse die ersten Donnerschläge der Revolution vernahm, hatte er, da ein Zufall ihn von dieser Besonderheit unterrichtete, als er bei Gelegenheit einer Besitzanfechtung die Urkunden untersuchen mußte, in einem leichtverständlichen Hintergedanken den Ort des Klosters zu suchen begonnen. Der Inspektor, dem der Wald so gut bekannt war, hatte seinem Herrn naturgemäß bei dieser Arbeit geholfen, und vermöge seines Försterscharfblicks hatte er die Lage erkannt. Als er sich die Richtung der fünf Hauptstraßen des Waldes überlegte, von denen mehrere nicht mehr bestanden, sah er, daß sie alle auf den Hügel und beim Sumpf mündeten, wohin man früher von Troyes, aus dem Tal von Arcis, aus dem von Cinq-Cygne und von Bar-sur-Aube herkommen mußte. Der Marquis wollte den Hügel sondieren, aber er konnte für ein solches Werk nur Leute verwenden, die in der Gegend nicht bekannt waren. Unter dem Druck der Verhältnisse gab er seine Nachforschungen auf, doch blieb in Michus Geist der Gedanke haften, daß die Bodenerhebung entweder Schätze oder die Fundamente des Klosters umschließen müßte. Michu setzte das archäologische Werk fort; er merkte, daß der Boden hohl klang, und zwar schon in der Höhe des Sumpfes, zwischen zwei Bäumen, am Fuß der einzigen steil abfallenden Stelle des

Hügels. In einer schönen Nacht ging er, mit einem Spaten bewaffnet, dahin, und seine Arbeit legte eine Höhlenöffnung bloß, in die man auf steinernen Stufen hinabstieg. Der Sumpf, der an seiner tiefsten Stelle drei Fuß Wasser zeigt, hat die Form eines Spatels, dessen Griff aus dem Hügel zu kommen scheint; und man könnte glauben, daß aus diesem künstlichen Felsen eine durch Versickerung in den ungeheuren Wald verlorene Quelle entspringt. Dieser Sumpf, den allerlei Wasserbäume umstehen, Erlen, Weiden und Eschen, ist der Kreuzungspunkt der Richtpfade, die noch von den ehemaligen Straßen und den heute aufgegebenen Waldalleen übrig sind. Dieses scheinbar stehende, aber frische Wasser, das von großblättrigen Pflanzen und Wasserkresse bedeckt ist, zeigt eine vollkommen grüne Oberfläche, die sich kaum von den Ufern unterscheidet, denn dort wächst ein feines dichtes Gras. Es liegt zu weit von allen Wohnstätten entfernt, als daß außer dem Wild noch irgendein Tier zur Tränke käme. In der festen Überzeugung, daß unter diesem Sumpf nichts vorhanden sein könnte, hatten die Inspektoren und Jäger, die die unzugänglichen Hänge des Hügels hinderten, diesen Winkel, der zum ältesten Waldschlag gehörte und den Michu, als er in der Ausbeutung an die Reihe kam, verschonte, um ihn als Hochwald stehen zu lassen, niemals untersucht und durchforscht. Am Ende der Höhle liegt ein gewölbter Keller, der, sauber und gesund, nach Art derer, die man das ›In-Pace‹, den Kerker der Klöster, nannte, ganz aus Quadern erbaut ist. Der gesunde Zustand des Kellers und die gut erhaltenen Reste der Treppe und des Gewölbes finden ihre Erklärung eben durch die Quelle, die die Zerstörer verschont hatten; denn eine wahrscheinlich außerordentlich dicke Mauer aus Backstein und Zement, ähnlich den Mauern der Römer, hielt die oberen Wasser ab. Michu deckte den Eingang der Höhle mit großen Steinen zu; um sich aber das Geheimnis ganz zu eigen und um es zugleich undurchdringlich zu machen, erlegte er sich das Gesetz auf, stets die bewaldete Höhe hinaufzusteigen und über den steilen Abhang zur Höhle hinunterzuklettern, statt den Sumpf zu durchqueren. In dem Augenblick, als die beiden Flüchtlinge dort ankamen, warf der Mond sein schönes Silberlicht auf die Wipfel der hundertjährigen Bäume des Hügels; es spielte in den prachtvollen Kronen der mannigfach von den dort einmündenden Wegen ausgeschnittenen Waldzungen: die eine war abgerundet, die andere spitz, diese endigte in einem einzigen Baum, jene in einer Gruppe.

Von dort lief das Auge unwiderstehlich in flüchtige Perspektiven, wo die Blicke bald der Krümmung eines Pfades folgten, bald dem erhabenen Durchblick einer langen Waldallee, bald einer fast schwarzen Mauer aus Laub. Das Licht, das zwischen dem Geäst dieser Wegkreuzung durchsickerte, ließ zwischen der Wasserkresse und den Seerosen ein paar Diamanten des ruhigen und unbekannten Wassers erglitzern. Der Ruf der Frösche störte die tiefe Stille dieses hübschen Waldwinkels, dessen wilder Duft in der Seele Freiheitsideen weckte.

»Sind wir wirklich gerettet?« fragte die Comtesse Michu.

»Ja, Mademoiselle. Aber wir haben beide noch unsere Aufgabe vor uns. Binden Sie oben auf dem kleinen Hügel unsere Pferde an Bäume und knüpfen Sie jedem ein Tuch um das Maul«, sagte er, indem er ihr seine Halsbinde reichte; »sie sind beide klug, meins wie Ihres; dann wissen sie, daß sie still sein müssen. Wenn Sie fertig sind, steigen Sie über diesen Abhang oberhalb des Wassers hinunter, und bleiben Sie nicht mit dem Reitkleid hängen; Sie werden mich unten finden.«

Während die Comtesse die Pferde versteckte, anband und ihnen das Maul verband, schaffte Michu die Steine zur Seite und legte den Eingang zur Höhle frei. Die Comtesse, die ihren Wald zu kennen meinte, war aufs höchste erstaunt, als sie sich unter einem Kellergewölbe sah. Michu legte die Steine mit der Geschicklichkeit eines Maurers wieder gewölbt vor den Eingang. Als er fertig war, hallten das Stampfen der Pferde und die Stimmen der Gendarmen durch die Stille der Nacht: er aber schlug unbesorgt das Feuerzeug und entzündete einen kleinen Fichtenast, um die Comtesse in das Gewölbe zu führen, wo sich noch ein Stückchen der Kerze fand, bei deren Licht er den Keller rekognosziert hatte. Das mehrere Zoll dicke eiserne Tor, das an vielen Stellen vom Rost durchlöchert war, hatte der Verwalter ausgebessert; man schloß es von außen mit Riegeln, die auf beiden Seiten in Löcher paßten. Die Comtesse war vor Ermüdung halbtot und setzte sich auf eine Steinbank, über der noch ein in die Wand gelassener Ring vorhanden war.

»Wir haben einen Salon zum Plaudern«, sagte Michu. »Jetzt können die Gendarmen suchen, solange sie wollen; das Schlimmste, was uns noch geschehen kann, ist jetzt, daß sie uns unsere Pferde nehmen.«

»Uns die Pferde nehmen«, sagte Laurence, »das wäre der Tod für meine Cousins und die Hauteserres! ... Lassen Sie hören, was wissen Sie?«

Michu erzählte das wenige, was er von der Unterhaltung zwischen Malin und Grévin verstanden hatte. »Sie sind auf dem Wege nach Paris und treffen morgen früh dort ein«, sagte die Comtesse, als er fertig war.

»Verloren!« rief Michu. »Es ist klar, daß alle, die zu den Toren hereinkommen und hinausziehen, streng überwacht werden. Malin hat das größte Interesse daran, daß meine Herren sich gründlich kompromittieren; denn er will sie töten.«

»Und ich, die ich nichts von dem allgemeinen Plan weiß!« rief Laurence. »Wie soll man Georges, Rivière und Moreau warnen? Wo sind sie? Aber denken wir nur an meine Cousins und die d'Hauteserres; holen Sie sie um jeden Preis ein!«

»Der Telegraph läuft schneller als die schnellsten Pferde«, sagte Michu, »und von allen Adligen, die in diese Verschwörung verwickelt sind, werden Ihre Cousins am leichtesten aufzuspüren sein. Wenn ich sie finde, muß man sie hier unterbringen; da werden wir sie bis zum Schluß der Angelegenheit versteckt halten. Ihr armer Onkel hatte vielleicht eine Vision, als er mich diesem Versteck auf die Spur brachte: er ahnte, daß seine Söhne sich einmal dahinein retten würden.«

»Meine Stute kommt aus den Ställen des Comte d'Artois, sie ist eine Tochter seines schönsten englischen Pferdes; aber sie hat sechsunddreißig Meilen gemacht, sie würde verenden, ohne Sie ans Ziel gebracht zu haben«, sagte sie.

»Mein Gaul ist gut«, sagte Michu, »und wenn Sie sechsunddreißig Meilen gemacht haben, werde ich nur achtzehn vor mir haben?«

»Dreiundzwanzig«, sagte sie, »denn seit fünf Stunden sind sie unterwegs! Sie werden sie oberhalb von Lagny finden, zu Coupvrai, das sie in der Dämmerung als Schiffer verkleidet verlassen sollen; sie zählen darauf, mit Hilfe von Booten nach Paris hineinkommen zu können. Hier«, sagte sie, indem sie sich die Hälfte des zweireifigen Traurings ihrer Mutter vom Finger zog, »das ist das einzige Zeichen, dem sie Glauben beimessen werden; die andere Hälfte habe ich ihnen gegeben. Der Inspektor von Coupvrai, der Vater eines ihrer Soldaten, versteckt sie heute nacht in einer von den Köhlern verlassenen Hütte mitten im Wald. Sie sind im ganzen zu acht. Die Hauteserres und vier Leute sind bei meinen Cousins.«

»Mademoiselle, den Soldaten wird man nicht nachlaufen; wir dürfen uns nur um die Simeuses kümmern, mögen die andern sich retten, wie sie wollen. Genügt es nicht, daß man ihnen zuruft: Es brennt!«

»Die d'Hauteserres im Stich lassen? Nie!« rief sie. »Sie müssen alle zusammen umkommen oder sich gemeinsam retten.«

»Kleine Edelleute?« warf Michu ein. »Sie sind nur Chevaliers«, erwiderte sie, »ich weiß; aber sie haben sich mit den Cinq-Cygnes und den Simeuses verbündet. Bringen Sie meine Cousins und die d'Hauteserres zurück; beraten Sie sich mit ihnen über die besten Mittel, diesen Wald zu erreichen.«

»In dem stecken die Gendarmen! Hören Sie sie? Sie beraten sich.«

»Nun, Sie haben heute abend schon zweimal Glück gehabt, gehen Sie! Und bringen Sie sie, verstecken Sie sie in diesem Keller, da werden sie vor jeder Nachforschung sicher sein! Ich kann Ihnen zu nichts nützen«, sagte sie voller Wut, »ich wäre ein Leuchtturm, der den Feind aufklären würde. Wenn die Polizei mich ruhig sieht, wird sie nie auf den Gedanken kommen, daß meine Verwandten in den Wald zurückkehren könnten. Also ist die Frage die, ob man fünf gute Pferde findet, um in sechs Stunden von Lagny bis zum Wald zu reiten, fünf Pferde, die man in einem Dickicht verendet liegen lassen muß.«

»Und Geld?« fragte Michu, der der jungen Comtesse in tiefen Gedanken zuhörte.

»Ich habe meinen Cousins heute abend hundert Louisdor gegeben.«

»Ich bürge für sie«, rief Michu. »Sind sie einmal versteckt, so müssen Sie es sich versagen, sie zu sehen; meine Frau oder mein Kleiner werden ihnen zweimal die Woche zu essen bringen. Aber da ich für mich nicht bürgen kann, so müssen Sie für den Fall eines Unglücks wissen, Mademoiselle, daß der Hauptbalken meines Pavillons mit einem Bohrer ausgehöhlt ist. In dem mit einem dicken Pflock verstopften Loch befindet sich der Plan zu einem Winkel des Waldes. Die Bäume, die auf dem Plan einen roten Punkt aufweisen, tragen im Wald am Fuß einen schwarzen Strich. Jeder dieser Bäume ist ein Wegweiser. Die dritte Eiche links von jedem Wegweiser verbirgt zwei Schritt vor dem Stamm in einer Tiefe von sieben Fuß je eine Blechröhre, deren jede hunderttausend Francs in Gold enthält. Bei diesen elf Bäumen, es sind nur elf, liegt das ganze Vermögen der Simeuses, seit Gondreville verloren ist.«

»Der Adel wird hundert Jahre brauchen, um sich von den Schlägen zu erholen, die man ihm versetzt hat!« sagte Mademoiselle de Cinq-Cygne langsam.

»Ist eine Parole ausgegeben?« fragte Michu. »›Frankreich und Charles‹ für die Soldaten; ›Laurence und Ludwig‹ für die Hauteserres und Simeuses. – Mein Gott! Gestern habe ich sie seit elf Jahren zum erstenmal wiedergesehen, und heute muß ich sie in Todesgefahr wissen, und in Gefahr welches Todes! Michu«, sagte sie in melancholischem Ton, »seien Sie während dieser fünfzehn Stunden ebenso vorsichtig, wie Sie während dieser zwölf Jahre groß und treu gewesen sind. Wenn meinen Cousins etwas widerführe, so würde ich sterben … Nein«, fuhr sie fort, »ich würde noch lange genug leben, um Bonaparte zu töten!«

»Dafür wären wir zwei, wenn alles verloren sein sollte.«

Laurence ergriff Michus rauhe Hand und drückte sie ihm kräftig nach englischer Art. Michu zog seine Taschenuhr: es war Mitternacht. »Wir müssen auf jeden Fall hinaus. Wehe dem Gendarmen, der mir den Weg versperrt! Und Sie, ohne Ihnen etwas vorschreiben zu wollen, Madame la Comtesse, kehren Sie mit verhängtem Zügel nach Cinq-Cygne zurück; da sind sie, halten Sie sie auf.«

Als Michu den Eingang geöffnet hatte, hörte er nichts mehr; er warf sich mit dem Ohr auf den Boden und sprang gleich wieder auf: »Sie sind am Saum von Troyes«, sagte er; »ich werde sie über den Löffel barbieren!«

Er half der Comtesse hinaus und legte die Steine wieder vor. Als er fertig war, hörte er, wie die sanfte Stimme der Comtesse ihn rief; sie wollte ihn zu Pferde sehen, ehe sie das ihre bestieg. Der rauhe Mann hatte Tränen in den Augen, als er mit seiner jungen Herrin einen letzten Blick tauschte; ihre Augen aber blieben trocken.

»Halten wir sie auf, er hat recht!« sagte sie, als sie nichts mehr hörte. Und sie schoß in scharfem Galopp nach Cinq-Cygne davon.

Als Madame d'Hauteserre, die die Revolution noch nicht für abgeschlossen hielt und wußte, wie oberflächlich die Rechtsprechung in diesen Zeiten war, erfuhr, daß ihre Söhne in Todesgefahr schwebten, kam sie durch die bloße Gewalt des Schmerzes, unter der sie ohnmächtig geworden war, wieder zur Besinnung und zu Kräften. Von einer grauenhaften Neugier geleitet, stieg sie in den Salon hinunter, dessen Anblick jetzt ein Bild darbot, wie es des Pinsels der Genremaler wahrhaft würdig gewesen wäre. Der Pfarrer saß noch immer am Spieltisch, und während er mechanisch mit den Zahlmarken spielte, beobachtete er verstohlen Peyrade und Corentin, die auf der einen Seite des Kamins standen und leise miteinander sprachen. Mehrmals begegnete der feine Blick Corentins dem nicht minder feinen des Pfarrers; aber gleich zwei Gegnern, die sich einander gewachsen fühlen und die in die Parade zurückfallen, nachdem sie das Schwert gekreuzt haben, wandten der eine wie der andere den Blick sogleich wieder ab. Der gute d'Hauteserre, der wie ein Reiher auf beiden Beinen stand, hielt sich neben dem breiten, dicken, großen und geizigen Goulard, und zwar noch immer in der Haltung, in die ihn die Bestürzung versetzt hatte. Der Bürgermeister wirkte trotz seiner bürgerlichen Kleidung immer noch wie ein Bedienter. Beide sahen mit stumpfem Blick auf die Gendarmen, zwischen denen Gothard noch immer weinte; ihm waren die Hände so fest gefesselt, daß sie violett anschwollen. Cathérine rührte sich nicht aus ihrer Haltung, die zwar voller Einfalt und Naivität, aber dennoch undurchdringlich rätselhaft war. Der Brigadier, der nach Corentin die Dummheit begangen hatte, diese guten kleinen Leute zu verhaften, wußte nicht, ob er gehen oder bleiben sollte. Er stand ganz nachdenklich mitten im Salon, die Hand auf den Griff seines Säbels gestützt, den Blick auf die beiden Pariser geheftet. Die bestürzten Durieus und alle Leute des Schlosses bildeten eine Gruppe, die der Besorgnis wundervoll Ausdruck gab. Ohne Gothards krampfhafte Tränen hätte man die Fliegen summen hören.

Als die Mutter bleich und beängstigt die Tür öffnete und eintrat, fast gezogen von Mademoiselle Goujet, deren rote

Augen geweint hatten, richteten sich aller Blicke auf die beiden Frauen. Die beiden Agenten hofften ebensosehr, Laurence eintreten zu sehen, wie die Bewohner des Schlosses davor zitterten. Die spontane Bewegung der Leute und der Herren schien von einem jener Mechanismen hervorgerufen zu sein, die gewissen Holzfiguren eine einzige Geste oder ein Augenzwinkern mitteilen.

Madame d'Hauteserre trat in drei überstürzten Schritten auf Corentin zu und sagte mit stockender, aber heftiger Stimme: »Erbarmen! Wessen sind meine Söhne angeklagt? Und glauben Sie, daß sie hier gewesen sind?« Der Pfarrer, der sich offenbar gesagt hatte, als er die alte Dame sah: ›Sie wird irgendeine Dummheit machen!‹, senkte die Augen.

»Meine Pflichten und die Mission, die ich erfülle, verbieten mir, es Ihnen zu sagen«, erwiderte Corentin mit zugleich liebenswürdiger und spöttischer Miene.

Diese Zurückweisung, die die abscheuliche Höflichkeit des Gecken noch unerbittlicher machte, ließ die alte Mutter erstarren; sie sank neben dem Abbé Goujet in einen Sessel, faltete die Hände und tat ein Gelübde.

»Wo habt Ihr diesen Tränensack gefaßt?« fragte Corentin den Brigadier, indem er auf den kleinen Stallknecht der Comtesse zeigte.

»Auf dem Weg zum Pachthof, an den Mauern des Parks; der Schlingel suchte den Wald von Les Closeaux zu erreichen.«

»Und das Mädchen?«

»Die? Die hat Oliver gefaßt.«

»Wohin lief sie?«

»Nach Gondreville.«

»Sie liefen jeder in eine andere Richtung?« fragte Corentin.

»Ja«, erwiderte der Gendarm.

»Ist das nicht der kleine Diener und das die Zofe der Citoyenne Cinq-Cygne?« fragte Corentin den Bürgermeister.

»Ja«, sagte Goulard.

Peyrade tauschte flüsternd ein paar Worte mit Corentin, winkte dem Brigadier und ging hinaus.

In diesem Augenblick trat der Brigadier von Arcis ein; er ging auf Corentin zu und sagte ganz leise zu ihm: »Ich kenne das Gelände sehr genau, ich habe in den Nebengebäuden alles untersucht; wenn die Burschen nicht vergraben sind, so ist niemand da. Wir sind jetzt dabei, die Fußboden und die Mauern mit den Kolben unserer Gewehre abzuklopfen.«

Peyrade, der wieder eintrat, winkte Corentin und führte ihn zu der Bresche des Grabens, indem er ihm den Hohlweg zeigte, der sie fortsetzte. »Wir haben das Manöver erraten«, sagte Peyrade.

»Und ich, ich will es Ihnen klarmachen«, erwiderte Corentin. »Der kleine Schlingel und das Mädchen haben diese Dummköpfe von Gendarmen auf die falsche Fährte gelockt, um dem Wild den Ausgang zu sichern.«

»Die Wahrheit können wir erst am Tage erfahren«, fuhr Peyrade fort. »Dieser Weg ist feucht, ich habe ihn oben und unten von zwei Gendarmen schließen lassen; wenn wir erst sehen können, werden wir am Abdruck der Füße erkennen können, wer hindurchgegangen ist.«

»Hier sind die Spuren eines Pferdehufs«, sagte Corentin, »kommen Sie in die Ställe.«

»Wieviel Pferde sind hier vorhanden?« fragte Peyrade Monsieur d'Hauteserre und Goulard, als sie wieder in den Salon traten. »Nun, Bürgermeister, Sie wissen es, antworten Sie!« rief Corentin, als er sah, wie dieser Beamte mit der Antwort zögerte.

»Ja, die Stute der Comtesse, Gothards Pferd und das von Monsieur d'Hauteserre.«

»Wir haben im Stall nur eins gesehen«, sagte Peyrade.

»Mademoiselle reitet spazieren«, sagte Durieu.

»Reitet Ihr Mündel oft so spät während der Nacht spazieren?« fragte der Wüstling Peyrade Monsieur d'Hauteserre.

»Sehr oft«, sagte der gute Mann einfach; »der Bürgermeister wird es Ihnen bezeugen.«

»Alle Welt weiß, daß sie ihre Grillen hat«, fügte Cathérine hinzu. »Ehe sie zu Bett ging, hat sie sich noch den Himmel angesehen; und ich glaube gern, daß Ihre Bajonette, die sie in der Ferne sah, sie neugierig gemacht haben. Sie wollte nachsehen, sagte sie zu mir, als sie hinausging, ob es etwa wieder eine Revolution gäbe.«

»Wann ist sie fortgegangen?« fragte Peyrade.

»Als sie Ihre Gewehre sah.«

»Und welchen Weg hat sie eingeschlagen?«

»Das weiß ich nicht.«

»Und das andere Pferd?« fragte Corentin.

»Da...s haaa...ben mir die Gendaaar...men genom...men«, heulte Gothard.

»Und wohin wolltest du?« fragte einer der Gendarmen.

»Ich fo ... o ... olgte mei ... ner He ... er ... errin nach de...m Pa...a...achthof.«

Der Gendarm hob den Kopf zu Corentin hin, denn er erwartete einen Befehl; aber Gothards Stimme klang zugleich so falsch und so wahr, so in der Tiefe unschuldig und so listig, daß die beiden Pariser sich ansahen, als wollten sie Peyrades Worte wiederholen: ›Sie sind keine Tolpatsche.‹

Der Edelmann schien nicht genug Geist zu haben, um ein Epigramm zu verstehen. Der Bürgermeister war borniert. Die Mutter, die vor mütterlicher Angst dumm wurde, stellte den Agenten Fragen von alberner Unschuld. Die Bedienten waren sämtlich im Schlaf überrascht worden. Diesen kleinen Tatsachen gegenüber begriff Corentin, als er die verschiedenen Charaktere beobachtete, auf der Stelle, daß seine einzige Gegnerin Mademoiselle de Cinq-Cygne war. Wie geschickt die Polizei auch sein mag, so ist sie doch tausendfach im Nachteil. Sie soll nicht nur alles erfahren, was der Verschwörer weiß, sondern sie muß sich auch noch auf tausend Annahmen stützen, ehe sie zu einer einzigen Wahrheit durchdringt. Der

Verschwörer denkt unablässig an seine Sicherheit, während die Polizei nur zu ihren Stunden wach ist. Gäbe es keinen Verrat, so wäre nichts leichter, als eine Verschwörung anzuzetteln. Ein Verschwörer hat schon für sich allein mehr Geist als die Polizei mit all ihren ungeheuren Aktionsmitteln. Da sie fühlten, daß man sie moralisch aufhielt, genau wie eine Tür sie physisch aufgehalten hätte, die sie offen zu finden glaubten und die sie mit einem Dietrich aufbrächen, während sich von der anderen Seite her wortlos viele Männer dagegenstemmten, so sahen Corentin und Peyrade sich durchschaut und genarrt, ohne zu wissen, von wem.

»Ich versichere«, sagte ihnen jetzt der Brigadier aus Arcis ins Ohr, »wenn die beiden Simeuses und die Hauteserres die Nacht hier verbracht haben, so hat man ihnen die Betten des Vaters, der Mutter, der Mademoiselle de Cinq-Cygne oder die der Magd und der Diener gegeben; oder sie sind im Park spazierengegangen, denn es ist nicht die kleinste Spur von ihrem Aufenthalt zu finden.«

»Wer hat sie denn warnen können?« fragte Corentin Peyrade.

»Bisher wissen nur der Erste Konsul, Fouché, die Minister, der Polizeipräfekt und Malin etwas.«

»Wir werden Spitzel im Lande lassen«, sagte Peyrade Corentin ins Ohr.

»Daran werden Sie um so besser tun, als sie in der Champagne bleiben werden«, bemerkte der Pfarrer, der sich eines Lächelns nicht enthalten konnte, als er das Wort Spitzel verstand und nach dem einen Wort den ganzen Satz erriet.

›Mein Gott!‹ dachte Corentin, indem er dem Pfarrer gleichfalls durch ein Lächeln antwortete, ›hier ist nur ein Mann von Geist vorhanden, ich kann mich mit keinem andern verständigen; den werde ich ausforschen.‹

»Messieurs...«, sagte der Bürgermeister, der immerhin einen Beweis seiner Ergebenheit für den Ersten Konsul geben wollte, indem er sich an die beiden Agenten wandte.

»Sagen Sie nur Citoyens; noch steht die Republik«, unterbrach ihn Corentin mit einem spöttischen Blick auf den Pfarrer.

»Citoyens«, fuhr der Bürgermeister fort, »in dem Augenblick, als ich hier in diesen Salon eintrat, kam Cathérine hereingestürzt, um die Gerte, die Handschuhe und den Hut ihrer Herrin zu holen.«

Ein dunkles Murmeln des Grauens drang tief aus der Brust aller hervor, ausgenommen der Gothards. Aller Augen, außer denen der Gendarmen und Agenten, bedrohten Goulard, den Denunzianten, indem sie ihm Flammenblicke zuwarfen.

»Schön, Bürgermeister«, sagte Peyrade. »Wir sehen schon klar. Man hat die Citoyenne Cinq-Cygne rechtzeitig gewarnt!« fügte er hinzu, indem er Corentin mit sichtlichem Mißtrauen ansah.

»Brigadier«, sagte Corentin zu dem Gendarmen, »legen Sie diesem kleinen Burschen die Daumenschrauben an; aber führen Sie ihn in ein Zimmer für sich... Schließen Sie mir auch diese Kleine ein!« fügte er hinzu, indem er auf Cathérine zeigte. »Du wirst die Untersuchung der Papiere leiten«, flüsterte er, fortfahrend, Peyrade ins Ohr; »durchstöbere alles, verschone nichts! – Monsieur l'Abbé«, sagte er vertraulich zu dem Pfarrer, »ich habe Ihnen wichtige Mitteilungen zu machen«, und er führte ihn in den Garten hinaus.

»Hören Sie, Monsieur l'Abbé, Sie scheinen mir ganz den Geist eines Bischofs zu haben, und – hier kann uns niemand hören – Sie verstehen mich; ich setze meine ganze Hoffnung nur noch auf Sie; denn ich will zwei Familien retten, die sich aus Dummheit in einen Abgrund wälzen lassen, aus dem nichts wieder hervorkommt. Die Simeuses und Hauteserres sind von einem jener niederträchtigen Spione verraten worden, die die Regierung in alle Verschwörungen einzuschmuggeln versteht, wenn es gilt, ihr Ziel, ihre Kampfmittel und die beteiligten Personen kennenzulernen. Verwechseln Sie mich nicht mit dem Elenden, der mich begleitet, er gehört zur

Polizei; ich aber habe eine sehr ehrenvolle Stellung im Kabinett des Konsuls inne, und ich habe sein letztes Wort erhalten. Man wünscht das Verderben der Simeuses nicht; wenn Malin es erleben möchte, daß sie füsiliert werden, so will sie der Erste Konsul, wenn sie hier sind und sie keine schlimmen Absichten haben, am Rand des Abgrunds zurückhalten, denn er liebt die guten Offiziere. Der Agent, der mich begleitet, hat alle Vollmachten; ich selbst bin scheinbar nichts, aber ich weiß, wo das Komplott liegt. Der Agent ist von Malin instruiert, der ihm zweifellos seine Fürsprache, eine Stellung, vielleicht gar Geld versprochen hat, wenn er die beiden Simeuses findet und ausliefert. Der Erste Konsul, der ein wirklich großer Mann ist, begünstigt habgierige Gedanken nie. Ich will nicht wissen, ob die beiden jungen Leute hier sind«, sagte er, als er eine Geste des Pfarrers bemerkte, »aber sie können nur auf eine einzige Art gerettet werden. Sie kennen das Gesetz vom 6. Floréal des Jahres X, es gewährt allen Emigranten, die noch im Ausland sind, die Amnestie, doch unter der Bedingung, daß sie vor dem 1. Vendémiaire des Jahres XI, das heißt, dem September des vorigen Jahres, heimkehren. Da aber die Simeuses ebenso wie die von Hauteserres Kommandos im Heere Condés innehatten, so fallen sie unter die Ausnahmen, die dieses Gesetz vorsieht; ihre Anwesenheit in Frankreich ist also ein Verbrechen und genügt unter den gegenwärtigen Umständen als Beweis für ihre Mitschuld an einem grauenhaften Komplott. Der Erste Konsul hat erkannt, welch ein Fehler diese Ausnahme war, da sie seiner Regierung unversöhnliche Feinde schafft; er möchte den Simeuses kundtun, daß keine Verfolgung gegen sie unternommen werden soll, wenn sie ihm eine Bittschrift unterbreiten, in der sie sagen, daß sie in der Absicht nach Frankreich zurückkehren, sich den Gesetzen zu unterwerfen, und versprechen, den Eid auf die Verfassung zu leisten. Sie verstehen, daß dieses Schriftstück vor ihrer Verhaftung in seinen Händen sein muß; es muß um einige Tage zurückdatiert sein; ich erbiete mich als

Überbringer ... Ich frage Sie nicht, wo die jungen Leute sind«, sagte er, als er den Pfarrer von neuem eine verneinende Geste machen sah; »wir sind unglücklicherweise sicher, sie zu finden; der Wald ist besetzt, die Eingänge von Paris werden bewacht und ebenso die Grenze. Hören Sie gut zu! Wenn die Herren zwischen diesem Wald und Paris sind, so werden sie gefaßt; wenn sie in Paris sind, so muß man sie finden; wenn sie umkehren, so werden die Unglücklichen verhaftet. Der Erste Konsul liebt die Adligen, und er kann die Republikaner nicht leiden; das alles ist ganz einfach: wenn er einen Thron will, muß er der Freiheit den Hals abschneiden. Dies Geheimnis mag unter uns bleiben. Also sehen Sie! Ich warte bis morgen; bis dahin will ich blind sein. Aber mißtrauen Sie dem Agenten; dieser verfluchte Provenzale ist der Kammerdiener des Teufels: er hat Fouchés Anweisung, wie ich die des Ersten Konsuls habe.«

»Wenn die Simeuses hier sind«, sagte der Pfarrer, »so würde ich zehn Liter meines Bluts und einen Arm geben, um sie zu retten; aber wenn Mademoiselle de Cinq-Cygne ihre Vertraute ist, so hat sie, das schwöre ich bei meinem Seelenheil, nicht die geringste Indiskretion begangen, und sie hat mir nicht die Ehre erwiesen, mich um Rat zu fragen. Ich bin jetzt sehr froh über ihre Diskretion, wenn anders es eine Diskretion war. Wir haben gestern abend wie tagtäglich bis halb elf Uhr in der tiefsten Stille Boston gespielt, und wir haben nichts gehört noch gesehen. Durch dieses einsame Tal kommt kein Kind, ohne daß alle Welt es sieht und erfährt, und seit vierzehn Tagen ist kein Fremder mehr durchgekommen. Nun bilden die Hauteserres und Simeuses allein eine Gruppe von vier Personen. Der Edelmann und seine Frau haben sich der Regierung unterworfen, und sie haben alles nur Erdenkliche getan, um ihre Söhne wieder in ihre Nähe zu führen; sie haben noch vorgestern an sie geschrieben. Daher bedurfte es, bei meiner Seele und meinem Gewissen, Ihres Überfalls hier, um meinen festen Glauben daran, daß sie in

Deutschland sind, zu erschüttern. Unter uns, hier ist außer der jungen Comtesse niemand, der den hervorragenden Eigenschaften des Ersten Konsuls nicht Gerechtigkeit widerfahren ließe.«

›Ein Schlaukopf!‹ dachte Corentin. »Wenn diese jungen Leute füsiliert werden, so hat man es eben gewollt!« erwiderte er laut; »jetzt wasche ich mir die Hände.«

Er hatte den Abbé Goujet an eine vom Mond hell erleuchtete Stelle geführt und sah ihn jäh an, als er diese unheimlichen Worte sprach. Der Priester war sehr bekümmert, aber wie ein überraschter und völlig ahnungsloser Mensch. »Begreifen Sie doch, Monsieur l'Abbé«, fuhr Corentin fort, »daß ihre Rechte auf den Landsitz Gondreville sie in den Augen aller Leute in untergebener Stellung doppelt verbrecherisch machen! Kurz, ich möchte, daß sie es mit Gott zu tun haben und nicht mit seinen Heiligen.«

»So liegt eine Verschwörung vor?« fragte der Pfarrer naiv.

»Eine unedle, hassenswerte, feige Verschwörung, die dem großherzigen Geist der Nation so entgegen ist«, sagte Corentin, »daß sie von allgemeiner Verachtung getroffen werden wird.«

»Nun, einer Feigheit ist Mademoiselle de Cinq-Cygne nicht fähig!« rief der Pfarrer.

»Monsieur l'Abbé«, fuhr Corentin fort, »sehen Sie, es sind – immer zwischen Ihnen und mir – die klarsten Beweise für ihre Mitschuld vorhanden; aber für die Rechtsprechung genügen sie noch nicht. Sie hat bei unserm Nahen die Flucht ergriffen ... Und doch hatte ich Ihnen noch den Bürgermeister geschickt!«

»Ja, aber für einen, der Wert darauf legt, sie zu retten, folgten Sie dem Bürgermeister etwas zu schnell auf den Fersen«, sagte der Abbé.

Bei diesem Wort sahen die beiden Männer sich an, und sie hatten sich nichts mehr zu sagen: sie gehörten beide zu jenen tiefen Anatomen der Seele, denen eine einzige Biegung der

Stimme, ein Blick, ein Wort genügt, um eine Seele zu durchschauen, genau wie der Wilde seine Feinde an Zeichen errät, die dem Auge des Europäers unsichtbar bleiben. ›Ich glaubte etwas aus ihm herauszuziehen und habe mich selber aufgedeckt!‹ dachte Corentin. ›Ah, der Schlingel!‹ sagte der Pfarrer zu sich selber.

Von der alten Uhr der Kirche schlug es eben in dem Augenblick Mitternacht, als Corentin und der Pfarrer wieder in den Salon eintraten. Man hörte Türen von Zimmern und Schränken öffnen und schließen. Die Gendarmen deckten die Betten auf. Peyrade durchsuchte und durchstöberte alles mit dem schnellen Verständnis des Spions. Diese Plünderung erregte bei den treuen Dienern, die immer noch aufrecht und reglos dastanden, zugleich Schrecken und Entrüstung. Monsieur d'Hauteserre tauschte mit seiner Frau und Mademoiselle Goujet mitleidige Blicke. Eine grauenhafte. Neugier hielt alle wach. Peyrade kam herab und trat in den Salon; in der Hand hielt er eine Kassette aus geschnitztem Sandelholz, die der Admiral de Simeuse einmal aus China mitgebracht haben mochte. Die hübsche Schatulle war flach und etwa von der Größe eines Quartbandes.

Peyrade gab Corentin einen Wink und führte ihn in die Fensternische. »Ich hab's!« sagte er. »Dieser Michu, der Marion für Gondreville achthunderttausend Francs in Gold zahlen konnte und der eben noch Malin erschießen wollte, muß der Mann der Simeuses sein; er muß Marion aus demselben Grunde bedroht haben, aus dem er auch Malin aufs Korn nahm. Mir war, als könnte er Ideen haben; aber er hat nur eine; er ist von allem unterrichtet und wird sie hier gewarnt haben.«

»Malin wird mit seinem Freund, dem Notar, über die Verschwörung gesprochen haben«, sagte Corentin, indem er die Schlüsse seines Kollegen fortspann, »und Michu, der im Hinterhalt lag, hat sie ohne Frage von den Simeuses sprechen hören. Wahrhaftig, er kann seinen Schuß nur aufgeschoben haben, um ein Unglück zu verhindern, das ihm noch größer schien als der Verlust Gondrevilles.«

»Er hatte uns gleich für das erkannt, was wir sind«, sagte Peyrade; »daher erschien mir auch im Augenblick der Intellekt dieses Bauern so fabelhaft.«

»Oh, das beweist, daß er auf der Hut war«, erwiderte Corentin.

»Aber schließlich, mein Alter, täuschen wir uns nicht: der Verrat stinkt enorm, und primitive Leute riechen ihn schon von weitem.«

»Wir sind dadurch um so stärker«, sagte der Provenzale.

»Lassen Sie den Brigadier aus Arcis kommen!« rief Corentin einem der Gendarmen zu. »Wir wollen in seinen Pavillon schicken«, sagte er zu Peyrade.

»Da ist Violette, unser Ohr«, sagte der.

»Wir sind aufgebrochen, ehe wir Nachricht von ihm hatten«, gab Corentin zurück. »Wir hätten Sabatier mitnehmen sollen. Wir sind zu zweit nicht genug. – Brigadier«, sagte er, als er den Gendarmen eintreten sah, indem er ihn zwischen sich und Peyrade nahm, »laßt Euch nicht, wie eben der Brigadier aus Troyes, an der Nase herumführen. Michu scheint in die Geschichte verwickelt zu sein; reiten Sie nach seinem Pavillon, haben Sie ein Auge auf alles und erstatten Sie uns Bericht!«

»Einer meiner Leute hat im Wald Pferde gehört, als man die kleinen Bedienten verhaftete; ich habe denen, die sich dort verstecken möchten, vier famose Burschen auf die Fersen geschickt«, gab der Gendarm zur Antwort. Er ging hinaus. Der Lärm seines galoppierenden Pferdes, der über die Rasenfläche hallte, verlor sich schnell.

»Also! Sie ziehen auf Paris, oder sie suchen den Rückweg nach Deutschland zu gewinnen«, sagte Corentin. Er setzte sich, zog ein Heft aus der Tasche seines Spenzers, schrieb mit Bleistift zwei Befehle nieder, versiegelte sie und winkte sich einen der Gendarmen herbei: »Im Galopp nach Troyes; wekken Sie den Präfekten und sagen Sie ihm, er soll die Dämmerung benutzen, um den Telegraphen arbeiten zu lassen!«

Der Gendarm ritt im Galopp davon. Der Sinn dieses Schachzugs und Corentins Absicht waren so klar, daß sich den Schloßbewohnern das Herz zusammenzog; aber diese neue Sorge war sozusagen nur ein neuer Schlag in ihrem Martyrium, denn in diesem Augenblick hatten alle die Augen auf die kostbare Kassette geheftet. Die Agenten plauderten und beachteten derweilen die Sprache dieser flammenden Blicke. Eine Art kalter Wut tobte in den fühllosen Herzen dieser beiden Wesen, die sich am allgemeinen Schrecken weideten. Der Polizist kennt alle Aufregungen des Jägers; aber wenn der eine, während er die Kräfte des Körpers und Geistes entfaltet, einen Hasen, ein Rebhuhn oder ein Reh zu schießen sucht, handelt es sich für den anderen darum, den Staat oder den Fürsten zu retten oder eine hohe Belohnung zu verdienen. So ist die Jagd auf den Menschen der anderen um den ganzen Unterschied überlegen, der zwischen Menschen und Tieren existiert. Übrigens muß der Spion seine Rolle zur vollen Größe und Bedeutung der Interessen erheben, denen er sich widmet. Ohne sich in diesen Beruf einzulassen, kann also ein jeder sich denken, daß die Seele darin ebensoviel Leidenschaft aufwendet, wie der Jäger dazu braucht, das Wild zu verfolgen. Je näher nun diese beiden Leute der Aufklärung kamen, um so eifriger wurden sie; aber ihre Züge und ihre Augen blieben ruhig und kühl, ebenso wie ihr Argwohn, ihre Gedanken, ihre Pläne undurchdringlich blieben. Doch jeder, der die Wirkungen der moralischen Witterung dieser beiden Spürhunde auf der Spur unbekannter und verborgener Tatsachen verfolgt, wer die hündische Behendigkeit in den Bewegungen begriffen hätte, die sie durch eine schnelle Prüfung der Wahrscheinlichkeiten zur Erkenntnis der Wahrheit führten, der hätte erbeben müssen! Wieso und weshalb standen diese genialen Männer so niedrig, während sie so hoch hätten stehen können? Welche Unvollkommenheit, welches Laster, welche Leidenschaft würdigte sie so herab? Wird man Polizist, wie man Denker, Schriftsteller, Staatsmann, Maler, General wird, unter der Bedingung, daß man nur spionieren kann, wie jene reden, schreiben, regieren, malen oder sich schlagen? Die Leute vom Schloß hatten nur einen Wunsch im Herzen: ›Wird nicht der Blitz auf diese Ehrlosen niederfahren?‹ Sie spürten alle den Rachedurst. Daher hätte es auch, wenn nicht die Gendarmen gewesen wären, einen Aufstand gegeben.

»Niemand hat einen Schlüssel zu der Schatulle?« fragte der zynische Peyrade, indem er die Versammelten ebensosehr durch die Bewegung seiner dicken, roten Nase fragte wie mit seinem Wort.

Der Provenzale bemerkte nicht ohne eine Regung der Furcht, daß keine Gendarmen mehr da waren. Corentin und er waren allein. Corentin zog einen kleinen Dolch aus der Tasche und schickte sich an, ihn unter den Deckel der Schatulle zu schieben. In diesem Augenblick hörte man, erst auf der Straße, dann auf dem kleinen Pflaster vor der Wiese, das schreckliche Geräusch eines verzweifelten Galopps; beängstigender aber noch waren der Sturz und das Röcheln des Pferdes, das am Fuß des mittleren Turms mit allen vier Füßen zugleich zusammenbrach. Eine Aufregung, ähnlich der, wie sie der Blitz hervorruft, erschütterte alle Zuschauer, als man Laurence erblickte, die das Rascheln ihres Reitkleides schon gemeldet hatte. Ihre Leute hatten rasch Spalier gebildet, um sie durchzulassen. Trotz ihres schnellen Ritts hatte sie den Schmerz empfunden, den ihr die Entdeckung der Verschwörung bereiten mußte: all ihre Hoffnungen waren zusammengebrochen! Sie war durch Ruinen geritten, während sie an die Notwendigkeit einer Unterwerfung unter die Konsulatsregierung dachte. Daher wäre sie auch ohne die Gefahr, in der die vier Edelleute schwebten und die das Belebungsmittel war, mit dessen Hilfe sie ihrer Ermattung und Verzweiflung Herr wurde, ohnmächtig zusammengebrochen. Sie hatte ihre Stute fast zu Tode gejagt, um zwischen den Tod und ihre Cousins zu treten. Als nun alle dieses heroische Mädchen bleich und mit erschlafften Zügen auf der Schwelle stehen sahen, den Schleier zur Seite geschlagen, die Gerte in der Hand, während ihr brennender Blick die ganze Szene überflog und durchschaute, da erkannte ein jeder an der unmerklichen Bewegung, die durch Corentins bitteres und unruhiges Gesicht zuckte, daß sich die beiden wirklichen Gegner gegenüberstanden. Ein furchtbarer Zweikampf mußte beginnen. Als die junge Comtesse die Kassette in Corentins Händen sah, hob sie die Gerte und sprang so lebhaft auf ihn zu und versetzte ihm einen so heftigen Schlag auf die Hände, daß die Kassette zu Boden fiel. Sie griff sie auf, warf sie in die Kaminglut und trat in drohender Stellung davor hin, ehe sich die beiden Agenten noch von ihrer Überraschung erholt hatten. Aus ihren Augen flammte Verachtung, ihre blasse Stirn und ihre geringschätzigen Lippen beleidigten diese Männer noch mehr als die autokratische Geste, mit der sie Corentin wie ein giftiges Tier behandelt hatte. Der gute d'Hauteserre fühlte sich als Kavalier, all sein Blut stieg ihm rot ins Gesicht; er bedauerte, daß er kein Schwert da hatte. Die Diener zitterten zunächst vor Jubel. Diese so lange herbeigerufene Rache hatte den einen der beiden Männer zerschmettert. Aber ihr Glück wurde von einer furchtbaren Besorgnis in die tiefste Seele zurückgedrängt: immer noch hörten sie auf den Böden die Gendarmen kommen und gehen. Der ›Spion‹, dies derbe Wort, in dem alle Nuancen verschmelzen, die die Polizisten sonst unterscheiden, denn das Publikum hat in der Sprache die verschiedenen Charaktere derer, die sich mit dieser für die Regierungen so notwendigen Apothekerküche befassen, niemals sondern wollen – der Spion also hat eine großartige und merkwürdige Eigenschaft: er wird nie ärgerlich; er hat die christliche Demut der Priester, seine Augen sind an die Verachtung gewöhnt, und auch er setzt sie wie eine Schranke all den Tröpfen entgegen, die ihn nicht verstehen; er hat unter

Beschimpfungen eine eherne Stirn, er geht auf sein Ziel zu wie ein Tier, dessen Rückenschild nur von der Kanone durchschlagen wird. Aber wenn er sich getroffen fühlt, ist er auch wie das Tier um so rasender, als er seinen Panzer für undurchdringlich gehalten hat. Der Schlag mit der Gerte war für Corentin, ganz abgesehen vom Schmerz der Finger, der Kanonenschuß, der den Panzer durchlöchert; von seiten des hoheitsvollen und edlen Mädchens demütigte ihn diese Bewegung voll Ekel nicht nur in den Augen dieser kleinen Welt, sondern vor allem in seinen eigenen Augen. Peyrade, der Provenzale, sprang auf das Feuer zu; er erhielt einen Fußtritt von Laurence; aber er ergriff den Fuß und hob ihn empor, so daß er sie durch das Schamgefühl zwang, in den Sessel zu sinken, auf dem sie noch vor so kurzer Zeit geschlafen hatte. Es war das Burleske mitten im Grauen, ein Gegensatz, der in allen menschlichen Dingen so häufig ist. Peyrade versengte sich die Hand, um sich der brennenden Kassette zu bemächtigen; aber es gelang ihm, sie zu fassen; er stellte sie auf den Boden und setzte sich darauf. Diese kleinen Ereignisse folgten sich wortlos in großer Geschwindigkeit. Corentin, der sich vom Schmerz des Gertenschlags erholte, hielt Mademoiselle de Cinq-Cygne aufrecht, indem er nach ihren Händen griff. »Zwingen Sie mich nicht, schöne Citoyenne, Gewalt gegen Sie zu gebrauchen«, sagte er mit seiner vernichtenden Höflichkeit. Peyrades Handlungsweise hatte den Erfolg, daß das Feuer durch den Druck, der ihm die Luft entzog, erlosch. »Gendarmen, zu Hilfe!« rief er in seiner wunderlichen Haltung.

»Versprechen Sie, artig zu sein?« sagte Corentin unverschämt zu Laurence, indem er seinen Dolch aufraffte, ohne jedoch den Fehler zu begehen, daß er ihr damit drohte.

»Die Geheimnisse dieser Kassette gehen die Regierung nichts an«, sagte sie mit melancholischem Einschlag in Miene und Ton. »Wenn Sie die Briefe gelesen haben, die darin sind, werden Sie sich trotz Ihrer Ehrlosigkeit schämen, sie gelesen zu haben ... Aber, schämen Sie sich überhaupt noch vor irgend etwas?« fügte sie nach einer Pause hinzu.

Der Pfarrer warf Laurence einen Blick zu, als wollte er ihr sagen: ›In Gottes Namen, beruhigen Sie sich!‹

Peyrade stand auf. Der Boden der Kassette, der mit den Kohlen in Berührung gekommen und fast ganz verbrannt war, ließ einen versengten Fleck auf dem Teppich zurück. Selbst der Deckel der Kassette war schon verkohlt, die Seiten gaben nach. Der groteske Scaevola, der das Hinterteil seiner aprikosenfarbenen Hose dem Gotte der Polizei, der Furcht, geopfert hatte, schlug die beiden Seiten der Schatulle auf, als handelte es sich um ein Buch: drei Briefe und zwei Haarlocken fielen auf den Spieltisch. Er wollte mit einem Blick auf Corentin lächeln, als er merkte, daß die beiden Locken zwei verschieden weiße Töne zeigten. Corentin ließ Mademoiselle de Cinq-Cygne los, um den Brief zu lesen, aus dem die Locken gefallen waren.

Auch Laurence stand auf, trat neben die beiden Spione und sagte: »Oh, lesen Sie das laut vor, das soll Ihre Strafe sein!«

Da aber jene nur mit den Augen lasen, so las sie selbst den folgenden Brief mit lauter Stimme:

»Teure Laurence!
Wir haben von Deinem schönen Verhalten am Tage unserer Verhaftung erfahren, sowohl mein Gatte wie ich. Wir wissen, daß Du unsere geliebten Zwillinge ebensosehr und ebenso gleichmäßig liebst wie wir selbst; deshalb vertrauen wir auch Dir ein zugleich kostbares und trauriges Pfand für sie an. Der Scharfrichter hat uns soeben die Haare geschoren, da wir in wenigen Augenblicken sterben sollen, und er hat uns versprochen, Dir das einzige Andenken zu übermitteln, das wir unsern geliebten Waisen geben können. Bewahre ihnen also diese unsere Überreste auf, Du wirst sie ihnen in besseren Zeiten geben. Wir haben unsern letzten Kuß für sie daraufgedrückt und unsern Segen darüber gesprochen. Unser letz-

ter Gedanke wird zunächst unsern Söhnen, dann Dir und schließlich Gott gelten! Liebe sie von Herzen.

Berthe de Cinq-Cygne.
Jean de Simeuse.«

Allen traten bei der Lektüre dieses Briefes Tränen in die Augen. Laurence sagte mit fester Stimme zu den beiden Agenten, indem sie ihnen einen versteinernden Blick zuwarf: »Sie haben weniger Erbarmen als der Scharfrichter!« Corentin schob ungerührt die Haare in den Brief und den Brief selbst seitwärts auf den Tisch; er stellte einen Korb mit Spielmarken darauf, damit er nicht fortflöge. Diese Kaltblütigkeit inmitten der allgemeinen Aufregung hatte etwas Grauenhaftes. Peyrade entfaltete die beiden anderen Briefe.

»Oh, die sind ziemlich ebenso«, sagte Laurence. »Sie haben das Testament gehört, jetzt folgt die Vollstreckung. In Zukunft wird mein Herz für niemanden mehr Geheimnisse haben, das ist alles:

1794, Andernach, vor dem Kampf.
Meine liebe Laurence, ich liebe Dich für mein ganzes Leben, und ich will, daß Du es weißt; aber wenn ich fallen sollte, so wisse, daß mein Bruder Paul-Marie Dich ebensosehr liebt wie ich. Mein einziger Trost im Tode wird die Gewißheit sein, daß Du eines Tages meinen Bruder wirst zum Gatten nehmen können, ohne sehen zu müssen, daß ich vor Eifersucht umkomme, wie es der Fall wäre, wenn Du ihn mir, während wir beide leben, vorziehen solltest. Doch würde mir diese Bevorzugung nur natürlich erscheinen, denn er ist mehr wert als ich ... usw.
Marie-Paul.

Dies ist der andere«, sagte sie mit einer reizenden Röte auf der Stirn:

»Andernach, vor dem Kampf.
Meine gute Laurence, meine Seele ist ein wenig von Trauer

erfüllt; aber Marie-Paul hat in seinem Wesen zuviel Heiterkeit, um Dir nicht weit besser zu gefallen als ich. Du wirst eines Tages zwischen uns zu wählen haben; nun, obwohl ich Dich mit einer Leidenschaft liebe...«

»Sie standen mit Emigranten in Briefwechsel!« sagte Peyrade, indem er Laurence unterbrach und aus Vorsicht die Briefe gegen das Licht hielt, um sich zu überzeugen, ob sie nicht zwischen den Zeilen eine Schrift mit unsichtbarer Tinte enthielten. »Ja«, sagte Laurence, während sie die kostbaren Briefe, deren Papier vergilbt war, wieder faltete. »Aber kraft welchen Rechts vergewaltigen Sie in dieser Weise mein Haus, meine persönliche Freiheit und alle häuslichen Rechte?«

»Ah, wahrhaftig!« sagte Peyrade. »Kraft welchen Rechts? Das muß ich Ihnen sagen, schöne Aristokratin«, antwortete er, indem er einen Befehl aus der Tasche zog, der aus dem Justizministerium stammte und vom Minister des Innern gegengezeichnet war. »Hier, Citoyenne, das haben die Minister auf ihre Kappe genommen...«

»Wir könnten Sie fragen«, flüsterte Corentin ihr ins Ohr, »kraft welchen Rechts Sie die Meuchelmörder des Ersten Konsuls bei sich aufnehmen? Sie haben mir einen Gertenschlag über die Finger versetzt, der mich ermächtigen würde, eines Tages einen Handstreich auszuführen, um Ihre Cousins zu befördern, während ich kam, um sie zu retten ...«

Nach der bloßen Lippenbewegung und nach dem Blick, den Laurence auf Corentin warf, erriet der Pfarrer, was dieser große unbekannte Künstler sagte; er gab der Comtesse ein Zeichen, mißtrauisch zu sein, das nur Goulard bemerkte. Peyrade klopfte den Deckel der Schatulle leicht ab, um zu sehen, ob er nicht aus zwei Brettern bestände. »O mein Gott!« sagte Laurence zu Peyrade, indem sie ihm den Deckel entriß, »zerbrechen Sie das nicht ... warten Sie!« Sie nahm eine Nadel und drückte auf den Kopf einer Figur; die beiden Bretter sprangen unter dem Druck einer Feder auseinander, und das eine zeigte die beiden Miniaturbilder der Simeuses in der Uniform des Condéschen Heeres; die Bildnisse waren in Deutschland auf Elfenbein gemalt. Corentin, der sich einem Gegner gegenübersah, der seines ganzen Zornes würdig war, rief Peyrade durch einen Wink in eine Ecke und besprach sich leise mit ihm.

»Sie warfen das ins Feuer!« sagte der Abbé Goujet zu Laurence, indem er mit einem Blick auf den Brief der Marquise mit den Locken deutete. Statt aller Anwort zuckte das junge Mädchen bedeutsam die Achseln. Der Pfarrer begriff, daß sie alles opferte, um die Spione aufzuhalten und Zeit zu gewinnen, und er hob die Augen mit bewundernswerter Geste gen Himmel. »Wo hat man denn Gothard verhaftet, den ich weinen höre?« sagte sie laut genug, daß man sie verstehen konnte.

»Ich weiß nicht«, erwiderte der Pfarrer. »Ist er auf den Pachthof geritten?«

»Der Pachthof!« sagte Peyrade zu Corentin. »Lassen Sie uns Leute hinschicken.«

»Nein«, erwiderte Corentin, »dieses Mädchen hätte das Heil ihrer Cousins nie einem Pächter anvertraut. Sie führt uns an der Nase herum ... Tun Sie, was ich Ihnen sage, damit wir nach dem Fehler, den wir begangen haben, als wir hierherkamen, wenigstens einige Aufklärungen erhalten.«

Corentin trat vor den Kamin, hob die langen Spitzenschöße seines Rocks; um sich zu wärmen, und nahm die Miene, den Ton und die Manieren eines Mannes an, der zu Besuch anwesend ist. »Mesdames, Sie können zu Bett gehen, und Ihre Leute gleichfalls. Bürgermeister, Ihre Dienste sind uns jetzt nutzlos. Die Strenge unserer Befehle erlaubt uns nicht, anders zu handeln, als wir gehandelt haben; aber wenn alle Mauern, die mir recht dick zu sein scheinen, untersucht sind, so brechen wir auf.«

Der Bürgermeister grüßte die Gesellschaft und ging hinaus. Weder der Pfarrer noch Mademoiselle Goujet rührten sich.

Die Leute waren zu unruhig, um nicht das Los ihrer Herrin zu verfolgen. Madame d'Hauteserre, die, seit Laurence gekommen war, das junge Mädchen mit der Neugier einer verzweifelten Mutter studierte, stand auf, ergriff sie am Arm, führte sie in einen Winkel und fragte sie leise: »Hast du sie gesehen?«

»Wie hätte ich wohl Ihre Söhne unter unser Dach kommen lassen, ohne daß Sie es erfahren hätten?« erwiderte Laurence. »Durieu«, fügte sie hinzu, »sehen Sie zu, ob es möglich ist, meine arme Stella zu retten; sie atmet noch.«

»Sie hat einen großen Weg zurückgelegt?« fragte Corentin.

»Fünfzehn Meilen in drei Stunden«, sagte sie zum Pfarrer, der sie bestürzt ansah. »Ich bin um halb zehn fortgeritten und erst nach eins wieder dagewesen.« Sie sah auf die Kaminuhr, die halb drei zeigte.

»Also«, fuhr Corentin fort, »leugnen Sie nicht, einen Ritt von fünfzehn Meilen gemacht zu haben?«

»Nein«, sagte sie; »ich gebe zu, daß meine Cousins und die Hauteserres in ihrer vollkommenen Unschuld darum einzukommen dachten, man möge sie von der Amnestie nicht ausschließen; sie waren auf dem Weg nach Cinq-Cygne. Deshalb bin ich ihnen, als ich glauben mußte, Monsieur Malin wolle sie in einen Verrat verwickeln, entgegengeritten, um sie zu warnen, damit sie nach Deutschland zurückkehren; sie werden die Grenze erreicht haben, ehe der Telegraph von Troyes sie dort signalisiert hat. Wenn ich ein Verbrechen begangen habe, so wird man mich bestrafen.«

Diese Antwort, die Laurence sich gründlich überlegt hatte und die in allen Einzelheiten so wahrscheinlich klang, erschütterte Corentins Überzeugungen. Die junge Comtesse beobachtete ihn aus den Augenwinkeln heraus. In diesem so entscheidenden Augenblick, als alle Seelen gleichsam an diesen beiden Gesichtern hingen, als alle Blicke von Laurence zu Corentin hinüberschweiften und von Corentin zu Laurence, hallte auf der Straße und vom Tor auf dem Rasen her das Geräusch eines galoppierenden Pferdes, das aus dem Wald kam. Grauenhafte Angst malte sich auf allen Gesichtern.

Peyrade trat ein, sein Auge strahlte vor Freude; er ging eilig auf seinen Kollegen zu und sagte laut genug, damit die Comtesse es hören konnte: »Wir haben Michu!«

Laurence, der die Angst, die Ermattung und die Anspannung all ihrer geistigen Fähigkeiten das Rot in die Wangen gejagt hatte, wurde bleich und sank, fast ohnmächtig, vernichtet in ihren Sessel. Die Durieu, Mademoiselle Goujet und Madame d'Hauteserre stürzten auf sie zu, denn sie schien zu ersticken; sie gab durch eine Geste zu verstehen, daß man ihr die Schnüre ihres Reitkleids aufschneiden sollte.

»Sie ist reingefallen ... ›die andern‹ gehen auf Paris!« sagte Corentin zu Peyrade. »Ändern wir die Befehle.«

Sie gingen hinaus und ließen einen Gendarmen an der Tür des Salons zurück. Die teuflische Geschicklichkeit der beiden Männer hatte in diesem Zweikampf einen furchtbaren Vorteil davongetragen, als Laurence in die Falle einer ihrer gewöhnlichen Listen ging.

Um sechs Uhr morgens kamen die beiden Agenten in der Dämmerung zurück. Sie hatten den Hohlweg untersucht und sich überzeugt, daß dort auf dem Weg in den Wald Pferde durchgekommen waren. Sie warteten den Bericht des Gendarmeriehauptmanns ab, der beauftragt war, die ganze Gegend zu rekognoszieren. Sie ließen das Schloß unter dem Befehl eines Brigadiers umstellt zurück und gingen, um in einer Schenke von Cinq-Cygne zu frühstücken; immerhin hatten sie Befehl erteilt, Gothard in Freiheit zu setzen; der Knabe hatte auf alle Fragen nur mit strömenden Tränen geantwortet; Cathérine verharrte in ihrer schweigsamen Reglosigkeit. Cathérine und Gothard kamen in den Salon und küßten Laurence die Hände; die Comtesse lag auf der Bergère ausgestreckt. Durieu kam und meldete, daß Stella nicht verenden würde, aber großer Pflege bedürfe.

Der unruhige und neugierige Bürgermeister traf Peyrade und Corentin im Dorf. Er wollte nicht dulden, daß höhere Beamte in einer elenden Schenke frühstückten; er nahm sie mit in sein Haus. Die Abtei lag eine Viertelstunde entfernt. Unterwegs fiel Peyrade auf, daß der Brigadier von Arcis ihnen keinerlei Nachricht von Michu und Violette gegeben hatte.

»Wir haben es mit talentvollen Leuten zu tun«, sagte Corentin, »sie sind stärker als wir. Der Priester spielt da sicherlich seine Rolle.«

In dem Augenblick, als Madame Goulard die beiden Beamten in ein riesiges ungeheiztes Zimmer führte, traf mit verstörter Miene der Gendarmerieleutnant ein. »Wir haben das Pferd des Brigadiers von Arcis im Wald gefunden, aber ohne seinen Reiter«, sagte er zu Peyrade.

»Leutnant«, rief Corentin, »eilen Sie nach Michus Pavillon, sehen Sie nach, was dort vorgeht. Man hat den Brigadier getötet.«

Diese Meldung tat dem Frühstück des Bürgermeisters Abbruch. Die Pariser schlangen alles mit der Hast der Jäger hinunter, die an einem Rastplatz essen, und kehrten dann in ihrem Korbwagen mit dem Postpferd zum Schloß zurück, um schnell an jeden Punkt gelangen zu können, wo ihre Anwesenheit nötig würde. Als die beiden Männer wieder im Salon erschienen, in dem sie Unruhe, Schrecken, Schmerz und grausame Angst verbreitet hatten, fanden sie Laurence im Morgenrock, den Edelmann und seine Frau, den Abbé Goujet und seine Schwester in scheinbarer Ruhe um das Feuer gruppiert.

›Wenn man Michu hätte‹, hatte Laurence sich gesagt, ›so hätte man ihn vorgeführt. Ich habe den Kummer, daß ich meiner nicht Herr blieb und in die Vermutungen dieser Ehrlosen einiges Licht gebracht habe; aber es läßt sich alles wieder gutmachen …‹ »Werden wir noch lange Ihre Gefangenen bleiben?« fragte sie die beiden Agenten mit spöttischer und unbefangener Miene.

›Woher kann sie etwas von unserer Besorgnis um Michu

wissen? Niemand ist von draußen ins Schloß gekommen. Sie verhöhnt uns!‹ sagten die beiden Spione sich durch einen Blick. »Wir werden Sie nicht mehr lange belästigen«, erwiderte Corentin; »in drei Stunden werden wir Ihnen unser Bedauern aussprechen, daß wir Ihre Einsamkeit gestört haben.«

Niemand gab eine Antwort. Dieses Schweigen der Verachtung stachelte Corentins innere Wut; Laurence und der Pfarrer, die beiden klügsten dieses kleinen Kreises, hatten sich offenbar auf seine Kosten lustig gemacht. Gothard und Cathérine deckten am Kamin zum Frühstück, an dem der Pfarrer und seine Schwester teilnahmen. Weder Herren noch Diener beachteten die beiden Spione, die im Garten, im Hof, auf dem Weg spazierengingen und nur von Zeit zu Zeit in den Salon zurückkehrten.

Um halb drei traf der Leutnant ein. »Ich habe den Brigadier gefunden«, sagte er zu Corentin; »er lag auf dem Weg, der von Cinq-Cygne nach dem Pachthof Bellache führt; er hat keine andere Verletzung als eine schwere Prellung am Kopf, die wahrscheinlich von seinem Sturz herrührt. Er wurde, sagt er, so schnell vom Pferd gehoben und so heftig nach hinten geschleudert, daß er sich gar nicht erklären kann, wie es zugegangen ist. Seine Füße haben die Bügel fahren lassen, sonst wäre er tot, denn sein erschrecktes Pferd hätte ihn querfeldein geschleift. Wir haben ihn Michu und Violette anvertraut...«

»Wie? Michu ist in seinem Pavillon?« sagte Corentin, indem er Laurence ansah.

Die Comtesse lächelte mit listigem Blick; sie nahm ihre Frauenrache.

»Ich habe selbst gesehen, wie er mit Violette einen Handel abschloß, den sie gestern abend begonnen haben«, erwiderte der Leutnant. »Violette und Michu schienen betrunken zu sein; aber das ist nicht zu verwundern, sie haben die ganze Nacht hindurch getrunken und sind noch nicht einig.«

»Das hat Violette Ihnen gesagt?« rief Corentin.

»Ja«, sagte der Leutnant.

»Ah, man müßte alles selber machen!« rief Peyrade, indem er Corentin ansah, der dem Scharfsinn des Leutnants ebensosehr mißtraute wie Peyrade. Der junge Mann antwortete dem Alten durch eine Kopfbewegung.

»Wann sind Sie in Michus Pavilion angekommen?« fragte Corentin, als er sah, daß Mademoiselle de Cinq-Cygne auf die Kaminuhr blickte.

»Ungefähr um zwei«, erwiderte der Leutnant.

Laurence überflog mit einem Blick Monsieur und Madame d'Hauteserre, den Abbé Goujet und seine Schwester, die vollständig im Dunkeln tappten. In ihren Augen funkelte die Freude des Triumphes; sie errötete, und Tränen standen zwischen ihren Wimpern. Dies junge Mädchen, das gegen das größte Unglück gewappnet war, konnte nur vor Freude weinen. In diesem Augenblick rührte sie alle, am meisten aber den Pfarrer, den das Männliche in ihrem Wesen fast bekümmert hatte; jetzt erkannte er die große weibliche Zärtlichkeit; aber diese Empfindsamkeit lag bei ihr wie ein verborgener Schatz in unendlicher Tiefe unter einem Granitfels.

Ein Gendarm kam und fragte, ob er Michus Sohn hereinlassen sollte, der von seinem Vater käme, um mit den Pariser Herren zu sprechen. Corentin antwortete durch ein bejahendes Zeichen. François Michu, dieser listige kleine Hund, der aus Instinkt auf die Jagd ging, stand im Hof, wo der befreite Gothard einen Augenblick unter den Augen des Gendarmen mit ihm plaudern konnte. Der kleine Michu entledigte sich seines Auftrags, indem er Gothard etwas in die Hand schob, ohne daß der Gendarm es merkte. Gothard glitt hinter François hinein und gelangte bis zu Mademoiselle de Cinq-Cygne, um ihr in aller Unschuld ihren ganzen Ehering zu geben, den sie glühend küßte, denn sie begriff, daß Michu ihr dadurch, daß er ihn so schickte, sagen wollte, die vier Edelleute seien in Sicherheit.

»Vater läßt fragen, wo er den Brigadier lass'n soll, dem es gar nicht gut geht?« – »Worüber klagt er?« fragte Peyrade.

»Über'n Kopf. Er ist doch mächtig auf'n Boden gefall'n. Für'n Schandarm, der doch reit'n könn'n muß, mächtiges Pech; is der aufgestoßen! Er hat 'n Loch, groß wie 'ne Faust, hinten auf'm Kopp. Is wohl grad auf'n ekligen Kiesel gefall'n. Armer Kerl! Wenn er auch Schandarm is, tut doch weh, daß 's einem leid tut.«

Der Gendarmeriehauptmann von Troyes ritt in den Hof, saß ab und winkte Corentin, der, als er ihn erkannte, ans Fenster stürzte und es öffnete, um keine Zeit zu verlieren. »Was gibt es?«

»Wir sind wie die Holländer abgeschlagen worden! Man hat fünf Gäule gefunden, die vor Ermattung verendet sind und deren Fell vom Schweiß starrt, mitten auf der großen Allee des Waldes; ich lasse sie bewachen, um herauszufinden, woher sie kommen und wer sie geliefert hat. Der Wald ist umstellt; wer drin ist, kann nicht heraus.«

»Wann, glauben Sie, sind die Pferde in den Wald gekommen?«

»Um halb eins.«

»Daß mir kein Hase aus dem Wald kommt, ohne daß man ihn sieht!« flüsterte Corentin ihm ins Ohr. »Ich lasse Ihnen Peyrade hier und werde den armen Brigadier aufsuchen … Bleib bei dem Bürgermeister; ich werde dir einen geschickten Mann senden, um dich abzulösen«, sagte er dem Provenzalen ins Ohr. »Wir müssen uns hiesiger Leute bedienen, sieh dir alle Gesichter an.« Er wandte sich zu der Gesellschaft und sagte in beängstigendem Ton: »Auf Wiedersehen!« Niemand grüßte die Agenten, die hinausgingen.

»Was wird Fouché zu einer ergebnislosen Haussuchung sagen?« rief Peyrade, als er Corentin in den Korbwagen half.

»Oh, es ist noch nicht alles zu Ende«, flüsterte Corentin Peyrade ins Ohr; »die Edelleute müssen im Wald sein.« Er zeigte auf Laurence, die sie durch die kleinen Scheiben der großen Salonfenster ansah. »Ich habe schon eine zum Bersten gebracht, die ihr ganz ebenbürtig war und die mir die Galle gar zu heiß machte! Wenn sie mir wieder unters Messer kommt, werde ich ihr den Gertenschlag heimzahlen.«

»Die andere war eine Dirne«, sagte Peyrade, »und die hier nimmt eine Stellung ein ...«

»Meinst du, ich machte da einen Unterschied? Im Meer sind alles Fische!« sagte Corentin, indem er dem Gendarmen, der ihn fuhr, einen Wink gab, das Postpferd mit der Peitsche anzutreiben.

Zehn Minuten darauf war das Schloß von Cinq-Cygne vollständig geräumt. »Wie habt ihr euch des Brigadiers entledigt?« fragte Laurence François Michu, den sie auf einen Stuhl gesetzt hatte, während sie ihm zu essen gab.

»Papa und Mama hatten mir gesagt, daß es sich um Leben oder Tod handelte und daß niemand zu uns hineindürfte. Ich hatte an der Bewegung der Pferde im Wald gehört, daß ich es mit Gendarmenhunden zu tun hatte, und ich wollte sie hindern, bei uns einzudringen. Da hab ich einen dicken Strick genommen, den ich auf unserm Boden fand, und ihn an einen der Bäume gebunden, wie sie am Ausgang jedes Weges stehen. Dann hab ich den Strick in Brusthöhe eines Reiters gespannt und um den Baum gegenüber gebunden, als ich auf dem einen Weg ein Pferd galoppieren hörte. Der Weg war gesperrt. Die Geschichte hat nicht versagt. Der Mond schien nicht mehr, mein Brigadier flog zu Boden; aber er war nicht tot. Was wollen Sie, das hat ein hartes Leben, so ein Gendarm! Nun, man tut, was man kann.«

»Du hast uns gerettet«, sagte Laurence, indem sie François küßte und bis zum Tor begleitete. Dort flüsterte sie ihm, als sie niemand sah, ins Ohr: »Haben sie zu essen?«

»Ich habe ihnen eben ein Brot von zwölf Pfund und vier Flaschen Wein gebracht. Da werden sie sich sechs Tage ruhig verhalten.«

Als das junge Mädchen in den Salon zurückkehrte, sah

sie sich als Mittelpunkt der stummen Fragen des Ehepaars d'Hauteserre, des Abbés Goujet und seiner Schwester. Alle sahen sie mit ebensoviel Bewunderung wie Besorgnis an.

»Du hast sie also gesehen?« rief Madame d'Hauteserre. Die Comtesse hob lächelnd einen Finger an die Lippen und ging in ihr Zimmer, um sich schlafen zu legen.

Der kürzeste Weg, um von Cinq-Cygne nach Michus Pavillon zu kommen, war der, der vom Dorf zum Pachthof Bellache führte und am Rondell endete, wo am Tage zuvor die Spione vor Michu erschienen waren. Daher schlug auch der Gendarm, der Corentin fuhr, diesen Weg ein, auf dem zuvor der Brigadier von Arcis geritten war. Unterwegs überlegte der Agent, wie man wohl einen Gendarmen aus dem Sattel gehoben haben mochte. Er machte sich Vorwürfe, daß er auf diesen wichtigen Punkt nur einen einzigen Mann geschickt hatte, und er entnahm diesem Fehler einen Grundsatz für ein Polizeihandbuch, das er zu seinem Gebrauch verfaßte. ›Wenn man sich des Gendarmen entledigt hat‹, dachte er, ›wird man auch Violette losgeworden sein. Die fünf verendeten Pferde haben offenbar Michu und die vier Verschwörer aus der Umgegend von Paris in den Wald zurückgetragen ...‹

»Hat Michu ein Pferd?« fragte er den Gendarmen, der der Brigade von Arcis angehörte.

»Ah! Und einen famosen Klepper«, erwiderte der Gendarm, »ein Jagdpferd aus den Ställen des ehemaligen Marquis de Simeuse. Es ist zwar fünfzehn Jahre alt, aber darum nur um so besser: Michu kann zwanzig Meilen reiten, und das Fell des Tieres ist so trocken wie mein Hut. Oh, er pflegt's auch! Er hat schon Geld dafür zurückgewiesen!«

»Wie sieht sein Pferd aus?«

»Braunes Fell, ins Schwärzliche gehend; weiße Flecken über den Hufen; mager, ganz Sehnen, wie ein arabischer Gaul.«

»Du hast arabische Pferde gesehen?«

»Ich bin vor einem Jahr aus Ägypten zurückgekommen, da habe ich Mameluckenpferde geritten. Ich habe elf Jahre in der Kavallerie gedient; ich bin mit dem General Stengel am Rhein gewesen, dann in Italien, und ich bin dem Ersten Konsul nach Ägypten gefolgt. Deshalb soll ich auch Brigadier werden.«

»Wenn ich in Michus Pavillon bin, so geh doch in den Stall, und wenn du seit elf Jahren unter Pferden lebst, so mußt du erkennen können, ob ein Pferd gelaufen ist.«

»Sehen Sie, da ist unser Brigadier zu Boden geworfen worden«, sagte der Gendarm, indem er die Stelle zeigte, wo der Weg in das Rondell einmündete.

»Du wirst dem Hauptmann sagen, er soll mich hier im Pavillon abholen, wir wollen zusammen nach Troyes fahren.«

Corentin sprang aus dem Wagen und blieb einige Augenblicke stehen, um das Gelände zu beobachten. Er sah sich die beiden Ulmen an, die einander gegenüberstanden, die eine an der Parkmauer, die andere auf der Böschung des Rondells, die der Gemeindeweg durchschnitt; dann sah er, was noch niemand zu sehen verstanden hatte, nämlich im Straßenstaub einen Uniformknopf; er hob ihn auf. Als er in den Pavillon trat, sah er Violette und Michu in der Küche am Tisch; sie stritten sich noch immer. Violette stand auf, grüßte Corentin und bot ihm zu trinken an.

»Danke! – Ich möchte den Brigadier sehen«, sagte der junge Mann, der auf den ersten Blick erriet, daß Violette seit mehr als zwölf Stunden betrunken war.

»Den pflegt meine Frau oben«, sagte Michu.

»Nun, Brigadier, wie geht es Ihnen?« sagte Corentin, der die Treppe hinaufsprang und den Gendarmen auf dem Bett von Madame Michu fand; er hatte den Kopf mit einer Kompresse umwickelt. Hut, Säbel und Lederzeug lagen auf einem Stuhl. Marthe, die dem weiblichen Empfinden treu blieb und zudem nichts von der Heldentat ihres Sohnes wußte, pflegte den Brigadier mit ihrer Mutter gemeinsam. »Wir warten auf

Monsieur Varlet, den Arzt aus Arcis«, sagte Madame Michu; »Gaucher ist unterwegs, um ihn zu holen.«

»Lassen Sie uns einen Augenblick allein«, sagte Corentin, den dieses Schauspiel, das von der Unschuld der beiden Frauen sprach, ziemlich überraschte.

»Wie wurden Sie getroffen?« fragte er, indem er sich die Uniform ansah.

»Auf der Brust«, erwiderte der Brigadier.

»Lassen Sie einmal Ihr Lederzeug sehen«, sagte Corentin.

Auf der gelben Schärpe mit der weißen Randschnur, die ein kürzliches Gesetz der sogenannten ›Nationalgendarmerie‹ verliehen hatte – denn man hatte die geringsten Einzelheiten der Uniform vorgeschrieben –, befand sich eine Plakette, ähnlich der der gegenwärtigen Feldhüter, und das Gesetz hatte vorgeschrieben, daß die merkwürdigen Worte darauf eingegraben würden: ›Achtung vor den Personen und dem Eigentum!‹ Die Schnur hatte notwendig das Lederzeug treffen müssen, und sie hatte es kräftig eingeschnitten. Corentin nahm den Rock und sah sich die Stelle an, wo der auf der Straße gefundene Knopf fehlte.

»Wann hat man Sie aufgelesen?« fragte Corentin.

»So in der Dämmerung.«

»Hat man Sie gleich hier heraufgebracht?« fragte Corentin, als er bemerkte, daß das Bett nicht aufgedeckt war.

»Ja.«

»Wer hat Sie getragen?«

»Die Frauen und der kleine Michu, der mich bewußtlos gefunden hat.«

›Gut, sie sind nicht zu Bett gegangen‹, sagte Corentin bei sich selber. ›Der Brigadier ist nicht von einem Schuß getroffen, nicht von einem Stockschlag, denn da hätte sich sein Gegner, um ihn zu treffen, zu seiner Höhe erheben und zu Pferde sein müssen; also ist er nur durch ein Hindernis aus dem Sattel gehoben worden, das man seinem Ritt entgegenstellte. Ein Ast? Unmöglich. Eine eiserne Kette? Die hätte

Spuren hinterlassen.‹ »Was für eine Empfindung hatten Sie?« fragte er den Brigadier laut, indem er zu ihm trat, um ihn zu untersuchen.

»Ich wurde so plötzlich heruntergeworfen ...«

»Unter dem Kinn ist Ihre Haut abgeschürft.«

»Mir ist«, erwiderte der Brigadier, »als hätte mir ein Strick ins Gesicht geschlagen ...«

»Ich hab's«, sagte Corentin: »man hat einen Strick von einem Baum zum andern gespannt, um den Durchgang zu sperren ...«

»Das könnte wohl sein«, sagte der Brigadier.

Corentin ging hinab und trat in das Speisezimmer. »Nun, alter Halunke, machen wir Schluß!« sagte Michu zu Violette, während er den Spion ansah. »Hundertzwanzigtausend Francs fürs Ganze, und Ihr seid Herr auf allen meinen Äckern. Dann werde ich Rentner.«

»So wahr es einen Gott gibt, ich habe nur sechzigtausend.«

»Aber wenn ich Euch den Rest doch stunde! ... Da sitzen wir nun seit gestern und kommen mit unserm Handel nicht zum Schluß ... Erstklassiges Land!«

»Das Land ist gut!« erwiderte Violette.

»Wein, Marthe!« rief Michu.

»Habt ihr denn noch nicht genug getrunken?« rief Marthes Mutter. »Das ist die vierzehnte Flasche seit gestern neun Uhr ...«

»Seit neun Uhr heute morgen seid Ihr da?« sagte Corentin zu Violette.

»Nein, entschuldigen Sie; seit gestern abend hab ich mich hier nicht vom Platz gerührt, und ich habe nichts dabei gewonnen: je mehr er mir zu trinken gibt, um so mehr fordert er für seinen Besitz.«

»Wer bei Geschäften den Becher hebt, hebt auch den Preis«, sagte Corentin.

Ein Dutzend leerer Flaschen bestätigten die Worte der Alten. In diesem Augenblick winkte der Gendarm von draußen und sagte Corentin auf der Schwelle der Tür ins Ohr: »Im Stall ist kein Pferd.«

»Sie haben Ihren Kleinen zu Pferde in die Stadt geschickt«, sagte Corentin, als er wieder eintrat, »da muß er bald wiederkommen.«

»Nein«, sagte Marthe, »er ist zu Fuß.«

»Nun, was haben Sie da mit Ihrem Pferd gemacht?«

»Das habe ich verliehen«, erwiderte Michu in trocknem Ton.

»Kommen Sie einmal her, Sie schöner Heiliger«, sagte Corentin zu dem Verwalter, »ich habe Ihnen zwei Worte ins Ohr zu flüstern.«

Corentin und Michu gingen hinaus.

»Die Büchse, die Sie gestern um vier Uhr luden, sollte dazu dienen, den Staatsrat zu erschießen ... Grévin, der Notar, hat Sie gesehen; aber daraufhin kann man Sie nicht fassen: da war viel guter Wille vorhanden und wenig Zeugen. Sie haben Violette, ich weiß schon wie, eingeschläfert, und Sie, Ihre Frau und Ihr Kleiner haben die Nacht draußen verbracht, um Mademoiselle de Cinq-Cygne von unserer Ankunft zu benachrichtigen und ihre Cousins zu retten, die Sie hierher gebracht haben; wohin, weiß ich noch nicht. Ihr Sohn oder Ihre Frau hat den Brigadier recht geistreich zu Fall gebracht. Kurz, Sie haben uns geschlagen; Sie sind ein famoser Kerl. Aber noch ist nicht alles gesagt, das letzte Wort ist noch nicht gesprochen. Wollen Sie sich vergleichen? Ihre Herren werden nur dabei gewinnen.«

»Kommen Sie hierher; da können wir plaudern, ohne daß man uns hört«, sagte Michu, indem er den Spion bis zum Teich in den Park führte.

Als Corentin das Wasser sah, blickte er Michu scharf an, denn der dachte zweifellos mit Hilfe seiner Körperkraft diesen Menschen in sieben Fuß Schlamm unter drei Fuß Wasser zu schleudern. Michu gab ihm einen nicht minder scharfen

Blick zurück. Es war, als hätte eine schlaffe und kühle Boa einen jener falben und wilden Jaguare aus Brasilien herausgefordert.

»Ich habe keinen Durst«, sagte der Stutzer, indem er am Rande der Wiese stehenblieb und die Hand in die Seitentasche steckte, um seinen kleinen Dolch zu fassen.

»Wir können uns nicht verständigen«, sagte Michu kühl.

»Halten Sie sich klug, mein Lieber, die Polizei wird Sie im Auge behalten.«

»Wenn sie nicht klarer sieht als Ihr, dann ist alle Welt in Gefahr!« sagte der Verwalter.

»Sie lehnen ab?« fragte Corentin in ausdrucksvollem Ton.

»Ich will mir lieber hundertmal den Hals abschneiden lassen, wenn man einem Menschen den Hals hundertmal abschneiden könnte, als mit einem Kerl unter einer Decke stecken, wie du es bist!«

Corentin stieg schnell in seinen Wagen, nachdem er zuvor Michu, den Pavillon und Couraut, der ihm nachbellte, mit einem Blick gemessen hatte. Er hinterließ bei der Durchreise in Troyes ein paar Befehle und kehrte nach Paris zurück. Alle Gendarmeriebrigaden erhielten einen Befehl und geheime Instruktionen.

Während der Monate Dezember, Januar und Februar wurden in den kleinsten Dörfern unablässig die emsigsten Nachforschungen angestellt. Man horchte in allen Schenken herum. Drei wichtige Dinge erfuhr Corentin: ein Pferd, ähnlich dem Michus, wurde in der Gegend von Lagny tot aufgefunden; die fünf im Wald von Nodesme verscharrten Pferde waren um je fünfhundert Francs von Pächtern und Müllern an einen Mann verkauft worden, der nach dem Signalement Michu sein mußte. Als das Gesetz über die Hehler und Mitschuldigen des Verschwörers Georges erlassen wurde, beschränkte Corentin seine Überwachung auf den Wald von Nodesme. Als aber dann Moreau, die Royalisten und Pichegru verhaftet wurden, sah man keine fremden Gesichter mehr in der Gegend. Michu verlor seine Stellung; der Notar von Arcis überbrachte ihm den Brief, in dem der Staatsrat, der jetzt Senator geworden war, Grévin bat, dem Verwalter seine Abrechnung abzufordern und ihn zu entlassen. Michu ließ sich in aller Form eine Entlastung geben und wurde frei. Zur großen Verwunderung der Gegend zog er nach Cinq-Cygne, wo Laurence ihn zum Pächter aller Reservate des Schlosses machte. Der Tag seines Einzugs fiel verhängnisvoll mit der Hinrichtung des Duc d'Enghien zusammen. Man erfuhr in ganz Frankreich zugleich von der Verhaftung, der Verurteilung und dem Tode des Fürsten: einer furchtbaren Vergeltung, die dem Prozeß gegen Polignac, Rivière und Moreau voranging.

Corentins Rache

Bis der für Michu bestimmte Pachthof erbaut war, wohnte der falsche Judas in den Wirtschaftsgebäuden, über den Ställen, und zwar auf der Seite der berühmten Bresche. Michu verschaffte sich zwei Pferde, eines für sich und eines für seinen Sohn, denn beide schlossen sich Gothard an, und begleitete Mademoiselle de Cinq-Cygne auf all ihren Ritten, die, wie man sich denken kann, das Ziel hatten, den vier Edelleuten Nahrung zu bringen und darüber zu wachen, daß es ihnen an nichts fehlte. François und Gothard durchsuchten mit Couraut die Umgebung des Verstecks, um sich zu überzeugen, daß niemand in der Nähe war. Laurence und Michu überbrachten die Speisen, die Marthe, ihre Mutter und Cathérine bereiteten, ohne daß die Leute es wußten; sie mußten das Geheimnis so scharf wie möglich bewahren, denn keiner von ihnen zweifelte daran, daß es im Dorf Spione gab. Deshalb fand dieser Ritt auch nie öfter als zweimal in der Woche statt, und stets zu verschiedenen Stunden, bald am Tage, bald zur Nachtzeit. Diese Vorsichtsmaßregeln dauerten so lange wie der Prozeß gegen Polignac, Rivière und Moreau. Als der Senatsbeschluß, der die Familie Bonaparte zur Kaiserwürde berief und Napoleon zum Kaiser ernannte, der Billigung des französischen Volkes unterbreitet wurde, trug sich Monsieur d'Hauteserre in die Liste ein, die Goulard ihm vorlegte. Schließlich erfuhr man, der Papst werde Napoleon salben. Jetzt widersetzte Mademoiselle de Cinq-Cygne sich nicht mehr, als man eine Eingabe machen wollte, damit die beiden jungen d'Hauteserres und ihre Cousins von der Liste der Emigranten gestrichen würden und ihre Bürgerrechte zurückerhielten. Der gute Mann eilte sofort nach Paris und suchte dort den ehemaligen Marquis de Chargebœuf auf, der Monsieur de Talleyrand kannte. Dieser Minister, der damals in Gunst stand, ließ die Bittschrift Josephine zugehen, und Josephine gab sie ihrem

Gatten, den man bereits ›Kaiser‹ nannte und ›Majestät‹ anredete, ehe man noch das Ergebnis der Volksabstimmung kannte. Monsieur de Chargebœuf, d'Hauteserre und der Abbé Goujet, der gleichfalls nach Paris kam, erhielten eine Audienz bei Talleyrand, und der Minister versprach ihnen seine Unterstützung. Napoleon hatte die Führer der großen gegen ihn gerichteten royalistischen Verschwörung schon begnadigt; aber obwohl die vier Edelleute nur verdächtig waren, berief der Kaiser doch, als er eine Sitzung des Staatsrats verließ, den Senator Malin, Fouché, Talleyrand, Cambacérès, Lebrun und Dubois, den Polizeipräfekten, in sein Kabinett.

»Messieurs«, sagte der künftige Kaiser, der noch die Uniform der Ersten Konsuls trug, »wir haben von den de Simeuses und d'Hauteserres, Offizieren im Heer des Prince de Condé, eine Bitte um die Ermächtigung erhalten, nach Frankreich zurückkehren zu dürfen.«

»Sie sind in Frankreich«, sagte Fouché.

»Wie tausend andere, denen ich in Paris begegne«, erwiderte Talleyrand.

»Ich glaube nicht«, sagte Malin, »daß Sie diesen begegnet sind, denn sie halten sich im Wald von Nodesme versteckt; sie glauben dort zu Hause zu sein.« Er hütete sich sehr, dem Ersten Konsul und Fouché die Worte zu sagen, denen er das Leben verdankt hatte; aber indem er sich auf die Berichte Corentins stützte, überzeugte er den Rat, daß die vier Edelleute an dem Komplott von Rivière und Polignac beteiligt gewesen wären; und er gab ihnen auch Michu noch zum Mitschuldigen. Der Polizeipräfekt bestätigte die Aussagen des Senators.

»Aber wie soll dieser Verwalter erfahren haben, daß die Verschwörung entdeckt war, als nur erst der Kaiser, sein Rat und ich von diesem Geheimnis wußten?« fragte der Polizeipräfekt.

Niemand achtete auf Dubois' Bemerkung. »Wenn sie in

einem Wald verborgen sind und Sie haben sie seit sieben Monaten nicht gefunden«, sagte der Kaiser zu Fouché, »so haben sie ihr Unrecht wohl gesühnt.«

»Es genügt«, sagte Malin, den der Scharfblick des Polizeipräfekten erschreckte, »daß sie meine Feinde sind, damit ich das Verfahren Eurer Majestät nachahme: ich bitte also um ihre Streichung und mache mich bei Euch zu ihrem Fürsprecher.«

»Sie werden Ihnen weniger gefährlich sein, wenn man sie wieder hereinläßt, als wenn sie Emigranten bleiben, denn dann haben sie den Eid auf die Verfassung des Kaiserreichs und die Gesetze geleistet«, sagte Fouché, indem er Malin fest ansah.

»Worin bedrohen sie Sie?« fragte Napoleon.

Talleyrand unterhielt sich einige Minuten hindurch leise mit dem Kaiser. Die Streichung und Wiedereinsetzung der Simeuses und Hauteserres schien bewilligt.

»Sire«, sagte Fouché, »Sie werden von diesen Leuten noch hören können.«

Talleyrand hatte auf die Bitte des Duc de Grandlieu im Namen der Herren ihr Edelmannswort gegeben, das stets verführerisch auf Napoleon wirkte, daß sie nichts gegen den Kaiser unternehmen würden und sich ohne Hintergedanken unterwürfen. »Die Hauteserres und Simeuses wollen nach den letzten Ereignissen nie mehr die Waffen wider Frankreich tragen. Sie haben Sympathien für die kaiserliche Regierung und gehören zu jenen Leuten, die Eure Majestät erobern muß; sie werden sich damit begnügen, auf französischem Boden zu leben und den Gesetzen zu gehorchen«, sagte der Minister. Und er unterbreitete dem Kaiser einen Brief, den er erhalten hatte und in dem diese Empfindungen ausgesprochen waren.

»Etwas so Offenes muß auch aufrichtig sein«, sagte der Kaiser, indem er Lebrun und Cambacérès ansah. »Haben Sie noch Einwendungen?« fragte er Fouché.

»Im Interesse Eurer Majestät«, erwiderte der künftige Polizeiminister, »bitte ich um den Auftrag, diesen Herren ihre Streichung zu übermitteln, sobald sie definitiv bewilligt worden ist«, sagte er mit erhobener Stimme.

»Gut«, sagte Napoleon, da er auf Fouchés Gesicht einen besorgten Ausdruck las.

Dieser kleine Staatsrat wurde aufgehoben, ohne daß die Angelegenheit erledigt zu sein schien; aber das Ergebnis war immerhin, daß in Napoleons Gedächtnis ein zweifelnder Gedanke in betreff der vier Edelleute zurückblieb. Monsieur d'Hauteserre, der an den Erfolg glaubte, hatte schon einen Brief geschrieben, in dem er diese gute Nachricht mitteilte. Die Bewohner von Cinq-Cygne waren also nicht weiter erstaunt, als sie einige Tage darauf sahen, wie Goulard kam, um Madame d'Hauteserre und Laurence zu melden, daß sie die vier Edelleute nach Troyes zu senden hätten, wo ihnen der Präfekt die Verfügung übergeben würde, die sie in ihre Rechte wieder einsetzte, sobald sie den Eid geleistet und sich den Gesetzen des Kaiserreichs unterworfen hätten. Laurence erwiderte dem Bürgermeister, sie würde ihre Cousins und die Hauteserres benachrichtigen.

»So sind sie nicht hier?« fragte Goulard. Madame d'Hauteserre sah das junge Mädchen ängstlich an; Laurence ließ den Bürgermeister stehen und ging, um sich mit Michu zu beraten. Michu fand keinen Einwand dagegen, die Emigranten auf der Stelle auszuliefern. Laurence, Michu, sein Sohn und Gothard ritten also in den Wald; sie nahmen ein weiteres Pferd mit, denn die Comtesse sollte die vier Edelleute nach Troyes begleiten und mit ihnen zurückkehren. Alle, die von dieser guten Nachricht erfuhren, sammelten sich auf der Wiese, um den freudigen Zug aufbrechen zu sehen. Die vier jungen Leute kamen aus ihrem Versteck, stiegen ungesehen zu Pferde und schlugen, begleitet von Mademoiselle de Cinq-Cygne, den Weg nach Troyes ein. Michu schloß, unterstützt von seinem Sohn und Gothard, die Höhle, und alle drei machten sich zu Fuß auf den Heimweg. Unterwegs fiel es

Michu ein, daß die silbernen Bestecke und der silberne Becher, die seinen Herren dienten, in der Höhle geblieben waren; er kehrte allein um. Als er am Rand des Sumpfes ankam, hörte er Stimmen in der Höhle, und quer durchs Gestrüpp ging er rasch auf den Eingang zu.

»Sie suchen gewiß Ihr Silber?« sagte Peyrade lächelnd, indem er ihm durchs Laub seine dicke rote Nase zeigte.

Michu wußte nicht, weshalb, denn schließlich waren die jungen Leute in Sicherheit, aber ihm schmerzten alle Gelenke, so lebhaft faßte ihn jene unbestimmte, undefinierbare Besorgnis, wie ein kommendes Unglück sie verursacht; nichtsdestoweniger trat er vor und sah auf der Treppe Corentin mit einer Kellerratte in der Hand.

»Wir sind nicht böse«, sagte der zu Michu; »wir hätten Ihre Edelleute schon seit einer Woche fassen können, aber wir wußten, daß sie gestrichen sind ... Sie sind mir ein tüchtiger Kerl! Und Sie haben uns zu viel Mühe gemacht, als daß wir nicht wenigstens unsere Neugier befriedigen sollten.«

»Ich würde einiges darum geben«, rief Michu, »wenn ich wüßte, wie und durch wen wir verkauft worden sind.«

»Wenn Euch das so viel zu schaffen macht, mein Kleiner«, sagte Peyrade lächelnd, »so seht Euch doch die Eisen Eurer Gäule an; da wird es Euch klarwerden, daß Ihr Euch selbst verraten habt.«

»Ohne Groll«, sagte Corentin, indem er dem Gendarmeriehauptmann einen Wink gab, mit den Pferden zu kommen.

»Dieser elende Pariser Arbeiter, der die Pferde so gut auf englische Art zu beschlagen wußte und der Cinq-Cygne verlassen hat, war einer der Ihren!« rief Michu; »Sie brauchten nur bei feuchtem Wetter einen Ihrer Spione als Wilddieb zu verkleiden und die Spuren unserer Pferde auf dem Gelände aufsuchen und verfolgen zu lassen, denn die waren mit Spitzeisen beschlagen! Wir sind quitt.«

Michu tröstete sich schnell, denn jetzt war die Entdeckung des Verstecks gefahrlos, da die Edelleute wieder Franzosen waren und ihre Freiheit zurückerhalten hatten. Trotzdem hatte er bei all seinen Ahnungen recht. Die Polizei und die Jesuiten haben die Eigentümlichkeit, daß sie weder ihre Feinde noch ihre Freunde je im Stich lassen.

Der gute d'Hauteserre kehrte aus Paris zurück, und er war ziemlich erstaunt, daß er nicht der erste war, der die gute Nachricht überbrachte. Durieu rüstete zu dem prunkvollsten Diner. Die Leute zogen sich an, und man wartete voll Ungeduld auf die Geächteten, die gegen vier Uhr kamen. Sie waren zugleich freudig gestimmt und gedemütigt, denn sie standen auf vier Jahre unter der Aufsicht der politischen Polizei und waren verpflichtet, sich jeden Monat in der Präfektur zu melden; auch durften sie während dieser vier Jahre den Bezirk von Cinq-Cygne nicht verlassen.

»Ich werde Ihnen die Listen zur Unterschrift schicken«, hatte der Präfekt zu ihnen gesagt. »Dann werden Sie in ein paar Monaten um die Aufhebung dieser Bedingungen einkommen, die übrigens allen Mitschuldigen Pichegrus auferlegt worden sind. Ich werde Ihre Bitte unterstützen.«

Diese ziemlich verdienten Einschränkungen machten die jungen Leute ein wenig traurig. Laurence lachte auf. »Der Kaiser der Franzosen«, sagte sie, »hat zu wenig Erziehung, er ist noch nicht an Begnadigungen gewöhnt.«

Die Edelleute fanden alle Bewohner des Schlosses am Tor; am Weg standen die meisten Dorfbewohner, die gekommen waren, um die jungen Männer zu sehen, da ihre Abenteuer sie im ganzen Kreis berühmt gemacht hatten. Madame d'Hauteserre hielt ihre Söhne lange in den Armen und zeigte ein tränenüberströmtes Gesicht; sie konnte kein Wort hervorbringen und blieb einen Teil des Abends hindurch so ergriffen, wenn auch glücklich. Als die beiden Zwillinge de Simeuse sich zeigten und vom Pferd stiegen, ertönte ein allgemeiner Ruf der Überraschung, so auffallend war ihre Ähnlichkeit: derselbe Blick, dieselbe Stimme, dieselben Bewegungen. Beide hoben sich mit genau der gleichen Geste im Sattel, als sie das Bein über die Kruppe des Pferdes schwangen, um abzusteigen, und sie warfen ihnen auch mit der gleichen Bewegung die Zügel über. Ihre Tracht, die genau die gleiche war, half noch, sie zu wahren Menächmen zu machen. Sie trugen Stiefel à la Suworow, die über dem Fußspann glatt anlagen, enge Hosen aus weißem Leder, grüne Jagdjacken mit Messingknöpfen, schwarze Halsbinden und wildlederne Handschuhe. Diese beiden jungen Männer, die damals im Alter von einunddreißig Jahren standen, waren, nach einem Ausdruck jener Zeit, reizende Kavaliere. Sie waren reichlich mittelgroß, hatten mit langen Wimpern geschmückte Augen, die wie die der Kinder in Klarheit zu schwimmen schienen, schwarzes Haar, schöne Stirnen und einen Teint von grünlicher Weiße. Ihre Rede, die sanft war wie die der Frauen, rann ihnen anmutig von den schönen roten Lippen. Ihre Manieren waren eleganter und höflicher als die der Landedelleute und verrieten, daß ihnen die Kenntnis der Dinge und der Menschen jene zweite Erziehung verliehen hatte, die noch wertvoller ist als die erste und die die Männer weltgewandt macht. Dank Michu hatte es ihnen nie an Geld gefehlt während ihrer Verbannung, sie hatten reisen können und waren an fremden Höfen wohl aufgenommen worden. Der alte Edelmann und der Abbé fanden sie ein wenig hochmütig; aber in ihrer Lage war das vielleicht die Wirkung eines schönen Charakters. Sie zeigten die hervorragenden Kleinigkeiten einer sorgfältigen Erziehung und entfalteten eine Gewandtheit, die allen Leibesübungen überlegen ist. Die einzige Unähnlichkeit, durch die man sie unterscheiden konnte, bestand im Ideellen. Der jüngere bezauberte ebensosehr durch seine Heiterkeit wie der ältere durch seine Melancholie; aber dieser rein moralische Gegensatz machte sich erst nach langer Vertraulichkeit bemerkbar.

»Ah, meine Liebe«, sagte Michu Marthe ins Ohr, »wie sollte man sich diesen beiden Burschen nicht ergeben zeigen?« Marthe, die die Zwillinge sowohl als Frau wie als

Mutter bewunderte, nickte ihrem Mann freundlich zu, während sie ihm die Hand drückte. Die Leute erhielten die Erlaubnis, ihre neuen Herren zu umarmen.

Während der sieben Monate der Zurückgezogenheit, zu der sich die vier jungen Männer verurteilt hatten, begingen sie mehrmals die allerdings notwendige Unvorsichtigkeit, auszureiten; sie wurden dabei von Michu, seinem Sohn und Gothard überwacht. Während dieser Spazierritte, die unter dem Licht schöner Nächte stattfanden, hatte Laurence, indem sie die Gegenwart an die Vergangenheit ihres gemeinsamen Lebens anknüpfte, erkannt, wie unmöglich es ihr war, zwischen den beiden Brüdern zu wählen. Eine gleiche und reine Liebe teilte ihr Herz zwischen den Zwillingen. Sie glaubte zwei Herzen zu haben. Die beiden Brüder ihrerseits hatten noch nicht miteinander von ihrer bevorstehenden Rivalität zu sprechen gewagt. Vielleicht hatten alle drei diese Angelegenheit schon dem Zufall anheimgegeben. Die Geistesverfassung, in der Laurence sich befand, wirkte ohne Zweifel auf sie, denn nach einem Augenblick sichtlichen Zögerns reichte sie beiden Brüdern den Arm, um in den Salon zu gehen. Ihr folgten Monsieur und Madame d'Hauteserre, die ihre Söhne führten und ausfragten. In diesem Augenblick riefen die Leute: »Es leben die Cinq-Cygnes und die Simeuses!« Laurence wandte sich, immer noch zwischen den beiden Brüdern, um und dankte mit einer reizenden Geste.

Als diese Menschen dazu kamen, sich zu beobachten, denn bei jedem Wiedersehen, selbst im Herzen der Familie, kommt stets der Augenblick, in dem man sich nach langer Trennung beobachtet, schien es der Mutter und dem Abbé Goujet beim ersten Blick, den Adrien d'Hauteserre auf Laurence warf und den sie auffingen, daß dieser junge Mann die Comtesse liebte. Adrien, der jüngere d'Hauteserre, war von zarter und weicher Seele. Bei ihm war trotz der Katastrophen, die den Mann geprüft hatten, das Herz jung geblieben. Darin vielen Soldaten gleich, bei denen die Seele infolge der beständigen Gefahren jungfräulich bleibt, fühlte er sich bedrückt von der schönen Schüchternheit der Jugend. Er unterschied sich sehr von seinem Bruder, einem Mann von brutaler Erscheinung, einem großen Jäger, einem furchtlosen Soldaten, der voller Entschlossenheit, aber materiell gesinnt, ohne geistige Regsamkeit und ohne Feingefühl in den Dingen des Herzens war. Der eine war ganz Seele, der andere ganz Tat; aber beide besaßen in gleichem Grade das Ehrgefühl, das für das Leben der Edelleute genügt. Adrien d'Hauteserre war braun, klein, mager und dürr, und trotzdem sah er sehr kräftig aus, während sein hochgewachsener, blasser und blonder Bruder schwach zu sein schien. Adrien war von nervösem Temperament und stark nur durch die Seele; Robert gefiel sich darin, obwohl er lymphatisch war, seine rein körperliche Kraft zu beweisen. Eine Familie zeigt oft solche Wunderlichkeiten, deren Ursachen interessant sein könnten; aber hier kann von ihnen nur so weit die Rede sein, als wir erklären müssen, weshalb Adrien in seinem Bruder keinen Rivalen finden sollte. Robert empfand für Laurence die Neigung eines Verwandten und die Achtung, die ein Adliger einem Mädchen seines Standes entgegenbringt. Soweit es sich um Empfindungen handelte, gehörte der ältere der d'Hauteserres zu jenen Männern, die die Frau als vom Manne abhängig ansehen; sie beschränken ihr Recht der Mütterlichkeit auf das rein Physische, verlangen jede Vollkommenheit von ihr, aber rechnen sie ihr nicht an. Ihrer Meinung nach ist die Anerkennung der Frau in der Gesellschaft, in der Politik, in der Familie ein sozialer Umsturz. Wir stehen dieser alten Anschauung der primitiven Völker heute so fern, daß fast alle Frauen darüber entrüstet sind, selbst jene, die die verhängnisvolle Freiheit, wie die neuen Sekten sie bieten, nicht wollen; aber Robert d'Hauteserre hatte eben das Unglück, daß er so dachte. Robert war ein Mensch aus dem Mittelalter, der jüngere war der Mann von heute. Statt die beiden Brüder in ihrem Gefühl füreinander zu trennen, hatten diese Unterschiede sie einander vielmehr näher gebracht. Gleich am ersten Abend erkannten der Pfarrer, Mademoiselle Goujet und Madame d'Hauteserre diese Nuancen und würdigten sie; während sie ihre Partie Boston spielten, ahnten sie schon die Schwierigkeiten in der Zukunft.

Laurence, die mit dreiundzwanzig Jahren nach den Überlegungen in der Einsamkeit und den Ängsten während eines ungeheuren mißglückten Unternehmens wieder zur Frau geworden war, empfand ein unermeßliches Bedürfnis nach Liebe; sie entfaltete alle Reize ihres Geistes und war bezaubernd. Sie offenbarte ihre ganze Zärtlichkeit mit der Naivität eines Kindes von fünfzehn Jahren. Während dieser letzten dreizehn Jahre war Laurence nur im Leiden Frau gewesen; sie wollte sich entschädigen; sie zeigte sich also so anziehend und liebevoll, wie sie bisher groß und stark gewesen war. Daher machte denn auch den vier Greisen, die als letzte im Salon blieben, die neue Haltung dieses reizenden Mädchens rechte Sorge. Welche Gewalt mußte nicht die Leidenschaft bei einem jungen Mädchen dieses Charakters und dieses Adels haben! Die beiden Brüder liebten dieselbe Frau mit der gleichen blinden Zärtlichkeit. Welchen von den beiden würde Laurence wählen? Einen wählen, hieß das nicht den anderen töten? Als Comtesse ihres eigenen Geschlechts brachte sie ihrem Gatten Titel und schöne Privilegien und eine alte Erlauchtheit zu; vielleicht würde der Marquis de Simeuse, wenn er an diese Vorteile dachte, sich selber opfern, damit Laurence seinen Bruder heiratete, der nach den alten Gesetzen arm und titellos war. Aber würde der jüngere seinen Bruder des großen Glücks berauben wollen, daß er Laurence zur Frau erhielt? Aus der Ferne hatte dieser Liebeskampf wenig Schreckendes gehabt; und solange die beiden Brüder in Gefahren schwebten, konnte zudem der Zufall die Schwierigkeit lösen; aber was sollte jetzt werden, da sie alle vereinigt waren? Wenn Marie-Paul und Paul-Marie, die beide in dem Alter standen, in dem die Leidenschaften in voller Kraft wüten, sich in die Blicke, die Freundlichkeiten, die Aufmerksamkeiten und Worte ihrer Cousine teilen mußten, würde sich da nicht zwischen ihnen eine Eifersucht erheben, deren Folgen furchtbar werden konnten? Was sollte aus dem schönen, gleichmäßigen, gemeinsamen Dasein der Zwillinge werden? Auf diese Bemerkungen, die nacheinander während der letzten Bostonpartie ein jeder hinwarf, erwiderte Madame d'Hauteserre, sie glaube nicht, daß Laurence einen ihrer Cousins heiraten werde. Die alte Dame hätte während des Abends eine jener unerklärlichen Ahnungen gehabt, die ein Geheimnis zwischen den Müttern und Gott sind. Laurence fühlte sich im Innersten nicht minder beängstigt, als sie sich ihren Cousins gegenübersah. Dem erregten Drama der Verschwörung, den Gefahren, in denen die beiden Brüder geschwebt hatten, dem Unheil ihrer Verbannung folgte ein Drama, an das sie nie gedacht hatte. Dies edle Mädchen konnte ihre Zuflucht nicht zu dem Gewaltmittel nehmen, keinen der beiden Zwillinge zu heiraten; sie war zu ehrlich, zu heiraten, während sie im tiefsten Herzen eine unwiderstehliche Leidenschaft bewahrte. Mädchen zu bleiben, die beiden Cousins zu ermüden, indem sie sich nicht entschied, und den zum Gatten zu nehmen, der ihr trotz ihren Launen treu bleiben würde, das war eine Entscheidung, die sie weniger gesucht hatte, als daß sie sich den Blicken unklar darbot. Als sie einschlief, sagte sie sich, es sei das klügste, sich dem Zufall zu überlassen. Der Zufall ist für die Frauen in der Liebe die Vorsehung.

Am folgenden Tage brach Michu nach Paris auf, von wo er einige Tage darauf mit vier schönen Pferden für seine neuen Herren zurückkehrte. In sechs Wochen sollte die Jagd eröffnet werden, und die junge Comtesse hatte sich klugerweise gesagt, daß die gewaltsamen Zerstreuungen dieser Leibesübung ein Hilfsmittel gegen die Schwierigkeiten des Zusammenlebens im Schloß sein würden. Es trat zunächst eine unvorhergesehene Wirkung ein, die die Zeugen dieser seltsamen Liebe überraschte, indem sie ihre Bewunderung erregte.

Ohne überlegte Verabredung wetteiferten beide Brüder in Pflege und Zärtlichkeit um ihre Cousine; darin fanden sie einen seelischen Genuß, der ihnen zu genügen schien. Zwischen ihnen und Laurence entspann sich ein ebenso brüderliches Leben, wie es zwischen ihnen allein herrschte. Nichts war natürlicher. Nach einer so langen Trennung empfanden sie das Bedürfnis, ihre Cousine zu studieren, sie kennenzulernen und sich ihr bekannt zu machen, so daß ihr das Recht der Wahl blieb. Unterstützt wurden sie in dieser Prüfung durch jene gegenseitige Zuneigung, die aus ihrem Doppelleben ein einziges Leben machte. Die Liebe konnte zwischen den beiden Brüdern so wenig unterscheiden, wie es die Mutterliebe gekonnt hatte. Laurence sah sich gezwungen, ihnen, um sie unterscheiden zu können, ohne daß sie sich irrte, verschiedene Halsbinden zu geben, dem älteren eine weiße, dem jüngeren eine schwarze. Ohne diese vollkommene Ähnlichkeit, ohne diese Lebensgleichheit, die jeden irreführte, würde eine solche Situation mit Recht unmöglich scheinen. Sie ist ohnehin nur durch die Tatsache erklärlich, die zu jenen gehört, wie man sie nur glaubt, wenn man sie sieht; und wenn man sie gesehen hat, so ist der Geist noch mehr in Verlegenheit, sie sich zu erklären, als vorher, sie zu glauben. Sprach Laurence, so hallte ihre Stimme in zwei gleichermaßen liebevollen und treuen Herzen auf die gleiche Art und Weise wider; gab sie einem geistvollen, scherzhaften oder schönen Gedanken Ausdruck, so traf ihr Blick auf den Ausdruck des Vergnügens in zwei Blicken, die ihr in all ihren Bewegungen folgten, die ihre geringsten Wünsche deuteten und ihr in immer neuen Nuancen zulächelten, heiter bei dem einen, zärtlich melancholisch bei dem anderen. Wenn es sich um ihre Geliebte handelte, verrieten die beiden Brüder jene wunderbaren raschen Eingebungen des Herzens, die mit den Taten in Einklang stehen und die nach dem Abbé Goujet bis zum Erhabenen gingen. So ließ der ältere oft, wenn es galt, irgend etwas zu holen, wenn es sich um jene kleinen Aufmerksamkeiten handelte, die die Männer einer geliebten Frau so gern erweisen, seinem Bruder das Vergnügen, sie zu erfüllen, während er einen zugleich rührenden und stolzen Blick auf seine Cousine warf. Der jüngere setzte seinen Stolz darein, solche Schulden zu begleichen. Dieser Wettstreit des Adels in einer Empfindung, in der der Mann oft bis zur eifersüchtigen Wildheit des Tieres geht, verwirrte den alten Leuten, die ihm zusahen, alle Begriffe.

Solche kleine Einzelheiten lockten der Comtesse oft Tränen in die Augen. Eine einzige Empfindung, die aber vielleicht bei gewissen bevorrechtigten Organisationen ungeheuer ist, kann eine Vorstellung von ihren Gefühlen geben; man wird sie begreifen, wenn man an den vollendeten Zusammenklang zweier schöner Stimmen in einem harmonischen Duett denkt, wie etwa derer der Sontag und der Malibran; an die vollkommene Vereinigung zweier Instrumente in den Händen genialer Spieler, deren melodische Klänge wie die Seufzer eines einzigen leidenschaftlichen Wesens in die Seele dringen. Bisweilen glaubte der Pfarrer, wenn er den Marquis de Simeuse, in einen Sessel versunken, einen tiefen und melancholischen Blick auf seinen Bruder werfen sah, der mit Laurence plauderte und lachte, dieser ältere sei eines ungeheuren Opfers fähig. Aber bald fing er in seinen Augen wieder den Blitz der unbesieglichen Leidenschaft auf. Sooft sich einer der beiden Zwillinge mit Laurence allein sah, konnte er sich für den ausschließlich Geliebten halten. »Dann scheint mir, sie seien nur einer«, sagte die Comtesse zum Abbé Goujet, der sie nach dem Zustand ihres Herzens fragte.

Der Priester erkannte jetzt in ihr den vollständigen Mangel an Koketterie. Laurence glaubte wirklich nicht, daß zwei Männer sie liebten. »Aber, liebe Kleine«, sagte eines Abends Madame d'Hauteserre, deren Sohn schweigend in Liebe zu Laurence dahinstarb, »du wirst doch wählen müssen!«

»Lassen Sie uns glücklich sein«, erwiderte sie, »Gott wird uns vor uns selber retten.«

Adrien d'Hauteserre verbarg auf dem Grunde seines Herzens eine Eifersucht, die ihn verzehrte, und er bewahrte das Geheimnis seiner Qualen, da er begriff, wie wenig Hoffnung er hatte. Er begnügte sich mit dem Glück, dieses reizende Mädchen zu sehen, das während der wenigen Monate, die dieser Wettstreit dauerte, in all ihrem Glanz erstrahlte. Wirklich pflegte sich damals Laurence, die gefallen wollte, mit all der Sorgfalt, die Frauen auf sich selbst verwenden. Sie schloß sich den Moden an und eilte mehr als einmal nach Paris, um in weiblichem Putz oder irgendeiner Neuheit schöner zu erscheinen. Schließlich machte sie, um ihren Vettern auch die kleinsten Genüsse eines Zuhause zu verschaffen, die sie so lange hatten entbehren müssen, trotz des lauten Geschreis ihres Vormunds, aus ihrem Schloß den behaglichsten Wohnsitz, den es damals in der Champagne gab.

Robert d'Hauteserre begriff von diesem stummen Drama nichts; er bemerkte nicht einmal die Liebe seines Bruders zu Laurence. Das junge Mädchen verspottete er gern wegen ihrer Koketterie, denn dieses abscheuliche Laster verwechselte er mit dem Wunsch zu gefallen. Aber so täuschte er sich in allen Dingen der Empfindung, des Geschmacks und der hohen Bildung. Daher machte auch Laurence, sobald der mittelalterliche Mensch sich in Szene setzte, aus ihm den Tropf des Dramas; sie belustigte ihre Cousins, indem sie mit Robert diskutierte, indem sie ihn in kleinen Schritten mitten in die Sümpfe führte, wo Dummheit und Unwissenheit versinken. Sie glänzte in jenen geistreichen Mystifikationen, zu deren Vollkommenheit es gehört, daß das Opfer glücklich bleibt. So grob aber Roberts Anlagen auch waren, nie trat er während dieser schönen Zeit, der einzigen glücklichen Zeit, die diese drei reizenden Wesen kennenlernen sollten, durch ein männliches Wort, das die Frage vielleicht entschieden hätte, zwischen Laurence und die Simeuses. Ihn ergriff die Offenheit der beiden Brüder. Ohne Zweifel erriet Robert, wie eine Frau davor zittern konnte, dem einen Beweise einer Zärtlichkeit zu geben, die sie dem anderen versagte und die ihn bekümmert hätten; wie glücklich der eine der Brüder über jeden Vorzug war, der dem anderen zuteil wurde, und wie sehr er doch zugleich im tiefsten Herzen darunter leiden konnte. Diese Achtung Roberts erklärt die Situation ausgezeichnet; sie hätte in den Zeiten des Glaubens, als noch der höchste Priester die Macht besaß, den gordischen Knoten solcher seltenen Erscheinungen, die an die undurchdringlichsten Geheimnisse grenzen, zu durchschneiden, sicherlich ihre Privilegien erhalten. Die Revolution hatte diese Herzen im katholischen Glauben neu getauft; so machte die Religion diese Krisis noch furchtbarer, denn die Größe der Charaktere steigert auch die Größe der Situationen. Und weder Monsieur und Madame d'Hauteserre noch der Pfarrer, noch auch seine Schwester erwarteten daher von den beiden Brüdern oder von Laurence irgend etwas Vulgäres.

Dieses Drama, das geheimnisvoll innerhalb der Grenzen der Familie eingeschlossen blieb, wo alle es schweigsam beobachteten, nahm einen zugleich so raschen und so langsamen Verlauf, es brachte so viel unverhoffte Genüsse, kleine Kämpfe, enttäuschte Wünsche, gestürzte Hoffnungen, so viel grausames Warten, so viel Verschiebungen der Aussprache auf den nächsten Tag, so viel stumme Erklärungen mit sich, daß die Bewohner von Cinq-Cygne auf die Krönung des Kaisers Napoleon gar nicht achteten. Diese Leidenschaften schlossen übrigens einen Waffenstillstand, indem sie eine gewaltsame Ablenkung in den Genüssen der Jagd suchten, die den Körper aufs höchste ermüdet und dadurch der Seele die Gelegenheiten raubt, über die so gefährlichen Steppen der Träumerei zu schweifen. Weder Laurence noch ihre Cousins dachten an die Politik, denn jeder Tag hatte ein pochendes Interesse.

»Wahrhaftig«, sagte Mademoiselle Goujet eines Abends, »ich weiß nicht, wer von all diesen Liebenden am meisten liebt!« Adrien war mit den vier Bostonspielern allein; er hob die Augen auf sie und erblich. Seit mehreren Tagen hielt ihn nur noch das Vergnügen im Leben zurück, daß er Laurence sehen und reden hören konnte. »Ich glaube«, sagte der Pfarrer, »daß die Comtesse als Frau mit viel mehr Hingebung liebt.«

Wenige Augenblicke darauf kehrten Laurence, die beiden Brüder und Robert zurück. Die Zeitungen waren eben gekommen. Da England sah, wie wirkungslos die Verschwörungen im Innern blieben, so bewaffnete es Europa gegen Frankreich. Das Unheil vor Trafalgar hatte einen der außerordentlichsten Pläne vernichtet, die menschliches Genie je entworfen hat; in ihm hätte der Kaiser Frankreich seine Wahl mit den Trümmern der englischen Macht bezahlt. In diesem Augenblick war das Lager bei Boulogne aufgehoben. Napoleon, dessen Soldaten wie immer der Zahl nach unterlegen waren, sollte Europa auf Schlachtfeldern entgegentreten, auf denen er noch nicht erschienen war. Die ganze Welt sah nur auf den Ausgang dieses Feldzugs.

»Oh, diesmal wird er unterliegen«, sagte Robert, als er die Zeitung gelesen hatte.

»Er hat die gesamten Kräfte Österreichs und Rußlands auf dem Hals«, sagte Marie-Paul.

»In Deutschland hat er noch nie gekämpft«, fügte Paul-Marie hinzu.

»Von wem redet ihr?« fragte Laurence.

»Vom Kaiser«, erwiderten die drei Edelleute.

Laurence warf den beiden Liebenden einen Blick der Geringschätzung zu, der sie demütigte, aber Adrien entzückte. Der Verschmähte machte eine bewundernde Geste, und in seinem Blick lag ein Stolz, der zur Genüge sagte, daß wenigstens er an nichts mehr dachte als an Laurence.

»Sie sehen«, sagte der Abbé Goujet leise, »die Liebe hat seinen Haß in Vergessenheit gebracht.«

Es war der erste, der letzte, der einzige Vorwurf, den die beiden Brüder sich zuzogen; aber in diesem Augenblick waren sie ihrer Cousine in der Liebe unterlegen, wie sie denn auch zwei Monate darauf den erstaunlichen Triumph von Austerlitz nur dadurch erfuhr, daß der gute d'Hauteserre mit seinen Söhnen darüber sprach. Der Greis wollte, seinem Plan getreu, daß seine Kinder darum bäten, dienen zu dürfen; ohne Zweifel würde man sie in ihrem Rang einstellen, und so könnten sie noch eine schöne militärische Laufbahn machen. Die Partei des reinen Royalismus war auf Cinq-Cygne die stärkere geworden. Die vier Edelleute und Laurence verspotteten den vorsichtigen Greis, der Unheil in der Zukunft zu wittern schien. Die Vorsicht ist vielleicht weniger eine Tugend als die Bekundung eines geistigen ›Sinnes‹, wenn anders man diese beiden Worte miteinander paaren kann; aber ohne Zweifel wird ein Tag kommen, an dem sowohl Physiologen wie Philosophen anerkennen werden, daß die Sinne gewissermaßen nur die Hülle einer lebhaften und durchgreifenden Aktion sind, die vom Geist ausgeht.

Nach dem Friedensschluß zwischen Frankreich und Österreich kam Ende Februar des Jahres 1806 ein Verwandter, der sich gelegentlich der Streichung aus den Listen für die Simeuses verwendet hatte und ihnen später noch große Beweise seiner Anhänglichkeit geben sollte, nämlich der Marquis de Chargebœuf, dessen Besitz sich vom Kreis Seine-et-Marne bis in den der Aube erstreckte, in einer Art Kalesche, die man um jene Zeit zum Spott eine Halbberline nannte, von seinem Landsitz nach Cinq-Cygne. Als der ärmliche Wagen aufs Pflaster fuhr, schüttelte die Bewohner des Schlosses, die gerade frühstückten, ein Lachanfall; aber als sie den kahlen Kopf des Greises sahen, der zwischen den beiden Wagenledern herausblickte, nannte Monsieur d'Hauteserre seinen Namen, und alle erhoben sich, um dem Haupt der Familie de Chargebœuf entgegenzugehen. »Wir sind im Unrecht, daß wir ihn den ersten Besuch machen lassen«, sagte der Marquis de Simeuse zu seinem Bruder und den d'Hauteserres; »wir hätten uns bei ihm bedanken müssen.«

Ein als Bauer gekleideter Diener, der von seinem Sitz auf dem Wagenkasten aus fuhr, steckte eine Fuhrmannspeitsche in einen Peitschenhalter aus grobem Leder und sprang herab, um dem Marquis beim Aussteigen zu helfen; aber Adrien und der jüngere der Simeuses kamen ihm zuvor, lösten das Wagenleder, das an kupfernen Knöpfen hing, und halfen dem guten Mann trotz seiner Proteste. Der Marquis hatte die Eigentümlichkeit, daß er seine gelbe Halbberline mit den Lederklappen als einen ausgezeichneten und bequemen Wagen hinstellte. Der Diener spannte schon mit Gothards Hilfe die beiden guten, schweren Gäule mit den glänzenden Kruppen aus, die sicherlich ebensooft für die Arbeit auf dem Acker dienten wie für den Wagen.

»Trotz der Kälte? Aber Sie sind ein Ritter aus der alten Zeit«, sagte Laurence zu ihrem bejahrten Verwandten, indem sie seinen Arm ergriff und ihn in den Salon führte.

»Es ist nicht Ihres Amtes, einen alten Kerl wie mich zu besuchen«, sagte er fein; und so sprach er den Vorwurf für seine jungen Verwandten aus.

›Weshalb kommt er?‹ fragte sich der Biedermann d'Hauteserre.

Monsieur de Chargebœuf, ein hübscher Greis von siebenundsechzig Jahren, in heller Kniehose und mit gebrechlichen kleinen Beinen in buntgewebten Strümpfen, trug einen Haarbeutel, Puder und Taubenflügel. Sein Jagdrock war aus grünem Tuch, mit goldenen Knöpfen und goldenen Schnüren geschmückt. Seine weiße Weste blendete durch ihre ungeheuren Goldstickereien. Dieser Aufputz, der damals unter alten Leuten noch Mode war, stand seinem Gesicht, das dem des großen Friedrich ziemlich ähnlich sah. Er setzte seinen Dreispitz nie auf, um nicht die Wirkung des Halbmonds zu zerstören, den eine Schicht Puder auf seinem Schädel beschrieb. Mit der rechten Hand stützte er sich auf einen Stock mit schwarzer Krücke; Stock und Hut hielt er zusammen mit einer Geste, die Ludwigs XIV. würdig gewesen wäre. Der würdige Greis legte seinen seidenen Überrock ab und ließ sich in einen Sessel sinken, indem er Stock und Dreispitz zwischen den Knien hielt; das Geheimnis dieser Pose hat stets nur den Lebemännern am Hofe Ludwigs XV. gehört; die Hände blieben frei und konnten mit der Tabatière spielen, einem stets kostbaren Schmuckstück. Daher zog denn auch der Marquis sogleich aus der Tasche seiner Weste, die von einem mit goldenen Arabesken bestickten Streifen geschlossen wurde, eine reiche Tabatière hervor. Während er eine Prise nahm und mit reizender Geste und liebevollen Blicken ringsum Tabak anbot, beobachtete er, wieviel Vergnügen sein Besuch bereitete. Er schien jetzt zu begreifen, weshalb die jungen Emigranten ihm gegenüber ihre Pflicht versäumt hatten. Er schien sich zu sagen: ›Wenn man den Hof macht, macht man keine Besuche.‹

»Wir werden Sie doch einige Tage hierbehalten?« fragte Laurence. »Das ist ganz unmöglich«, erwiderte er. »Wenn uns die Ereignisse nicht getrennt hätten – denn Sie haben wohl größere Entfernungen zurückgelegt, als sie uns voneinander trennen –, so würden Sie wissen, liebes Kind, daß ich Töchter und Schwiegertöchter, Enkelinnen und Enkel habe. Die alle wären besorgt, wenn sie mich heute abend nicht sähen, und ich habe achtzehn Meilen Weges vor mir.«

»Sie haben recht gute Pferde«, sagte der Marquis de Simeuse.

»Oh, ich komme von Troyes, wo ich gestern zu tun hatte.«

Als die erwarteten Fragen nach der Familie, nach der Marquise de Chargebœuf und nach jenen in Wahrheit ganz gleichgültigen Dingen, für die man sich aus Höflichkeit lebhaft interessieren muß, vorüber waren, gewann Monsieur d'Hauteserre den Eindruck, als sei Monsieur de Chargebœuf gekommen, um seine jungen Verwandten vor jeder Unvorsichtigkeit zu warnen. Nach den Worten des alten Marquis hatten sich die Zeiten sehr verändert, und niemand konnte jetzt noch sagen, wohin der Kaiser es bringen würde. »Oh!«

sagte Laurence, »er wird zum Gott!« Der gute Greis sprach davon, daß man Konzessionen machen müßte. Als nun Monsieur d'Hauteserre davon sprechen hörte, wie notwendig es sei, sich zu unterwerfen, und zwar mit viel mehr Entschiedenheit und Festigkeit, als er sie selber je in seine Lehren zu legen vermochte, sah er seine Söhne fast flehentlich an.

»Sie würden diesem Menschen dienen?« fragte der Marquis de Simeuse den Marquis de Chargebœuf.

»Sicherlich, wenn es im Interesse meiner Familie nötig wäre.«

Schließlich deutete der Greis, wenn auch ganz unbestimmt, auf ferne Gefahren hin; als Laurence ihn aufforderte, sich näher zu erklären, ermahnte er die vier Edelleute, nicht mehr zu jagen und sich im Hause zu halten.

»Sie sehen die Bezirke von Gondreville immer noch als Ihr Eigentum an«, sagte er zu den Simeuses, »und auf diese Weise beleben Sie aufs neue einen furchtbaren Haß. Ich sehe an Ihrem Erstaunen, wie wenig Sie wissen, daß Ihnen in Troyes, wo man noch Ihres Mutes gedenkt, viele übelgesinnt sind. Niemand scheut sich, offen zu erzählen, wie Sie den Nachforschungen der Polizei des Kaiserreichs entgangen sind; die einen loben Sie dabei, die anderen sehen in Ihnen die Feinde des Kaisers. Einige treue Anhänger wundern sich über des Kaisers Milde Ihnen gegenüber. Aber das ist noch nichts; Sie haben Leute genarrt, die sich für schlauer hielten als Sie, und niedriggestellte Leute vergeben nie. Früher oder später wird die Justiz, die hier in Ihrem Kreis von Ihrem Feind, dem Senator Malin, abhängt, denn er hat seine Kreaturen überall untergebracht, selbst in den höheren Beamtenstellen – die Justiz also wird sich sehr freuen, wenn sie Sie in irgendeine schlimme Geschichte verwickelt findet. Ein Bauer wird Streit mit Ihnen suchen, wenn Sie sich auf seinen Feldern befinden: Sie haben geladene Flinten, Sie sind lebhaft, dann ist das Unglück schnell da. In Ihrer Stellung muß man hundertmal recht haben, um nicht ins Unrecht gesetzt zu werden. Ich habe meine Gründe, wenn ich so zu Ihnen rede. Die Polizei überwacht immer noch den Kreis, in dem Sie sich aufhalten; in diesem kleinen Nest Arcis unterhält sie eigens einen Kommissar, um den kaiserlichen Senator gegen Ihre Anschläge zu schützen. Er fürchtet Sie, und er sagt es.«

»Aber er verleumdet uns!« rief der jüngere der Simeuses.

»Er verleumdet Sie! Ich meinesteils glaube das gern ... Aber glaubt es das Publikum? Darauf kommt es an. Michu hat den Senator aufs Korn genommen; und der hat es nicht vergessen. Seit Sie zurückgekehrt sind, lebt Michu hier bei der Comtesse. In den Augen sehr vieler Leute, ja der Mehrheit des Publikums, hat Malin also recht. Es ist Ihnen ja bekannt, wie heikel die Lage der Emigranten denen gegenüber ist, die zufällig im Besitz ihrer Güter sind. Der Präfekt, ein Mann von Geist, ließ gestern ein paar Worte über Sie fallen, die mich beunruhigt haben. Kurz, ich wollte, Sie blieben nicht hier ...«

Diese Antwort wurde in tiefer Bestürzung aufgenommen. Marie-Paul schellte heftig. »Gothard«, sagte er, als der Kleine eintrat, »holen Sie mir einmal Michu her!«

Der ehemalige Verwalter von Gondreville ließ nicht auf sich warten. »Michu, mein Freund«, sagte der Marquis de Simeuse, »ist es wahr, daß du Malin erschießen wolltest?«

»Ja, Monsieur le Marquis; und wenn er wiederkommt, werde ich ihm schon auflauern ...«

»Weißt du, daß wir in Verdacht stehen, wir hätten dich ausgeschickt? Daß man unsre Cousine beschuldigt, an deinem Plan beteiligt gewesen zu sein, weil sie dich zum Pächter nahm?«

»Gütiger Himmel!« rief Michu, »bin ich denn verflucht? Kann ich Sie denn nie in Ruhe von Malin befreien?«

»Nein, lieber Bursche, nein«, sagte Paul-Marie. »Aber du wirst das Land verlassen und unsern Dienst aufgeben müssen; wir werden für dich sorgen und dir Gelegenheit geben, dein Vermögen zu vermehren. Verkaufe, was du hier besitzt, mache deine Gelder flüssig, und wir werden dich nach Triest schicken, zu einem unserer Freunde, der weite Verbindungen hat und der dich sehr gut verwenden kann, bis es uns allen hier besser geht.«

Michu traten Tränen in die Augen, und er blieb wie angewurzelt auf dem Bodenviereck stehen, in das er getreten war.

»Waren Zeugen da, als du Malin auflauertest, um ihn zu erschießen?« fragte der Marquis de Chargebœuf.

»Der Notar Grévin sprach mit ihm; das hat mich am Schuß gehindert, und es war ein Glück! Madame la Comtesse weiß, weshalb«, sagte Michu, indem er seine Herrin ansah.

»Dieser Grévin ist nicht der einzige, der es weiß?« sagte Monsieur de Chargebœuf, dem dieses Verhör, obwohl es innerhalb der Familie stattfand, unangenehm zu sein schien.

»Der Spion, der damals hierherkam, um meine Herren zu umgarnen, wußte es auch«, erwiderte Michu.

Monsieur de Chargebœuf stand auf, um in die Gärten hinauszusehen, und sagte: »Nun, Sie haben Cinq-Cygne recht ausgenutzt ...?« Dann ging er hinaus; Laurence und die beiden Brüder, die den Sinn des Verhörs errieten, folgten ihm. »Sie sind offen und großherzig, aber immer noch unvorsichtig«, sagte der Greis zu ihnen. »Daß ich Sie vor einem Gerücht warne, das eine Verleumdung sein muß, nichts ist natürlicher; aber da machen Sie nun für schwache Menschen, wie Monsieur und Madame d'Hauteserre und ihren Sohn, eine Wahrheit daraus ... Oh, ihr jungen Leute! Ihr jungen Leute! ... Sie sollten Michu hier lassen und selbst fortgehen, selbst! Aber auf jeden Fall schreiben Sie, wenn Sie hier bleiben, dem Senator ein Wort über Michu; sagen Sie ihm, Sie hätten durch mich von den Gerüchten erfahren, die über Ihren Pächter umliefen, und Sie hätten ihn weggeschickt.«

»Wir!« riefen die beiden Brüder, »an Malin schreiben, an den Mörder unseres Vaters und unserer Mutter, an den schamlosen Räuber unseres Vermögens?«

»All das ist wahr; aber er ist am kaiserlichen Hof eine der wichtigsten Persönlichkeiten und zudem König der Aube!«

»Er, der für den Fall, daß die Armee Condés in Frankreich einziehen würde, für Ludwigs XVI. Tod gestimmt hat, und im andern Fall für lebenslängliche Haft!« rief die Comtesse de Cinq-Cygne.

»Er, der vielleicht zum Tode des Duc d'Enghien geraten hat!« rief Paul-Marie. »Oh, wenn Sie aufzählen wollen, was seinen Anspruch auf die Verleihung des Adels begründet, so sagen Sie auch: er, der Robespierre am Rockschoß zog, um ihn zu Fall zu bringen, sowie er nur sah, daß die, die sich erhoben, um ihn zu stürzen, in der Mehrzahl waren; er, der Bonaparte hätte füsilieren lassen, wenn der 18. Brumaire mißglückt wäre; er, der die Bourbonen zurückführen würde, wenn Napoleon schwankte; er, den der Stärkere stets auf seiner Seite finden wird, um ihm Schwert oder Pistole zu reichen, damit er einem Gegner, der noch Besorgnisse einflößt, den Garaus mache! ... Aber das ist nur ein Grund mehr! ...«

»Wir sind recht tief gesunken!« sagte Laurence.

»Ihr Kinder!« sagte der alte Marquis de Chargebœuf, indem er sie alle drei bei der Hand nahm und abseits auf einen der Rasen führte, die damals von einer leichten Schneeschicht bedeckt waren, »es wird Sie in Aufregung versetzen, wenn Sie hören, was ein verständiger Mann Ihnen rät; aber ich bin es Ihnen schuldig, daß ich es Ihnen sage; hören Sie, was ich tun würde: Ich würde einen alten Mann zum Vermittler nehmen, zum Beispiel mich, und ich würde ihn beauftragen, von Malin gegen eine Ratifikation des Verkaufs von Gondreville eine Million zu fordern ... Oh, er würde einwilligen und alles geheimhalten! Dann hätten Sie bei dem jetzigen Zinsfuß der Staatspapiere hunderttausend Francs Rente, und Sie könnten sich in einem anderen Winkel Frankreichs irgendeinen schönen Landsitz kaufen; Cinq-Cygne ließen Sie von Monsieur d'Hauteserre verwalten und zögen das Los, wer von Ihnen beiden der Gatte dieser schönen Erbin werden soll. Aber wenn ein Greis redet, so geht das jungen Leuten genauso ins

Ohr, wie es Greisen ins Ohr eingeht, wenn junge Leute reden; es ist ein Geräusch, dessen Sinn man nicht erfaßt.«

Der alte Marquis gab seinen drei Verwandten einen Wink, daß er keine Antwort wünschte, und kehrte in den Salon zurück, in dem während ihrer Unterhaltung der Abbé Goujet und seine Schwester angekommen waren. Der Vorschlag, um die Hand ihrer Cousine das Los zu ziehen, hatte die beiden Simeuses empört, und Laurence fühlte sich von der Bitterkeit des Auskunftsmittels abgestoßen, das ihr Verwandter angab. Alle drei waren daher weniger liebenswürdig gegen den Greis, ohne doch unhöflich zu werden. Die Herzlichkeit war gestört. Monsieur de Chargebœuf, der die Kühle merkte, warf mehrmals mitleidige Blicke auf die drei reizenden Wesen. Obgleich die Unterhaltung allgemein wurde, kam er doch nochmals darauf zurück, wie nötig es sei, sich den Ereignissen zu fügen; er lobte Monsieur d'Hauteserre, weil er so beharrlich wünschte, daß seine Sohne Dienste nähmen.

»Bonaparte«, sagte er, »ernennt Herzöge. Er hat einen Lehnsadel des Kaiserreichs geschaffen, er wird auch Grafen ernennen. Malin möchte gern Comte de Gondreville werden. Dieser Gedanke«, fügte er mit einem Blick auf die Simeuses hinzu, »kann Ihnen Nutzen bringen.«

»Oder Unheil«, sagte Laurence.

Sowie seine Pferde angespannt waren, brach der Marquis auf; alle gaben ihm bis zum Wagen das Geleit. Als er in seinem Gefährt saß, winkte er Laurence, und sie sprang mit der Leichtigkeit eines Vogels auf den Wagentritt. »Sie sind keine gewöhnliche Frau, und Sie sollten mich verstehen«, sagte er ihr ins Ohr. »Malin wird zu sehr von Gewissensbissen geplagt, um Sie in Ruhe zu lassen; er wird Ihnen eine Falle legen. Wenigstens haben Sie acht auf all Ihre Handlungen, selbst auf die geringsten! Und dann vergleichen Sie sich, das ist mein letztes Wort.«

Die beiden Brüder blieben neben ihrer Cousine auf dem Rasen stehen und sahen in tiefer Reglosigkeit dem Wagen nach, als er im Tor umbog und auf dem Weg nach Troyes davonfuhr; Laurence hatte ihnen das letzte Wort des guten Mannes wiederholt. Die Erfahrung wird stets unrecht behalten, wenn sie sich in einer Halbberline, in buntgewirkten Strümpfen und mit einem Haarbeutel im Nacken zeigt. Keiner von diesen jungen Leuten konnte begreifen, welcher Wandel sich in Frankreich vollzog; ihre Nerven zitterten vor Entrüstung, und in all ihren Adern kochte mit ihrem adligen Blut die Ehre.

»Das Haupt der Chargebœufs!« sagte der Marquis de Simeuse, »ein Mann, der die Devise hat: ›Es komme ein Stärkerer!‹, einen der schönsten Schlachtrufe ...«

»Wir leben nicht mehr in den Zeiten des heiligen Ludwig!« sagte der jüngere Simeuse.

»›Singend sterben!‹« rief die Comtesse; »dieser Ruf der fünf jungen Mädchen, die unser Haus begründeten, soll meiner sein!«

»Lautet nicht der unsere ›Und wenn es den Tod kostet!‹ Pardon also wird nicht gegeben!« fuhr der ältere der Simeuses fort. »Wenn wir es uns überlegen, so werden wir finden, daß unser Verwandter sehr gründlich durchdacht hat, was er sagte. Gondreville der Name eines Malin!«

»Der Wohnsitz!« rief der jüngere.

»Mansart hat ihn für den Adel gezeichnet, und das Volk sollte darin hecken!« sagte der ältere.

»Wenn es so kommen sollte, so wollte ich Gondreville lieber in Flammen sehen!« rief Mademoiselle de Cinq-Cygne.

Ein Mann aus dem Dorf, der gekommen war, um ein Kalb anzusehen, das der gute d'Hauteserre ihm verkaufen wollte, hörte, als er aus dem Stall trat, diesen letzten Satz. »Laßt uns hineingehen«, sagte Laurence lächelnd; »wir hätten beinahe eine Unvorsichtigkeit begangen und dem Marquis aus Anlaß eines Kalbes recht gegeben.«

»Mein armer Michu«, sagte sie, als sie den Salon betraten,

»ich hatte deinen Streich schon vergessen, aber wir stehen hierzulande nicht im Ruf der Heiligkeit, und also kompromittiere uns nicht. Hast du dir noch andere kleine Sünden vorzuwerfen?«

»Ich mache es mir zum Vorwurf, daß ich den Mörder meiner alten Herren nicht erschossen habe, ehe ich den neuen zu Hilfe kam.«

»Michu!« rief der Pfarrer.

»Aber ich werde das Land nicht verlassen«, fuhr er fort, ohne auf den Ausruf des Pfarrers zu achten, »wenn ich nicht weiß, daß Sie in Sicherheit sind. Ich sehe hier Burschen herumstreifen, die mir nicht gerade gefallen. Als ich das letztemal im Wald auf der Jagd war, kam dieser Mensch, der jetzt auf Gondreville an meiner Stelle den Verwalter spielt, und fragte mich, ob wir da auf unseren Feldern wären. ›Oh, mein Bursche‹, habe ich ihm zur Antwort gegeben, ›es ist nicht ganz leicht, sich in zwei Monaten abzugewöhnen, was man zwei Jahrhunderte lang getan hat.‹«

»Du hast unrecht, Michu«, sagte der Marquis de Simeuse, obwohl er vor Vergnügen lächelte.

»Was hat er geantwortet?« fragte Monsieur d'Hauteserre.

»Er sagte«, erwiderte Michu, »er würde den Senator über unsere Ansprüche unterrichten.«

»Comte de Gondreville!« rief der ältere der d'Hauteserres. »Ah, was für eine Maskerade! Freilich, zu Bonaparte sagt man ›Euer Majestät‹ ...«

»Und ›Euer Hoheit‹ zum Grand-Duc de Berg«, sagte der Pfarrer.

»Wer ist denn das?« fragte Monsieur de Simeuse.

»Murat, Napoleons Schwager«, erwiderte der alte d'Hauteserre.

»Herrlich!« rief Mademoiselle de Cinq-Cygne. »Und sagt man auch zur Witwe des Marquis de Beauharnais ›Euer Majestät‹?

»Gewiß, Mademoiselle«, erwiderte der Pfarrer.

»Wir sollten nach Paris gehen, um uns all das anzusehen!« rief Laurence.

»Ach, Mademoiselle«, sagte Michu, »ich war dort, um meinen Jungen auf die Schule zu geben, und ich kann Ihnen schwören, mit der sogenannten kaiserlichen Garde ist nicht zu spaßen. Wenn die ganze Armee von der Art ist, so kann die Geschichte länger dauern als wir.«

»Man nennt schon adlige Familien, die Dienste nehmen«, sagte Monsieur d'Hauteserre.

»Und nach den gegenwärtigen Gesetzen«, sagte der Pfarrer, »werden Ihre Kinder zum Dienst gezwungen sein. Das Gesetz kennt weder Stand noch Namen mehr.«

»Dieser Mensch schadet uns mit seinem Hof mehr, als die Revolution mit ihrem Beil geschadet hat!« rief Laurence.

»Die Kirche betet für ihn«, sagte der Pfarrer.

Diese Worte, die Schlag auf Schlag gesprochen wurden, waren ebenso viele Kommentare zu den verständigen Worten des alten Marquis de Chargebœuf; aber die jungen Leute hatten einen zu festen Glauben, hatten zu viel Ehrgefühl, um einen Vergleich anzunehmen. Sie sagten sich auch, was sich zu allen Zeiten die Besiegten gesagt haben: das Glück der siegreichen Partei müßte einmal aufhören; der Kaiser würde nur vom Heer gestützt; die Tatsache müßte früher oder später vor dem Recht weichen und so weiter. Trotz dieser Warnungen fielen sie in die Grube, die man vor ihnen gegraben hatte und die vorsichtige und gelehrige Leute wie der gute d'Hauteserre vermieden hätten. Wenn die Menschen ehrlich sein wollten, so würden sie vielleicht erkennen, daß niemals ein Unglück über sie hereingebrochen ist, ohne daß sie irgendeine offene oder geheime Warnung erhalten hätten. Viele haben wohl auch den tiefen Sinn dieser geheimnisvollen Warnung erst nach dem Zusammenbruch erkannt.

»Auf jeden Fall weiß Madame la Comtesse, daß ich nicht das Land verlassen kann, ohne meine Abrechnung vorgelegt zu haben«, sagte Michu ganz leise zu Mademoiselle de Cinq-

Cygne. Sie gab dem Pächter statt aller Antwort ein Zeichen des Verstehens, und er ging davon. Michu, der Beauvisage, dem Pächter von Bellache, auf der Stelle seine Ländereien verkaufte, konnte vor Ablauf von etwa zwanzig Tagen keine Zahlung erlangen. Einen Monat nach dem Besuch des Marquis also schlug Laurence ihren beiden Cousins, die sie von dem Vorhandensein ihres Vermögens unterrichtet hatte, vor, die im Wald vergrabene Million am Mittfastentag zu holen. Die großen Schneemengen, die bisher gefallen waren, hatten Michu gehindert, den Schatz zu heben; er wollte dies Werk auch lieber im Beisein seiner Herren ausführen. Er bestand darauf, das Land zu verlassen; er fürchtete sich selbst.

»Malin ist unvermittelt auf Gondreville eingetroffen«, sagte Michu zu seiner Herrin, »niemand weiß weshalb. Ich würde der Versuchung, Gondreville infolge des Todes seines Besitzers zum Verkauf zu bringen, nicht widerstehen können. Ich fühle mich schuldbewußt, wenn ich meinen Eingebungen nicht Folge leiste.«

»Aus welchem Grund mag er mitten im Winter Paris verlassen?«

»Ganz Arcis spricht darüber«, erwiderte Michu. »Er hat seine Familie in Paris gelassen, und nur sein Kammerdiener begleitet ihn. Monsieur Grévin, der Notar von Arcis, und Madame Marion, die Gattin des Generalsteuereinnehmers der Aube, die Schwägerin des Marion, der für Malin seinen Namen geliehen hat, leisten ihm Gesellschaft.«

Laurence hielt den Tag der Mittfasten für vortrefflich gewählt, da man sich an ihm der Leute entledigen konnte. Die Maskenzüge lockten die Bauern in die Stadt, und niemand war auf den Feldern. Aber gerade die Wahl dieses Tages half dem Verhängnis, das man in so vielen Kriminalaffären antrifft. Der Zufall stellte seine Berechnungen mit ebensoviel Geschicklichkeit an wie Mademoiselle de Cinq-Cygne die ihrigen. Monsieur und Madame d'Hauteserre mußten in höchste Angst geraten, wenn sie erfuhren, daß sie in einem

Schloß am Saum eines Waldes elfhunderttausend Francs in Gold verbargen; und also waren selbst die jungen d'Hauteserres, als man sie um Rat fragte, der Meinung, man sollte ihnen nichts davon sagen. Das Geheimnis des Ausflugs blieb unter Gothard, Michu, den vier Edelleuten und Laurence. Nach langen Berechnungen erschien es möglich, jedem Pferd in einem langen Sack achtundvierzigtausend Francs auf die Kruppe zu laden. So würden drei Ritte genügen. Aus Vorsicht kam man überein, alle Leute, deren Neugier gefährlich werden konnte, nach Troyes zu schicken, damit sie sich dort die Lustbarkeiten der Mittfasten ansähen. Cathérine, Marthe und Durieu, auf die man sich verlassen konnte, sollten das Schloß bewachen. Die Leute nahmen die gewährte Freiheit gern an und brachen schon vor Tagesanbruch auf. Gothard striegelte und sattelte, von Michu unterstützt, in aller Frühe die Pferde. Die Karawane nahm den Weg durch die Gärten von Cinq-Cygne, und von dort aus bogen Herren wie Leute in den Wald ein. In dem Augenblick, als sie aufsaßen, denn das Parktor war so niedrig, daß sie zu Fuß durch den Park gingen und ihre Pferde am Zügel führten, kam der alte Beauvisage, der Pächter von Bellache, vorbei.

»Halt!« rief Gothard, »da ist jemand …«

»Oh, ich bin es«, sagte der ehrliche Pächter, indem er vortrat. »Meinen Gruß, Messieurs. Sie gehen also trotz der Präfekturerlasse auf die Jagd? Ich werde mich nicht darüber beklagen, aber nehmen Sie sich in acht! Wenn Sie Freunde haben, so haben Sie auch recht viele Feinde …«

»O gebe Gott«, erwiderte der dicke d'Hauteserre lächelnd, »daß uns unsere Jagd glückt, dann wirst du deine Herren wiedersehen.« Diese Worte, denen der Ausgang einen ganz anderen Sinn unterlegte, trugen Robert einen strengen Blick der Comtesse ein. Der ältere Simeuse glaubte, Malin würde Gondreville gegen Entschädigung zurückgeben. Diese Kinder wollten das Gegenteil von dem tun, was der Marquis de Chargebœuf ihnen angeraten hatte. Daran dachte Robert, der ihre Hoffnungen teilte, bei diesem verhängnisvollen Wort. »Auf jeden Fall reinen Mund, mein Alter!« sagte Michu zu Beauvisage, und er nahm als letzter den Schlüssel des Tores an sich.

Es war einer jener schönen Tage gegen Ende des März, an denen die Luft trocken, der Boden sauber und der Himmel klar ist; die Temperatur steht dann in einem gewissen Gegensatz zu den noch unbelaubten Bäumen. Das Wetter war so mild, daß das Auge auf den Feldern stellenweise grüne Flekken erkannte.

»Wir ziehen aus, um einen Schatz zu suchen, während doch du der wahre Schatz unseres Hauses bist, Cousine«, sagte lachend der ältere der Simeuses. Laurence ritt voraus; zu beiden Seiten ihres Pferdes hatte sie je einen ihrer Cousins. Dann folgten die beiden d'Hauteserres und als letzter Michu. Gothard bildete die Vorhut, um das Gelände aufzuklären.

»Da unser Vermögen sich wiederfinden soll, wenigstens zum Teil, so heirate meinen Bruder«, sagte der jüngere leise. »Er betet dich an, und dann seid ihr so reich, wie es die Adligen heutzutage sein müssen.«

»Nein, laß ihm das ganze Vermögen, und ich werde dich heiraten, denn ich bin reich genug für zwei«, sagte sie.

»So sei es!« rief der Marquis de Simeuse. »Ich will euch verlassen, um mir eine Frau zu suchen, die es wert ist, deine Schwester zu werden.«

»So liebst du mich weniger, als ich glaubte?« entgegnete Laurence, indem sie ihn mit eifersüchtigem Ausdruck ansah.

»Nein, ich liebe euch beide mehr, als ihr mich liebt!« erwiderte der Marquis.

»Und also würdest du dich opfern?« fragte Laurence den älteren der Simeuses, indem sie ihm einen Blick voll momentaner Bevorzugung zuwarf. Der Marquis bewahrte Schweigen. »Nun, dann würde ich nur an dich denken, und das wäre unerträglich für meinen Gatten«, erwiderte Laurence, der dieses Schweigen eine Bewegung der Ungeduld entriß.

»Wie sollte ich ohne dich leben?« rief der jüngere, indem er seinen Bruder ansah.

»Aber du kannst uns doch nicht beide heiraten«, sagte der Marquis. »Und«, fügte er in dem brüsken Ton eines Menschen hinzu, der bis ins Herz getroffen ist, »es ist Zeit, eine Entscheidung zu treffen.«

Er trieb sein Pferd vorwärts, damit die beiden d'Hauteserres nichts hörten. Das Pferd seines Bruders und das der Comtesse machten die Bewegung mit. Als sie einigen Abstand zwischen sich und die drei anderen gelegt hatten, wollte Laurence reden, aber zunächst waren die Tränen ihre einzigen Worte. »Ich werde in ein Kloster gehen«, sagte sie schließlich.

»Und du wolltest die Cinq-Cygnes aussterben lassen?« sagte der jüngere der Simeuses; »und statt eines Unglücklichen, der es mit seiner Einwilligung wird, würdest du zwei Menschen unglücklich machen! Nein, der eine von uns beiden, der nur dein Bruder sein darf, wird sich darein ergeben. Als wir erfuhren, daß wir nicht so arm sind, wie wir glaubten, haben wir uns besprochen«, sagte er mit einem Blick auf den Marquis. »Wenn ich der Bevorzugte bin, so gehört unser ganzes Vermögen meinem Bruder; wenn ich der Unglückliche bin, gibt er es mir, ebenso wie auch die Titel der Simeuses, denn er wird dann ein Cinq-Cygne! In jedem Fall hat der, der nicht glücklich wird, seine Lebensmöglichkeit. Und wenn er fühlt, daß er vor Kummer hinstirbt, muß er als Soldat fallen, um nicht das Haus zu verdüstern.«

»Wir sind echte Ritter des Mittelalters, wir sind unserer Väter würdig!« rief der ältere. »Rede, Laurence!«

»Es kann nicht so bleiben«, sagte der jüngere.

»Glaube nicht, Laurence, daß die Hingebung freudlos sei«, fügte der ältere hinzu.

»Meine teuren Geliebten«, sagte sie, »ich bin nicht imstande, mich zu entscheiden; ich liebe euch beide, als wäret ihr nur ein einziges Wesen, und wie eure Mutter euch liebte.

Gott wird uns helfen. Ich will nicht wählen. Wir wollen es dem Zufall überlassen; ich stelle nur eine Bedingung.«

»Welche?«

»Die, daß der eine, der mein Bruder bleiben muß, mich nicht verlasse, bis ich es ihm erlaube. Ich allein will Richterin sein über die Zweckmäßigkeit eines Aufbruchs.«

»Ja«, sagten die beiden Brüder, ohne sich klarzumachen, was ihre Cousine meinte.

»Der erste, an den heute abend bei Tisch nach dem Benedicité Madame d'Hauteserre das Wort richtet, soll mein Gatte werden. Aber keiner darf eine List gebrauchen, um sie zu veranlassen, daß sie ihn fragt.«

»Wir werden offenes Spiel spielen«, sagte der jüngere.

Beide Brüder küßten Laurence die Hand. Die Gewißheit einer Lösung, die jeder sich günstig denken konnte, machte die beiden Zwillinge froh. »Auf jeden Fall, liebe Laurence, wirst du einen Comte de Cinq-Cygne schaffen«, sagte der ältere.

»Und wir spielen darum, wer kein Simeuse bleiben soll«, rief der jüngere.

»Ich glaube wahrhaftig, Mademoiselle wird nicht mehr lange Jungfrau sein«, sagte Michu hinter den beiden d'Hauteserres. »Meine Herren sind recht lustig. Wenn meine Herrin ihre Wahl trifft, so reise ich nicht ab; die Hochzeit will ich erleben.«

Keiner der beiden d'Hauteserres gab eine Antwort. Plötzlich flog zwischen den d'Hauteserres und Michu eine Elster auf; der Verwalter, der wie alle primitiven Menschen abergläubisch war, meinte die Glocken einer Totenfeier zu hören. Der Tag begann also heiter für die Liebenden, die selten Elstern sehen, wenn sie in einem Wald beisammen sind. Michu erkundete mit Hilfe seines Plans die Stellen; jeder der Edelleute war mit einem Spaten versehen: das Geld war bald gefunden. Der Teil des Waldes, in dem es verborgen lag, war einsam; er lag fern von jeder Straße und Behausung; daher begegnete die goldbeladene Karawane niemandem. Das war ein Unglück. Als man zum letztenmal von Cinq-Cygne ausritt, um die letzten zweihunderttausend Francs zu holen, schlug der Reiterzug, den der Erfolg kühn gemacht hatte, einen direkteren Weg ein als auf den vorhergehenden Ritten. Dieser Weg führte über eine Höhe, von der aus man den Park von Gondreville sehen konnte.

»Feuer!« rief Laurence, als sie eine bläuliche Flammensäule sah.

»Das ist irgendein Freudenfeuer«, sagte Michu. Laurence, die die kleinsten Pfade im Wald kannte, verließ die Reiter, gab ihrem Tier die Sporen und jagte bis zum Pavillon von Cinq-Cygne, dem einstigen Wohnsitz Michus. Obgleich der Pavillon verlassen und geschlossen war, stand das Tor offen, und Laurence fielen die Spuren der Hufe mehrerer Pferde ins Auge. Die Rauchsäule erhob sich auf einer Wiese des englischen Parks, und sie nahm an, daß man dort Gras verbrannte.

»Ah, Sie sind auch dabei, Mademoiselle«, rief Violette aus, der auf seinem Klepper im Galopp aus dem Park kam und vor Laurence haltmachte.

»Aber es ist nur ein Karnevalspossen, nicht wahr? Man wird ihn nicht töten?«

»Wen?«

»Ihre Cousins wollen nicht seinen Tod?«

»Wessen Tod?«

»Den des Senators.«

»Du redest irre, Violette!«

»Nun, was machen Sie denn da?« fragte er.

Bei dem Gedanken, daß ihre Cousins Gefahr liefen, sprengte die furchtlose Reiterin davon; sie kam auf dem Schauplatz an, als die Beutel eben gefüllt waren. »Auf! Ich weiß nicht, was vorgeht, aber laßt uns nach Cinq-Cygne zurückkehren!«

Während die Edelleute mit dem Transport des geretteten

Vermögens beschäftigt waren, spielte sich auf dem Schloß von Gondreville eine seltsame Szene ab.

Um zwei Uhr nachmittags spielten der Senator und sein Freund Grévin im großen Salon des Erdgeschosses vor dem Kamin eine Partie Schach. Madame Grévin und Madame Marion plauderten neben dem Kamin auf einem Kanapee. Alle Leute des Schlosses waren ausgegangen, um im Kreis von Arcis einen merkwürdigen Maskenzug zu sehen, der seit langem angekündigt worden war. Die Familie des Verwalters, der an Michus Stelle getreten war, war ebenfalls dorthin gegangen. Nur der Kammerdiener des Senators und Violette waren im Schloß. Der Pförtner und zwei Gärtner waren mit ihren Frauen auf ihrem Posten; ihr Pavillon liegt am Eingang der Promenaden, am Ende der Allee nach Arcis, und die Entfernung zwischen diesen Dienerschaftsgebäuden und dem Schloß machte es unmöglich, dort selbst einen Flintenschuß zu hören. Übrigens standen diese Leute auf ihrer Schwelle und schauten nach Arcis aus, das nur eine halbe Stunde entfernt ist; sie hofften, den Maskenzug kommen zu sehen. Violette wartete in einem großen Vorzimmer auf den Augenblick, in dem der Senator und Grévin ihn empfangen würden, um über die Verlängerung seiner Pacht zu unterhandeln.

In diesem Augenblick stürzten sich fünf Leute mit Masken vor den Gesichtern und Handschuhen an den Händen auf den Kammerdiener und Violette; die fünf glichen nach Wuchs, Manieren und Haltung den Hauteserres, Simeuses und Michu. Sie knebelten die beiden Überfallenen mit einem Tuch und fesselten sie in einer Gerätekammer an Stühle. Trotz der Geschwindigkeit der Angreifer ging es nicht ab, ohne daß der Kammerdiener und Violette einen Schrei ausgestoßen hätten. Diesen Schrei hörte man im Salon. Die beiden Frauen wollten einen Schreckensschrei darin erkennen. »Hören Sie«, sagte Madame Grévin, »das sind Diebe!«

»Bah! Das ist ein Fastnachtsschrei!« sagte Grévin; »wir bekommen Masken auf dem Schloß.«

Diese Erörterung ließ den fünf Unbekannten Zeit, die Tore zum Ehrenhof zu schließen und den Kammerdiener und Violette einzusperren. Madame Grévin, eine eigensinnige Dame, wollte durchaus die Ursache des Lärms erfahren; sie stand auf und geriet unter die fünf Masken, die sie behandelten, wie sie Violette und den Kammerdiener behandelt hatten. Dann drangen sie gewaltsam in den Salon ein, wo sich die beiden stärksten des Comte de Gondreville bemächtigten; sie knebelten ihn und trugen ihn durch den Park davon, während die drei anderen Madame Marion und den Notar gleichfalls knebelten und in ihren Sesseln fesselten. Die Ausführung dieses Attentats nahm nicht mehr als eine halbe Stunde in Anspruch. Die drei Unbekannten, zu denen bald auch die beiden stießen, die den Senator weggeschleppt hatten, durchsuchten das Schloß vom Keller bis zum Boden. Sie öffneten alle Schränke, ohne ein einziges Schloß zu zerbrechen; sie klopften die Mauern ab und blieben bis fünf Uhr abends die Herren. In diesem Augenblick gelang es dem Kammerdiener, mit den Zähnen die Stricke zu durchnagen, die Violette die Hände fesselten. Sowie der Pächter sich befreit sah, begann er um Hilfe zu schreien. Als nun die fünf Unbekannten diese Schreie hörten, eilten sie in die Gärten, sprangen auf ihre Pferde, die denen von Cinq-Cygne sehr ähnlich sahen, und ritten davon, doch nicht schnell genug, um zu hindern, daß Violette sie noch sah. Nachdem er den Kammerdiener befreit hatte, der nun seinerseits die Frauen und den Notar losband, sprang er auf seinen Klepper und setzte den Missetätern nach. Als er am Pavillon ankam, fand er zu seiner Bestürzung die beiden Flügel des Tores offen, während draußen Mademoiselle de Cinq-Cygne Posten stand.

Als die junge Comtesse verschwunden war, holte Grévin Violette zu Pferde ein; der Feldhüter der Gemeinde Gondreville begleitete ihn; der Pförtner hatte ihm ein Pferd aus den Ställen des Schlosses gegeben. Die Frau des Pförtners war unterwegs, um die Gendarmerie von Arcis zu benachrichtigen. Violette erzählte Grévin sofort von seiner Begegnung mit Laurence und von der Flucht dieses verwegenen jungen Mädchens, dessen tiefer und entschlossener Charakter ihnen bekannt war.

»Sie stand Posten«, sagte Violette.

»Ist es möglich, daß die Adligen von Cinq-Cygne den Handstreich ausgeführt haben?« rief Grévin.

»Wie!« erwiderte Violette, »haben Sie denn den dicken Michu nicht erkannt, der sich auf mich geworfen hat? Ich habe seinen Griff gespürt. Übrigens waren ja die fünf Pferde die von Cinq-Cygne.«

Als der Notar die Spur der Pferdehufe im Sand des Rondells und im Park sah, ließ er den Feldhüter als Posten am Tor zurück, um selbst darüber zu wachen, daß die kostbaren Abdrücke erhalten blieben; Violette schickte er zum Friedensrichter nach Arcis, damit er sie amtlich feststellte. Dann kehrte er auf der Stelle in den Salon des Schlosses von Gondreville zurück, wo eben auch der Leutnant und der Unterleutnant der kaiserlichen Gendarmerie eintrafen, begleitet von vier Leuten und einem Brigadier. Der Leutnant war, wie man sich denken kann, der Brigadier, dem François vor zwei Jahren ein Loch in den Kopf geschlagen und dem Corentin seinen boshaften Gegner offenbart hatte. Dieser Mensch, der Giguet hieß und dessen Bruder im Heer diente und einer der besten Artillerieobersten wurde, empfahl sich durch seine Tüchtigkeit als Gendarmerieoffizier. Später erhielt er den Befehl über die Schwadron der Aube. Der Unterleutnant hieß Welff; er hatte seinerzeit Corentin von Cinq-Cygne nach dem Pavillon und vom Pavillon nach Troyes gefahren. Unterwegs hatte der Pariser den Ägypter zur Genüge über das aufgeklärt, was er die Gaunerei der Comtesse und Michus nannte. Diese beiden Offiziere mußten also großen Eifer zeigen, wenn es gegen die Bewohner von Cinq-Cygne ging, und sie taten es auch. Malin und Grévin hatten beide, der eine für den anderen, an dem Codex mitgearbeitet, den man den ›Codex vom Brumaire des

Jahres IV‹ nennt; es war das Gesetzbuch des sogenannten Nationalkonvents, das vom Direktorium publiziert wurde. Grévin, der diese Gesetze gründlich kannte, konnte also in dieser Angelegenheit mit furchtbarer Geschwindigkeit vorgehen; freilich nur unter der fast zur Gewißheit gewordenen Annahme der Schuld Michus und der Hauteserres und Simeuses. Außer einigen alten Richtern entsinnt sich heute niemand mehr der Organisation dieser Rechtsprechung, die Napoleon eben damals durch die Veröffentlichung seiner Codizes und durch die Organisation seines Richterstandes, wie er noch heute in Frankreich herrscht, umstieß.

Der ›Codex vom Brumaire des Jahres IV‹ behielt dem Direktor der Jury des Kreises die sofortige Verfolgung des auf Gondreville begangenen Vergehens vor. Man beachte nebenbei, daß der Konvent das Wort Verbrechen aus der Sprache des Rechts gestrichen hatte. Er erkannte nur noch Vergehen gegen das Gesetz an, Vergehen, die Geldstrafen, Gefängnis, Ehrenstrafen oder Leibesstrafen bedingten. Der Tod war eine Leibesstrafe. Die Leibesstrafe des Todes sollte jedoch im Frieden unterdrückt und in vierundzwanzig Jahre Zwangsarbeit umgewandelt werden. Der Konvent war also der Meinung, daß vierundzwanzig Jahre Zwangsarbeit der Todesstrafe gleichkämen. Was soll man von dem Strafgesetz sagen, das lebenslängliche Zwangsarbeit auferlegt? Die damals von Napoleons Staatsrat vorbereitete Organisation hob die Stellung des Direktors der Jury auf; ein solcher Direktor vereinigte in der Tat eine ungeheure Macht in seiner Hand. Soweit es auf die Verfolgung der Vergehen und die Erhebung der Anklage ankam, war der Direktor der Jury gewissermaßen zugleich Kriminalpolizist, Staatsanwalt, Untersuchungsrichter und Gericht der zweiten Instanz. Sein Verfahren und seine Anklageschrift mußten nur von einem Kommissar der Exekutivgewalt gutgeheißen und vom Verdikt der acht Geschworenen gebilligt werden, denen er die Ergebnisse seiner Untersuchung auseinandersetzte; sie hörten auch die Zeugen und

Angeklagten und fällten einen vorläufigen Spruch, der das Anklageurteil hieß. Der Direktor mußte auf die Geschworenen, die in seinem Arbeitszimmer versammelt waren, einen solchen Einfluß ausüben, daß sie nur noch seine Mitarbeiter sein konnten. Diese Geschworenen bildeten die Anklagejury. Dann gab es noch weitere Geschworene, die die Jury des Kriminalgerichts zusammensetzten und die Angeklagten abzuurteilen hatten. Im Gegensatz zu den Anklagegeschworenen hießen diese die Urteilsgeschworenen. Das Kriminalgericht, dem Napoleon soeben den Namen ›La Cour criminelle‹ gegeben hatte, bestand aus einem Vorsitzenden, vier Richtern, dem öffentlichen Ankläger und einem Regierungskommissar. Von 1799 bis 1806 gab es jedoch sogenannte Spezialgerichte, die in gewissen Departements gewisse Attentate ohne Geschworene aburteilten; sie bestanden aus Richtern, die man den Zivilgerichten entnahm und die sich als Spezialgerichtshof konstituierten. Der Konflikt der Spezialgerichte mit den Kriminalgerichten brachte gewisse Kompetenzstreitigkeiten mit sich, die der Kassationshof entschied. Wenn das Departement der Aube ein Spezialgericht gehabt hätte, wäre das Urteil über ein gegen einen Senator des Kaiserreichs gerichtetes Attentat zweifellos von ihm gefällt worden; aber dieser ruhige Kreis kannte eine solche Rechtsprechung nicht. Grévin schickte also den Unterleutnant zu dem Direktor der Jury in Troyes. Der Ägypter jagte mit verhängtem Zügel dorthin, und als er nach Gondreville zurückkehrte, brachte er den fast souveränen Richter mit.

Der Direktor der Jury von Troyes war ein ehemaliger Amtsverweser, ein ehemaliger besoldeter Sekretär eines der Konventskomitees, ein Freund Malins, der seine Stellung durch ihn erhalten hatte. Dieser Richter, der Lechesneau hieß und ein echter Praktiker in der alten Kriminaljustiz war, hatte Malin ebenso wie Grévin bei seinen juristischen Arbeiten für den Konvent eifrig geholfen. Daher empfahl Malin ihn Cambacérès, der ihn zum Staatsanwalt in Italien ernannte. Zum

Unglück für seine Laufbahn knüpfte Lechesneau in Turin mit einer großen Dame ein Liebesverhältnis an, und Napoleon sah sich gezwungen, ihn seines Amtes zu entsetzen, um ihn einem Strafprozeß zu entziehen, den der Gatte wegen der Entführung des dem Ehebruch entstammenden Kindes anhängig machte. Lechesneau, der Malin alles verdankte und die Bedeutung eines solchen Attentats erriet, hatte den Gendarmeriehauptmann und ein Fähnlein von zwölf Leuten mitgebracht.

Ehe er aufbrach, hatte er sich naturgemäß mit dem Präfekten verständigt; der aber konnte sich, da die Nacht hereinbrach, des Telegraphen nicht mehr bedienen. Man schickte einen reitenden Boten nach Paris, der den Polizeiminister, den Justizminister und den Kaiser von diesem unerhörten Verbrechen in Kenntnis setzen sollte. Lechesneau fand die Damen Marion und Grévin, Violette, den Kammerdiener des Senators und den Friedensrichter mit seinem Kanzlisten im Salon von Gondreville vor. Im Schloß waren die Untersuchungen schon vorgenommen worden. Der Friedensrichter nahm mit Unterstützung Grévins die ersten Elemente der Voruntersuchung auf. Dem Richter machte zunächst die tiefe Überlegung großen Eindruck, die aus der Wahl des Tages und der Stunde sprach. Die Stunde machte es unmöglich, sofort nach Indizien und Beweisen zu suchen. Um diese Jahreszeit ist es um halb sechs – so spät war es, als Violette die Attentäter hatte verfolgen können – beinahe Nacht; und für die Missetäter bedeutet die Nacht oft die Straflosigkeit. Und wenn man einen Tag der Lustbarkeiten wählte, an dem alle Welt den Maskenzug in Arcis sehen wollte und an dem der Senator in seinem Haus allein sein mußte, hieß das nicht alle Zeugen ausschalten?

»Wir müssen dem Scharfsinn der Beamten der Polizeipräfektur Gerechtigkeit widerfahren lassen«, sagte Lechesneau; »sie haben uns unablässig vor den Adligen von Cinq-Cygne gewarnt und stets behauptet, daß sie früher oder später einen schlimmen Streich ausführen würden.«

Da Lechesneau der Regsamkeit des Präfekten der Aube gewiß war, der inzwischen allen Präfekturen rings um Troyes seine Eilboten schickte, um nach den Spuren der fünf Maskierten und des Senators suchen zu lassen, nahm er zunächst die Grundlagen seiner Untersuchung auf. Diese Arbeit war schnell geschehen, da zwei in juristischen Dingen so starke Köpfe wie Grévin und der Friedensrichter dabei halfen. Der Friedensrichter Pigoult, ein ehemaliger erster Schreiber in dem Pariser Bureau, in dem auch Malin und Grévin die juristische Kunst studiert hatten, wurde drei Monate darauf zum Vorsitzenden des Gerichtshofs von Arcis ernannt. Was Michu anging, so wußte Lechesneau von den Drohungen, die er zuvor gegen Monsieur Marion ausgestoßen hatte, und von dem Hinterhalt, dem der Senator in seinem Park entgangen war. Diese beiden Tatsachen, deren eine aus der anderen folgte, mußten die Einleitung zu dem gegenwärtigen Attentat darstellen, und sie bezeichneten den ehemaligen Inspektor um so unzweideutiger als den Führer der Missetäter, als auch Grévin, seine Frau, Violette und Madame Marion erklärten, sie hätten unter den Maskierten einen erkannt, der Michu aufs Haar glich. Die Farbe der Haare, die des Bartes, die untersetzte Gestalt des Menschen machten die Verkleidung beinahe überflüssig. Wer außer Michu hätte übrigens das Tor von Cinq-Cygne mit dem Schlüssel öffnen können? Der jetzige Inspektor und seine Frau sagten, als sie von Arcis zurückkamen und verhört wurden, aus, sie hätten beide Tore verschlossen. Der Friedensrichter untersuchte sie gemeinsam mit dem Feldhüter und seinem Kanzlisten und fand keinerlei Spuren eines gewaltsamen Einbruchs.

»Als wir ihn vor die Tür setzten, wird er die Doppelschlüssel des Schlosses behalten haben«, sagte Grévin. »Und er muß ja einen verzweifelten Streich geplant haben, denn er hat innerhalb von zwanzig Tagen all seinen Besitz verkauft und vorgestern in meinem Bureau den Kaufpreis erhoben.«

»Sie werden ihm alles auf den Rücken geladen haben!« rief

Lechesneau, dem das auffiel. »Er hat gezeigt, daß er ihnen mit Leib und Seele ergeben ist.«

Wer konnte denn auch die Einrichtungen des Schlosses genauer kennen als die Simeuses und Hauteserres? Keiner der Angreifer hatte sich auf seiner Suche geirrt; überallhin waren sie mit einer Sicherheit gegangen, die bewies, daß die Truppe genau wußte, was sie wollte, und vor allem, daß sie wußte, wo man ihn fassen konnte. Keiner der Schränke, die offen geblieben waren, war erbrochen worden: also hatten die Delinquenten die Schlüssel; und seltsam, sie hatten sich nicht die geringste Entwendung erlaubt. Es handelte sich also nicht um einen Diebstahl. Schließlich hatte Violette, dem schon die Pferde des Schlosses von Cinq-Cygne bekannt gewesen waren, die Comtesse vor dem Pavillon des Inspektors auf Posten stehen sehen. Aus diesem Gesamtbild der Tatsachen und Aussagen ergab sich auch für den am wenigsten voreingenommenen Richter die Wahrscheinlichkeit einer Schuld der Herren von Simeuse, von Hauteserre und Michus; und diese Wahrscheinlichkeit mußte für einen Direktor der Jury zur Gewißheit werden. Was wollten sie jetzt mit dem künftigen Comte de Gondreville beginnen? Ihn zur Aufgabe seines Landsitzes zwingen, für dessen Erwerb der Verwalter angeblich schon 1799 die Kapitalien besessen hatte? Hier bekam alles ein anderes Ansehen.

Der gelehrte Kriminalist fragte sich, welches Ziel die emsigen Nachforschungen im Schloß gehabt haben mochten. Hätte es sich um Rache gehandelt, so hätten die Verbrecher Malin töten können. Vielleicht war der Senator schon tot und begraben. Die Entführung deutete zum mindesten auf Freiheitsberaubung. Wozu diese Freiheitsberaubung, nachdem man die Nachforschungen im Schloß angestellt hatte? Es war doch sicherlich Wahnsinn, anzunehmen, die Entführung eines Würdenträgers des Kaiserreichs könnte lange geheim bleiben! Die schnelle Entdeckung, die diesem Attentat folgen mußte, hob seinen Nutzen wieder auf.

Auf diese Einwendugen erwiderte Pigoult, die Justiz könne nie alle Motive des Verbrechers erraten. Bei allen Kriminalverbrechen gäbe es zwischen dem Richter und dem Verbrecher und zwischen dem Verbrecher und dem Richter dunkle Punkte; das Gewissen habe seine Abgründe, in die menschliches Licht nur durch das Geständnis der Schuldigen fiele.

Grévin und Lechesneau nickten dazu beipflichtend, ohne darum die Blicke von dem Dunkel abzuwenden, das aufzuklären ihnen wichtig war. »Und der Kaiser hat sie noch begnadigt«, sagte Pigoult zu Grévin und Madame Marion; »er hat sie von der Liste gestrichen, obgleich sie zu der letzten Verschwörung gegen ihn gehörten!«

Lechesneau schickte, ohne länger zu zögern, seine ganze Gendarmerie in den Wald und das Tal von Cinq-Cygne, indem er Giguet den Friedensrichter zum Begleiter gab; dieser Friedensrichter wurde nach dem Wortlaut des Codex jetzt zu seinem ›Hilfskriminalpolizeioffizier‹. Er gab ihm den Auftrag, in der Gemeinde von Cinq-Cygne die Grundlagen für die Untersuchung zu sammeln und im Notfall alle Verhöre vorzunehmen; der Beschleunigung halber diktierte und unterschrieb er auch gleich den Haftbefehl gegen Michu, dessen Schuld offenbar zu sein schien. Als der Friedensrichter und die Gendarmen fort waren, machte Lechesneau sich an die wichtigste Aufgabe, die Haftbefehle gegen die Simeuses und die d'Hauteserres zu erlassen. Nach der Vorschrift des Codex mußten diese Akten alle Anklagen aufführen, die auf den Delinquenten lasteten.

Giguet und der Friedensrichter eilten so schnell nach Cinq-Cygne, daß sie die Dienerschaft des Schlosses trafen, als sie eben aus Troyes zurückkehrte. Er hielt die Leute an und führte sie zu dem Bürgermeister, wo er sie einem Verhör unterwarf; ein jeder sagte ganz naiv, ohne zu ahnen, wie wichtig seine Antwort war, er habe am Tage zuvor die Erlaubnis erhalten, auf einen ganzen Tag nach Troyes zu gehen. Auf eine Frage des Friedensrichters erwiderten sie gleichermaßen,

Mademoiselle hätte ihnen diese Zerstreuung, die sie nicht erwartet hatten, angeboten. Die Aussagen schienen dem Friedensrichter so wichtig, daß er Giguet nach Gondreville sandte, um Monsieur Lechesneau zu bitten, er möchte doch selbst herüberkommen und die Verhaftung der Edelleute auf Cinq-Cygne leiten; so könnten sie gleichzeitig vorgehen, denn er begäbe sich nach Michus Pachthof, um das vermutliche Haupt der Missetäter dort zu überraschen. Diese neuen Indizien schienen so entscheidend zu sein, daß Lechesneau auf der Stelle nach Cinq-Cygne aufbrach, indem er Grévin empfahl, sorgfältig über den Spuren zu wachen, die die Pferde im Park hinterlassen hatten. Der Direktor der Jury wußte, wieviel Vergnügen sein Vorgehen gegen die alten Adligen, die Feinde des Volkes, die jetzt zu Feinden des Kaisers geworden waren, in Troyes machen würde. In solcher Gemütsverfassung nimmt ein Richter leicht einfache Annahmen für offenkundige Beweise. Nichtsdestoweniger fand Lechesneau, als er im Wagen des Senators von Gondreville nach Cinq-Cygne fuhr – zweifellos hätte er es ohne die Leidenschaft, der er seine Ungnade verdankte, denn der Kaiser wurde prüde, zu einer der großen Richterstellen gebracht –, die Verwegenheit der jungen Leute und Michus sehr unklug; ihm schien, als stände sie wenig im Einklang mit dem Geist von Mademoiselle de Cinq-Cygne. In seinem Herzen glaubte er an andere Absichten als die, von dem Senator eine Abtretung Gondrevilles zu erzwingen. In allen Ämtern, selbst bei den Richtern, findet man etwas, was man als Berufsgewissen bezeichnen muß. Lechesneaus Verlegenheiten entsprangen jener Gewissenhaftigkeit, mit der jeder Mensch Pflichten erledigt, die ihm zusagen, mit der sich die Gelehrten der Wissenschaft, die Künstler der Kunst und die Richter der Rechtsprechung widmen. Daher bieten auch vielleicht die Richter den Angeklagten mehr Garantien als die Geschworenen. Der Richter vertraut nur den Gesetzen der Vernunft, während der Geschworene sich von den Wogen der Empfindung fortreißen läßt. Der Direktor der Jury stellte mehrmals sich selber Fragen und nahm sich vor, eben bei der Verhaftung der Delinquenten befriedigende Antworten darauf zu suchen. Obwohl die Nachricht von der Entführung Malins die Stadt Troyes bereits in Aufregung versetzte, war sie in Arcis um acht Uhr noch unbekannt, denn als man den Friedensrichter und die Gendarmerie holte, war alle Welt beim Abendbrot gewesen; auf Cinq-Cygne endlich wußte niemand etwas davon, obwohl Tal und Schloß bereits zum zweitenmal eingeschlossen wurden, diesmal freilich von der Justiz und nicht von der Polizei; Unterhandlungen, die mit der einen möglich sind, sind bei der anderen oft unmöglich.

Laurence hatte Marthe, Cathérine und den Durieus nur zu sagen brauchen, sie sollten im Schloß bleiben, ohne es zu verlassen oder auch nur hinauszublicken, um strengen Gehorsam zu finden. Nach jedem Ritt machten die Pferde im Hohlweg vor der Bresche halt, und von dort aus hatten Robert und Michu, die Kräftigsten der Truppe, die Beutel heimlich durch die Bresche in einen Keller tragen können, der unter der Treppe des Turms lag, den man ›Tour de Mademoiselle‹ nennt. Als sie gegen halb sechs wieder im Schloß ankamen, machten die vier Edelleute und Michu sich sogleich ans Werk, um das Gold dort unten zu vergraben. Laurence und die d'Hauteserres hielten es für geraten, den Keller zu vermauern. Diese Arbeit übernahm Michu; Gothard sollte ihm helfen, der auf den Pachthof eilte, um einige Säcke Gips zu holen, die zur Zeit des Baus übriggeblieben waren; Marthe kehrte mit ihm nach Hause zurück, um ihm heimlich die Säcke zu übergeben. Der von Michu erbaute Pachthof stand auf der Höhe, von der aus er einst die Gendarmen beobachtet hatte, und man erreichte ihn durch den Hohlweg. Michu war ausgehungert und beeilte sich daher so sehr, daß er gegen halb acht fertig war. Er schritt scharf aus, als er nach Hause ging, denn er wollte Gothard abfangen, damit er einen letzten Sack Gips, den er nötig zu haben geglaubt hatte, nicht erst hinuntertrüge. Sein Pachthof war bereits von dem Feldhüter von Cinq-Cygne, dem Friedensrichter, seinem Kanzlisten und drei Gendarmen umstellt, die sich alle versteckten und ihn hineinließen, als sie ihn kommen hörten.

Michu traf Gothard, der den Sack auf der Schulter hatte, und rief ihm schon von fern zu: »Ich bin fertig, Kleiner, trag ihn wieder hinein und iß mit uns.« Die Stirn in Schweiß, die Kleider mit Gips und Splittern der schmutzigen Schwemmsteine besudelt, die aus der Bresche stammten, so trat er lustig in die Küche seines Pachthofs, wo Marthes Mutter und Marthe selbst die Suppe auftrugen, während sie ihn erwarteten.

In dem Augenblick, als Michu den Hahn der Wasserleitung aufdrehte, um sich die Hände zu waschen, trat der Friedensrichter mit seinem Kanzlisten und dem Feldhüter ein. »Was wünschen Sie von uns, Monsieur Pigoult?« fragte Michu.

»Im Namen des Kaisers und des Gesetzes, ich verhafte Sie!« sagte der Friedensrichter.

Jetzt zeigten sich auch die drei Gendarmen, die Gothard herbeiführten. Als Marthe und ihre Mutter die Bortenhüte sahen, tauschten sie einen Blick des Schreckens. »Ach was! Und warum?« fragte Michu, während er sich an den Tisch setzte. »Fülle mir auf, ich habe Hunger«, sagte er zu seiner Frau.

»Das wissen Sie ebensogut wie wir«, erwiderte der Friedensrichter, der seinem Kanzlisten winkte, das Protokoll zu beginnen, nachdem er dem Pächter den Haftbefehl gezeigt hatte.

»Nun, du spielst den Erstaunten, Gothard? Willst du essen, ja oder nein?« fragte Michu. »Laß die ihre Dummheiten schreiben.«

»Sie erkennen an, in welchem Zustand Ihre Kleider sind?« sagte der Friedensrichter. »Sie leugnen auch die Worte nicht, die Sie auf Ihrem Hof zu Gothard sagten?«

Michu aß, von seiner Frau, die seine Kaltblütigkeit aus der Fassung brachte, bedient, mit der Gier des Hungrigen und gab keine Antwort; sein Mund war voll und sein Herz unschuldig. Gothards Eßlust wich einer grauenhaften Angst.

»Lassen Sie hören«, sagte der Feldhüter Michu ins Ohr, »was haben Sie mit dem Senator gemacht? Wenn man die Leute von der Justiz hört, so handelt es sich für Sie um die Todesstrafe.«

»Ach, mein Gott!« rief Marthe, die die letzten Worte auffing und wie vom Blitz getroffen umsank.

»Violette wird uns einen schändlichen Streich gespielt haben!« rief Michu, da ihm die Worte der Comtesse einfielen.

»Ah, Sie wissen also, daß Violette Sie gesehen hat?« fragte der Friedensrichter.

Michu biß sich auf die Lippen und beschloß, nichts mehr zu sagen. Gothard schloß sich dieser Zurückhaltung an. Als der Friedensrichter sah, wie nutzlos seine Bemühungen blieben, ihn zum Reden zu bringen, zumal er übrigens Michus Wildheit kannte, wie man es in der Gegend nannte, befahl er, ihm wie Gothard die Hände zu fesseln und sie zum Schloß von Cinq-Cygne zu führen; er selbst machte sich ebenfalls dorthin auf den Weg, um wieder zu dem Direktor der Jury zu stoßen.

Die Edelleute und Laurence hatten zu großen Hunger und das Diner ein zu großes Interesse für sie, als daß sie es noch hätten verschieben sollen, um Toilette zu machen. Die Comtesse kam im Reitkleid, die Edelleute in weißer Lederhose, Reitstiefeln und grüner Tuchjacke; im Salon fanden sie Monsieur und Madame d'Hauteserre, die ziemlich unruhig waren. Der gute Mann hatte das Kommen und Gehen bemerkt; vor allem aber war ihm aufgefallen, mit welchem Mißtrauen man ihn umgab, denn Laurence hatte ihn nicht der Aufsicht der Leute unterstellen können. Als also einer seiner Söhne einer Antwort auf seine Frage ausgewichen war, indem er entfloh, hatte er zu seiner Frau gesagt: »Ich fürchte, Laurence brockt uns wieder etwas ein!«

»Was habt ihr denn heute gejagt?« fragte Madame d'Hauteserre Laurence.

»Ah, Sie werden schon eines Tages erfahren, an welchem schlimmen Streich Ihre Kinder teilgenommen haben«, erwiderte sie lachend.

Obgleich diese Worte im Scherz gesprochen wurden, erzitterte die alte Dame. Cathérine meldete das Diner. Laurence gab Monsieur d'Hauteserre den Arm und lächelte über die Bosheit, die sie ihren Cousins antat, indem sie einen von ihnen zwang, der alten Dame, die nach ihrer Vereinbarung zum Orakel geworden war, den Arm zu bieten. Der Marquis de Simeuse führte Madame d'Hauteserre zu Tisch. Die Situation wurde jetzt so feierlich, daß Laurence und ihre beiden Cousins, als das Benedicité gesprochen war, ihr Herz heftig pochen fühlten. Madame d'Hauteserre, die servierte, fiel die Angst auf, die sich auf den Gesichtern der beiden Simeuses spiegelte, während das Lammsgesicht der Comtesse von heftiger Erregung sprach.

»Aber es ist irgend etwas Außerordentliches geschehen!« rief sie, indem sie alle ansah.

»Zu wem reden Sie?« fragte Laurence.

»Zu Ihnen allen«, erwiderte die alte Dame.

»Ich, Mutter«, sagte Robert, »habe nur einen Bärenhunger.«

Madame d'Hauteserre, die immer noch unruhig war, reichte dem Marquis de Simeuse einen Teller, den sie dem jüngeren bestimmt hatte. »Es geht mir wie Ihrer Mutter, ich irre mich immer, trotz Ihrer Krawatten. Ich glaubte, Ihren Bruder zu bedienen«, sagte sie.

»Sie bedienen ihn besser, als Sie glauben«, sagte der jüngere erbleichend. »Jetzt ist er Comte de Cinq-Cygne.«

Das arme Kind, das sonst so heiter gewesen war, wurde auf ewig traurig. Aber er fand noch die Kraft, Laurence lächelnd anzusehen und seinen tödlichen Schmerz zurückzudrängen. In einem Augenblick versank der Liebhaber im Bruder.

»Wie! Die Comtesse hätte ihre Wahl getroffen?« rief die alte Dame.

»Nein«, sagte Laurence, »wir haben es dem Zufall überlassen, und Sie waren sein Werkzeug.« Sie berichtete, was sie morgens vereinbart hatten. Der ältere der Simeuses fühlte, als er sah, wie das Gesicht seines Bruders immer bleicher wurde, von Augenblick zu Augenblick das stets neue Bedürfnis, auszurufen: ›Heirate sie, ich will sterben!‹ Als man den Nachtisch auftrug, hörten die Bewohner von Cinq-Cygne ein Pochen am Fenster des Speisesaals, das in den Garten sah. Der ältere der d'Hauteserres, der hinging, um zu öffnen, ließ den Pfarrer ein, dessen Hose am Spaliergitter zerrissen war, als er die Mauer des Parks erkletterte.

»Fliehen Sie! Man kommt, um Sie zu verhaften!«

»Weshalb?«

»Das weiß ich noch nicht, aber man geht gegen Sie vor!«

Diese Worte wurden von allgemeinem Lachen aufgenommen. »Wir sind unschuldig!« riefen die vier Edelleute.

»Unschuldig oder schuldig«, sagte der Pfarrer; »steigen Sie aufs Pferd und suchen Sie die Grenze zu erreichen. Da werden Sie imstande sein, Ihre Unschuld nachzuweisen. Eine Verurteilung in contumaciam kann aufgehoben werden, ein Urteil in offener Hauptverhandlung, das von den Volksleidenschaften durchgesetzt und von Vorurteilen verlangt wird, nicht. Denken Sie an das Wort des Präsidenten Harlay: ›Wenn man mich beschuldigte, ich hätte die Türme von Notre-Dame gestohlen, so würde ich zunächst einmal fliehen.‹«

»Aber fliehen, heißt das nicht, seine Schuld anerkennen?« rief der Marquis de Simeuse.

»Flieht nicht!« sagte Laurence.

»Immer solche hoheitsvollen Dummheiten!« rief der Pfarrer verzweifelt, »Wenn ich Gottes Macht besäße, würde ich Sie entführen. Aber wenn man mich in diesem Zustand hier sieht, so würde man diesen sonderbaren Besuch sowohl gegen Sie wie gegen mich ausbeuten ... Ich mache mich auf demselben Weg aus dem Staube. Denken Sie nach! Noch haben Sie Zeit! Die Herren von der Justiz haben nicht an die

Grenzmauer des Pfarrhofes gedacht, und Sie sind auf allen Seiten umstellt.«

Der Widerhall der Schritte einer großen Menschenmenge und das Säbelklirren der Gendarmerie erfüllten den Hof und klangen bis in den Speisesaal herauf, als der Pfarrer eben fortgeeilt war; er hatte mit seinen Ratschlägen nicht mehr Erfolg gehabt als der Marquis de Chargebœuf mit den seinigen.

»Unser gemeinsames Dasein«, sagte der jüngere der Simeuses melancholisch zu Laurence, »ist eine Ungeheuerlichkeit, und wir erliegen einer ungeheuerlichen Liebe. Diese Ungeheuerlichkeit hat Besitz ergriffen von deinem Herzen. Vielleicht sind die Zwillinge, deren Geschichte überliefert wurde, alle deswegen unglücklich gewesen, weil in ihnen die Gesetze der Natur umgestoßen werden. Sieh, mit welcher Beharrlichkeit uns das Schicksal verfolgt. Jetzt ist deine Entscheidung durch das Verhängnis wiederum verzögert worden.«

Laurence war betäubt. Wie ein Summen vernahm sie folgende Worte, die für sie so unheilvoll waren und die der Direktor der Jury aussprach: »Im Namen des Kaisers und des Gesetzes, ich verhafte Paul-Marie und Marie-Paul de Simeuse, Adrien und Robert d'Hauteserre… Messieurs«, fügte er hinzu, indem er denen, die ihn begleiteten, die Schmutzspuren auf den Kleidern der Angeklagten zeigte, »werden nicht leugnen, daß Sie einen Teil des Tages zu Pferde verbracht haben?«

»Wessen klagen Sie sie an?« fragte Mademoiselle de Cinq-Cygne hochmütig.

»Mademoiselle verhaften Sie nicht?« fragte Giguet.

»Ich lasse sie gegen Bürgschaft in Freiheit, bis die Anklagen, die sich gegen sie richten, genauer untersucht worden sind.«

Goulard bot seine Bürgschaft an, indem er die Comtesse nur um ihr Ehrenwort bat, nicht zu entfliehen. Laurence vernichtete den ehemaligen Bereiter des Hauses Simeuse durch einen Blick voller Hochmut, der ihr in diesem Manne einen Todfeind schuf; ihm quoll eine Träne aus den Augen, eine jener Tränen der Wut, die auf eine ganze Hölle von Schmerzen deuten. Die vier Edelleute tauschten einen furchtbaren Blick und blieben reglos stehen. Monsieur und Madame d'Hauteserre waren, da sie fürchteten, von den vier jungen Leuten und Laurence getäuscht worden zu sein, in einem Zustand unbeschreiblicher Erstarrung. Diese Eltern, die zusehen mußten, wie man ihnen die Kinder entriß, um die sie so viel Ängste erlitten und die sie endlich zurückerhalten hatten, blickten, in ihre Sessel gedrückt, vor sich hin, ohne etwas zu sehen, und horchten, ohne etwas zu hören.

»Muß ich Sie erst bitten, mein Bürge zu sein, Monsieur d'Hauteserre?« rief Laurence ihrem ehemaligen Vormund zu, den dieser Schrei erst weckte; klar und schneidend klang er ihm ins Ohr, dem Klang der Posaune des Jüngsten Gerichts gleich. Der Greis wischte sich die Tränen ab, die ihm in die Augen traten; er begriff alles und sagte mit leiser Stimme zu seiner Nichte: »Verzeihung, Comtesse ... Sie wissen, ich bin mit Leib und Seele der Ihre.«

Lechesneau, dem die Ruhe dieser Schuldigen, die beim Diner saßen, zunächst einigen Eindruck gemacht hatte, kam auf seine ersten Empfindungen über ihre Schuld zurück, als er die Erstarrung der Eltern und den nachdenklichen Ausdruck der Comtesse sah, die die ihnen gelegte Falle zu erraten suchte.

»Messieurs«, sagte er höflich, »Sie sind zu gut erzogen, um nutzlosen Widerstand zu leisten: Folgen Sie mir alle vier in die Ställe, wo wir in Ihrer Gegenwart die Eisen Ihrer Pferde ablösen müssen; sie werden für den Prozeß wichtige Beweisstücke ergeben und vielleicht Ihre Unschuld oder Ihre Schuld dartun. Kommen auch Sie, Mademoiselle ...«

Lechesneau hatte den Hufschmied von Cinq-Cygne und seinen Gesellen als Sachverständige kommen lassen. Während dieses Vorganges in den Ställen traf der Friedensrichter mit Gothard und Michu ein. Man nahm allen Pferden die Eisen ab und band sie zusammen, indem man sie mit Zeichen versah, um sie mit den Spuren vergleichen zu können, die die Pferde der Attentäter im Park zurückgelassen hatten; das nahm Zeit in Anspruch. Nichtsdestoweniger ging Lechesneau, als man ihm Pigoults Ankunft meldete, indem er die Angeklagten unter der Aufsicht der Gendarmen zurückließ, in den Speisesaal, um das Protokoll zu diktieren; der Friedensrichter zeigte ihm, in welchem Zustand Michus Kleider waren, und berichtete ihm die Einzelheiten der Verhaftung.

»Sie werden den Senator verhaftet und in irgendeinem Gemäuer eingemauert haben«, sagte Pigoult zum Schluß zu Lechesneau.

»Jetzt fürchte ich es auch«, erwiderte der Richter. »Wohin hast du den Gips getragen?« fragte er Gothard. Gothard begann zu weinen.

»Die Justiz macht ihm bange«, sagte Michu, dessen Augen wie die eines im Netz gefangenen Löwen sprühten.

In diesem Augenblick langten die Leute von der Dienerschaft an, die man bisher bei dem Bürgermeister zurückgehalten hatte. Sie drängten sich ins Vorzimmer, wo Cathérine und die Durieus weinten; von ihnen erfuhren sie die Wichtigkeit der Aussagen, die sie gemacht hatten. Auf alle Fragen des Direktors und des Friedensrichters antwortete Gothard nur durch ein Schluchzen; durch sein Weinen zwang er sich schließlich in eine Art Krampfanfall hinein, so daß sie erschraken und ihn in Ruhe ließen. Als der kleine Schlingel sah, daß er nicht mehr überwacht wurde, schaute er Michu lächelnd an, und Michu zollte ihm durch einen Blick seinen Beifall. Lechesneau verließ den Friedensrichter, um die Sachverständigen zur Eile zu treiben.

»Monsieur Pigoult«, sagte Madame d'Hauteserre schließlich, »können Sie uns den Anlaß dieser Verhaftungen erklären?«

»Messieurs werden beschuldigt, den Senator mit bewaffneter Hand entführt und seiner Freiheit beraubt zu haben; denn daß sie ihn getötet hätten, nehmen wir trotz des Anscheins noch nicht an.«

»Und welche Strafe hätten die Urheber dieses Verbrechens zu gewärtigen?« fragte der gute d'Hauteserre.

»Nun, da die Gesetze, die der neue Codex nicht ausdrücklich aufhebt, in Kraft bleiben, so steht die Todesstrafe darauf«, erwiderte der Friedensrichter.

»Die Todesstrafe!« rief Madame d'Hauteserre und fiel in Ohnmacht.

In diesem Augenblick traf der Pfarrer mit seiner Schwester ein, die Cathérine und die Durieu rief.

»Aber wir haben ihn nicht einmal gesehen, Ihren verfluchten Senator!« rief Michu.

»Das gleiche können Madame Marion, Madame Grévin, Monsieur Grévin, der Kammerdiener des Senators und Violette von Ihnen nicht sagen«, erwiderte Pigoult mit dem scharfen Lächeln des überzeugten Richters.

»Ich kenne mich nicht aus!« sagte Michu, der ob dieser Antwort erstarrte und schon jetzt zu glauben begann, daß er mit seinen Herren in ein gegen sie gerichtetes Komplott verwickelt war.

Jetzt kamen alle aus den Ställen zurück. Laurence eilte zu Madame d'Hauteserre, die wieder zu sich kam und sagte: »Es steht die Todesstrafe darauf!«

»Die Todesstrafe ...!« wiederholte Laurence, indem sie die vier Edelleute ansah.

Dieses Wort verbreitete überall Schrecken, und den benutzte Giguet als ein Mann, der von Corentin gelernt hatte. »Es läßt sich noch alles beilegen«, sagte er, indem er den Marquis de Simeuse in einen Winkel des Speisesaals führte; »vielleicht ist es nur ein Scherz? Zum Teufel! Sie sind Soldaten gewesen. Unter Soldaten versteht man sich. Was haben Sie mit dem Senator gemacht? Wenn Sie ihn getötet haben, so ist es aus; aber wenn Sie ihn nur seiner Freiheit beraubt haben, so geben Sie ihn heraus! Sie sehen doch, daß Ihr Anschlag mißglückt ist. Ich bin überzeugt, daß der Direktor der Jury die Verfolgung im Einverständnis mit dem Senator niederschlagen wird.«

»Wir verstehen kein Wort von Ihren Fragen«, sagte der Marquis de Simeuse.

»Wenn Sie es so nehmen, so kann es weit kommen«, sagte der Leutnant.

»Liebe Cousine«, sagte der Marquis de Simeuse zu Laurence, »wir gehen ins Gefängnis; aber mache dir keine Sorge, in einigen Stunden sind wir wieder da. Es liegen hier Mißverständnisse vor, die sich aufklären müssen.«

»Ich wünsche es in Ihrem Interesse, Messieurs«, sagte der Beamte, indem er Giguet einen Wink gab, die vier Edelleute, Gothard und Michu abzuführen. »Führen Sie sie nicht nach Troyes«, sagte er zu dem Leutnant; »behalten Sie sie auf Ihrem Posten in Arcis; sie müssen morgen bei Tage anwesend sein, wenn wir die Eisen ihrer Pferde mit den Spuren im Park vergleichen.«

Lechesneau und Pigoult brachen erst auf, nachdem sie zuvor Cathérine, Monsieur d'Hauteserre, seine Frau und Laurence vernommen hatten. Die Durieus, Cathérine und Marthe erklärten, sie hätten ihre Herren nur beim Frühstück gesehen; Monsieur d'Hauteserre sagte aus, er habe sie auch um drei Uhr noch getroffen. Als Laurence gegen Mitternacht zwischen Monsieur und Madame d'Hauteserre, dem Abbé Goujet und seiner Schwester gegenübersaß, und zwar ohne die vier jungen Leute, die seit achtzehn Monaten das Leben, die Liebe und die Freude dieses Schlosses waren, bewahrte sie lange ein Schweigen, das niemand zu brechen wagte. Nie war ein Kummer tiefer und vollständiger. Schließlich hörte man einen Seufzer und blickte auf. Marthe, die vergessen in einem Winkel saß, erhob sich und sagte: »Der Tod, Madame! ... Man wird sie uns töten, trotz ihrer Unschuld!«

»Was haben Sie getan?« fragte der Pfarrer. Laurence ging ohne ein Wort hinaus. Sie hatte die Einsamkeit nötig, um inmitten dieses unvorhergesehenen Unheils ihre Kräfte wiederzufinden.

Ein politischer Prozeß im Kaiserreich

Nach vierunddreißig Jahren, einem Zeitraum, während dessen drei große Revolutionen erfolgt sind, können sich heute nur noch Greise des unerhörten Aufsehens entsinnen, das die Entführung eines Senators des französischen Kaiserreichs in Europa machte. Kein Prozeß, es seien denn die Trumeaus, des Krämers der Place Saint-Michel, und der der Witwe Morin unter dem Kaiserreich, die Fualdès' und Castaings unter der Restauration und die der Madame Lafarge und Fieschis unter der gegenwärtigen Regierung – kein Prozeß konnte sich an Interesse und Merkwürdigkeit mit dem der jungen Leute vergleichen, die man beschuldigte, Malin entführt zu haben. Ein solches Attentat gegen ein Mitglied seines Senats weckte den ganzen Zorn des Kaisers, dem man die Verhaftung der Delinquenten fast gleichzeitig mit dem Verbrechen selbst und mit dem negativen Ergebnis der Nachforschungen meldete. Man hatte den Wald in all seinen Tiefen durchsucht, die Aube und die benachbarten Departements in ihrer ganzen Ausdehnung durchstreift und nicht die geringste Spur vom Durchzug oder vom Kerker des Comte de Gondreville gefunden. Napoleon berief den Justizminister zu sich, der seine Erkundigungen bei dem Polizeiminister einzog und ihm auseinandersetzte, in welcher Situation Malin den Simeuses gegenübergestanden hatte. Der Kaiser, der damals mit ernsten Dingen beschäftigt war, fand die Lösung des Problems in den früheren Ereignissen. »Diese jungen Leute sind wahnsinnig«, sagte er. »Ein Rechtsgelehrter wie Malin muß doch gewaltsam erzwungene Urkunden anfechten! Überwachen Sie die Adligen, damit wir erfahren, wie sie es anfangen werden, den Comte de Gondreville wieder loszulassen.«

Er gab strengen Befehl, die größte Geschwindigkeit in dieser Sache zu entfalten, in der er ein Attentat gegen seine

Institutionen sah, ein verhängnisvolles Beispiel des Widerstandes gegen die Wirkungen der Revolution, einen Schlag gegen die große Frage der konfiszierten Güter und ein Hindernis gegen jene Verschmelzung der Parteien, die die ständige Sorge seiner inneren Politik war. Schließlich sah er sich auch durch diese jungen Leute getäuscht, da sie ihm versprochen hatten, ruhig zu leben. »Fouchés Worte sind zur Wahrheit geworden!« rief er, als ihm der Satz einfiel, der seinem gegenwärtigen Polizeiminister vor zwei Jahren entschlüpft war, freilich nur unter dem Eindruck des Berichts, den Corentin über Laurence erstattet hatte.

Unter einer konstitutionellen Regierung, wo niemand sich für eine blinde und stumme, undankbare und kühle Öffentlichkeit interessiert, kann man sich nicht vorstellen, welchen Eifer ein Wort des Kaisers seinem politischen oder administrativen Apparat einflößte. Sein gewaltiger Wille schien sich ebensosehr den Dingen wie den Menschen mitzuteilen. Nachdem der Kaiser sein Wort einmal gesprochen hatte, vergaß er die ganze Angelegenheit, da ihn plötzlich die Koalition von 1806 in Anspruch nahm. Er dachte an neue Schlachten, die er liefern mußte, und er beschäftigte sich damit, seine Regimenter zu formieren, um die preußische Monarchie mit einem großen Schlag ins Herz zu treffen; aber sein Wunsch, die Rechtsprechung zu beschleunigen, fand eine kräftige Förderung in der Unsicherheit, unter der damals die Stellung aller Richter des Kaiserreichs litt. In jenem Augenblick bereiteten Cambacérès in seiner Eigenschaft als Erzkanzler und der Justizminister Régnier die Errichtung der erstinstanzlichen Gerichte, der kaiserlichen Gerichtshöfe und des Kassationshofes vor; sie brachten die Frage der Kostüme in Fluß, auf die Napoleon mit Recht so großen Wert legte; sie unterzogen das Personal einer Musterung und forschten nach den Resten der aufgehobenen Gerichte aus der Zeit der Monarchie. Naturgemäß glaubten die Richter des Kreises der Aube, wenn sie in der Angelegenheit der Entführung des Comte de Gondreville

Beweise großen Eifers zeigten, so würde das eine ausgezeichnete Empfehlung sein. Napoleons Vermutungen wurden also für die Höflinge und die Massen zu Gewißheiten.

Noch herrschte auf dem Festland der Friede, und in Frankreich war die Bewunderung für den Kaiser ungeteilt: er schmeichelte den Interessen, den Eitelkeiten, den Personen, den Dingen, kurz allem, sogar den Erinnerungen. Dieses Unternehmen erschien also aller Welt als ein Angriff auf das öffentliche Glück. Demnach wurden die armen Edelleute von allen Seiten mit Schmähungen überschüttet. Die Adligen, die in der Minderzahl und auf ihre Güter beschränkt waren, beklagten die Angelegenheit unter sich, aber nicht einer wagte es, den Mund aufzutun. Wie sollte man sich auch wohl der Entfesselung der öffentlichen Meinung widersetzen? Im ganzen Kreis grub man die Leichen der elf im Jahre 1792 getöteten Menschen aus und schlug die Angeklagten mit ihnen nieder. Man fürchtete, die Emigranten würden, kühn geworden, alle gewalttätig vorgehen wider die Käufer ihrer Güter, um ihre Rückgabe dadurch vorzubereiten, daß sie so gegen eine ungerechte Beraubung protestierten. Diese edlen Menschen wurden also als Räuber, Diebe und Mörder behandelt, und vor allem Michus Mitschuld wurde ihnen verhängnisvoll. Dieser Mensch, der mit seinem Schwiegervater alle Köpfe abgeschnitten hatte, die während der Schrekkensherrschaft im Departement gefallen waren, wurde zum Gegenstand der lächerlichsten Märchen. Die Erbitterung war um so lebhafter, als Malin fast allen Beamten der Aube ihre Stellungen verschafft hatte. Kein Großgesinnter erhob seine Stimme, um der öffentlichen Stimmung zu widersprechen. Auch besaßen die Unglücklichen keinerlei gesetzmäßige Mittel, die Anklagen zu bekämpfen; denn da der Codex vom Brumaire des Jahres IV sowohl die Grundlagen der Anklage wie auch das Urteil Geschworenen unterbreitete, hatte er den Angeklagten nicht die ungeheure Garantie der Berufung geben können, sobald es sich um einen begründeten Verdacht handelte. Am zweiten Tag nach der Verhaftung wurden die Herren und die Dienerschaft des Schlosses von Cinq-Cygne vor die Anklagejury geladen. Man ließ Cinq-Cygne unter der Obhut des Pächters und unter der Oberaufsicht des Abbés Goujet und seiner Schwester zurück, die ins Schloß zogen. Mademoiselle de Cinq-Cygne, Monsieur und Madame d'Hauteserre zogen in das kleine Haus, das Durieu in einem jener langen und weiten Vororte von Troyes besaß, wie sie sich rings um die Stadt erstreckten. Laurence zog sich das Herz zusammen, als sie an mehreren jener kleinen Zwischenfälle, wie sie in den Gerichtsstädten der Provinz stets den Verwandten der in eine Strafsache verwickelten Leute begegnen, die Wut der Massen, die Bosheit der Bürger und die Feindseligkeit der Verwaltung erkannte. Statt ermutigender oder teilnehmender Worte hörte man Unterhaltungen, aus denen grauenhafte Begierden der Rache hervorblitzten; Beweise des Hasses statt der Bekundungen strenger Höflichkeit oder der vom Anstand gebotenen Zurückhaltung; vor allem aber macht sich eine Isolierung bemerkbar, die gewöhnliche Menschen sich sehr zu Herzen nehmen und die um so schneller fühlbar wird, als das Unglück Mißtrauen weckt. Laurence, die ihre ganze Kraft zurückgewonnen hatte, zählte auf die Klarheit der Unschuld, und die Menge verachtete sie zu sehr, um vor dem mißbilligenden Schweigen zu erschrecken, mit dem man sie empfing. Sie stützte den Mut von Monsieur und Madame d'Hauteserre, während sie zugleich an die Gerichtsschlacht dachte, die vor dem Kriminalgericht stattfinden sollte, und zwar, nach der Geschwindigkeit des Verfahrens zu urteilen, sehr bald. Aber sie sollte noch einen Schlag erhalten, den sie nicht erwartete und der ihren Mut erschütterte. Mitten in diesem Zusammenbruch und der allgemeinen Entfesselung, gerade als diese heimgesuchte Familie sich gleichsam in einer Wüste sah, wuchs plötzlich in den Augen der Comtesse ein Mann empor, der nun die ganze Schönheit seines Charakters zeigte. Am Tage, nachdem die Anklage, die durch die Formel ›Ja, es wird stattgegeben‹ – eine Formel, die der Obmann der Jury unter die Anklageschrift setzte – bestätigt worden war, dem öffentlichen Ankläger zugestellt und der gegen die Angeklagten erlassene Haftbefehl in die Verhängung der Untersuchungshaft verwandelt wurde, kam der Marquis de Chargebœuf seiner jungen Verwandten in seiner alten Kalesche mutig zu Hilfe. Da das Haupt der großen Familie die Beschleunigung des Verfahrens voraussah, war er eiligst nach Paris gefahren und brachte einen der verschlagensten und ehrlichsten Sachwalter der alten Zeit mit; es war Bordin, der in Paris zehn Jahre lang der Anwalt des Adels blieb und dessen Nachfolger später der berühmte Advokat Derville wurde. Der würdige Sachwalter wählte auf der Stelle zum Advokaten den Enkel eines ehemaligen Vorsitzenden des königlichen Gerichts der Normandie; der junge Mann wollte die Richterlaufbahn einschlagen und hatte seine Studien unter Bordins Aufsicht gemacht. Der junge Advokat, um einen aufgehobenen Titel zu benutzen, den aber der Kaiser wieder einsetzen sollte, wurde denn auch wirklich nach diesem Prozeß zum Stellvertreter des Generalstaatsanwalts zu Paris ernannt, und er wurde einer unserer berühmtesten juristischen Beamten. Monsieur de Granville übernahm die Verteidigung als eine Angelegenheit, mit Glanz zu debütieren. Um diese Zeit wurden die Advokaten von Offizialverteidigern ersetzt. Das Recht der Verteidigung war also nicht beschränkt; alle Bürger konnten für die Sache der Unschuld eintreten; aber die Angeklagten nahmen darum doch ehemalige Advokaten an, um sich zu verteidigen. Der alte Marquis, den die Verwüstung, die der Schmerz bei Laurence anrichtete, erschreckte, war wundervoll in seinem Zartgefühl und Takt. Er erinnerte nicht an seine in den Wind geredeten Ratschläge; er stellte Bordin als ein Orakel hin, dessen Anweisungen buchstäblich befolgt werden müßten, den jungen Monsieur de Granville aber als einen Verteidiger, zu dem man volles Vertrauen haben könnte. Laurence reichte dem alten Marquis die Hand und drückte ihm die seine mit einer Lebhaftigkeit, die ihn entzückte. »Sie hatten recht«, sagte sie.

»Wollen Sie jetzt auf meine Ratschläge hören?« fragte er. Die junge Comtesse machte wie Monsieur und Madame d'Hauteserre ein Zeichen der Bejahung. »Nun, so kommen Sie in mein Haus; es liegt im Zentrum der Stadt, dicht beim Gerichtshof; Sie und Ihre Advokaten werden dort besser aufgehoben sein als hier, wo Sie keinen Raum haben und viel zu weit vom Schlachtfeld entfernt sind. Hier müßten Sie ja jeden Tag die ganze Stadt durchqueren.«

Laurence nahm das an; der Greis führte sie und Madame d'Hauteserre in sein Haus, das während des ganzen Prozesses das Haus der Verteidiger und der Bewohner von Cinq-Cygne blieb. Nach dem Diner ließ Bordin sich bei verschlossenen Türen von Laurence umständlich alle Einzelheiten der Angelegenheit erzählen; er bat sie, nicht das geringste auszulassen, obwohl der Marquis Bordin und dem jungen Advokaten während ihrer Reise von Paris nach Troyes schon einiges von den früheren Geschehnissen erzählt hätte. Bordin hörte, die Füße am Kamin, zu, ohne sich die geringste Wichtigkeit zu geben. Der junge Advokat freilich konnte sich nicht enthalten, seine Aufmerksamkeit zwischen seiner Bewunderung für Mademoiselle de Cinq-Cygne und den Grundlagen des Prozesses zu teilen.

»Ist das alles?« fragte Bordin, als Laurence die Ereignisse des Dramas so berichtet hatte, wie diese Erzählung sie bisher darstellt.

»Ja«, erwiderte sie.

Einige Augenblicke herrschte tiefes Schweigen im Salon des Hôtels Chargebœuf, in dem diese Szene spielte, eine der ernstesten und zugleich der seltensten, die während eines Lebens stattfinden können. Jeder Prozeß wird vor den Richtern schon von den Advokaten abgeurteilt, ebenso wie der Tod des Kranken von den Ärzten vorausgeahnt wird, ehe der Kampf beginnt, den die einen gegen die Natur, die anderen gegen die

Justiz zu führen haben. Laurence, Monsieur und Madame d'Hauteserre und der Marquis hielten die Augen auf das dunkle und tief von Pockennarben entstellte Greisengesicht dieses alten Sachwalters geheftet, der Worte über Leben und Tod zu sprechen im Begriff stand. Monsieur d'Hauteserre wischte sich die Schweißtropfen von der Stirn. Laurence sah den jungen Advokaten an und erkannte, daß sein Gesicht traurig geworden war.

»Nun, mein lieber Bordin?« sagte der Marquis, indem er ihm seine Tabatière hinhielt, aus der der Anwalt mit zerstreuter Miene eine Prise nahm.

Bordin rieb sich die Waden seiner mit groben Strümpfen aus Florettseide bekleideten Beine; denn er trug Kniehosen aus schwarzem Tuch und einen Rock, der sich in seiner Form den Röcken näherte, die man Röcke à la française nennt; er ließ seinen boshaften Blick über seine Klienten schweifen und legte einen furchtsamen Ausdruck hinein; sie erstarrten davor. »Soll ich Ihnen das vorsezieren«, sagte er, »und ganz offen reden?«

»Aber ja doch, Monsieur Bordin!« sagte Laurence.

»Alles Gute, was Sie getan haben, verwandelt sich in Anklage wider Sie«, sagte der alte Praktiker. »Man kann Ihre Verwandten nicht retten, man kann nur das Strafmaß herabsetzen. Daß Sie Michu befohlen haben, seinen Besitz zu verkaufen, wird als der klarste Beweis für Ihre verbrecherischen Absichten gegen den Senator gelten. Ihre Leute haben Sie eigens nach Troyes geschickt, um allein zu sein, und das wird um so eher Glauben finden, als es sogar die Wahrheit ist. Der ältere der d'Hauteserres hat Beauvisage gegenüber ein furchtbares Wort fallen lassen, das Sie alle ins Verderben stürzt. Sie haben auf Ihrem Hof ebenfalls ein Wort gesprochen, das Ihre schlimmen Absichten gegen Gondreville schon lange im voraus erkennen ließ. Sie selber standen im Augenblick des Handstreichs am Gitter auf Posten; wenn man Sie nicht unter Anklage stellt, so geschieht es einzig, um keinerlei

Element in die Sache hineinzutragen, das Anteilnahme wekken könnte.«

»Die Sache ist unhaltbar!« sagte Monsieur de Granville. »Sie ist um so unhaltbarer«, fuhr Bordin fort, »als man nicht mehr die Wahrheit sagen kann. Michu, die Simeuses und Hauteserres müssen sich darauf beschränken, daß sie ganz einfach behaupten, sie seien während eines Teils des Tages mit Ihnen im Wald gewesen und zum Frühstück nach Cinq-Cygne geritten. Aber wenn wir feststellen können, daß Sie sämtlich um drei Uhr, als das Attentat stattfand, im Schloß waren, welches sind da unsere Zeugen? Marthe, die Frau eines Angeklagten; die Durieus und Cathérine, bei Ihnen bedienstete Leute; der Monsieur und Madame hier, Vater und Mutter zweier Angeklagten! Solche Zeugen haben keinen Wert, das Gesetz erlaubt nicht, sie für Sie zu verwenden, der gesunde Menschenverstand läßt sie nicht gelten, wenn sie zu Ihren Gunsten sprechen. Wenn Sie etwa gar sagen wollten, Sie hätten elfhunderttausend Francs in Gold aus dem Wald holen wollen, so würden Sie alle Angeklagten als Diebe auf die Galeeren schicken. Der öffentliche Ankläger, die Geschworenen, die Richter, das Publikum und Frankreich würden glauben, daß Sie dieses Gold auf Gondreville gestohlen und den Senator seiner Freiheit beraubt haben, um den Diebstahl in Ruhe begehen zu können. Wenn wir die Anklage nehmen, wie sie in diesem Augenblick steht, so ist die Angelegenheit nicht klar; aber in ihrer lauteren Wahrheit würde sie völlig durchsichtig werden: alle dunklen Punkte würden die Geschworenen durch den Diebstahl aufklären; denn Royalist, das heißt heutzutage Räuber! Der gegenwärtige Fall stellt eine vom politischen Standpunkt aus zulässige Rache dar. Die Angeklagten verfallen der Todesstrafe, aber die entehrt nicht in aller Augen; wenn Sie die Sache aber durch die Erhebung des Geldes komplizieren, die niemals als gesetzmäßig erscheinen kann, so gehen Sie der Wohltat der Teilnahme verlustig, die zum Tode Verurteilte stets finden, wenn ihr Verbrechen entschuldbar scheint. Im ersten Augenblick, als Sie noch Ihre Verstecke, den Plan des Waldes, die Blechröhren und das Gold zeigen konnten, um den Nachweis über die Verwendung Ihres Tages zu führen, da wäre es noch möglich gewesen, sich unparteiischen Richtern gegenüber herauszuziehen; aber wie die Dinge jetzt stehen, muß man schweigen. Gebe Gott, daß noch keiner der sechs Angeklagten die Sache verraten hat; aber wir werden versuchen, aus ihren Verhören Nutzen zu ziehen.«

Laurence rang vor Verzweiflung die Hände und hob die Augen mit trostlosem Blick gen Himmel, denn jetzt sah sie den Abgrund, in den ihre Cousins gestürzt waren, in seiner ganzen Tiefe. Der Marquis und der junge Verteidiger zollten den schrecklichen Worten Bordins ihren Beifall. Der gute d'Hauteserre weinte.

»Weshalb haben Sie nicht auf den Abbé Goujet gehört und sie entfliehen lassen?« rief Madame d'Hauteserre erbittert.

»Ah!« rief der ehemalige Sachwalter; »wenn Sie sie haben retten können und haben es nicht getan, so haben Sie ihren Tod selbst verschuldet! Die Verurteilung in contumaciam verschafft stets Zeit. Mit der Zeit können Unschuldige alles aufklären. Diese Angelegenheit scheint mir die dunkelste zu sein, die mir während meines ganzen Lebens vorgekommen ist, und ich habe manche entwirrt!«

»Sie ist für jedermann unerklärlich, selbst für uns«, sagte Monsieur de Granville. »Wenn die Angeklagten unschuldig sind, so ist der Handstreich von anderen ausgeführt worden. Fünf Personen kommen nicht wie durch Zauber in eine Gegend, sie verschaffen sich nicht so leicht Pferde, die genauso beschlagen sind wie die der Angeklagten, sie können sich ihnen nicht ähnlich machen, und sie werfen Malin nicht in eine Grube, einzig, um Michu, die Hauteserres und Simeuses ins Verderben zu stürzen. Die Unbekannten, die wahren Schuldigen, hatten irgendein Interesse daran, sich in die Haut dieser fünf Unschuldigen zu stecken; um sie aufzufinden, nach ihren Spuren zu suchen, müßten wir wie die Regierung ebensoviel Agenten und Augen haben, wie es in einem Radius von zwanzig Meilen Gemeinden gibt ...«

»Das ist ganz unmöglich«, sagte Bordin. »Daran darf man nicht einmal denken. Seit die menschliche Gesellschaft die Justiz erfunden hat, hat sie noch keine Möglichkeit entdeckt, der angeklagten Unschuld die gleiche Macht zu geben, die dem Richter wider das Verbrechen zur Verfügung steht. Die Justiz ist nicht zweiseitig. Die Verteidigung hat weder Spione noch Polizei, sie verfügt zugunsten ihrer Klienten nicht über die soziale Macht. Die Unschuld hat nur die Dialektik der Vernunft für sich; und diese Dialektik, die vielleicht auf Richter Eindruck macht, ist den voreingenommenen Geistern der Geschworenen gegenüber oft ohnmächtig. Das ganze Land ist gegen Sie. Die acht Geschworenen, die die Anklageschrift bestätigt haben, waren Besitzer konfiszierter Güter. Unter unsern Urteilsgeschworenen werden wir wieder Leute haben, die wie jene Käufer oder Verkäufer konfiszierter Güter oder Beamte sind. Kurz, wir werden eine Malin-Jury haben! Daher brauchen wir für die Verteidigung ein ganzes System; an dem rütteln Sie nicht, gehen Sie mit Ihrer Unschuld zugrunde! Sie werden verurteilt werden. Wir gehen vor den Kassationshof und werden versuchen, die Sache dort hinzuschleppen. Wenn es mir in der Zwischenzeit gelingt, Ihnen günstige Beweismittel zu finden, so werden Sie ein Gnadengesuch einreichen. Das ist die Anatomie der Angelegenheit und meine Meinung. Sollten wir triumphieren – denn möglich ist in der Justiz alles –, so wäre es ein Wunder; aber Ihr Advokat ist von allen, die ich kenne, derjenige, der am ehesten imstande ist, dieses Wunder zu tun, und ich werde ihm helfen.«

»Der Senator muß den Schlüssel zu diesem Rätsel haben«, sagte Monsieur de Granville, »denn man weiß stets, wer einem grollt, und auch, weshalb man einem grollt. Ich sehe ihn, wie er gegen Ende des Winters Paris verläßt, allein, ohne Gefolge, nach Gondreville kommt, sich dort mit seinem Notar einschließt und sich gewissermaßen den fünf Leuten ausliefert, die ihn packen.«

»Gewiß«, sagte Bordin, »sein Verhalten ist mindestens ebenso merkwürdig wie das Ihre; aber wie sollen wir als die Angeklagten, die wir sind, einem gegen uns erbitterten Land gegenüber zu Anklägern werden? Da brauchten wir das Wohlwollen und die Unterstützung der Regierung, und tausendmal mehr Beweise als unter gewöhnlichen Umständen. Ich bemerke da vorbedachte Überlegung, und zwar die raffinierteste Überlegung, bei unsern unbekannten Gegnern, die genau wissen, wie Michu und die Simeuses Malin gegenüber stehen. Nicht reden! Nicht stehlen! Das ist Vorsicht! Ich erkenne hinter diesen Masken etwas ganz anderes als Missetäter... Aber sagen Sie das einmal den Geschworenen, die man uns geben wird!«

Dieser Scharfblick in Privatangelegenheiten, der manche Advokaten und gewisse Richter so groß macht, erstaunte und verwirrte Laurence; diese beängstigende Logik zog ihr das Herz zusammen.

»Auf hundert Kriminalfälle«, sagte Bordin, »fallen nicht zehn, die die Justiz in ihrer ganzen Ausdehnung aufrollt, und vielleicht bleibt ihr das Geheimnis in einem Drittel der Fälle verborgen. Ihr Fall gehört zu denen, die sowohl den Angeklagten wie den Anklägern unentzifferbar bleiben, der Justiz wie dem Publikum. Der Kaiser hat anderes zu tun, als den Simeuses zu Hilfe zu kommen, selbst wenn sie ihn nicht hätten stürzen wollen. Aber wer zum Teufel hat es auf Malin abgesehen? Und was wollte man von ihm?«

Bordin und Monsieur de Granville sahen sich an; es hatte ganz den Anschein, als zweifelten sie an der Wahrhaftigkeit der Comtesse. Diese Regung war für das junge Mädchen unter den tausend Schmerzen, die der Prozeß ihr brachte, einer der brennendsten. Sie warf den Verteidigern einen Blick zu, der jeden schlimmen Argwohn in ihnen tötete.

Am folgenden Tage wurden den Verteidigern die Akten

zugestellt; sie konnten sich mit den Angeklagten in Verbindung setzen. Bordin teilte der Familie mit, daß die sechs Angeklagten sich als wackere Leute ›gut gehalten hatten‹, um einen Ausdruck des Berufs zu benutzen.

»Monsieur de Granville wird Michu verteidigen«, sagte Bordin.

»Michu?« rief Monsieur de Chargebœuf, da dieser Wechsel ihn erstaunte.

»Er ist das Herz der ganzen Angelegenheit, und bei ihm liegt die Gefahr«, erwiderte der ehemalige Sachwalter.

»Wenn er der am meisten Gefährdete ist, scheint es mir nur gerecht!« rief Laurence.

»Wir erkennen Möglichkeiten«, sagte Monsieur de Granville, »und wir werden sie genau studieren. Wenn wir sie retten können, so wird es möglich sein, weil Monsieur d'Hauteserre Michu befohlen hatte, einen der Pfosten an der Schranke des Hohlwegs auszubessern, und weil im Wald ein Wolf gesehen worden war: denn vor einem Kriminalgericht hängt alles von den Debatten ab, und die Debatten werden sich um Kleinigkeiten drehen; Sie werden erleben, wie sie zu Unermeßlichkeiten werden.«

Laurence verfiel jener innerlichen Niedergeschlagenheit, die die Seele aller Menschen des Denkens und Handelns peinigt, wenn ihnen die Nutzlosigkeit alles Denkens und Handelns bewiesen wird. Hier handelte es sich nicht mehr darum, mit Hilfe ergebener Leute, fanatischer Sympathien, die ins Dunkel des Geheimnisses gehüllt sind, einen Menschen oder die Macht zu stürzen: sie sah die ganze Gesellschaft gegen sich und ihre Cousins bewaffnet. Man stürmt nicht allein ein Gefängnis, man befreit keine Gefangenen aus der Mitte einer feindseligen Volksmenge, noch dazu unter den Augen einer Polizei, die durch die angebliche Verwegenheit der Angeklagten gewarnt ist. Als daher der junge Advokat, erschreckt durch die Erstarrung dieses edlen und großherzigen Mädchens, die ihre Gesichtszüge noch stumpfer machte, ihren

Mut zu heben suchte, erwiderte sie: »Ich schweige, ich leide und warte ab ...«

Tonfall, Geste und Blick machten diese Antwort zu einem jener erhabenen Worte, denen nur ein ausgedehnteres Theater fehlt, um berühmt zu werden.

Ein paar Augenblicke darauf sagte der gute d'Hauteserre zum Marquis de Chargebœuf: »Wieviel Mühe habe ich mir für meine beiden unglücklichen Kinder gegeben! Ich habe fast wieder achttausend Francs Rente in Staatspapieren für sie zusammengebracht. Wenn sie hätten dienen wollen, so hätten sie höhere Chargen erreicht und könnten sich heute vorteilhaft verheiraten. Jetzt schwimmen mir all meine Pläne fort!«

»Wie kannst du«, sagte seine Frau, »an ihre Interessen denken, während es sich um ihre Ehre und ihren Kopf handelt!«

»Monsieur d'Hauteserre denkt an alles«, sagte der Marquis.

Während die Bewohner von Cinq-Cygne die Eröffnung der Verhandlung vor dem Kriminalgericht abwarteten und immer von neuem um die Erlaubnis baten, die Gefangenen sehen zu dürfen, ohne daß sie sie erlangten, ereignete sich im Schloß in tiefster Heimlichkeit etwas von der allergrößten Bedeutung. Marthe war gleich nach ihrer Vernehmung von der Anklagejury, deren Ergebnis so unwesentlich war, daß der öffentliche Ankläger sie nicht einmal vor das Kriminalgericht lud, nach Cinq-Cygne zurückgekehrt. Wie alle Menschen von übergroßer Empfindlichkeit, war die arme Frau, als sie im Salon saß, wo sie Mademoiselle Goujet Gesellschaft leistete, einem Zustand der Erstarrung verfallen, der Mitleid erregte. Ihr, wie übrigens auch dem Pfarrer und allen, die nicht wußten, was die Angeklagten an jenem Tag getan hatten, schien ihre Unschuld zweifelhaft. Es gab Augenblicke, in denen Marthe glaubte, daß Michu, ihre Herren und Laurence irgendeine Rache an dem Senator geübt hätten. Die unglückliche Frau kannte Michus Ergebenheit zur Genüge, um zu begreifen, daß er von allen Angeklagten in der größten Gefahr schwebte, sei es wegen seines Vorlebens, sei es infolge der Rolle, die er bei der Ausführung gespielt hatte. Der Abbé Goujet, seine Schwester und Marthe verloren sich in den Möglichkeiten, die diese Anschauung zu eröffnen schien; aber da sie immerfort darüber nachsannen, heftete sich ihr Geist unmerklich an eine beliebige Deutung. Der absolute Zweifel, den Descartes verlangt und der im Gehirn des Menschen so wenig erreichbar ist wie in der Natur die absolute Leere, dieser Zweifel und die Geistesverrichtung, deren Folge er wäre, würde wie die Kraft der Luftpumpe einen außerordentlichen und monströsen Zustand schaffen. Um was es sich auch handle, an irgend etwas glaubt man immer. Nun fürchtete Marthe die Schuld der Angeklagten so sehr, daß ihre Furcht dem Glauben gleichkam; und diese Geistesverfassung wurde ihr zum Verhängnis. Fünf Tage nach der Verhaftung der Edelleute wurde sie in dem Augenblick, als sie zu Bett gehen wollte, gegen zehn Uhr abends, von ihrer Mutter, die zu Fuß vom Pachthof herübergekommen war, in den Hof gerufen.

»Ein Arbeiter aus Troyes will dich in Michus Namen sprechen; er wartet im Hohlweg«, sagte sie zu Marthe. Sie eilten beide, um den kürzesten Weg zu wählen, durch die Bresche. Im Dunkel der Nacht und im Schatten des Weges konnte Marthe unmöglich etwas anderes erkennen als den Umriß eines Menschen, der sich von der Finsternis abhob.

»Sagen Sie ein Wort, damit ich erkenne, ob Sie wirklich die Frau von Michu sind«, flüsterte dieser Mensch mit ziemlich unruhiger Stimme.

»Gewiß«, sagte Marthe; »was wollen Sie?«

»Gut«, erwiderte der Unbekannte; »geben Sie mir die Hand … Ich komme«, fügte er hinzu, indem er sich zu Marthes Ohr neigte, »von Michu, um Ihnen einen kleinen Brief zu bringen. Ich bin einer der Angestellten des Gefängnisses, und wenn meine Vorgesetzten merkten, daß ich fort bin, so wären wir alle verloren. Verlassen Sie sich auf mich. Ihr wackerer

Vater hat mir seinerzeit die Stelle verschafft. Deshalb hatte auch Michu Zutrauen zu mir.«

Er gab Marthe einen Brief in die Hand und verschwand, ohne eine Antwort abzuwarten, im Wald. Marthe durchlief ein Schauder, als sie daran dachte, daß sie ohne Zweifel das Geheimnis der ganzen Angelegenheit erfahren würde. Sie lief mit ihrer Mutter zum Pachthof und schloß sich ein, um diesen Brief zu lesen:

›Meine liebe Marthe! Du kannst auf die Verschwiegenheit des Mannes zählen, der Dir diesen Brief überbringt; er kann weder lesen noch schreiben und ist einer der zuverlässigsten Republikaner der Verschwörung Babeufs. Dein Vater hat ihn oft benutzt, und er sieht den Senator als einen Verräter an. Nun haben wir den Senator in dem Keller eingesperrt, in dem wir schon einmal unsere Herren versteckt hatten, meine liebe Frau. Der Elende hat nur für fünf Tage Lebensmittel, und da es in unserm Interesse liegt, daß er am Leben bleibt, so bringe ihm, wenn Du diesen Brief erhalten hast, auf der Stelle für mindestens fünf Tage zu essen. Der Wald wird überwacht sein; triff also alle Vorsichtsmaßregeln, die wir bei unsern jungen Herren getroffen haben. Sage kein Wort zu Malin, sprich nicht mit ihm und lege eine unserer Masken vor, die Du auf einer der Stufen des Kellers finden wirst. Wenn Du unsere Köpfe nicht in Gefahr bringen willst, wirst Du über das Geheimnis, das ich Dir anzuvertrauen gezwungen bin, das tiefste Schweigen bewahren. Mademoiselle de Cinq-Cygne sage kein Wort darüber, sie könnte plaudern. Sei unbesorgt um mich. Wir sind des guten Ausgangs der Angelegenheit gewiß; sobald es nötig wird, muß Malin unser Retter sein. Schließlich brauche ich Dir wohl nicht erst zu sagen, daß Du diesen Brief, sowie Du ihn gelesen hast, verbrennen mußt, denn wenn man nur eine einzige Zeile davon läse, würde es mich den Kopf kosten. Ich umarme Dich tausendmal.

Michu.‹

Die Existenz des Kellers unter der Bodenerhebung mitten im Walde war nur Marthe, ihrem Sohn, Michu, den vier Edelleuten und Laurence bekannt; wenigstens mußte Marthe es glauben, da ihr Mann ihr von seiner Begegnung mit Peyrade und Corentin nichts gesagt hatte. Also konnte der Brief, der übrigens von Michu geschrieben und unterzeichnet zu sein schien, nur von ihm kommen. Wenn Marthe auf der Stelle ihre Herrin und die beiden Rechtsbeistände, die die Unschuld der Angeklagten kannten, um Rat gefragt hätte, so hätte der schlaue Sachwalter sicherlich einige Aufklärung über die perfiden Berechnungen erhalten, von denen seine Klienten umsponnen waren; aber Marthe, die, wie die meisten Frauen, ganz ihrer ersten Regung folgte und zudem von jenen Erwägungen, die ihr in die Augen sprangen, überzeugt war, warf den Brief in den Kamin. Aber ein sonderbarer Blitz der Vorsicht trieb sie, die nichtbeschriebene Seite des Briefes und die ersten Zeilen, deren Inhalt niemanden gefährden konnte, aus dem Feuer herauszuziehen und in den Saum ihres Kleiderrocks einzunähen. Da das Bewußtsein, daß das Opfer seit vierundzwanzig Stunden fastete, sie nicht wenig beängstigte, wollte sie ihm noch in dieser Nacht Wein, Brot und Fleisch bringen. Es bis auf den nächsten Tag zu verschieben, erlaubte ihr die Neugier ebensowenig wie die Menschlichkeit. Sie heizte ihren Ofen, machte, von ihrer Mutter unterstützt, eine Pastete von Hasen- und Entenfleisch und einen Reispudding, briet zwei Kücken, holte drei Flaschen Wein und buk eigenhändig zwei runde Brote. Gegen halb drei Uhr morgens machte sie sich auf den Weg in den Wald. Die Speisen trug sie in einem Tragkorb, und Couraut begleitete sie; der Hund diente bei all diesen Streifzügen mit wunderbarer Intelligenz dazu, das Gelände aufzuklären. Fremde witterte er auf ungeheure Entfernungen, und sowie er ihre Anwesenheit erkannt hatte, kehrte er mit ganz leisem Knurren zu seiner Herrin zurück, indem er sie ansah und die Schnauze nach der gefährlichen Seite drehte.

Marthe kam gegen drei Uhr morgens beim Sumpf an, wo sie Couraut als Posten zurückließ. Nachdem sie in halbstündiger Arbeit den Eingang freigelegt hatte, trat sie mit einer Blendlaterne an die Kellertür; ihr Gesicht war mit einer Maske bedeckt, die sie wirklich auf einer der Stufen gefunden hatte. Die Einkerkerung des Senators schien lange vorher überlegt zu sein. Im oberen Teil der eisernen Tür, die den Keller schloß, war ein Loch von etwa einem Quadratfuß angebracht; damit es aber Malin nicht mit Hilfe der Zeit und der Geduld, über die alle Gefangenen verfügen, gelänge, den eisernen Riegel zu lockern, der die Tür festhielt, hatte man ihn mit einem Vorlegeschloß versehen. Der Senator, der sich von seinem Mooslager erhoben hatte, stieß einen Seufzer aus, als er ein maskiertes Gesicht sah, denn daran erriet er, daß es sich noch immer nicht um seine Befreiung handelte. Er beobachtete Marthe, so gut es bei dem ungleichen Licht der Blendlaterne ging, und an ihren Kleidern, ihrer Korpulenz und ihren Bewegungen erkannte er sie. Als sie durch das Loch die Pastete reichte, ließ er sie fallen, um nach ihrer Hand zu greifen, und er versuchte, ihr in aller Geschwindigkeit zwei Ringe vom Finger zu ziehen: ihren Ehering und ein kleines Schmuckstück, das Mademoiselle de Cinq-Cygne ihr gegeben hatte. »Sie werden doch nicht leugnen, daß Sie es sind, meine liebe Madame Michu?« sagte er.

Sowie Marthe die Finger des Senators fühlte, hatte sie die Faust schnell geballt und ihm einen kräftigen Stoß gegen die Brust versetzt. Dann ging sie ohne ein Wort davon, um sich eine starke Rute zu schneiden, mit deren Hilfe sie dem Senator die übrigen Vorräte hineinreichte. »Was will man von mir?« fragte er.

Marthe machte sich aus dem Staube, ohne eine Antwort zu geben. Auf dem Heimweg erreichte sie den Saum des Waldes gegen fünf Uhr; dort meldete Couraut ihr die Anwesenheit eines Lästigen. Sie kehrte um und ging auf den Pavillon zu, den sie so lange bewohnt hatte; aber als sie in die Allee hinaustrat, sah der Feldhüter von Gondreville sie aus der Ferne. Sie entschloß sich, geradeswegs auf ihn zuzugehen. »Sie sind recht früh auf, Madame Michu!« sagte er, indem er sie grüßte.

»Wir sind so unglücklich«, erwiderte sie, »daß ich gezwungen bin, die Arbeit einer Magd zu tun; ich gehe nach Bellache, um Saatkorn zu holen.«

»Haben Sie denn in Cinq-Cygne kein Saatkorn?« fragte der andere.

Marthe gab keine Antwort und setzte ihren Weg fort. Als sie auf den Pachthof Bellache kam, bat sie Beauvisage, ihr verschiedene Sorten Saatkorn zu geben, indem sie sagte, Monsieur d'Hauteserre habe ihr empfohlen, sie bei ihm zu holen, da er seine Sorten auffrischen wollte. Als Marthe fort war, kam der Feldhüter von Gondreville auf den Pachthof, um sich zu erkundigen, was Marthe dort hatte holen wollen.

Sechs Tage darauf ging Marthe, da sie vorsichtig geworden war, schon um Mitternacht, um die Vorräte in den Keller zu bringen; sie wollte nicht wieder mit den Feldhütern zusammentreffen, die den Wald offenbar überwachten. Als sie dem Senator noch ein drittes Mal zu essen gebracht hatte, ergriff sie eine unbestimmte Angst, da sie den Pfarrer die öffentlichen Vernehmungen der Angeklagten vorlesen hörte; die Verhandlungen hatten eben begonnen. Sie nahm den Abbé Goujet beiseite, und nachdem sie ihm einen Eid abgenommen hatte, daß er über das, was sie ihm zu sagen hätte, Schweigen bewahren würde, als handelte es sich um eine Beichte, zeigte sie ihm die Fragmente des Briefes, den sie von Michu erhalten hatte; sie sagte ihm auch den ganzen Inhalt des Briefes und weihte ihn in das Geheimnis des Verstecks ein, in dem der Senator sich befand. Der Pfarrer fragte Marthe auf der Stelle, ob sie Briefe von ihrem Mann besäße, damit er die Handschriften vergleichen könnte. Marthe ging nach Hause, auf den Pachthof, wo sie eine Ladung zur Vernehmung als Zeugin vor dem Gerichtshof vorfand. Als sie zum Schloß zurückkehrte, waren auch der Abbé Goujet und seine Schwester auf Ansuchen der Angeklagten geladen worden. Sie mußten sich also auf der Stelle nach Troyes begeben. So sahen sich alle handelnden Personen dieses Dramas, ja auch die, die gewissermaßen nur Statisten waren, auf dem Schauplatz vereinigt, wo man eben um das Schicksal der beiden Familien spielte.

Es gibt wenig Orte in Frankreich, wo die Justiz den Dingen jenes Prestige leiht, das sie stets begleiten sollte. Ist sie nicht nächst der Religion und dem Königtum die größte Triebkraft der Gesellschaft? Überall, selbst in Paris, verringern die Erbärmlichkeit des Lokals, die schlechte Raumverteilung und der Mangel an Dekorum die Wirkung dieser ungeheuren Macht – und das bei der eitelsten und der in Monumenten theatralischsten Nation, die es heute gibt. Die Anordnung ist in fast allen Städten die gleiche. Im Hintergrund irgendeines langen viereckigen Saals sieht man, erhöht auf einer Estrade, einen mit grünem Tuch bespannten Tisch, hinter dem die Richter auf gemeinen Sesseln sitzen. Links steht der Stuhl des öffentlichen Anklägers, und auf derselben Seite läuft an der Wand entlang eine lange Tribüne mit Stühlen für die Geschworenen. Den Geschworenen gegenüber erstreckt sich eine zweite Tribüne, auf der sich eine Bank für die Angeklagten und die Gendarmen befindet, die sie bewachen. Der Schreiber sitzt am Fuß der Estrade an dem Tisch, auf dem die Beweisstücke liegen. Vor der Einrichtung der kaiserlichen Rechtsprechung hatten der Regierungskommissar und der Direktor der Jury jeder noch einen Stuhl und einen Tisch für sich, der eine rechts, der andere links vom Richtertisch. Zwei Gerichtsdiener tummeln sich in dem Raum, der vor der Estrade für das Auftreten der Zeugen frei bleibt. Die Verteidiger sitzen unterhalb der Tribüne der Angeklagten. Am anderen Ende des Saals verbindet eine Holzbalustrade die beiden Tribünen; dadurch wird ein Bezirk abgetrennt, in dem für die vernommenen Zeugen und die bevorrechtigten Neugierigen Bänke stehen. Dem Gerichtshof gegenüber befindet sich ferner noch eine elende Tribüne, die den hervorragenden Bürgern und Frauen vorbehalten ist; der Vorsitzende, der auch die Saalpolizei ausübt, wählt sie aus dem betreffenden Departement. Das nichtprivilegierte Publikum steht in dem Raum, der zwischen der Tür und der Balustrade übrigbleibt. Diese normale Physiognomie der französischen Tribunale und der gegenwärtigen Geschworenengerichte war auch die des Kriminalgerichts zu Troyes.

Im April 1806 hatten weder die vier Richter und der Vorsitzende, die den Gerichtshof bildeten, noch der öffentliche Ankläger, noch der Direktor der Jury, noch der Regierungskommissar, noch die Gerichtsdiener, noch die Verteidiger, kurz außer den Gendarmen niemand eine Amtstracht oder ein unterscheidendes Merkmal, das die Nacktheit der Dinge und den recht mageren Anblick der Gesichter in eine höhere Sphäre hob. Auch das Kruzifix fehlte und gab weder dem Gericht noch den Angeklagten sein Beispiel. Alles war traurig und vulgär. Der im sozialen Interesse so nötige Apparat ist vielleicht selbst für den Verbrecher ein Trost. Der Andrang des Publikums war genau derselbe, wie er bei allen solchen Gelegenheiten gewesen ist und sein wird, solange man nicht die Sitten einer Reform unterzieht, solange Frankreich nicht erkennt, daß die Zulassung des Publikums zur Sitzung noch nicht die Öffentlichkeit mit sich zu bringen braucht; denn die Öffentlichkeit der ganzen Verhandlung bildet eine so unerhörte Strafe, daß der Gesetzgeber sie nimmermehr auferlegt hätte, wenn er sie hätte ahnen können. Die Sitten sind oft grausamer als die Gesetze. Die Sitten sind die Menschen; aber das Gesetz ist die Vernunft eines Landes. Die Sitten, die oft keine Vernunft haben, siegen über das Gesetz. Es bildeten sich Menschenansammlungen um den Palast. Wie bei allen berühmten Prozessen war der Vorsitzende gezwungen, die Türen von Soldaten bewachen zu lassen. Das Publikum, das sich hinter der Balustrade drängte, stand so eng, daß man erstickte. Monsieur de Granville, der Michu verteidigte, Bordin, der Anwalt der Simeuses, und ein Advokat aus Troyes, der für die Hauteserres und Gothard, die drei am wenigsten gefährdeten der Angeklagten, eintrat, waren schon vor Eröffnung der Sitzung auf ihrem Posten; ihre Gesichter sprachen von Zuversicht. Ebenso wie der Arzt den Kranken von seinen Befürchtungen nichts merken läßt, zeigt auch der Advokat seinem Klienten stets ein Gesicht voller Hoffnung. Es ist einer der seltenen Fälle, in denen die Lüge zur Tugend wird. Als die Angeklagten eintraten, erhob sich beim Anblick der vier jungen Leute, die durch zwanzig Tage einer in Ungewißheit verbrachten Haft ein wenig die Farbe verloren hatten, ein wohlwollendes Gemurmel. Die vollkommene Ähnlichkeit der Zwillinge weckte das packendste Interesse. Vielleicht dachte ein jeder, die Natur müßte einer ihrer merkwürdigsten Seltenheiten einen besonderen Schutz gewähren, und jedermann war in Versuchung, die Vergeßlichkeit des Schicksals ihnen gegenüber wieder gutzumachen; ihre edle, einfache Haltung, in der keine Spur von Scham, aber auch keine Prahlerei lag, rührte viele Frauen. Die vier Edelleute und Gothard erschienen in demselben Anzug, den sie bei ihrer Verhaftung getragen hatten. Aber Michu, dessen Kleider zu den Beweisstücken gehörten, hatte seinen besten Anzug angelegt: einen blauen Rock, eine braune Samtweste à la Robespierre und eine weiße Halsbinde. Der Arme zahlte jetzt die Pacht für sein schlimmes Aussehen. Wenn er seinen gelben, klaren und tiefen Blick auf die Versammlung warf oder wenn ihm eine Bewegung entschlüpfte, so antwortete man ihm durch ein Gemurmel des Grauens. Das Publikum wollte den Finger Gottes darin sehen, daß er auf der Anklagebank erscheinen mußte, auf die sein Schwiegervater so viele Opfer gebracht hatte. Dieser wahrhaft große Mann sah seine Herren an, indem er ein ironisches Lächeln unterdrückte. Er schien ihnen sagen zu wollen: ›Ich schade Ihnen!‹ Die fünf Angeklagten tauschten herzliche Begrüßungen mit ihren Verteidigern aus. Gothard spielte immer noch den Idioten.

Nach der Ablehnung gewisser Geschworener und Richter, die die Verteidiger, in diesem Punkt beraten von dem Marquis de Chargebœuf, der sich mutig neben Bordin und Monsieur de Granville setzte, scharfsinnig begründeten, wurden, als die Jury zusammengestellt und die Anklageschrift verlesen worden war, die Angeklagten getrennt, um zu ihrer Vernehmung zu schreiten. Alle antworteten in auffälliger Übereinstimmung: nachdem sie morgens im Wald spazierengeritten wären, seien sie um ein Uhr zum Frühstück nach Cinq-Cygne zurückgekehrt; nach der Mahlzeit seien sie von drei bis halb sechs Uhr wieder im Wald gewesen. Das war die Aussage, die allen Angeklagten gemeinsam blieb; alle Abweichungen in ihren Aussagen erklärten sich durch ihre besondere Lage. Als der Vorsitzende die Simeuses bat, die Gründe anzugeben, weshalb sie so frühmorgens ausgeritten wären, erklärte der eine wie der andere, sie hätten seit ihrer Rückkehr nach Frankreich daran gedacht, Gondreville zurückzukaufen, und um mit Malin, der am Tage zuvor eingetroffen war, unterhandeln zu können, seien sie mit ihrer Cousine und Michu ausgeritten, um den Wald abzuschätzen und ihr Gebot auf diese Schätzung zu begründen. Unterdessen hätten die beiden Hauteserres, ihre Cousine und Gothard einen Wolf gejagt, den die Bauern bemerkt hatten. Hätte nur der Direktor der Jury die Spuren ihrer Pferde im Wald mit der gleichen Sorgfalt geprüft wie die der Pferde, die den Park von Gondreville durchquert hatten, so würde man den Beweis dafür haben, daß sie sich in recht weiter Entfernung vom Schloß befunden hätten.

Das Verhör der Hauteserres bestätigte das der Simeuses, und es stand im Einklang mit ihren Aussagen in der Voruntersuchung. Die Notwendigkeit, ihren Ritt zu rechtfertigen, hatte jedem der Angeklagten den Gedanken eingegeben, ihn mit der Jagd zu begründen. Ein paar Tage zuvor hatten Bauern gemeldet, daß ein Wolf im Wald wäre, und das nahm jeder zum Vorwand. Der öffentliche Ankläger jedoch wies Widersprüche zwischen den ersten Verhören, in denen die Hauteserres ausgesagt hatten, sie hätten alle gemeinsam Jagd auf den Wolf gemacht, und dem in der Verhandlung befolgten System nach, das nur den Hauteserres und Laurence die Jagd zuwies, während die Simeuses den Wald abgeschätzt haben sollten. Monsieur de Granville machte darauf aufmerksam, daß das Vergehen nur zwischen zwei und halb sechs Uhr begangen worden sei und man also den Angeklagten glauben müsse, wenn sie aufklärten, wie sie den Morgen verbracht hätten. Der Ankläger erwiderte, die Angeklagten hätten ein Interesse daran, die Vorbereitungen zur Freiheitsberaubung des Senators zu verbergen.

Jetzt zeigte es sich aller Augen, wie geschickt die Verteidigung war. Richter, Geschworene und Publikum begriffen bald, daß der Sieg heiß umkämpft werden würde. Bordin und Monsieur de Granville schienen alles vorausgesehen zu haben. Die Unschuld muß klar und verständlich Rechenschaft über ihre Handlungen ablegen können. Es ist also die Pflicht der Verteidigung, dem unwahrscheinlichen Roman der Anklage einen wahrscheinlichen Roman entgegenzuhalten. Für den Verteidiger, der seinen Klienten als unschuldig ansieht, wird die Anklage zur Fabel. Das öffentliche Verhör der vier Edelleute erklärte die Dinge ausreichend zu ihren Gunsten. Soweit ging alles gut. Aber Michus Vernehmung wurde ernster; mit ihr begann der Kampf. Jetzt begriffen alle, weshalb Monsieur de Granville die Verteidigung des Dieners der der Herren vorgezogen hatte.

Michu gab zu, daß er Marion bedroht hatte, aber er leugnete den gewaltsamen Sinn, den man den Drohungen unterlegte. Was den Anschlag gegen Malin anging, so sagte er, er sei ganz einfach im Park spazierengegangen; der Senator und Monsieur Grévin mochten sich gefürchtet haben, als sie die Öffnung seines Gewehrlaufs sahen; deshalb legten sie ihm eine feindselige Haltung unter, während sie ganz harmlos gewesen sei. Er machte darauf aufmerksam, daß ein Mensch, der nicht an die Jagd gewöhnt ist, leicht am Abend einen Gewehrlauf für auf sich gerichtet halten kann, während er ruhig auf der Schulter liegt. Um den Zustand seiner Kleider im Augenblick der Verhaftung zu erklären, sagte er, er sei auf dem Nachhauseweg in der Bresche gefallen. »Da ich nicht mehr deutlich sehen konnte, als ich hindurchging«, sagte er, »habe ich mich irgendwie an die Steine angeklammert, die unter mir zusammenbrachen, als ich über sie hinweg in den Hohlweg steigen wollte.« Was den Gips betraf, den Gothard ihm brachte, so antwortete er wie bei allen Vernehmungen, dieser Gips habe dazu gedient, einen der Pfosten an der Schranke des Hohlwegs neu zu vergipsen.

Der öffentliche Ankläger und der Vorsitzende baten ihn, zu erklären, wie er hätte zugleich in der Bresche beim Schloß und oben im Hohlweg sein können, um dort einen Pfosten der Schranke zu vergipsen, zumal der Friedensrichter, die Gendarmen und der Feldhüter behaupteten, sie hätten ihn von unten kommen hören. Michu erwiderte, Monsieur d'Hauteserre habe ihm Vorwürfe gemacht, daß er die kleine Ausbesserung nicht schon längst gemacht hatte, auf die er Wert legte, weil dieser Weg Schwierigkeiten mit der Gemeinde veranlassen konnte; er sei also hinuntergegangen, um ihm zu melden, daß er die Schranke instand gesetzt habe.

Monsieur d'Hauteserre hatte wirklich am oberen Ende des Hohlwegs eine Schranke errichten lassen, um zu verhindern, daß die Gemeinde sich des Weges bemächtigte. Als daher Michu sah, welche Wichtigkeit der Zustand seiner Kleider und der Gips erhielten, dessen Gebrauch sich nicht leugnen ließ, hatte er diese Ausflucht erfunden. Wenn in der Gerichtspraxis die Wahrheit oft genug wie ein Märchen klingt, so gleicht auch das Märchen sehr der Wahrheit. Der Verteidiger und der öffentliche Ankläger legten beide großes Gewicht auf diesen Umstand, der durch die Bemühungen des Verteidigers wie durch den Argwohn des Anklägers eine ungeheure Bedeutung erhielt.

In der Verhandlung gab Gothard, den Monsieur de Granville ohne Zweifel aufgeklärt hatte, zu, daß Michu ihn gebeten hatte, ihm die Gipssäcke zu bringen; denn bis dahin hatte er stets nur zu weinen begonnen, wenn man ihn vernehmen wollte. »Weshalb haben nicht Sie oder Gothard den Friedensrichter und den Feldhüter auf der Stelle zu der Schranke geführt?« fragte der öffentliche Ankläger.

»Ich habe nie daran gedacht, daß man uns eines Kapitalverbrechens anklagen würde«, sagte Michu.

Man ließ mit Ausnahme Gothards alle Angeklagten abführen. Als Gothard allein zurückblieb, beschwor der Vorsitzende ihn, im eigenen Interesse die Wahrheit zu sagen, indem er ihn darauf aufmerksam machte, daß ohnehin seine angebliche Blödheit verschwunden sei. Keiner der Geschworenen halte ihn für schwachsinnig. Wenn er vor dem Gerichtshof weiter schweige, so könne er sich ernste Strafen zuziehen, während er wahrscheinlich, wenn er die Wahrheit sage, aus der ganzen Anklage ausscheiden würde. Gothard weinte, schwankte und sagte schließlich, Michu habe ihn gebeten, ihm mehrere Säcke Gips zu bringen, aber jedesmal sei er ihm vor dem Pachthof begegnet. Man fragte ihn, wieviel Säcke er gebracht habe. »Drei«, erwiderte er.

Es entspann sich zwischen Gothard und Michu eine Debatte darüber, ob es einschließlich dem, den er ihm im Augenblick der Verhaftung brachte oder ohne den letzten drei gewesen wären; in jenem Fall wären nur noch zwei zur Verwendung gekommen. Diese Debatte endete zu Michus Gunsten. Für die Geschworenen waren nur zwei Säcke verwendet wurden; aber sie schienen in diesem Punkt schon ihre Überzeugung zu haben; Bordin und Monsieur de Granville hielten es für nötig, sie mit Gips zu sättigen und sie so zu ermüden, daß sie überhaupt nichts mehr verständen. Monsieur de Granville reichte den Antrag ein, daß Sachverständige ernannt würden, um den Zustand der Schranke zu untersuchen.

»Der Direktor der Jury«, sagte der Verteidiger, »hat sich damit begnügt, den Weg abzugehen, weniger, um dort eine ernstliche Untersuchung anzustellen, als vielmehr, um dort eine Ausflucht Michus zu finden; aber unserer Meinung nach hat er seine Pflicht versäumt, und sein Fehler muß uns zu Nutzen kommen.«

Der Gerichtshof ernannte tatsächlich Sachverständige, die untersuchen sollten, ob einer der Pfosten der Schranke kürzlich vergipst worden wäre. Der öffentliche Ankläger aber wollte vor der Untersuchung in diesem Punkt den Sieg davontragen. »Sie sollten sich, um ganz allein den Pfosten zu vergipsen, die Zeit zwischen halb sechs und halb sieben ausgesucht haben, um die es nicht mehr hell ist?«

»Monsieur d'Hauteserre hatte mich gescholten!«

»Aber«, sagte der öffentliche Ankläger, »wenn Sie den Gips an der Schranke gebraucht haben, so haben Sie doch einen Kübel und eine Kelle gebraucht. Wenn Sie nun gleich zu Monsieur d'Hauteserre gegangen sind, um ihm zu melden, daß Sie seine Befehle ausgeführt hätten, so können Sie doch unmöglich erklären, wie es kommt, daß Gothard Ihnen nochmals Gips brachte. Sie hätten da an Ihrem Pachthof vorüberkommen müssen; Sie hätten dort Ihre Werkzeuge niedergelegt und Gothard benachrichtigt.«

Diesen furchtbaren Argumenten folgte ein grauenhaftes Schweigen im ganzen Saal. »Kommen Sie, gestehen Sie!« fuhr der Ankläger fort, »nicht einen Pfosten haben Sie vermauert ...«

»Glauben Sie denn: den Senator?« fragte Michu mit tief ironischer Miene.

Monsieur de Granville bat den öffentlichen Ankläger förmlich, sich über diesen Punkt auszusprechen. Michu sei der Entführung, der Freiheitsberaubung angeklagt, nicht des Mordes. Keine Fragestellung konnte folgenschwerer sein. Der Codex vom Brumaire des Jahres IV verbot dem öffentlichen Ankläger, während der Verhandlung irgendeinen neuen Punkt einzuführen; er mußte sich bei Strafe der Nichtigkeit des Urteils an den Wortlaut der Anklageschrift halten. Der öffentliche Ankläger erwiderte, Michu könnte, als Haupturheber des Attentats, der im Interesse seiner Herren die ganze Verantwortung auf sich genommen hätte, gar wohl den Eingang zu dem unbekannten Ort, wo der Senator stöhnte, haben vermauern müssen.

Da man ihn mit Fragen bedrängte, ihn Gothard gegenüber quälte, ihn mit sich selbst in Widersprüche verwickelte, so schlug Michu schließlich mit der Faust heftig auf das Geländer der Anklagebank und rief: »Ich habe mit der Entführung des Senators nichts zu tun; ich glaube eher, daß seine Feinde ihn einfach eingesperrt haben; aber wenn er wieder auftaucht, so werden Sie ja sehen, daß da der Gips zu nichts hat dienen können.«

»Schön«, sagte der Advokat, indem er sich an den öffentlichen Ankläger wandte; »Sie haben für die Verteidigung meines Klienten mehr getan, als ich je hätte sagen können.« Mit dieser verwegenen Behauptung, die die Geschworenen überraschte und der Verteidigung einen Vorteil gab, schloß die erste Sitzung. Bordin und die Advokaten der Stadt beglückwünschten den jungen Verteidiger begeistert. Der öffentliche Ankläger, den dieser Satz beunruhigte, fürchtete, in eine Falle gegangen zu sein; und wirklich hatte er sich in einem Netz gefangen, das von den Verteidigern sehr geschickt gestellt worden war; Gothard hatte seine Rolle zu dem Zweck ausgezeichnet gespielt. Die Witzbolde der Stadt sagten, man habe die Geschichte wieder vergipst, der öffentliche Ankläger führe keine gute Kelle und die Simeuses würden weiß gewaschen wie Gips. In Frankreich gehört alles in den Bereich des Scherzes, der Scherz ist König: man scherzt auf dem Schafott, an der Beresina, auf den Barrikaden, und irgendein Franzose wird ohne Zweifel auch vor dem Gerichtshof des Jüngsten Tags noch scherzen.

Am folgenden Tage verhörte man die Belastungszeugen:

Madame Marion, Madame Grévin, Monsieur Grévin, den Kammerdiener des Senators und Violette, deren Aussagen man sich nach den Ereignissen leicht vorstellen kann. Alle erkannten die fünf Angeklagten wieder, die vier Edelleute unter mehr oder minder langem Zögern, Michu aber mit voller Bestimmtheit. Beauvisage wiederholte das Wort, das Robert d'Hauteserre entschlüpft war. Der Bauer, der das Kalb hatte kaufen wollen, führte die Worte von Mademoiselle de Cinq-Cygne an. Als man die Sachverständigen vernahm, bestätigten sie ihren Bericht über den Vergleich der Hufspuren mit den Eisen, die die Pferde der vier Edelleute getragen hatten; denn nach der Anklage deckten sie sich genau. Dieser Umstand wurde naturgemäß zum Gegenstand einer heftigen Debatte zwischen Monsieur de Granville und dem öffentlichen Ankläger. Der Verteidiger nahm den Hufschmied von Cinq-Cygne beiseite, und es gelang ihm, in der Verhandlung festzustellen, daß wenige Tage zuvor gleiche Eisen an Leute verkauft worden waren, die man im Ort nicht kannte. Ferner erklärte der Schmied, daß er nicht nur die Pferde des Schlosses von Cinq-Cygne so beschlagen hatte, sondern noch viele andere im Bezirk. Schließlich war das Pferd, dessen Michu sich gewöhnlich bediente, ausnahmsweise in Troyes beschlagen worden, und unter den Spuren im Park fand sich kein Abdruck dieses Eisens. »Der Doppelgänger Michus wußte das nicht«, sagte Monsieur de Granville, indem er die Geschworenen ansah, »und die Anklage hat nicht festgestellt, daß wir uns eines der Pferde aus dem Schloß bedient hätten.«

Auch die Aussage Violettes über die Ähnlichkeit der Pferde, die er nur von hinten und aus der Ferne gesehen hatte, vernichtete er. Trotz der unglaublichen Anstrengungen des Verteidigers aber belastete Michu die Masse der positiven Zeugnisse. Ankläger, Publikum, Gerichtshof und Geschworene fühlten alle, daß die Schuld des Dieners die der Herren mit sich zog, genau wie die Verteidigung es vorausgesagt hatte. Bordin hatte den Angelpunkt des Prozesses richtig erraten, als er Michu Monsieur de Granville zum Verteidiger gab, aber die Verteidigung gab auf diese Weise ihre Geheimnisse preis. So war denn auch alles, was den ehemaligen Verwalter von Gondreville anging, von brennendem Interesse. Michus Haltung war übrigens prachtvoll. Er entfaltete in der Verhandlung den ganzen Scharfsinn, den die Natur ihm verliehen hatte; und je länger das Publikum ihn sah, um so mehr erkannte es seine Überlegenheit an. Aber sonderbar! Dieser Mensch schien nur um so sicherer der Urheber des Attentats zu sein. Die Entlastungszeugen, die in den Augen der Geschworenen und des Gesetzes weniger wichtig waren als die Belastungszeugen, schienen nur ihre Pflicht zu tun; man hörte sie an, um sein Gewissen zu beruhigen. Zunächst wurden weder Marthe noch Monsieur und Madame d'Hauteserre vereidigt; Cathérine und die Durieus waren in ihrer Eigenschaft als Dienstboten in der gleichen Lage. Monsieur d'Hauteserre sagte aus, er habe Michu wirklich den Auftrag gegeben, den umgestürzten Pfosten wieder aufzurichten. Die Erklärung der Sachverständigen, die nunmehr ihren Bericht verlasen, bestätigte die Aussage des alten Edelmannes; aber sie wendeten die Sache dennoch zugunsten des Direktors der Jury, indem sie erklärten, es sei ihnen unmöglich, den Zeitpunkt festzustellen, an dem diese Arbeit ausgeführt worden wäre: es könnten ebensoviel Wochen seither verstrichen sein wie zwanzig Tage. Das Auftreten von Mademoiselle de Cinq-Cygne erregte die lebhafteste Neugier; aber als sie nach dreiundzwanzig Tagen der Trennung ihre Cousins auf der Anklagebank wiedersah, litt sie unter einer so heftigen Gemütsbewegung, daß sie aussah, als sei sie schuldig. Sie fühlte ein unbezähmbares Verlangen, an der Seite der Zwillinge zu sitzen, und wie sie später erzählte, mußte sie ihre ganze Kraft aufwenden, um ihre Wut zu unterdrücken, die sie antrieb, den öffentlichen Ankläger zu töten, um in den Augen der Welt mit ihnen schuldig zu sein. Sie erzählte unbefangen, als sie nach

Cinq-Cygne zurückgekehrt wären, habe sie, da sie im Park Rauch gesehen hätte, an einen Brand geglaubt. Lange habe sie geglaubt, der Rauch rühre nur von Unkraut her. »Später jedoch«, sagte sie, »ist mir eine Einzelheit eingefallen, die ich der Beachtung des Gerichts überlasse. Ich fand in den Schnüren meines Reitkleides und in den Falten meiner Halskrause Aschenreste, die aussahen, als rührten sie von verbrannten Papieren her, die der Wind fortgetragen hatte.«

»War der Rauch beträchtlich?« fragte Bordin.

»Ja«, sagte Mademoiselle de Cinq-Cygne; »ich glaubte an einen Brand.«

»Das kann dem Prozeß eine neue Wendung geben«, sagte Bordin. »Ich ersuche den Gerichtshof, eine sofortige Untersuchung des Ortes anzuordnen, wo der Brand stattgefunden hat.« Der Vorsitzende ordnete diese Untersuchung an.

Grévin wurde auf Ansuchen der Verteidiger zurückgerufen und über diesen Umstand befragt; er erklärte, nichts darüber zu wissen. Aber Bordin und Grévin tauschten ein paar Blicke aus, die sie gegenseitig aufklärten. ›Da liegt der Prozeß!‹ sagte sich der alte Sachwalter. ›Sie haben es!‹ dachte der Notar.

Aber auf beiden Seiten begriffen die beiden Füchse, daß die Untersuchung nutzlos war. Bordin sagte sich, Grévin würde verschwiegen sein wie eine Mauer, und Grévin zollte sich selber Beifall, daß er die Spuren des Brandes hatte beseitigen lassen. Um diesen Punkt zu erledigen, der in der Verhandlung nebensächlich war und kindisch erscheint, aber für die Rechtfertigung, die die Geschichte den jungen Leuten schuldet, von ungeheurer Wichtigkeit ist, so erklärten die Sachverständigen und Pigoult, die mit dem Besuch des Parks beauftragt worden waren, sie hätten keine Stelle gefunden, an der man Spuren eines Brandes hätte sehen können. Bordin ließ zwei Arbeiter laden, die aussagten, sie hätten auf Befehl des Inspektors einen Teil der Wiese umgegraben, deren Gras verbrannt gewesen sei; aber sie sagten, sie hätten nicht beachtet, von welchem Stoff die Asche herrühren mochte. Der Inspektor, den man auf Ansuchen der Verteidiger nochmals aufrief, sagte, er habe von dem Senator, als er am Schloß vorüberkam, um sich den Maskenzug in Arcis anzusehen, den Befehl erhalten, diesen Teil der Wiese, der dem Senator morgens bei einem Spaziergang aufgefallen sei, umgraben zu lassen. »Hatte man dort Kraut oder Papiere verbrannt?«

»Ich habe nichts gefunden, was darauf hindeutete, daß man Papiere verbrannt hätte«, erwiderte der Inspektor.

»Nun«, sagten die Verteidiger, »wenn man dort Kraut verbrannt hat, so hat doch irgend jemand es hinschaffen und anzünden müssen.«

Die Aussagen des Pfarrers von Cinq-Cygne und von Mademoiselle Goujet machten einen günstigen Eindruck. Als sie von der Vesper kamen und auf den Wald zu spazierengingen, hätten sie die Edelleute und Michu gesehen, die aus dem Schloß kamen und in den Wald ritten. Die Stellung und das moralische Ansehen des Abbés Goujet liehen seinen Worten Gewicht.

Das Plädoyer des öffentlichen Anklägers war etwa das, was alle solche Anklagereden sind. Er glaubte der Verurteilung sicher zu sein. Die Angeklagten seien unverbesserliche Feinde Frankreichs, der öffentlichen Einrichtungen und der Gesetze. Sie hätten den Durst nach Unruhen. Obgleich sie in die Anschläge wider das Leben des Kaisers verwickelt gewesen seien, obgleich sie in das Heer Condés eingetreten wären, habe der großmütige Herrscher sie von der Emigrantenliste gestrichen. Jetzt zahlten sie ihm den Lohn für seine Milde! Kurz, es waren all die oratorischen Deklamationen, die man im Namen der Bourbonen gegen die Bonapartisten wiederholte und die man heute im Namen der jüngeren Linie gegen die Republikaner und die Legitimisten wiederholt. Diese Gemeinplätze, die bei einer feststehenden Regierung einen Sinn hätten, werden mindestens komisch erscheinen, wenn die Geschichte einmal feststellt, daß sie im Mund des Vertreters der Öffentlichkeit zu allen Zeiten gleich gelautet haben. Man kann jedes Wort, das ältere Unruhen geliefert hatten, auf sie anwenden: ›Die Etikette hat gewechselt, aber der Wein ist immer noch der gleiche!‹ Der öffentliche Ankläger, der übrigens einer der hervorragendsten Staatsanwälte des Kaiserreichs war, schob das Vergehen auf die Absicht der heimgekehrten Emigranten, gegen die Beschlagnahme ihrer Güter zu protestieren. Recht geschickt weckte er im Publikum ein Zittern über die Lage des Senators. Dann häufte er die Beweise, die halben Beweise und die Wahrscheinlichkeiten mit einem Talent, das noch von dem sicheren Lohn für seinen Eifer angestachelt wurde; er setzte sich in aller Ruhe und erwartete das Feuer der Verteidiger.

Monsieur de Granville hat nur diesen einen Kriminalprozeß geführt, aber er machte ihm einen Namen. Zunächst fand er für sein Plädoyer jenen Schwung der Beredsamkeit, den wir heute bei Berryer bewundern. Dann hatte er die Überzeugung von der Unschuld der Angeklagten; und sie ist stets eines der gewaltigsten Hilfsmittel des Wortes. Die Hauptpunkte seiner Verteidigung, die die Zeitungen jener Tage ungekürzt mitteilten, waren die folgenden: Zunächst zeigte er Michus Leben in seinem wahren Licht. Es war ein schöner Bericht, in dem die größten Empfindungen Widerhall fanden, und er weckte zahlreiche Sympathien. Als Michu sich so von einer beredten Stimme rehabilitiert sah, trat ein Augenblick ein, in dem ihm Tränen aus den gelben Augen quollen und über das furchtbare Gesicht niederrannen. Er stand jetzt da als das, was er wirklich war: als ein Mensch, einfach und verschlagen wie ein Kind, aber als ein Mann, dessen Leben nur einem Gedanken gedient hatte. Er war plötzlich erklärt, vor allem durch seine Tränen, die tiefen Eindruck auf die Geschworenen machten. Der geschickte Verteidiger benutzte diese Regung der Teilnahme, um nun in die Diskussion der Anklagepunkte einzutreten.

»Wo ist das Corpus delicti? Wo ist der Senator?« fragte er. »Sie klagen uns an, wir hätten ihn eingesperrt, ja mit Steinen und Gips eingemauert! Aber dann wissen ja nur wir, wo er ist, und da Sie uns seit dreiundzwanzig Tagen gefangenhalten, so ist er aus Mangel an Nahrungsmitteln gestorben. Dann sind wir Mörder, und Sie haben uns nicht des Mordes angeklagt ... Wenn er aber lebt, so haben wir Mitschuldige; wenn wir Mitschuldige hätten und der Senator wäre am Leben, würden wir ihn da nicht erscheinen lassen? Würden wir nicht, nachdem die Absichten, die Sie uns unterschieben, einmal fehlgeschlagen sind, unsere Lage zwecklos verschlimmern? Durch unsere Reue könnten wir uns für eine mißglückte Rache Verzeihung erlangen; und dabei sollten wir einen Menschen, von dem wir keinen Nutzen haben können, hartnäckig gefangenhalten? Ist das nicht absurd? Tragen Sie Ihren Gips wieder nach Hause, er hat seinen Zweck verfehlt!« rief er dem öffentlichen Ankläger zu. »Denn wir sind entweder dumme Verbrecher – und dafür halten Sie uns nicht – oder Unschuldige, Opfer unerklärlicher Umstände, unerklärlich für uns wie für Sie! Sie sollten vielmehr nach den Papieren suchen, die bei dem Senator verbrannt worden sind, denn die deuten auf gewaltsamere Interessen als unsere, und sie würden Ihnen Aufklärung geben über seine Entführung ...«

Er ließ sich mit wunderbarem Geschick auf diese Hypothesen ein. Er legte großes Gewicht auf das moralische Ansehen der Entlastungszeugen, deren religiöser Glaube lebendig sei, die an eine Zukunft glaubten und an ewige Strafen. An dieser Stelle wurde er erhaben, und er verstand es, tief zu rühren.

»Wie!« rief er, »diese Verbrecher setzen sich ruhig zu Tisch, als sie durch ihre Cousine von der Entführung des Senators hören? Als der Gendarmerieoffizier ihnen die Mittel sagt, um allem ein Ende zu machen, weigern sie sich, den Senator herauszugeben; sie wissen nicht, was man von ihnen will?«

Er ließ jetzt eine geheimnisvolle Begebenheit ahnen, deren Schlüssel die Zeit in Händen hielte, die diese ungerechte Anklage entschleiern müßte. Als er einmal auf diesem Gebiet war, hatte er den verwegenen und geistreichen Einfall, sich an die Stelle eines Geschworenen zu versetzen; er erzählte, wie er mit seinen Kollegen beraten würde; er stellte sich als so unglücklich dar, wenn er der Anlaß einer grausamen Verurteilung gewesen wäre und nachher der Irrtum ans Tageslicht käme; er malte seine Gewissensbisse so vortrefflich und ging mit solcher Kraft auf die Zweifel ein, die sein Plädoyer in ihm erregen würde, daß er die Geschworenen in eine furchtbare Ungewißheit versetzte.

Die Geschworenen waren damals noch nicht abgestumpft gegen derartige Ansprachen, die noch den Reiz der Neuheit besaßen, und die Jury war erschüttert. Nach dem glühenden Plädoyer des Monsieur de Granville hatten die Geschworenen den feinen und bestechenden Sachwalter anzuhören, der die Einwände häufte und alle dunklen Punkte des Prozesses hervorhob, so daß er ihn ganz unerklärlich machte. Er legte es darauf an, den Geist und die Vernunft zu packen, wie Monsieur de Granville sich an das Herz und die Phantasie gewandt hatte. Kurz, er wußte die Geschworenen mit so ernsthafter Überzeugung zu umgarnen, daß der öffentliche Ankläger sein Gebäude in Trümmer stürzen sah. Das war so klar, daß der Advokat der Hauteserres und Gothards alles der Klugheit der Geschworenen anheimstellte, da er fand, die Anklage gegen sie falle von selber hin.

Der öffentliche Ankläger bat, seine Erwiderung auf den nächsten Tag verschieben zu können. Vergebens widersetzte sich Bordin, der den Freispruch in den Augen der Geschworenen las, wenn sie nur unter dem Druck dieses Plädoyers zu beraten hätten, aus juristischen und tatsächlichen Gründen einer Vertagung, damit nicht noch eine Nacht die Herzen seiner unschuldigen Klienten auf die Folter spannte. Der Gerichtshof zog sich zur Beratung zurück.

»Das Interesse der Öffentlichkeit scheint mir ebenso wichtig zu sein wie das der Angeklagten«, sagte der Vorsitzende. »Der Gerichtshof würde jeden Begriff der Billigkeit verletzen, wenn sie der Verteidigung eine solche Bitte abschlüge; sie muß sie also auch der Anklage gewähren.«

»Alles kommt aufs Glück an«, sagte Bordin, indem er seine Klienten ansah. »Wenn Sie heute abend freigesprochen würden, können Sie morgen verurteilt werden.«

»Auf jeden Fall«, sagte der ältere der Simeuses, »können wir Sie nur bewundern.«

Mademoiselle de Cinq-Cygne hatte Tränen in den Augen. Nach den von den Verteidigern ausgesprochenen Zweifeln glaubte sie nicht mehr an einen solchen Erfolg. Man beglückwünschte sie, und alle kamen, um ihr die Freisprechung ihrer Cousins zu verheißen. Aber der Prozeß sollte den jähesten, den unheilvollsten und ungeahntesten Theatercoup erleben, der je eine Wendung in einem Kriminalprozeß gebracht hat!

Am Tage nach dem Plädoyer des Monsieur de Granville wurde morgens gegen fünf Uhr der Senator auf der Landstraße von Troyes gefunden. Er war während des Schlummers von unbekannten Befreiern der Fesseln entledigt worden und jetzt auf dem Wege nach Troyes; er ahnte nichts von dem Prozeß, er wußte nicht, welchen Widerhall sein Name in Europa gefunden hatte, und er war glücklich, nur die freie Luft zu atmen. Der Mann, der in diesem Drama den Angelpunkt bildete, war ebenso bestürzt über das, was er erfuhr, wie die, die ihm begegneten, es über seinen Anblick waren. Man gab ihm den Wagen eines Pächters, und er kam schnell nach Troyes und eilte zum Präfekten. Der Präfekt benachrichtigte auf der Stelle den Direktor der Jury, den Regierungskommissar und den öffentlichen Ankläger, die nach dem Bericht, den der Comte de Gondreville erstattete, ausschickten, um Marthe bei den Durieus aus dem Bett zu holen, während der Direktor der Jury einen Haftbefehl gegen sie begründete und erließ. Auch Mademoiselle de Cinq-Cygne, die nur gegen Bürgschaft in Freiheit war, wurde einem jener seltenen Augenblicke des Schlummers entrissen, die sie mitten in ihren beständigen Ängsten fand; man behielt sie auf der Präfektur, wo sie vernommen werden sollte. Dem Direktor des Gefängnisses wurde der Befehl erteilt, die Angeklagten von jedem Verkehr abzuschließen, selbst von dem mit den Verteidigern. Um zehn Uhr erfuhr die versammelte Menge, daß die Sitzung auf ein Uhr nachmittags vertagt worden sei. Diese Vertagung, die zusammentraf mit der Nachricht von der Befreiung des Senators, die Verhaftung Marthes, die von Mademoiselle de Cinq-Cygne und das Verbot, mit den Angeklagten zu reden – all das trug den Schrecken ins Hôtel Chargebœuf. Die ganze Stadt, all die Neugierigen, die nach Troyes gekommen waren, um dem Prozeß beizuwohnen, die Berichterstatter der Zeitungen und selbst die Leute aus dem Volk waren in einer leicht begreiflichen Aufregung. Gegen zehn Uhr kam der Abbé Goujet, um Monsieur und Madame d'Hauteserre und die Verteidiger zu besuchen. Man frühstückte gerade, soweit man unter solchen Umständen frühstücken kann. Der Pfarrer nahm Bordin und Monsieur de Granville beiseite und teilte ihnen mit, was Marthe ihm anvertraut hatte; er gab ihnen das Fragment des Briefes, den sie erhalten hatte. Die beiden Verteidiger tauschten einen Blick; dann sagte Bordin zu dem Pfarrer: »Kein Wort! Uns scheint alles verloren; wir wollen wenigstens eine anständige Haltung bewahren.«

Marthe war nicht stark genug, um den vereinten Kräften des Direktors der Jury und des öffentlichen Anklägers zu widerstehen. Übrigens sprachen die vielen Beweise zu deutlich gegen sie. Nach der Angabe des Senators hatte Lechesneau die untere Rinde des letzten von Marthe gebrachten Brotes holen lassen, die im Keller geblieben war; ebenso die leeren Flaschen und mehrere andere Gegenstände. Während der langen Stunden seiner Gefangenschaft hatte Malin allerlei Vermutungen über seine Lage angestellt und nach den Indizien geforscht, die ihn auf die Spur seiner Feinde führen könnten; er teilte seine Beobachtungen dem Richter naturgemäß mit. Michus erst jüngst erbauter Pachthof mußte einen neuen Backofen haben; da die Ziegel und Backsteine, auf denen das Brot ruhte, mit ihren Fugen irgendein Bild ergaben, so könnte man nachweisen, daß das Brot in diesem Ofen gebacken worden war, indem man einen Abdruck der Ofensohle aufnahm, deren Unebenheiten sich auf der Rinde wiederfinden würden. Dann wären die Flaschen, die mit grünem Lack versiegelt waren, zweifellos den Flaschen gleich, die man in Michus Keller finden müßte. Diese scharfsinnigen Bemerkungen führten, als er sie dem Friedensrichter mitteilte und dieser in Marthes Gegenwart die Untersuchung vornahm, zu dem von dem Senator vorhergesehenen Ergebnis. Da Marthe sich ferner von der scheinbaren Gutmütigkeit fangen ließ, mit der Lechesneau, der öffentliche Ankläger und der Regierungskommissar sie darauf aufmerksam machten, daß nur ein freimütiges Geständnis ihrem Mann das Leben retten könne, so gestand sie, als diese offenkundigen Beweise sie niederschmetterten, daß das Versteck, in das man den Senator gebracht hatte, nur Michu, den Simeuses und Hauteserres bekannt sei und daß sie dem Senator dreimal und während der Nacht Lebensmittel gebracht habe. Als Laurence über das Versteck vernommen wurde, mußte sie zugeben, daß Michu es entdeckt und es ihr vor dem ganzen Ereignis gezeigt hatte, um die Edelleute dort den Nachforschungen der Polizei zu entziehen.

Sowie diese Verhöre beendet waren, wurden die Jury und die Advokaten von der Wiederaufnahme der Verhandlung verständigt. Um drei Uhr eröffnete der Vorsitzende die Sitzung, indem er verkündete, daß die Verhandlung auf neuer Grundlage weitergeführt würde. Der Vorsitzende zeigte Michu drei Weinflaschen und fragte ihn, ob er sie als seine Flaschen anerkennte; er zeigte ihm, daß der Lack an zwei leeren Flaschen der gleiche war wie an einer vollen, die der Friedensrichter morgens in Gegenwart seiner Frau aus dem Pachthof geholt hatte. Michu wollte sie nicht als die seinen anerkennen, aber die Geschworenen würdigten diese neuen Beweisstücke, als der Vorsitzende ihnen erklärte, daß die leeren Flaschen in dem Versteck gefunden worden seien, in dem man den Senator gefangengehalten hatte. Jeder Angeklagte wurde einzeln über den Keller unter den Trümmern des Klosters vernommen. Es wurde nach einer neuen Vernehmung aller Belastungs- und Entlastungszeugen in der Verhandlung festgestellt, daß dieses von Michu entdeckte Versteck nur ihm, Laurence und den vier Edelleuten bekannt war. Man kann sich denken, welchen Eindruck es auf das Publikum und die Geschworenen machte, als der öffentliche Ankläger verkündete, daß dieser nur den Angeklagten und zwei der Zeugen bekannte Keller dem Senator als Gefängnis gedient hatte. Man führte Marthe herein. Ihr Auftreten weckte im Publikum und unter den Angeklagten die lebhaftesten Ängste. Monsieur de Granville erhob sich, um sich der Vernehmung der Frau als Zeugin gegen den Mann zu widersetzen. Der öffentliche Ankläger machte darauf aufmerksam, daß Marthe nach eigenem Geständnis an dem Vergehen mitschuldig wäre; sie würde also weder vereidigt, noch hätte sie Zeugnis abzulegen; sie sollte nur im Interesse der Wahrheit vernommen werden. »Wir brauchen übrigens nur ihre Aussagen vor dem Direktor der Jury verlesen zu lassen«, sagte der Vorsitzende, indem er den Gerichtsschreiber das Protokoll vom Morgen verlesen ließ.

»Bleiben Sie bei diesem Geständnis?« fragte der Vorsitzende. Michu sah seine Frau an; Marthe erkannte ihren Fehler und fiel ohnmächtig nieder. Man kann ohne Übertreibung sagen, daß auf die Anklagebank und die Verteidiger der Blitz herniederfuhr. »Ich habe aus dem Gefängnis niemals an meine Frau geschrieben, und ich kenne keinen der Angestellten«, sagte Michu. Bordin reichte ihm die Fragmente des Briefes, Michu brauchte nur einen Blick darauf zu werfen. »Meine Schrift ist gefälscht!« rief er.

»Das Leugnen ist Ihre letzte Ausflucht«, sagte der öffentliche Ankläger.

Jetzt führte man unter den für seinen Empfang vorgeschriebenen Förmlichkeiten den Senator herein. Sein Auftreten war ein Theatercoup. Malin, den die Richter ohne Mitleid mit den einstigen Besitzern des schönen Landsitzes den Comte de Gondreville nannten, blickte auf Verlangen des Vorsitzenden die Angeklagten lange und mit der größten Aufmerksamkeit an. Er gab zu, daß die Kleider seiner Entführer allerdings genau dieselben gewesen wären wie die der Edelleute; aber er erklärte, infolge der Verwirrung seiner Sinne im Augenblick der Entführung könne er nicht mit Sicherheit behaupten, daß die Angeklagten auch die Schuldigen seien.

»Ja, noch mehr«, sagte er, »es ist meine Überzeugung, daß diese vier nichts damit zu tun haben. Die Hände, die mir die Augen verbanden, waren rauh. Daher«, sagte Malin, indem er Michu ansah, »würde ich auch eher glauben, daß mein ehemaliger Verwalter diese Sorge übernommen hat; aber ich bitte die Geschworenen, meine Aussage wohl zu erwägen. Mein Argwohn in dieser Hinsicht ist sehr leicht, und zwar aus diesem Grund: Die beiden Leute, die sich meiner bemächtigt hatten, setzten mich hinter dem, der mir die Augen verbunden hatte, aufs Pferd; sein Haar war rot wie das des Angeklagten Michu. So sonderbar nun meine Beobachtung auch sein mag, so muß ich doch von ihr reden, weil sie die Grundlage bildet zu einer dem Angeklagten günstigen Überzeugung, und ich bitte ihn, sich nicht über sie zu ärgern. Als ich mich an den Rücken eines Unbekannten klammerte, mußte ich trotz des schnellen Ritts seinen Geruch bemerken. Nun erkannte ich nicht den wieder, der Michu eigen ist. Was die Person angeht, die mir dreimal Lebensmittel brachte, so bin ich sicher, daß es Marthe war, Michus Frau. Gleich das erstemal habe ich sie an einem Ring erkannt, den ihr Mademoiselle de Cinq-Cygne gegeben und den sie abzuziehen vergessen hatte. Das Gericht und die Geschworenen werden die Widersprüche würdigen, die in diesen Tatsachen liegen und die ich mir noch nicht erklären kann.«

Ein wohlwollendes Gemurmel einstimmigen Beifalls nahm Malins Aussage entgegen. Bordin bat den Gerichtshof um die

Erlaubnis, ein paar Fragen an diesen wertvollen Zeugen zu richten. »Sie glauben also, Monsieur, daß Ihre Freiheitsberaubung andere Gründe hat als die Interessen, die die Anklage den Angeklagten unterlegt?«

»Sicherlich ...!« sagte der Senator; »aber ich kenne die Motive nicht; denn ich erkläre, daß ich während der zwanzig Tage der Gefangenschaft niemanden gesehen habe.«

»Glauben Sie«, fragte da der öffentliche Ankläger, »daß Ihr Schloß Gondreville Papiere, Urkunden oder Werte enthalten konnte, die eine Untersuchung von seiten der Simeuses hätten nötig machen können?«

»Das glaube ich nicht«, sagte Malin. »Ich halte die Angeklagten in diesem Fall für unfähig, sie durch Gewalt in ihren Besitz zu bringen. Sie hätten sie nur von mir zu verlangen brauchen, um sie zu erhalten.«

»Hat Monsieur le Senateur nicht in seinem Park Papiere verbrennen lassen?« fragte Monsieur de Granville unvermittelt.

Der Senator sah Grévin an. Nachdem er mit dem Notar rasch einen feinen Blick getauscht hatte, den Bordin auffing, erwiderte er, er habe keine Papiere verbrannt. Als der öffentliche Ankläger ihn um Auskunft über den Hinterhalt im Park bat, dessen Opfer er fast geworden wäre, und ihn fragte, ob er sich nicht über die Richtung des Gewehrlaufs getäuscht haben könnte, sagte der Senator, Michu habe in einem Baum gekauert. Diese Antwort, die Grévins Aussage bestätigte, machte großen Eindruck.

Die Edelleute blieben während der Aussage ihres Feindes, der sie mit seiner Großmut überschüttete, unbewegt stehen. Laurence litt die furchtbarsten Qualen, und der Marquis de Chargebœuf mußte sie immer wieder am Arm zurückhalten. Als der Comte de Gondreville sich zurückzog, grüßte er die vier Edelleute, die seinen Gruß nicht erwiderten. Diese Kleinigkeit entrüstete die Geschworenen.

»Sie sind verloren!« sagte Bordin dem Marquis ins Ohr.

»Leider! Immer durch den Hochmut ihrer Empfindungen!« erwiderte Monsieur de Chargebœuf.

»Unsere Aufgabe ist nur zu leicht geworden, Messieurs«, sagte der öffentliche Ankläger, indem er aufstand und die Geschworenen ansah.

Er erklärte die Verwendung der zwei Säcke Gips mit dem Einmauern der eisernen Klammer, die man brauchte, um das Schloß anzubringen, von dem der große Riegel an der Kellertür gehalten wurde; die Beschreibung fände sich in dem von Pigoult morgens aufgenommenen Protokoll. Er wies mit Leichtigkeit nach, daß nur die Angeklagten von dem Vorhandensein des Kellers wußten. Er deckte die Lügen der Verteidigung auf und zerrieb all ihre Argumente unter den neuen Beweisen, die wie ein Wunder gekommen waren. Man stand 1806 dem ›Höchsten Wesen‹ von 1793 noch zu nahe, um von der göttlichen Gerechtigkeit zu reden: das Eingreifen des Himmels ersparte er den Geschworenen also. Schließlich sagte er, die Justiz werde ein Auge auf die unbekannten Mitschuldigen haben, die den Senator befreit hätten; dann setzte er sich, indem er zuversichtlich das ›Schuldig‹ erwartete.

Die Geschworenen glaubten an ein Geheimnis; aber sie waren sämtlich überzeugt, daß dieses Geheimnis von den Angeklagten ausging, die in einem privaten Interesse von höchster Wichtigkeit schwiegen.

Monsieur de Granville, für den es jetzt klar war, daß irgendeine Intrige vorlag, stand auf; aber es war, als würde er überschrien, weniger von den neu hinzugekommenen Aussagen als vielmehr von der offenkundigen Überzeugung der Geschworenen. Er übertraf sein Plädoyer vom Tage zuvor vielleicht noch. Seine zweite Rede war sicherlich logischer und gedrungener als die erste. Aber er fühlte, wie seine Glut an der Kälte der Jury abglitt: er sprach zwecklos, und er sah es! Eine furchtbare und eisige Situation. Er machte darauf aufmerksam, wie sehr die Befreiung des Senators, die wie durch Zauber und sicherlich ohne Beihilfe irgendeines der

Angeklagten oder Marthes erfolgt war, seine ersten Schlußfolgerungen bestätigte; gestern wahrlich hätten die Angeklagten an einen Freispruch glauben können; und wenn es, wie die Anklage behauptete, bei ihnen stand, den Senator festzuhalten oder freizulassen, so hätten sie ihn doch nicht vor dem Urteilsspruch befreit! Er versuchte begreiflich zu machen, daß nur im Schatten verborgene Feinde diesen Streich hätten führen können.

Sonderbar! Monsieur de Granville warf Zweifel nur dem öffentlichen Ankläger und den Richtern in den Geist, denn die Geschworenen hörten nur zu, weil es ihre Pflicht war. Selbst das Publikum, das sonst stets den Angeklagten so günstig gegenübersteht, war von ihrer Schuld überzeugt. Es gibt eine Gedankenatmosphäre. In einem Gerichtssaal lasten die Gedanken der Menge auf den Richtern und den Geschworenen; und ebenso umgekehrt. Als der Verteidiger diese Geistesstimmung sah, die man erkennt oder fühlt, erhob er sich in seinen letzten Worten zu einer Art fiebrischer Begeisterung, in die ihn seine Überzeugung hineintrieb.

»Im Namen der Angeklagten«, rief er, »vergebe ich Ihnen im voraus einen verhängnisvollen Irrtum, den nichts zerstreuen wird. Wir alle sind das Spielzeug einer unbekannten und machiavellistischen Macht. Marthe Michu ist das Opfer eines schmählichen Verrats, und die Öffentlichkeit wird es erkennen, wenn das Unglück nicht wiedergutzumachen ist ...«

Bordin nahm die Aussage des Senators als Waffe auf und verlangte die Freisprechung der Angeklagten.

Der Vorsitzende faßte das Ergebnis der Verhandlung mit um so größerer Unparteilichkeit zusammen, als die Geschworenen sichtlich überzeugt waren. Er neigte die Waage sogar zugunsten der Angeklagten, indem er der Aussage des Senators großes Gewicht lieh. Diese Höflichkeit konnte den Erfolg der Anklage nicht mehr in Frage stellen. Um elf Uhr abends verurteilte der Gerichtshof, nachdem der Obmann der Geschworenen die verschiedenen Antworten erteilt hatte, Michu zur Todesstrafe, die Simeuses zu vierundzwanzig und die Hauteserres zu zehn Jahren Zwangsarbeit; Gothard wurde freigesprochen. Der ganze Saal wollte sehen, wie die fünf Schuldigen sich im letzten Augenblick halten würden, als man sie frei vor den Gerichtshof führte, damit sie das Urteil vernähmen. Die vier Edelleute warfen einen Blick auf Laurence, die ihnen aus trocknem Auge den flammenden Blick der Märtyrer zurückgab. »Sie würde weinen, wenn wir freigesprochen worden wären!« sagte der jüngere Simeuse zu seinem Bruder.

Niemals haben Angeklagte einer ungerechten Verurteilung eine heiterere Stirn und eine würdigere Haltung entgegengestellt als diese fünf Opfer eines grauenhaften Komplotts. »Unser Verteidiger hat Ihnen verziehen!« sagte der ältere der Simeuses, indem er sich an den Gerichtshof wandte.

Madame d'Hauteserre erkrankte und lag drei Monate lang im Hôtel Chargebœuf im Bett. Der gute d'Hauteserre kehrte ruhig nach Cinq-Cygne zurück; aber von jenem Schmerz eines Greises, der keine der Ablenkungen der Jugend kennt, verzehrt, traten bei ihm oft Augenblicke der Geistesabwesenheit ein, die dem Pfarrer bewiesen, daß dieser arme Vater immer noch gleichsam am Morgen nach der verhängnisvollen Entscheidung lebte. Die schöne Marthe brauchte man nicht erst zu richten: zwanzig Tage nach der Verurteilung ihres Mannes starb sie im Gefängnis; ihren Sohn empfahl sie Laurence, in deren Armen sie verschied. Als das Urteil einmal bekannt geworden war, erstickten politische Ereignisse von höchster Bedeutung die Erinnerung an diesen Prozeß, von dem bald keine Rede mehr war. Die Gesellschaft gleicht dem Ozean, sie nimmt nach einem Aufruhr ihr Niveau und ihre glatte Fläche wieder an und verlöscht seine Spur durch die Bewegung ihrer verzehrenden Interessen.

Laurence wäre ohne die Festigkeit ihrer Seele und ohne ihre Überzeugung von der Unschuld ihrer Cousins unterlegen;

aber sie gab neue Beweise von der Größe ihres Charakters, sie setzte Monsieur de Granville und Bordin in Erstaunen durch die scheinbare Heiterkeit, die höchstes Unglück schönen Seelen aufdrückt. Sie wachte bei Madame d'Hauteserre und pflegte sie, und jeden Tag ging sie zwei Stunden lang ins Gefängnis. Sie sagte, sie würde einen ihrer Cousins heiraten, wenn sie im Bagno wären.

»Im Bagno?« rief Bordin. »Aber, Mademoiselle, wir dürfen nur noch daran denken, den Kaiser um ihre Begnadigung zu bitten.«

»Ihre Begnadigung, einen Bonaparte?« rief Laurence voll Grauen aus.

Dem alten und würdigen Sachwalter sprang die Brille von der Nase; er griff sie auf, ehe sie gefallen war, und sah das junge Mädchen an, das jetzt einer Frau glich; er begriff diesen Charakter in seiner ganzen Ausdehnung, und er nahm den Marquis de Chargebœuf am Arm und sagte zu ihm: »Monsieur le Marquis, lassen Sie uns nach Paris eilen, um sie ohne sie zu retten!«

Die Berufungen der Simeuses und Hauteserres und Michus waren die erste Angelegenheit, die der Kassationshof abzuurteilen hatte. Der Spruch wurde also zum Glück durch die Zeremonien der Einsetzung des Gerichtshofs verzögert.

Gegen Ende des September wurde nach drei Sitzungen, die die Verteidigung und der Generalstaatsanwalt Merlin, der selbst das Wort führte, in Anspruch nahmen, die Berufung verworfen. Der kaiserliche Gerichtshof in Paris war eben errichtet worden, Monsieur de Granville wurde dort zum Stellvertreter des Generalstaatsanwalts ernannt; und da das Departement der Aube unter die Gerichtsbarkeit dieses Gerichtshofs fiel, so wurde es ihm möglich, im Herzen seines Ministeriums zugunsten der Angeklagten Schritte zu unternehmen; er ermüdete seinen Gönner Cambacérès. Bordin und Monsieur de Chargebœuf kamen am Morgen nach dem Spruch des Appellhofs in sein Hôtel im Marais, wo sie ihn im

Honigmond seiner Ehe fanden, denn er hatte sich in der Zwischenzeit verheiratet. Trotz all den Ereignissen, die in das Dasein des jungen Advokaten getreten waren, sah Monsieur de Chargebœuf recht wohl an der Niedergeschlagenheit des jungen Substituten, daß er seinen Klienten treu blieb. Gewisse Advokaten, die Künstler des Berufs, machen aus ihren Prozessen ihre Geliebten. Der Fall ist selten; man verlasse sich nicht auf ihn.

Sowie Monsieur de Granville mit seinen ehemaligen Klienten in seinem Arbeitszimmer allein war, sagte er zu dem Marquis: »Ich habe Ihren Besuch nicht erst abgewartet, ich habe sogar meinen ganzen Einfluß schon verbraucht. Versuchen Sie nicht, Michu zu retten, dann würden Sie auch die Begnadigung der Simeuses nicht erlangen. Ein Opfer ist nötig.«

»Mein Gott!« sagte Bordin, indem er dem jungen Beamten die drei Gnadengesuche zeigte, »kann ich es auf mich nehmen, das Gesuch Ihres ehemaligen Klienten zu unterschlagen? Wenn ich dieses Papier ins Feuer werfe, so heißt das ihm den Kopf abschneiden!«

Er zeigte ihm Michus Blankounterschrift. Monsieur de Granville nahm das Papier und sah es an. »Wir können es nicht unterschlagen; aber ich muß es Ihnen sagen: Wenn Sie alles verlangen, so werden Sie nichts erhalten.«

»Haben wir noch Zeit, Michu zu fragen?« sagte Bordin.

»Ja. Der Hinrichtungsbefehl gehört ins Ressort des Generalstaatsanwalts, und wir können Ihnen einige Tage bewilligen. Man tötet Menschen«, fügte er mit einer gewissen Bitterkeit hinzu, »aber man tut es unter Förmlichkeiten, vor allem in Paris.«

Monsieur de Chargebœuf hatte schon vom Justizminister Auskünfte erhalten, die diesen traurigen Worten des Monsieur de Granville ungeheures Gewicht liehen. »Michu ist unschuldig, ich weiß es, ich sage es selbst«, fuhr der Beamte fort; »aber was vermag man allein gegen alle? Und bedenken

Sie, daß es heute meine Rolle ist, zu schweigen. Ich muß das Schafott errichten lassen, auf dem mein ehemaliger Klient hingerichtet wird.«

Monsieur de Chargebœuf kannte Laurence genau genug, um zu wissen, daß sie nie einwilligen würde, ihre Cousins auf Michus Kosten zu retten. Der Marquis machte also einen letzten Versuch. Er hatte den Minister der Auswärtigen Angelegenheiten um eine Audienz bitten lassen, um zu erfahren, ob es in der hohen Diplomatie noch ein Rettungsmittel gäbe. Er nahm Bordin mit, der den Minister kannte und ihm einige Dienste geleistet hatte. Die beiden Greise fanden Talleyrand in die Betrachtung seines Feuers versunken, die Füße vor sich hingestreckt, den Kopf in die Hand und den Ellenbogen auf den Tisch gestützt, während die Zeitung am Boden lag. Der Minister hatte eben den Spruch des Kassationshofs gelesen.

»Wollen Sie sich setzen, Monsieur le Marquis«, sagte der Minister. »Und Sie, Bordin«, fügte er hinzu, indem er auf einen Platz am Tisch vor sich zeigte, »schreiben Sie:

Majestät!
Vier unschuldige Edelleute, die von der Jury schuldig gesprochen worden sind, haben ihre Verurteilung eben durch Ihren Kassationshof bestätigt gesehen.

Eure Kaiserliche Majestät kann sie nur noch begnadigen. Diese Edelleute erbitten diese Gnade von Ihrer erhabenen Milde einzig, damit sie Gelegenheit finden, ihren Tod durch den Kampf unter Ihren Augen nützlich zu gestalten, und sie nennen sich Eurer Kaiserlichen und Königlichen Majestät ... usw.«

»Nur Fürsten verstehen es, so zu verpflichten«, sagte der Marquis de Chargebœuf, indem er diesen kostbaren Entwurf des Gesuchs aus Bordins Händen entgegennahm, das die vier Edelleute unterschreiben sollten und für das er hohe Beiberichte zu erlangen hoffte.

»Das Leben Ihrer Verwandten, Monsieur le Marquis«,

sagte der Minister, »hängt vom Zufall der Schlachten ab: versuchen Sie, am Tage nach einem Sieg anzukommen, so sind sie gerettet!« Er griff zur Feder und schrieb selbst einen vertraulichen Brief an den Kaiser und einen zweiten von zehn Zeilen an den Marschall Duroc; dann schellte er, verlangte einen diplomatischen Paß von seinem Sekretär und fragte den alten Sachwalter ruhig: »Welches ist Ihre ernsthafte Meinung über diesen Prozeß?«

»Wissen Sie denn nicht, Durchlaucht, wer uns so umgarnt hat?«

»Ich vermute es, aber ich habe meine Gründe, eine Gewißheit zu suchen«, sagte der Fürst. »Kehren Sie nach Troyes zurück, bringen Sie mir morgen um die gleiche Stunde Mademoiselle de Cinq-Cygne hierher, aber heimlich; gehen Sie zu Madame de Talleyrand, die ich von Ihrem Besuch in Kenntnis setzen werde. Wenn Mademoiselle de Cinq-Cygne, die wir so stellen werden, daß sie den Mann sehen kann, der vor mir stehen wird, ihn als jemanden erkennt, der zur Zeit der Verschwörung von Polignac und Rivière bei ihr gewesen ist – was ich auch sage, was er auch erwidere –, keine Geste und kein Wort! Denken Sie übrigens nur daran, die Simeuses und Hauteserres zu retten; beladen Sie sich nicht mit dem argen Schlingel, Ihrem Wildhüter.«

»Ein wunderbarer Mensch, Durchlaucht!«

»Begeisterung? Und bei Ihnen, Bordin! Dann ist der Mann etwas ... Unser Herrscher hat eine fabelhafte Eitelkeit, Monsieur le Marquis«, sagte er mit einem Wechsel des Themas; »er will mich verabschieden, um ohne Widerspruch Dummheiten machen zu können. Er ist ein großer Soldat, der die Gesetze des Raums und der Zeit zu biegen vermag; aber Menschen zu wandeln, würde ihm nicht gelingen, und er möchte sie zu seinem Gebrauch einschmelzen. Jetzt vergessen Sie nicht, daß die Begnadigung Ihrer Verwandten nur von einem einzigen Wesen erlangt werden kann – von Mademoiselle de Cinq-Cygne.«

Der Marquis fuhr allein nach Troyes und sagte Laurence, wie es stand. Laurence erhielt von dem kaiserlichen Prokurator die Erlaubnis, Michu zu sehen, und der Marquis begleitete sie bis an das Tor des Gefängnisses, wo er auf sie wartete. Als sie wieder herauskam, standen ihr die Augen voll Tränen.

»Der arme Mann«, sagte sie, »versuchte vor mir niederzuknien, um mich zu bitten, daß ich nicht mehr an ihn dächte; er vergaß, daß er Eisen an den Beinen trägt! Ach, Marquis, ich werde für ihn reden! Ja, ich will hingehen und Ihrem Kaiser die Stiefel küssen! Und wenn es mir mißlingt, nun, dann soll dieser Mann durch mich ewig in unserer Familie leben. Reichen Sie sein Gnadengesuch ein, um Zeit zu gewinnen, ich will sein Bildnis haben ... Kommen Sie.«

Als der Minister am folgenden Morgen durch ein vereinbartes Signal erfuhr, daß Laurence auf ihrem Posten stand, schellte er; sein Diener kam und erhielt den Befehl, Monsieur Corentin eintreten zu lassen.

»Mein Lieber, Sie sind ein geschickter Mann«, sagte Talleyrand zu ihm, »ich möchte Sie verwenden.«

»Durchlaucht ...«

»Hören Sie zu. Wenn Sie Fouché dienen, erhalten Sie Geld, aber niemals erlangen Sie Ehre oder eine Stellung, die Sie eingestehen können; wenn Sie dagegen mir immer so dienen, wie Sie ihm soeben in Berlin gedient haben, so werden Sie sich Ansehen erwerben.«

»Durchlaucht sind sehr gütig ...«

»In Ihrer letzten Affäre haben Sie Genie gezeigt, auf Gondreville...«

»Wovon reden Durchlaucht?« fragte Corentin mit nicht zu kühler, doch auch nicht zu überraschter Miene.

»Monsieur Corentin«, sagte der Minister trocken, »Sie werden es zu nichts bringen, Sie fürchten ...«

»Was, Durchlaucht?«

»Den Tod!« sagte der Minister mit seiner schönen, tiefen und hohlen Stimme. »Adieu, mein Lieber!«

»Er ist es«, sagte der Marquis de Chargebœuf, indem er eintrat; »aber Sie hätten die Comtesse fast getötet, sie erstickt!«

»Nur er ist imstande, solche Streiche zu spielen«, sagte der Minister, »Monsieur le Marquis, Sie laufen Gefahr, daß Sie keinen Erfolg haben werden«, fuhr er fort. »Schlagen Sie zum Schein die Straße nach Strasbourg ein, ich werde Ihnen die Pässe in Doubletten schicken. Sorgen Sie für Doppelgänger, wechseln Sie geschickt die Straße und vor allem den Wagen, lassen Sie Ihre Doppelgänger statt Ihrer in Strasbourg haltmachen und fahren Sie über die Schweiz und Bayern nach Preußen. Kein Wort, und Vorsicht! Sie haben die Polizei gegen sich, und Sie wissen nicht, was das heißt, die Polizei ...!«

Mademoiselle de Cinq-Cygne bot Robert Lefebvre eine genügende Summe, die ihn bestimmte, nach Troyes zu kommen, um Michu zu malen, und Monsieur de Granville versprach diesem damals berühmten Maler alle nur möglichen Erleichterungen. Monsieur de Chargebœuf brach mit Laurence in seiner alten Halbberline auf, ein Diener, der Deutsch sprach, begleitete sie. Aber bei Nancy holte er Gothard und Mademoiselle Goujet ein, die ihnen in einer vortrefflichen Kalesche vorausgeeilt waren. Er nahm die Kalesche und gab ihnen die Halbberline. Der Minister hatte recht. In Strasbourg weigerte sich der Generalkommissar der Polizei, den Paß der Reisenden mit seinem Visum zu versehen, indem er ihnen seine strengen Befehle entgegenhielt. In eben dem Augenblick aber verließen der Marquis und Laurence Frankreich über Besançon mit ihren diplomatischen Pässen. In den ersten Tagen des Oktober durchquerte Laurence die Schweiz, ohne diesem prachtvollen Land die geringste Beachtung zu widmen. Sie lag tief in der Kalesche in jener Erstarrung, der der Verbrecher verfällt, wenn er die Stunde seiner Hinrichtung erfährt. Die ganze Natur überdeckt sich dann mit einem kochenden Dampf, und die gewöhnlichsten Dinge nehmen etwas Phantastisches an. Dieser Gedanke:

›Wenn es mir nicht gelingt, so töten sie sich‹ legte sich etwa so auf ihre Seele, wie sich ehedem bei der Folter des Rades die Stange des Henkers auf die Glieder des Gefolterten legte. Sie fühlte sich immer gebrochener; sie verlor ihre ganze Energie, während sie des grausamen, entscheidenden und raschen Augenblicks harrte, in dem sie dem Manne gegenüberstehen würde, von dem das Schicksal der vier Edelleute abhing. Sie hatte sich entschlossen, dieser Niedergeschlagenheit ihren Lauf zu lassen, weil sie ihre Energie nicht nutzlos verschwenden wollte. Da der Marquis außerstande war, die Berechnung starker Seelen zu verstehen, die in verschiedener Weise nach außen tritt – denn bei solchem letzten Warten überlassen sich gewisse überlegene Geister einer erstaunlichen Lustigkeit –, so fürchtete er, Laurence nicht lebend bis zu dieser Begegnung zu führen, einer Begegnung, die feierliche Bedeutung nur für sie hatte, aber immerhin über die gewohnten Verhältnisse des Privatlebens hinausging. Für Laurence war es ein Sterben all ihrer großherzigen Empfindungen, wenn sie sich vor diesem Manne demütigen mußte, der der Gegenstand ihres Hasses und ihrer Verachtung war. »Nachher«, sagte sie, »wird die Laurence, die dann weiterlebt, der, die jetzt zugrunde gehen soll, nicht mehr ähnlich sein.«

Nichtsdestoweniger wurde es beiden Reisenden schwer, die ungeheure Bewegung der Menschen und Dinge, in die sie hineinkamen, sowie sie Preußen betraten, nicht zu beachten. Der Feldzug von Jena hatte begonnen. Laurence und der Marquis sahen die prachtvollen Divisionen des französischen Heeres wie in den Tuilerien aufziehen und paradieren. Durch diese Entfaltung militärischen Glanzes, den man nur mit den Worten und Bildern der Bibel schildern kann, nahm der Mann, der diese Massen belebte, in der Phantasie der Comtesse gigantische Proportionen an. Bald darauf klangen ihr Siegesworte ans Ohr. Die kaiserlichen Heere hatten zwei bedeutende Vorteile errungen. Der preußische Prinz war am Tage, bevor die beiden Reisenden in Saalfeld eintrafen, gefallen; sie versuchten, Napoleon, der mit der Geschwindigkeit eines Blitzes dahinzog, einzuholen. Endlich, am 13. Oktober, einem Datum schlimmer Vorbedeutung, zog Mademoiselle de Cinq-Cygne mitten durch die Truppenteile des großen Heeres an einem Fluß entlang. Sie sah nur Verwirrung; sie wurde von einem Dorf ins andere geschickt, von einer Division zur anderen; es beängstigte sie, daß sie mit einem Greis allein war, umhergeworfen auf einem Ozean von hundertfünfzigtausend Menschen, die einem zweiten von hundertfünfzigtausend gegenüberlagen. Es ermüdete sie, über die Hecken eines kotigen Weges hinweg, dem sie über einen Hügel hin folgte, immer diesen Fluß zu sehen; und schließlich fragte sie einen Soldaten nach seinem Namen. »Das ist die Saale«, erwiderte er, indem er ihr das preußische Heer zeigte, das auf der anderen Seite des Wasserlaufs in großen Massen gruppiert lag.

Die Nacht brach herein, Laurence sah, wie Feuer entzündet wurden und Waffen blinkten. Der alte Marquis, dessen Unerschrockenheit etwas Ritterliches hatte, lenkte neben seinem neuen Diener selbst zwei gute Pferde, die man am Tage zuvor erstanden hatte. Der Greis wußte genau, daß er weder Postillione noch Pferde finden würde, wenn er auf das Schlachtfeld kam. Plötzlich wurde die verwegene Kalesche, der Gegenstand des Staunens für alle Soldaten, von einem Gendarmen der Heeresgendarmerie angehalten; dieser Mann kam mit verhängtem Zügel auf den Marquis zugesprengt und schrie ihn an: »Wer sind Sie? Wohin wollen Sie? Was suchen Sie?«

»Den Kaiser«, erwiderte der Marquis de Chargebœuf; »ich überbringe eine wichtige Depesche des Ministers für den Großmarschall Duroc.«

»Nun, hier können Sie nicht bleiben!« sagte der Gendarm.

Mademoiselle de Cinq-Cygne und der Marquis waren um so mehr gezwungen, dort zu bleiben, als der Tag zur Neige ging.

»Wo sind wir?« fragte Mademoiselle de Cinq-Cygne, indem sie zwei Offiziere anhielt, die sie kommen sah und deren Uniform von einem Überwurf aus Tuch verdeckt wurde.

»Sie stehen vor der Vorhut des französischen Heeres, Madame«, erwiderte der eine der beiden Offiziere. »Sie können hier nicht bleiben, denn wenn der Feind eine Bewegung macht und die Artillerie zu spielen beginnt, so würden Sie zwischen zwei Feuern stehen.«

»Ach!« sagte sie mit gleichgültiger Miene.

Bei diesem ›Ach‹ sagte der andere Offizier: »Wie kommt die Frau dahin?«

»Wir warten«, erwiderte sie, »auf einen Gendarmen, der weggeritten ist, um Monsieur Duroc zu benachrichtigen; er soll unser Gönner sein, damit wir den Kaiser sprechen können.«

»Den Kaiser sprechen ...?« sagte der erste Offizier. »Denken Sie wirklich daran? Am Vorabend einer entscheidenden Schlacht?«

»Ah, Sie haben recht«, sagte sie, »ich darf ihn erst übermorgen sprechen, der Sieg wird ihn milde stimmen.«

Die beiden Offiziere nahmen in zwanzig Schritt Abstand Stellung; ihre Pferde standen reglos da. Jetzt wurde die Kalesche von einer ganzen Schar Generälen, Marschällen und Offizieren umringt, die alle sehr glänzend aussahen und die den Wagen achteten, weil er einmal dastand. »Mein Gott!« sagte der Marquis zu Mademoiselle de Cinq-Cygne, »ich fürchte, wir haben mit dem Kaiser gesprochen.«

»Dem Kaiser?« sagte ein Generaloberst, »der steht da!« Jetzt sah Laurence wenige Schritte vor sich den, der gefragt hatte: ›Wie kommt die Frau dahin?‹ Er war allein. Dieser eine der beiden Offiziere, eben der Kaiser, bekleidet mit seinem berühmten Überrock, den er über einer grünen Uniform trug, saß auf einem reichgeschirrten Schimmel. Er blickte prüfend durch ein Fernrohr auf das preußische Heer jenseits der Saale. Laurence begriff jetzt, weshalb man die Kalesche stehen ließ und weshalb das Gefolge des Kaisers sie nicht belästigte. Eine krampfhafte Erregung packte sie; die Stunde war gekommen. Sie hörte das dumpfe Geräusch mehrerer Menschenmassen und ihrer Waffen; man besetzte im Geschwindschritt diese Höhe. Die Batterien schienen eine Sprache zu haben, die Munitionswagen polterten, und das Erz funkelte.

»Der Marschall Lannes wird mit seinem ganzen Korps in der Front Stellung nehmen; der Marschall Lefebvre und die Garde werden diese Höhe besetzen«, sagte der andere Offizier; es war der Generalmajor Berthier.

Der Kaiser saß ab. Bei der ersten Bewegung, die er machte, sprang Roustan, sein berühmter Mameluck, herbei, um das Pferd zu halten. Laurence war starr vor Staunen: sie glaubte nicht an soviel Einfachheit.

»Ich werde die Nacht auf dieser Höhe verbringen«, sagte der Kaiser.

In diesem Augenblick trat der Großmarschall Duroc, den der Gendarm endlich gefunden hatte, zu dem Marquis de Chargebœuf und fragte ihn, weshalb er käme; der Marquis erwiderte, ein Brief des Ministers der Auswärtigen Angelegenheiten werde ihm sagen, wie dringlich es sei, daß sie, Mademoiselle de Cinq-Cygne und er, beim Kaiser ihre Audienz erhielten.

»Seine Majestät wird zweifellos in seinem Biwak speisen«, sagte Duroc, indem er den Brief entgegennahm, »und wenn ich gesehen habe, um was es sich handelt, werde ich Sie wissen lassen, ob es möglich ist ... Brigadier«, sagte er zu dem Gendarmen, »begleiten Sie diesen Wagen und führen Sie ihn dicht hinter die Hütte.«

Monsieur de Chargebœuf folgte dem Gendarmen und ließ seinen Wagen hinter einer elenden Hütte aus Lehm und Holzfachwerk halten, die von einigen Obstbäumen umgeben und von Infanterie- und Kavallerieabteilungen bewacht war.

Man kann wohl sagen, daß dort die Majestät des Krieges in ihrem ganzen Glanz erstrahlte. Von dieser Höhe aus sah man im Mondschein die Linien der beiden Heere. Nach einer

Stunde des Wartens, die von dem beständigen Hin und Her der kommenden und gehenden Adjutanten ausgefüllt wurde, ließ Duroc, der selbst kam, um sie zu holen, Mademoiselle de Cinq-Cygne und den Marquis de Chargebœuf in die Hütte treten; der Fußboden war wie der unserer Dreschtennen aus gestampftem Lehm. Vor einem abgedeckten Tisch und einem rauchenden Feuer grüner Reiser saß Napoleon auf einem groben Stuhl. Seine schmutzigen Stiefel sprachen von Ritten querfeldein. Er hatte den berühmten Überrock abgelegt, und jetzt brachte seine berühmte grüne Uniform, über die das große rote Ordensband lief und die gehoben wurde durch den weißen Untergrund seiner Kaschmirhose und -weste, das bleiche und furchtbare Cäsarengesicht wunderbar zur Geltung. Seine Hand lag auf einer entfalteten Karte, die auf seinen Knien ruhte. Berthier stand in seiner glänzenden Uniform als Vizebefehlshaber des Kaiserreichs aufrecht da, Constant, der Kammerdiener, reichte dem Kaiser auf einem Teebrett seinen Kaffee.

»Was wollen Sie?« sagte er mit gespielter Schroffheit, indem er Laurence den Strahl seines Blicks quer über den Kopf streichen ließ. »Sie fürchten sich also nicht mehr davor, mich vor der Schlacht zu sprechen? ... Um was handelt es sich?«

»Majestät«, sagte sie, indem sie ihn mit nicht minder festem Blick ansah, »ich bin Mademoiselle de Cinq-Cygne.«

»Und?« erwiderte er mit erzürnter Stimme, denn ihm schien, als trotze ihm dieser Blick.

»Verstehen Sie denn nicht? Ich bin die Comtesse de Cinq-Cygne, und ich bitte Sie um eine Begnadigung«, sagte sie, indem sie sich auf die Knie warf und ihm das von Talleyrand entworfene Gesuch hinhielt, dem die Kaiserin, Cambacérès und Malin einen Beibericht angeheftet hatten.

Der Kaiser hob die Flehende huldvoll auf, indem er einen feinen Blick auf sie warf, und sagte: »Wollen Sie endlich verständig sein? Begreifen Sie, was aus dem französischen Kaiserreich werden muß ...?«

»Ah, in diesem Augenblick begreife ich nur den Kaiser«, sagte sie, besiegt von der Gutmütigkeit, mit der der Mensch des Schicksals diese Worte gesprochen hatte, die die Gnade schon ahnen ließen.

»Sind sie unschuldig?« fragte der Kaiser.

»Alle!« sagte sie voll Begeisterung.

»Alle? Nein, der Wildhüter ist ein gefährlicher Mensch, der mir meinen Senator erschießen würde, ohne Sie um Ihre Meinung zu fragen ...«

»Oh, Majestät«, sagte sie, »wenn Sie einen Freund hätten, der sich Ihnen gewidmet hat, würden Sie den im Stich lassen? Würden Sie ihn nicht ...«

»Sie sind eine Frau«, unterbrach er sie mit einem Anflug von Spott.

»Und Sie ein Mensch aus Eisen!« erwiderte sie mit einer Festigkeit, die ihm gefiel.

»Dieser Mensch ist von der Rechtsprechung des Landes verurteilt worden«, sagte er.

»Aber er ist unschuldig!«

»Sie Kind ...« sagte er.

Er nahm Mademoiselle de Cinq-Cygne bei der Hand und führte sie auf die Höhe hinaus. »Da sehen Sie«, sagte er mit der ihm eigenen Beredsamkeit, die die Feiglinge in Helden verwandelte, »da sehen Sie dreihunderttausend Menschen; die sind auch unschuldig! Nun, und morgen werden dreißigtausend Menschen tot sein, für ihr Land gestorben! Vielleicht ist unter den Preußen ein großer Mechaniker, ein Metaphysiker, ein Genie – das wird hingemäht. Sicherlich werden wir auf unserer Seite unbekannte große Männer verlieren. Ja, vielleicht werde ich meinen besten Freund fallen sehen! Werde ich Gott anklagen? Nein, ich werde schweigen. Erfahren Sie es, Mademoiselle, daß man für die Gesetze seines Landes sterben muß, wie man hier für seinen Ruhm stirbt«, fügte er hinzu, indem er sie in die Hütte zurückführte. »Gehen Sie, kehren Sie nach Frankreich zurück«, sagte er, indem er den Marquis ansah, »meine Befehle werden Ihnen folgen.«

Laurence glaubte noch an eine Verwandlung der Strafe für Michu; und im Überströmen ihres Dankes beugte sie das Knie und küßte dem Kaiser die Hand.

»Sie sind Monsieur de Chargebœuf?« fragte Napoleon, da ihm der Marquis einfiel.

»Ja, Majestät.«

»Sie haben Kinder?«

»Viele Kinder.«

»Weshalb sollten Sie mir nicht einen Ihrer Enkel geben? Er könnte einer meiner Pagen sein...«

›Ah, da blickt der Unterleutnant heraus‹, dachte Laurence; ›er will für seine Gnade bezahlt werden.‹ Der Marquis verneigte sich, ohne etwas zu erwidern. Zum Glück stürzte General Rapp in die Hütte herein. »Majestät, die Gardekavallerie und die des Grand-Duc de Berg können morgen nicht vor Mittag zu uns stoßen.«

»Einerlei«, sagte Napoleon, indem er sich zu Berthier wandte, »es gibt auch für uns Stunden des Aufschubs; wir wollen sie benutzen.«

Auf einen Wink mit der Hand zogen der Marquis und Laurence sich zurück und stiegen wieder in den Wagen; der Brigadier brachte sie auf die Straße und begleitete sie bis zu einem Dorf, in dem sie die Nacht verbrachten. Am folgenden Tage entfernten sie sich unter dem Donner von achthundert Kanonen, die zehn Stunden lang grollten, vom Schlachtfeld, und unterwegs erfuhren sie von dem erstaunlichen Sieg bei Jena. Acht Tage darauf fuhren sie in die Vororte von Troyes ein. Ein Befehl des Justizministers, der dem kaiserlichen Prokurator am erstinstanzlichen Gericht von Troyes übermittelt wurde, ordnete an, daß die Edelleute bis zur Entscheidung des Kaisers und Königs gegen eine Kaution in Freiheit zu setzen seien; zugleich aber schickte die Staatsanwaltschaft den Hinrichtungsbefehl für Michu. Diese Anweisungen waren an eben dem Morgen eingetroffen. Laurence ging gegen zwei Uhr, noch in ihren Reisekleidern, ins Gefängnis. Sie setzte es durch, daß sie bei Michu bleiben durfte, an dem man die traurige Zeremonie vornahm, die man die ›Toilette‹ nennt. Der gute Abbé Goujet, der um die Erlaubnis gebeten hatte, ihn zum Schafott begleiten zu dürfen, hatte eben diesem Mann die Absolution erteilt, der trostlos war, daß er in einer Ungewißheit über das Schicksal seiner Herren sterben sollte. Als Laurence sich zeigte, stieß er einen Freudenschrei aus. »Ich kann sterben!« rief er.

»Sie sind begnadigt; ich weiß nicht, unter welchen Bedingungen«, sagte Laurence, »aber sie sind es; und trotz ihres Abratens habe ich auch für dich noch alles versucht, mein Freund. Ich glaubte, ich hätte dich gerettet, aber der Kaiser hat mich als liebenswürdiger Herrscher getäuscht.«

»Es stand da oben geschrieben«, sagte Michu, »daß der Wachhund an derselben Stelle sterben sollte wie seine ehemaligen Herren!«

Die letzte Stunde ging schnell vorüber. Michu wagte im Augenblick des Aufbruchs keine andere Gnade zu erbitten, als daß er Mademoiselle de Cinq-Cygne die Hand küssen dürfte; sie aber reichte ihm ihre Wangen hin und ließ sich von diesem edlen Opfer innig umarmen. Michu weigerte sich, auf den Karren zu steigen. »Unschuldige müssen zu Fuß gehen!« sagte er.

Er wollte nicht, daß der Abbé Goujet ihm den Arm reichte; würdig und entschlossen schritt er zum Schafott. In dem Augenblick, als er sich aufs Brett legte, sagte er zu dem Scharfrichter, indem er ihn bat, den Rock, der ihm den Hals verdeckte, herabzuschlagen: »Mein Anzug gehört Ihnen; achten Sie darauf, daß Sie ihn nicht zerschneiden.«

Die vier Edelleute hatten kaum Zeit, Mademoiselle de Cinq-Cygne zu sehen: eine Ordonnanz des Generals, der die Kriegsabteilung leitete, brachte ihnen die Patente als Unterleutnants im gleichen Kavallerieregiment und den Befehl, sofort in Bayonne zum Sammelplatz ihres Truppenteils zu stoßen. Nach einem herzzerreißenden Abschied, denn sie alle ahnten die Zukunft, kehrte Mademoiselle de Cinq-Cygne in ihr verödetes Schloß zurück. Die beiden Brüder fielen gemeinsam unter den Augen des Kaisers bei Sommo-Sierra, wo der eine den anderen verteidigte; beide waren schon Schwadronchefs. Ihr letztes Wort lautete: »Laurence, si meurs!«

Der ältere der d'Hauteserres fiel als Oberst beim Sturm auf die Schanze von Moskau, wo sein Bruder an seine Stelle trat.

Adrien, der in der Schlacht bei Dresden zum Brigadegeneral ernannt worden war, wurde ebendort schwer verwundet und konnte nach Cinq-Cygne zurückkehren, um sich pflegen zu lassen. Die Comtesse, die damals zweiunddreißig Jahre alt war, wollte diesen Überrest der vier Edelleute, die sie einen Augenblick um sich gesehen hatte, retten und heiratete ihn; aber sie bot ihm ein verwelktes Herz, das er annahm: wer liebt, zweifelt an nichts oder an allem.

Die Restauration fand Laurence ohne Begeisterung; für sie kamen die Bourbonen zu spät; nichtsdestoweniger konnte sie sich nicht beklagen: ihr Gatte, der mit dem Titel eines Marquis de Cinq-Cygne zum Pair von Frankreich ernannt wurde, brachte es 1816 bis zum Generalleutnant; und für die hervorragenden Dienste, die er damals leistete, erhielt er das Blaue Band.

Michus Sohn, für den Laurence wie für ihr eigenes Kind sorgte, wurde 1827 als Advokat zugelassen. Nachdem er seinen Beruf zwei Jahre lang ausgeübt hatte, wurde er bei dem Gerichtshof von Alençon zum stellvertretenden Richter ernannt; 1829 wurde er königlicher Staatsanwalt beim Gerichtshof zu Arcis. Laurence, die die Anlage der Kapitalien Michus überwacht hatte, überreichte dem jungen Mann am Tage, als er großjährig wurde, Staatspapiere über zwölftausend Francs Rente; später vermittelte sie seine Heirat mit der reichen Mademoiselle Girel in Troyes. Der Marquis de Cinq-Cygne starb 1829 in den Armen seiner Gattin, seines Vaters, seiner Mutter und seiner Kinder, die ihn anbeteten. Zur Zeit seines Todes hatte noch niemand das Geheimnis der Entführung des Senators gelichtet. Ludwig XVIII. weigerte sich nicht, das Unglück, das diese Begebenheit angerichtet hatte, wiedergutzumachen, aber über die Ursachen dieses Zusammenbruchs schwieg er der Marquise de Cinq-Cygne gegenüber; sie hielt ihn hinfort für mitschuldig an der Katastrophe.

Schluß

Der verstorbene Marquis de Cinq-Cygne hatte seine Ersparnisse sowie auch die seines Vaters und seiner Mutter dazu benutzt, ein prachtvolles Haus in der Rue du Faubourg-du-Roule zu erwerben; es wurde einbezogen in das beträchtliche Majorat, das er zur Erhaltung seiner Pairswürde gründete. Jetzt fand der niedrige Geiz des Marquis und seiner Eltern, der Laurence oft Kummer machte, seine Erklärung. Seit dieser Erwerbung verbrachte denn auch die Marquise, die auf ihrem Landsitz lebte, um für ihre Kinder zu sparen, ihre Winter um so lieber in Paris, als ihre Tochter Berthe und ihr Sohn Paul ein Alter erreicht hatten, in dem ihre Erziehung die Pariser Hilfsmittel unentbehrlich machte. Madame de Cinq-Cygne besuchte die Gesellschaft nur wenig. Ihr Gatte konnte den Schmerz, der im Herzen dieser Frau wohnte, nicht übersehen; aber er entfaltete das scharfsichtigste Zartgefühl für sie, und als er starb, hatte er nur sie in der Welt geliebt. Dieses edle Herz, das eine Zeitlang verkannt worden war, dem aber die großmütige Tochter der Cinq-Cygnes in den letzten Jahren ebensoviel Liebe zurückgab, wie sie von ihm erhielt, dieser Gatte wurde zum Schluß völlig glücklich. Laurence lebte vor allem in den Freuden der Familie. Keine Pariser Frau wurde je von ihren Freunden mehr geliebt oder geachtet. Sie ist sanft, nachsichtig, geistreich und vor allem einfach, und also gefällt sie den auserlesenen Seelen; trotz ihrer schmerzvollen Haltung zieht sie sie an; aber jeder scheint diese so starke Frau zu schützen, und diese Empfindung eines heimlichen Beschützens erklärt vielleicht den Reiz ihrer Freundschaft. Ihr während ihrer Jugend so schmerzensreiches Leben ist schön und heiter an ihrem Lebensabend. Man kennt ihre Leiden. Niemand hat je danach gefragt, wer das Urbild des Porträts von Robert Lefebvre war, das seit dem Tode des Inspektors der düstere Hauptschmuck ihres Salons ist. Laurence zeigt in ihrer Physiognomie den Charakter vollreifer Früchte; eine Art religiösen Stolzes schmückt heute die geprüfte Stirn. In dem Augenblick, als die Marquise ein Haus zu führen begann, belief sich ihr Vermögen, das durch das Gesetz über die Entschädigungen vermehrt wurde, die Gehälter ihres Gatten nicht eingerechnet, auf zweihunderttausend Francs Rente. Laurence hatte die elfhunderttausend Francs, die die Simeuses hinterließen, geerbt. Hinfort gab sie jährlich hunderttausend Francs aus und legte den Rest beiseite, um Berthe eine Mitgift zu schaffen.

Berthe ist das lebende Bildnis ihrer Mutter, aber ohne die kriegerische Verwegenheit; sie ist ihre feine, geistvolle Mutter, aber frauenhafter, wie Laurence melancholisch sagt. Die Marquise wollte ihre Tochter nicht vor ihrem zwanzigsten Jahr verheiraten. Die Ersparnisse der Familie, die der alte d'Hauteserre verständig verwaltete und 1830 in Staatspapieren anlegte, in eben dem Augenblick, als die Renten fielen, bildeten eine Mitgift von ungefähr achtzigtausend Francs Rente; 1833 trat Berthe in ihr zwanzigstes Jahr.

Um diese Zeit hatte die Princesse de Cadignan, die ihren Sohn, den Duc de Maufrigneuse, verheiraten wollte, eine Freundschaft zwischen dem jungen Mann und der Marquise de Cinq-Cygne angeknüpft. Georges de Maufrigneuse speiste dreimal wöchentlich bei der Marquise, und er begleitete Mutter und Tochter zu den Italienern; wenn sie im Bois spazierenfuhren, ritt er neben ihrer Kalesche her. Dadurch wurde es der Gesellschaft des Faubourg Saint-Germain klar, daß Georges Berthe liebte. Nur konnte niemand wissen, ob Madame de Cinq-Cygne den Wunsch hatte, ihre Tochter zur Duchesse zu machen, bis sie Princesse würde, oder ob die Princesse für ihren Sohn eine so schöne Mitgift verlangte; ob die berühmte Diana dem Provinzadel entgegenkam, oder ob der Provinzadel sich vor der Berühmtheit der Madame de Cadignan, vor ihren Neigungen und ihrem kostspieligen Lebenswandel fürchtete. Die Princesse hatte in dem Wunsch, ihrem Sohn nicht zu schaden, zumal sie fromm geworden war, ihr intimes Leben auf ihre vier Wände beschränkt; und die schöne Jahreszeit verbrachte sie in einer Villa in Genf.

Eines Abends hatte die Princesse de Cadignan die Marquise d'Espard und de Marsay, den Vorsitzenden des Staatsrats, bei sich. Sie sah diesen ehemaligen Liebhaber an jenem Abend zum letztenmal, denn im folgenden Jahr starb er. Rastignac, der Unterstaatssekretär in de Marsays Ministerium, zwei Gesandte, zwei berühmte Redner, die der Pairskammer noch geblieben waren, der alte Duc de Lenoncourt und der de Navarreins, der Comte de Vandenesse mit seiner jungen Frau und d'Arthez waren ebenfalls anwesend und bildeten einen ziemlich wunderlichen Kreis, dessen Zusammensetzung sich leicht erklärt: es handelte sich darum, für den Prince de Cadignan vom Ersten Minister einen Passierschein zu erhalten. De Marsay, der diese Verantwortung nicht übernehmen wollte, kam, um der Princesse zu sagen, daß die Angelegenheit in guten Händen sei. Ein alter Politiker sollte ihnen im Laufe des Abends die Entscheidung bringen. Man meldete die Marquise und Mademoiselle de Cinq-Cygne. Laurence, deren Prinzipien unbeugsam waren, war nicht erstaunt, sondern entrüstet, als sie die erlauchtesten Vertreter der Legitimität in beiden Kammern mit dem Ersten Minister dessen plaudern sah, den sie nie anders nannte als den Duc d'Orléans; sie hörten auf ihn und lachten mit ihm. De Marsay glänzte, wie Lampen, die erlöschen wollen, mit einem letzten Leuchten auf. Hier vergaß er gern die Sorgen der Politik. De Marsay ließ die Marquise de Cinq-Cygne gelten, genau wie man sagt, daß der österreichische Hof damals Monsieur de Sainte-Aulaire gelten ließ: der Mann von Welt half über den Minister hinweg. Aber als wäre ihr Stuhl aus glühendem Eisen, so stand sie auf, als sie hörte, daß man den Comte de Gondreville meldete.

»Adieu, Madame«, sagte sie in trockenem Ton zu der Princesse. Sie ging mit Berthe hinaus und berechnete ihre Schritte so, daß sie diesem verhängnisvollen Menschen nicht begegnen konnte.

»Sie haben Georges vielleicht die Heirat verdorben«, sagte die Princesse leise zu de Marsay.

Der ehemalige Schreiber aus Arcis, der ehemalige Volksvertreter, der ehemalige Thermidorianer, der ehemalige Tribun, der ehemalige Staatsrat, der ehemalige Comte des Kaiserreichs und Senator, der ehemalige Pair Ludwigs XVIII., der neue Juli-Pair machte der Princesse de Cadignan eine dienstfertige Verbeugung. »Zittern Sie nicht mehr, Princesse, wir führen keinen Krieg mit den Fürsten«, sagte er, indem er sich neben sie setzte.

Malin hatte die Achtung Ludwigs XVIII. genossen, dem seine alte Erfahrung nicht nutzlos war. Er hatte viel dazu beigetragen, Decazes zu stürzen, und kräftig zu dem Ministerium Villèle geraten. Von Karl X. wurde er kühl aufgenommen, und deshalb schloß er sich Talleyrands Groll an. Jetzt stand er bei der zwölften Regierung, der er seit 1789 zu dienen die Ehre hat und die er ohne Zweifel auch noch stürzen wird, in großer Gunst; aber seit fünfzehn Monaten hatte er die Freundschaft abgebrochen, die ihn sechsunddreißig Jahre lang mit dem berühmtesten unserer Diplomaten verbunden hatte. An jenem Abend sagte er über diesen großen Diplomaten das Wort: »Kennen Sie den Grund seiner Feindseligkeit gegen den Duc de Bourgogne? ... Der Prätendent ist zu jung ...«

»Sie geben da«, erwiderte Rastignac, »den jungen Leuten einen merkwürdigen Rat.«

De Marsay, der seit der Bemerkung der Princesse sehr nachdenklich geworden war, erwiderte diese Scherze nicht; er sah Gondreville heimtückisch an und wartete offenbar, ehe er redete, daß der Greis, der früh zu Bett ging, aufbräche. Alle Anwesenden, die vom Aufbruch von Madame de Cinq-Cygne Zeugen gewesen waren und ihre Gründe kannten, ahmten de Marsays Schweigen nach. Gondreville, der die Marquise nicht erkannt hatte, wußte nicht, woher diese allgemeine Zurückhaltung kam; aber durch den Verkehr in Geschäften, durch die Sitten der Politik hatte er sich Takt erworben; er war übrigens ein Mann von Geist: er gewann den Eindruck, daß seine Anwesenheit lästig fiel, und brach auf. De Marsay, der am Kamin stand, betrachtete diesen Greis von siebzig Jahren, als er davonging, auf eine Weise, die ernste Gedanken erraten ließ.

»Ich hatte unrecht, Madame, daß ich Ihnen meinen Unterhändler nicht nannte«, sagte schließlich der Premierminister, als er den Wagen rollen hörte. »Aber ich will meinen Fehler wieder gutmachen und Ihnen die Mittel geben, mit den Cinq-Cygnes Frieden zu schließen. Es ist jetzt mehr als dreißig Jahre her, daß die Geschichte geschah; sie ist so alt wie die vom Tode Heinrichs IV., die, unter uns, trotz des Sprichworts, wie viele andere historische Katastrophen zu den unbekanntesten Geschichten gehört. Ich schwöre Ihnen übrigens, daß die Marquise, selbst wenn diese Geschichte sie nichts anginge, darum nicht minder neugierig auf sie sein würde. Schließlich wirft sie Licht auf einen berühmten Übergang unserer modernen Annalen, auf den über den Sankt Bernhard. Die Gesandten werden aus ihr ersehen, daß unsere Politiker von heute in bezug auf die Tiefe recht weit zurückstehen hinter denen Machiavellis, die die Volksfluten 1793 über die Stürme emporhoben und von denen einige, wie die Ballade sagt, einen Hafen gefunden haben. Um heutzutage in Frankreich etwas zu gelten, muß man in den Orkanen jener Zeit herumgewirbelt worden sein.«

»Aber mir scheint«, sagte die Princesse lächelnd, »in dieser Hinsicht läßt Ihr Stand der Dinge nichts zu wünschen übrig …« Ein Lachen der guten Gesellschaft spielte über aller Lippen, und de Marsay konnte sich eines Lächelns nicht erwehren. Die Gesandten schienen ungeduldig zu sein, de Marsay hatte einen Hustenanfall, und man verstummte.

»In einer Juninacht des Jahres 1800«, sagte der Erste Minister, »verließen gegen drei Uhr morgens, in dem Augenblick, als die Kerzen im Tagesgrauen erblaßten, zwei Leute, die des Hasardspiels müde waren oder nur gespielt hatten, um die anderen zu beschäftigen, den Salon des Hôtels der Auswärtigen Angelegenheiten, das damals in der Rue du Bac lag, und gingen in ein Boudoir. Diese beiden Männer, von denen der eine tot ist und der andere mit einem Fuß im Grabe steht, sind beide, jeder in seiner Art, gleich merkwürdig. Beide sind Priester gewesen, und beide sind abtrünnig geworden; beide haben geheiratet. Der eine war einfacher Oratorianer gewesen, der andere hatte die Bischofsmütze getragen. Der erste hieß Fouché, den Namen des anderen nenne ich Ihnen nicht; aber beide waren damals einfache französische Bürger, die jedoch sehr wenig einfach waren. Als man sie in das Boudoir treten sah, verrieten diejenigen, die noch anwesend waren, ein wenig Neugier. Eine dritte Persönlichkeit folgte ihnen. Dieser, der sich für sehr viel stärker hielt als die beiden ersten, hieß Sieyès; und Sie alle wissen, daß auch er vor der Revolution der Kirche angehört hatte. Der, dem das Gehen schwer wurde, war damals Minister der Auswärtigen Angelegenheiten, Fouché war Polizeiminister. Sieyès hatte dem Konsulat entsagt. Ein kleiner, kühler und strenger Mann verließ seinen Platz und schloß sich diesen dreien an, indem er in Gegenwart eines Mannes, von dem ich das Wort habe, mit lauter Stimme sagte: ›Ich fürchte das Kartenspiel der Priester.‹ Er war Kriegsminister. Carnots Wort beunruhigte die beiden Konsuln, die im Salon spielten, nicht. Cambacérès und Lebrun waren damals in der Gewalt ihrer Minister, die unendlich viel stärker waren als sie. Fast all diese Staatsmänner sind tot, man ist ihnen nichts mehr schuldig; sie gehören der Geschichte an, und die Geschichte jener Nacht ist furchtbar; ich erzähle sie Ihnen, weil ich allein sie kenne, weil Ludwig XVIII. sie der armen Madame de Cinq-Cygne nicht erzählt hat und weil es der gegenwärtigen Regierung gleichgültig ist, ob sie sie erfährt. Alle vier setzten sich. Der Hinkende mußte die Tür schließen, ehe man ein Wort sprach; man sagt sogar, er habe den Riegel vorgeschoben. Nur wohlerzogene Leute denken an solche Kleinigkeiten. Die drei Priester zeigten die bleichen und unbewegten Gesichter, die Sie an ihnen kennen. Nur Carnot hatte Farbe im Gesicht. Daher sprach der Kriegsmann auch als erster.

›Um was handelt es sich?‹ – ›Um Frankreich‹, wird der Prince gesagt haben, den ich als einen der außerordentlichsten Männer unserer Zeit bewundere. ›Um die Republik‹, hat Fouché sicherlich gesagt. ›Um die Macht‹, hat Sieyès wahrscheinlich gesagt.«

Alle Gäste sahen sich an. De Marsay hatte die drei Leute in Stimme, Blick und Geste vortrefflich nachgeahmt.

»Die drei Priester verstanden sich wundervoll«, fuhr er fort. »Carnot sah seinen Kollegen und den ehemaligen Konsul ohne Zweifel mit ziemlich würdiger Miene an. Ich glaube, innerlich muß er recht verblüfft gewesen sein. ›Glauben Sie an den Erfolg?‹ fragte Sieyès ihn. ›Man kann von Bonaparte alles erwarten‹, erwiderte der Kriegsminister; ›die Alpen hat er glücklich passiert.‹ – ›In diesem Augenblick‹, sagte der Diplomat mit berechneter Langsamkeit, ›steht für ihn alles auf dem Spiel.‹

›Nun, sagen wir es offen heraus‹, nahm Fouché auf: ›Was wollen wir tun, wenn der Erste Konsul besiegt wird? Ist es möglich, noch ein Heer zu schaffen? Sollen wir seine ergebenen Diener bleiben?‹ – ›Es gibt in diesem Augenblick keine Republik mehr‹, bemerkte Sieyès; ›er ist auf zehn Jahre Konsul.‹ – ›Er hat mehr Macht, als Cromwell hatte‹, fügte der Bischof hinzu, ›und er hat nicht für den Tod des Königs gestimmt.‹ – ›Wir haben einen Herrn‹, sagte Fouché; ›werden wir ihn stützen, wenn er die Schlacht verliert, oder werden wir auf die reine Republik zurückkommen?‹ – ›Frankreich‹, erwiderte Garnot sentenziös, ›wird nur dann Widerstand leisten können, wenn es die Energie des Konvents wiedergewinnt.‹ – ›Ich bin Carnots Meinung‹, sagte Sieyès. ›Wenn Bonaparte besiegt heimkehrt, muß man ihn beseitigen: er hat uns seit sieben Monaten zu arge Dinge gesagt.‹ – ›Er hat das Heer!‹ erwiderte Carnot nachdenklich. ›Dann haben wir das Volk!‹ rief Fouché. ›Sie sind schnell bereit!‹ erwiderte der große Herr mit jener Baßstimme, die er sich erhalten hat und vor der der Oratorianer in sich zusammensank.

›Seien Sie offen‹, sagte ein ehemaliges Konventsmitglied, das seinen Kopf zeigte: ›Wenn Bonaparte siegreich ist, so werden wir ihn anbeten; den Besiegten werden wir begraben.‹ – ›Sie waren da, Malin‹, sagte der Herr des Hauses, ohne sich aufzuregen, ›Sie werden zu den Unsern gehören.‹ Und er winkte ihm, sich zu setzen. Diesem Umstand verdankte diese Persönlichkeit, dieses recht obskure Konventsmitglied, daß er wurde, was er noch in diesem Augenblick ist, wie wir eben gesehen haben. Malin war verschwiegen, und beide Minister blieben ihm treu; aber er wurde auch zum Drehpunkt der Maschine und zur Seele der Machination. ›Dieser Mann ist noch nie besiegt worden!‹ rief Carnot in überzeugtem Tonfall, ›und eben jetzt hat er Hannibal übertroffen.‹ – ›Für den Fall eines Unglücks haben wir hier das Direktorium‹, fuhr Sieyès verschlagen fort, indem er jeden einzelnen darauf aufmerksam machte, daß sie fünf Personen waren. ›Und‹, sagte der Minister der Auswärtigen Angelegenheiten, ›wir alle sind an der Erhaltung der Französischen Republik interessiert, wir drei haben das Ordenskleid abgelegt; der General hat für den Tod des Königs gestimmt. Was Sie angeht‹, sagte er zu Malin, ›so besitzen Sie Güter der Emigranten.‹ – ›Wir haben alle die gleichen Interessen‹, sagte Sieyès zwingend, ›und unsere Interessen stehen im Einklang mit denen des Landes.‹ – ›Das ist selten der Fall!‹ sagte der Diplomat lächelnd. ›Wir müssen handeln‹, fügte Fouché hinzu. ›Die Schlacht hat begonnen, und Melas besitzt überlegene Streitkräfte. Genua ist aufgegeben, und Massena hat den Fehler gemacht, sich nach Antibes einzuschiffen: es ist also nicht sicher, ob er zu Bonaparte stoßen kann; dann bleiben dem nur seine eigenen Hilfsquellen.‹ – ›Von wem haben Sie diese Nachricht?‹ fragte Carnot. – ›Sie ist zuverlässig‹, erwiderte Fouché. ›Sie werden die Depesche in der Börsenstunde erhalten.‹

Die Leute machten keine Umstände«, sagte de Marsay lächelnd, indem er einen Augenblick innehielt. »›Nun können wir nicht erst, wenn die Nachricht von dem Zusammenbruch eintrifft‹, fuhr Fouché fort, ›die Klubs organisieren, den Patriotismus wecken und die Konstitution abändern. Unser 18. Brumaire muß vorbereitet sein.‹ – ›Lassen wir den Polizeiminister dafür sorgen‹, sagte der Diplomat. ›Lucien aber müssen wir mißtrauen!‹ (Lucien Bonaparte war damals Minister des Innern.) ›Den werde ich verhaften‹, sagte Fouché. ›Messieurs‹, rief Sieyès, ›unser Direktorium soll keinen anarchistischen Umwälzungen mehr unterworfen sein. Wir werden eine obligatorische Macht organisieren, einen Senat auf Lebenszeit, eine gewählte Kammer, die in unserer Hand sein wird ... Wir müssen es verstehen, aus der Vergangenheit Nutzen zu ziehen.‹ – ›Bei diesem System werde ich Frieden haben‹, sagte der Bischof. ›Finden Sie mir einen zuverlässigen Menschen, um mit Moreau in Briefwechsel zu treten, denn das deutsche Heer wird unsere einzige Hilfsquelle bleiben!‹ rief Carnot, der in tiefes Sinnen versunken war.«

»Wahrhaftig«, fuhr de Marsay nach einer Pause fort, »diese Leute hatten recht, Messieurs! Sie waren in dieser Krise groß, und ich hätte es gemacht wie sie. ›Messieurs! ...‹ rief Sieyès in ernstem und feierlichem Ton«, so setzte de Marsay seine Erzählung fort. »Dieses Wort ›Messieurs!‹ wurde vollkommen verstanden: alle Blicke sprachen das gleiche Gelübde, das gleiche Versprechen aus: das strengsten Schweigens und vollständiger Solidarität, falls etwa Bonaparte als Sieger heimkehren sollte. ›Wir wissen alle, was wir zu tun haben‹, fügte Fouché hinzu. Sieyès hatte ganz leise den Riegel zurückgezogen; sein Priesterohr hatte ihn nicht getäuscht. Lucien trat ein. ›Eine gute Nachricht, Messieurs! Ein reitender Bote bringt Madame Bonaparte ein Wort von dem Ersten

Konsul: er hat mit einem Sieg bei Montebello debütiert.‹ Die drei Minister sahen sich an. ›Handelt es sich um eine allgemeine Schlacht?‹ fragte Carnot. ›Nein, um ein Gefecht, in dem Lannes sich mit Ruhm bedeckt hat. Das Treffen war blutig. Er wurde mit seinen zehntausend Mann von achtzehntausend angegriffen, und er wurde gerettet, als man ihm eine Division zu Hilfe schickte. Ott ist auf der Flucht. Kurz, die Operationsbasis Melas ist durchbrochen.‹ – ›Wann hat der Kampf stattgefunden?‹ fragte Carnot. ›Am achten‹, erwiderte Lucien. ›Wir haben den dreizehnten‹, fuhr der gelehrte Minister fort; ›nun, allem Anschein nach werden die Geschicke Frankreichs in diesem Augenblick entschieden, in dem wir hier plaudern.‹ (Wirklich begann die Schlacht von Marengo mit dem Tagesgrauen des 14. Juni.) ›Vier Tage tödlichen Harrens!‹ sagte Lucien. ›Tödlichen?‹ sagte der Minister der Auswärtigen Angelegenheiten kühl und mit fragendem Blick. ›Vier Tage‹, wiederholte Fouché.

Ein Augenzeuge hat mir versichert, daß die beiden Konsuln diese Einzelheiten erst in dem Augenblick erfuhren, in dem die sechs Persönlichkeiten wieder in den Salon traten. Es war vier Uhr morgens. Fouché brach als erster auf. Mit teuflischer, stummer Regsamkeit tat dieses düstere, tiefe und ungewöhnliche Genie, das wenig bekannt ist, aber sicherlich dem Genie eines Philipp II., dem des Tiberius und des Borgia ebenbürtig war, was ich Ihnen erzählen werde. Sein Verhalten zur Zeit der Affäre von Walcheren war das eines vollendeten Strategen, eines großen Politikers und eines weitblickenden Organisators. Er ist der einzige Minister, den Napoleon gehabt hat. Sie wissen, daß er Napoleon damals beängstigte. Fouché, Massena und der Prince, das sind in der Diplomatie, im Kriege und in der Verwaltung die drei größten Männer, die stärksten Köpfe, die ich kenne. Wenn Napoleon sie offen an sein Werk gefesselt hätte, so gäbe es kein Europa mehr, sondern nur noch ein ungeheures französisches Kaiserreich. Fouché hat sich von Napoleon erst dann abgewendet, als er sah, wie Sieyès und Talleyrand beiseite geschoben wurden. In einem Zeitraum von drei Tagen organisierte Fouché, ohne die Hand zu zeigen, die die Asche dieses Feuers schürte, jene allgemeine Angst, die auf ganz Frankreich lastete und die republikanische Energie von 1793 wieder weckte.

Da man diesen dunklen Winkel unserer Geschichte aufhellen muß, will ich Ihnen sagen, daß diese Bewegung, die von ihm ausging, denn er hielt alle Fäden der ehemaligen Bergpartei in der Hand, die republikanischen Verschwörungen hervorrief, durch die das Leben des Ersten Konsuls bedroht wurde, als er bei Marengo gesiegt hatte. Das Bewußtsein davon, welches Unheil er angerichtet hatte, gab ihm die Kraft, Bonaparte trotz dessen gegenteiliger Ansicht zu überzeugen, daß die Republikaner mit diesen Unternehmungen mehr zu tun hatten als die Royalisten. Fouché kannte die Menschen wundervoll; er zählte auf Sieyès wegen seines getäuschten Ehrgeizes, auf Monsieur de Talleyrand, weil er ein großer Herr war, auf Carnot wegen seiner tiefen Ehrlichkeit; aber den Mann von heute abend fürchtete er; ich will Ihnen sagen, wie er ihn hineinzog. Er war damals nur erst Malin, der Malin, der mit Ludwig XVIII. korrespondierte. Der Polizeiminister zwang ihn, die Proklamationen der revolutionären Regierung zu entwerfen: ihre Akte, ihre Erlasse und den Bann über die Aufrührer des 18. Brumaire; ja noch mehr, dieser Mitschuldige wider Willen ließ sie in der nötigen Anzahl von Abzügen drucken und hielt sie in Ballen verschnürt in seinem Haus bereit. Der Drucker wurde als Verschwörer verhaftet, denn man wählte einen revolutionären Verschwörer aus, und die Polizei ließ ihn erst zwei Monate darauf wieder frei. Dieser Mensch ist 1816, noch immer im Glauben an eine Verschwörung der Bergpartei, gestorben. Eine der sonderbarsten Szenen, die Fouchés Polizei gespielt hat, ist ohne Widerrede diese. Der berühmteste Bankier der Zeit erhielt eine Eilbotschaft, die die Schlacht von Marengo als verloren meldete. Erst gegen sieben Uhr abends erklärte sich, wie Sie sich erinnern werden, das Glück für Napoleon. Um Mittag sah der Bote, den der damalige Finanzkönig auf den Kriegsschauplatz entsandt hatte, das französische Heer als vernichtet an, und er beeilte sich, einen Eilboten zu entsenden. Der Polizeiminister ließ die Ausrufer und Kleber der öffentlichen Anschläge kommen; und einer seiner Vertrauten erschien mit einem Rollwagen, auf den man die Drucksachen geladen hatte; in diesem Augenblick verbreitete der Abendbote, der einen erstaunlich schnellen Ritt hinter sich hatte, die Nachricht von dem Triumph, die Frankreich wahrhaft toll machte. An der Börse fanden beträchtliche Verluste statt. Aber die Versammlung der Kleber und Ausrufer, die den Bann und den politischen Tod Bonapartes verkünden sollten, wurde in Schach gehalten und wartete, bis man die Proklamation und das Plakat gedruckt hatte, auf dem der Sieg des Ersten Konsuls in den Himmel gehoben wurde. Malin, auf den die ganze Verantwortung für das Komplott fallen konnte, erschrak so sehr, daß er die Ballen auf Karren lud und nächtlicherweile nach Gondreville fuhr; dort vergrub er die gefährlichen Papiere ohne Zweifel in den Kellern des Schlosses, das er unter dem Namen eines – er hat ihn dann zum Vorsitzenden eines kaiserlichen Gerichtshofs ernennen lassen – er hieß ... Marion! Dann kam er gerade rechtzeitig nach Paris zurück, um den Ersten Konsul beglückwünschen zu können. Napoleon eilte nach der Schlacht bei Marengo, wie Sie wissen, mit beängstigender Geschwindigkeit aus Italien nach Frankreich; aber für die, die die geheime Geschichte dieser Zeit von Grund aus kennen, steht es fest, daß seine Schnelligkeit durch eine Botschaft Luciens veranlaßt worden war. Der Minister des Innern hatte die Haltung der Bergpartei erraten, und ohne zu ahnen, woher der Wind wehte, fürchtete er den Sturm. Außerstande, die drei Minister zu beargwöhnen, schrieb er die ganze Bewegung dem Haß zu, den sein Bruder am 18. Brumaire geweckt hatte, und ferner auch dem festen Glauben der letzten Anhänger des Jahres 1793 an die unabänderliche

Schlappe in Italien. Die zu Saint-Cloud gerufenen Worte: ›Tod den Tyrannen!‹ hallten Lucien immer noch in den Ohren. Die Schlacht bei Marengo hielt Napoleon bis zum 25. Juni auf den lombardischen Feldern zurück; am 2. Juli traf er in Frankreich ein. Nun stellen Sie sich die fünf Verschwörer vor, wie sie den Ersten Konsul in den Tuilerien zu seinem Sieg beglückwünschten: Fouché sagte im Salon zu dem Tribun – denn dieser Malin, den Sie eben gesehen haben, ist auch ein wenig Tribun gewesen –, er solle noch abwarten, es sei noch nicht alles vorüber. Wirklich schien es Talleyrand und Fouché, daß Bonaparte der Revolution noch nicht so sehr vermählt wäre wie sie selber, und zu ihrer eigenen Sicherheit schnallten sie ihn durch die Angelegenheit des Duc d'Enghien fest. Die Hinrichtung des Prinzen hängt durch greifbare Verästelungen mit dem zusammen, was während des Feldzugs von Marengo im Hôtel des Auswärtigen Amts eingefädelt wurde. Sicherlich ist es heute für jeden, der gutunterrichtete Leute gekannt hat, klar, daß Bonaparte sich von Fouché und Talleyrand wie ein Kind schieben ließ; sie wollten ihn unwiderruflich mit dem Hause Bourbon entzweien, während dessen Gesandten gerade bei dem Ersten Konsul ihre Versuche unternahmen.«

»Als Talleyrand bei Madame de Luynes seinen Whist spielte«, sagte jetzt eine der Persönlichkeiten, die zuhörten, »zog er plötzlich um drei Uhr morgens seine Uhr, unterbrach das Spiel und fragte unvermittelt seine drei Partner, ob der Prince de Condé noch andere Kinder hätte als den Duc d'Enghien. Eine so ungereimte Frage aus dem Mund des Monsieur de Talleyrand weckte die größte Überraschung. ›Weshalb fragen Sie uns nach Dingen, die Sie so genau wissen?‹ fragte man ihn. ›Um Ihnen mitzuteilen, daß das Haus Condé in diesem Augenblick erlischt.‹ Nun war Monsieur de Talleyrand seit Beginn des Abends im Hôtel Luynes gewesen, und ohne Zweifel wußte er, daß es Bonaparte unmöglich war, zu begnadigen.«

»Aber«, sagte Rastignac zu de Marsay, »ich sehe nicht, was Madame de Cinq-Cygne mit all dem zu tun hat.«

»Richtig, Sie waren noch so jung, mein Lieber, daß der Schluß fehlt. Sie kennen die Geschichte von der Entführung des Comte de Gondreville, die der Anlaß des Todes der beiden Simeuses und des älteren Bruders der d'Hauteserres wurde. D'Hauteserre ist der Comte und spätere Marquis de Cinq-Cygne, was er durch seine Heirat mit Mademoiselle de Cinq-Cygne geworden ist.«

De Marsay erzählte, da mehrere Personen, denen dieses Abenteuer unbekannt war, ihn darum baten, den ganzen Prozeß, und er fügte hinzu, daß die fünf Personen Schnapphähne der Polizei des Kaiserreichs gewesen waren, die den Auftrag hatten, die Drucksachenballen zu vernichten, die zu verbrennen Comte de Gondreville eigens dorthin gegangen war, als er sah, wie das Kaiserreich sich festigte. »Ich habe Fouché in Verdacht«, fuhr er fort, »daß er zugleich nach Beweisen für die Korrespondenz zwischen Gondreville und Ludwig XVIII. hat suchen lassen; denn Malin hatte sich stets mit ihm verständigt, selbst während der Schreckenszeit. Aber auf seiten des ersten Agenten, der noch lebt, hat in dieser furchtbaren Angelegenheit eine Leidenschaft ihre Rolle gespielt; dieser Mensch gehört zu jenen subalternen großen Männern, die sich nie ersetzen lassen, und er hat sich durch erstaunliche Streiche bemerkbar gemacht. Es scheint, Mademoiselle de Cinq-Cygne hatte ihn schlecht behandelt, als er kam, um die Simeuses zu verhaften. Jetzt, Madame, sind Sie im Besitz des ganzen Geheimnisses; Sie können es der Marquise de Cinq-Cygne erklären und ihr begreiflich machen, weshalb Ludwig XVIII. Schweigen bewahrte.«

Eine Leidenschaft in der Wüste

»Dieses Schauspiel ist beängstigend!« rief sie aus, als wir die Menagerie des Monsieur Martin verließen.

Sie hatte soeben zugesehen, wie dieser verwegene Dompteur mit seiner Hyäne ›arbeitete‹, um in der Zirkussprache zu reden.

»Durch welche Mittel«, fuhr sie fort, »kann er seine Tiere so gezähmt haben, daß er ihrer Zuneigung sicher genug ist, um …?«

»Dieser Umstand, der Ihnen als ein Problem erscheint«, unterbrach ich sie, »ist trotzdem eine ganz natürliche Tatsache.«

»Ach!« rief sie aus und ließ ein ungläubiges Lächeln um ihre Lippen spielen.

»Glauben Sie denn, die Tiere seien ohne alle Leidenschaften?« fragte ich. »Ich versichere Ihnen, daß wir ihnen alle Laster beibringen können, die wir unserer Zivilisation verdanken.«

Sie sah mich mit erstauntem Blick an.

»Freilich«, fuhr ich fort, »muß ich gestehen, daß ich, als ich Monsieur Martin zum erstenmal sah, ebenso wie Sie einen überraschten Ausruf nicht unterdrücken konnte. Ich stand damals dicht neben einem ehemaligen Soldaten, dem das rechte Bein amputiert worden war. Er war mit mir zugleich eingetreten. Sein Gesicht fiel mir auf. Es war eines jener unerschrockenen, vom Siegel der Kriege geprägten Häupter, auf denen die Schlachten Napoleons geschrieben stehen. Dieser alte Soldat hatte vor allem etwas Offenes und Heiteres an sich, was mich immer für einen Menschen einnimmt. Er war zweifellos einer jener Haudegen, die nichts mehr aus der Fassung bringt, die noch in der letzten Grimasse eines Kameraden etwas zum Lachen finden, ihn fidel begraben oder ausplündern, die ungerührt im Kugelhagel stehen, kurz entschlossen sind und selbst mit dem Teufel einen Bruderbund schließen würden. Nachdem er den Besitzer der Menagerie in dem Augenblick, als dieser aus der Garderobe trat, aufmerksam gemustert hatte, verzog er den Mund, als wollte er mit seinen zusammengekniffenen Lippen spöttische Geringschätzung ausdrücken, so wie überlegene Menschen es tun, um sich von den Dummen zu unterscheiden. Und als ich lauthals über Monsieur Martins Mut staunte, lächelte er und sagte kopfschüttelnd mit gewichtiger Miene: ›Längst bekannt!‹

›Wieso bekannt?‹ fragte ich; ›wenn Sie mir dieses Geheimnis erklären wollen, so wäre ich Ihnen sehr verbunden.‹

Kurz darauf, nachdem wir Bekanntschaft miteinander geschlossen hatten, gingen wir in das erstbeste Restaurant essen, an dem wir vorbeikamen. Eine Flasche Champagner zum Dessert ließ die Erinnerungen dieses merkwürdigen Soldaten in ihrer ganzen Klarheit wiederaufleben. Er erzählte mir seine Geschichte, und ich erfuhr, daß er sein ›Längst bekannt!‹ mit gutem Recht gerufen hatte.«

Als wir ihr Haus erreicht hatten, quälte sie mich so lange, versprach sie mir so viel, daß ich mich schließlich bereiterklärte, den Bericht des Soldaten für sie aufzuschreiben. Am Tage darauf also erhielt sie diese Episode eines Epos, dem man den Titel ›Die Franzosen in Ägypten‹ geben könnte.

Zur Zeit des Feldzugs von General Desaix in Oberägypten fiel ein aus der Provence stammender Soldat Berbern in die Hände und wurde von diesen arabischen Kriegern in die Wüsten jenseits der Nilkatarakte verschleppt. Um zwischen sich und das französische Heer einen sicheren Abstand zu legen, drangen die Araber im Eilmarsch vor und machten erst in der Nacht halt. Sie kampierten um einen von Palmen verdeckten Brunnen, bei dem sie zuvor einige Vorräte vergraben hatten. Da sie nicht vermuteten, daß ihr Gefangener an Flucht denken könnte, begnügten sie sich damit, ihm die Hände zu fesseln, und, nachdem sie ein paar Datteln gegessen und ihren

Pferden Gerste gegeben hatten, überließen sich alle dem Schlaf. Sobald nun der verwegene Provenzale sah, daß seine Feinde außerstande waren, ihn zu überwachen, bediente er sich seiner Zähne, um sich eines Sarraß zu bemächtigen, den er zwischen seine Knie klemmte und mit dem die Stricke, die ihn unfähig machten, seine Hände zu gebrauchen, durchschnitt, so daß er bald frei war. Sogleich nahm er einen Karabiner und einen Dolch an sich, versah sich mit einem Vorrat an trockenen Datteln, mit einem kleinen Sack Gerste und mit Pulver und Kugeln; er schnallte sich den Säbel um, bestieg ein Pferd und machte sich schnell in der Richtung aus dem Staube, in der er das französische Heer vermutete. Voller Ungeduld, wieder auf ein Biwak zu stoßen, spornte er das schon ermüdete Pferd so sehr an, daß das arme Tier mit zerfetzten Flanken verendete und der Franzose mitten in der Wüste allein blieb.

Nachdem er mit dem ganzen Mut eines entsprungenen Sträflings lange durch den Sand marschiert war, mußte der Soldat haltmachen: der Tag ging zur Neige. Trotz der Schönheit des Himmels in den orientalischen Nächten fühlte er nicht mehr die Kraft, seinen Weg fortzusetzen. Zum Glück hatte er eine Anhöhe erreichen können, auf der einige Palmen wuchsen, deren Silhouette er schon von weitem gesehen hatte, so daß in seinem Herzen die süßesten Hoffnungen erwacht waren. Seine Ermattung war so groß, daß er sich auf einem Granitfelsen niederlegte, der durch eine Laune der Natur wie ein Feldbett geformt war; er schlief dort ein, ohne zuvor die geringsten Vorkehrungen zur Verteidigung während seines Schlafes getroffen zu haben. Er hatte das Opfer seines Lebens bereits gebracht; sein letzter Gedanke war sogar ein Gedanke der Reue. Er bedauerte, die Araber verlassen zu haben, deren Nomadenleben ihm verlockend erschien, seit er fern von ihnen und von jeder Hilfe abgeschnitten war. Ihn weckte die Sonne, deren unerbittliche Strahlen senkrecht auf den Felsen fielen und eine unerträgliche Hitze erzeugten. Nun war der Soldat ungeschickt genug gewesen, sich auf die dem Schatten entgegengesetzte Seite zu legen, den die grünenden und majestätischen Kronen der Palmen warfen ... Er betrachtete diese einsam dastehenden Bäume und erbebte. Sie erinnerten ihn an die eleganten, von langgezogenen Blättern gekrönten Schäfte, die die sarazenischen Säulen der Kathedrale von Arles zierten. Aber als er die Palmen gezählt hatte und einen Blick um sich warf, brach er in grauenhafteste Verzweiflung aus. Er sah einen uferlosen Ozean. Der schwärzliche Sand der Wüste erstreckte sich unabsehbar in allen Richtungen hin, und er funkelte wie eine von grellem Licht getroffene Stahlklinge. Er wußte nicht, ob es ein Meer von Spiegeln war oder unzählige spiegelglatte Seen. Ein Feuerdunst wogte flimmernd über den sich bewegenden Sandboden dahin. Der Himmel erstrahlte im orientalischen Glanz von trostlos stimmender Klarheit, denn er läßt der Phantasie nichts mehr zu wünschen übrig. Himmel und Erde standen in Flammen. Die Stille erschreckte durch ihre wilde und grausame Majestät. Die Unendlichkeit, die Unermeßlichkeit bedrängten die Seele von allen Seiten; keine Wolke am Himmel, kein Hauch in der Luft, nichts als reiner Sand, der in winzig kleinen Wellen dahintrieb; schließlich schloß der Horizont wie bei schönem Wetter auf dem Meer alles mit einer Lichtlinie ab, so scharf wie die Schneide eines Säbels. Der Provenzale umschlang den Stamm einer der Palmen, als wäre er ein Freund; dann weinte er im Schutz des dünnen geraden Schattens, den der Baum auf den Granitblock zeichnete, und er setzte sich und betrachtete lange mit unendlicher Trauer die unerbittliche Szenerie, die sich seinen Blicken bot. Er schrie, als wollte er die Einsamkeit auf die Probe stellen. Seine Stimme, die sich in den Ausbuchtungen der felsigen Anhöhe verlor, drang nur als dünner Klang in die Ferne, der kein Echo weckte; das Echo erklang in seinem Herzen. Der Provenzale war zweiundzwanzig Jahre alt. Er lud seinen Karabiner.

»Dazu wird immer noch Zeit sein«, sagte er und legte die erlösende Waffe beiseite.

Während der Soldat mal seine Blicke in die schwarzen, mal in die blauen Weiten schweifen ließ, träumte er von Frankreich. Voller Entzücken roch er die Rinnsteine von Paris, erinnerte sich aller Städte, durch die er gekommen war, der Gesichter seiner Kameraden und an die flüchtigsten Ereignisse seines Lebens. Schließlich gaukelte ihm seine südländische Phantasie gar bald in dem flirrenden Spiel der Hitze, die über der ausgedehnten Wüstenfläche wogte, das Felsgestein seiner geliebten Provence hervor. Da er die Gefahren dieser grausamen Spiegelungen fürchtete, stieg er den Hügel auf der Seite hinab, die jener, auf der er am Tage zuvor heraufgekommen war, gegenüberlag. Seine Freude war groß, als er in den ungeheuren Granittrümmern, die den Grund des Hügels bildeten, eine von der Natur gebildete Grotte fand. Die Reste einer Matte ließen darauf schließen, daß diese Zuflucht einmal bewohnt gewesen war. Dann entdeckte er, einige Schritte entfernt, Palmen, an denen Datteln hingen, und sofort erwachte in seinem Herzen der Instinkt, der uns ans Leben fesselt. Er hoffte, sich so lange am Leben halten zu können, bis Araber vorüberzögen. Vielleicht auch würde er gar bald den Donner von Kanonen hören, zog doch gerade Bonaparte durch Ägypten. Von diesem Gedanken belebt, schlug der Franzose ein paar Fruchtkolben mit reifen Datteln herab, unter deren Gewicht die Palmen sich zu biegen schienen; und als er dieses unverhoffte Manna kostete, war er davon überzeugt, daß der einstige Bewohner der Grotte die Palmen angebaut hatte: das saftige und frische Fleisch der Datteln zeugte von der sorgfältigen Pflege seines Vorgängers. Der Provenzale machte plötzlich eine Wandlung von düsterer Verzweiflung zu fast wahnsinniger Freude durch. Er stieg wieder auf den Hügel hinauf und verwandte den Rest des Tages dazu, eine der unfruchtbaren Palmen zu fällen, die ihm am Abend zuvor als Dach gedient hatten. Eine unklare Erinnerung an die Tiere der Wüste machte ihn nachdenklich; er sah voraus, daß sie zur Tränke an die Quelle kommen würden, die unterhalb der Felsblöcke entsprang und sich im Sand verlor; also beschloß er, sich gegen ihr Auftauchen zu schützen, indem er seine Einsiedelei verbarrikadierte. Trotz seines Eifers, trotz der Kraft, die ihm die Furcht verlieh, während des Schlafes zerfleischt zu werden, schaffte er es nicht, die Palme an diesem Tage in mehrere Stücke zu zerteilen; aber es gelang ihm wenigstens, sie zu fällen. Als gegen Abend diese Königin der Wüste stürzte, hallte der Lärm ihres Falles in der Ferne wider, und es war, als stöhnte die Einsamkeit auf; der Soldat erbebte, als hätte er eine Stimme gehört, die ihm ein Unglück weissagte. Aber wie ein Erbe nicht lange um den Tod eines Verwandten trauert, so beraubte er bald den schönen Baum seiner breiten, langgezogenen Blätter, die seinen poetischen Schmuck bildeten, und er benutzte sie, um die Matte auszubessern, auf der er sich schlafen legen wollte. Von der Hitze und der Arbeit ermüdet, schlief er unter dem roten Dach seiner feuchten Höhle ein. Mitten in der Nacht wurde er in seinem Schlummer von einem merkwürdigen Geräusch aufgeschreckt. Er setzte sich auf und vernahm in der tiefen Stille, die herrschte, das Geräusch eines stoßweisen Atems, dessen urwüchsige Stärke keinem menschlichen Geschöpf angehören konnte. Eine entsetzliche Furcht, gesteigert noch durch die ihn umgebende Dunkelheit, die Stille und die Traumbilder des Halbschlafes, ließ sein Herz erstarren. Er spürte nicht einmal, wie sich seine Haare schmerzhaft sträubten, als er mit immer weiter aufgerissenen Augen im Dunkel zwei schwache gelbliche Punkte bemerkte. Erst schrieb er diese irgendeinem Reflex seiner eigenen Augen zu; aber bald vermochte er in der sternenklaren Nacht nach und nach die Gegenstände zu unterscheiden, die sich in der Grotte befanden, und er bemerkte ein ungeheures Tier, das wenige Schritte vor ihm lag. War es ein Löwe, ein Tiger oder ein Krokodil? Der Provenzale war nicht gebildet genug, um zu wissen, zu welcher Gattung sein

Feind gehörte; aber seine Angst war nur um so überwältigender, als seine Unwissenheit ihm jedes erdenkliche Unglück zugleich vorspiegelte. Er durchlitt grausame Foltern, während er auf dieses Atmen lauschte, jede Schwankung vernahm, ohne daß ihm das leiseste Geräusch entging und ohne daß er wagte, die geringste Bewegung zu machen. Ein Geruch, ebenso streng wie der von Füchsen, aber durchdringender, intensiver, erfüllte die Grotte; und als der Provenzale diesen Geruch in die Nase bekam, erreichte seine Angst den Höhepunkt, denn er konnte nicht mehr an dem Dasein des furchtbaren Gefährten zweifeln, dessen Königshöhle ihm als Lager diente. Bald darauf erhellte der Widerschein des Mondes, der zum Horizont herniederging, die Höhle, so daß das gefleckte Fell eines Panthers unmerklich zu schimmern begann. Dieser ägyptische Löwe schlief, zusammengerollt wie ein großer Hund, wie der friedliche Inhaber einer prächtigen Hundehütte am Eingang eines großen Hauses; seine Augen, die einen Augenblick lang geöffnet gewesen waren, hatten sich wieder geschlossen. Er lag mit dem Gesicht dem Franzosen zugekehrt. Tausend wirre Gedanken schossen dem Gefangenen des Panthers durch den Sinn; erst wollte er das Tier mit einem Flintenschuß töten; aber er merkte, daß zwischen ihm und dem Raubtier nicht Raum genug war, um zu zielen: das Rohr hätte über den Panther hinausgeragt. Und wenn dieser erwachte?... Der bloße Gedanke ließ ihn erstarren. Als er in der tiefen Stille sein Herz schlagen hörte, verfluchte er das starke Pochen, das der Blutandrang hervorrief, denn er fürchtete, den Schlummer des Tieres zu stören, der ihm erlaubte, ein Mittel zur Rettung zu suchen. Zweimal legte er die Hand an seinen Säbel, um seinem Feind den Kopf abzuschlagen; aber die Schwierigkeit, ein hartes und glattes Fell zu durchschlagen, zwang ihn, auf diesen verwegenen Plan zu verzichten. ›Ihn verfehlen, das wäre der sichere Tod‹, dachte er. Da waren ihm die Möglichkeiten eines Kampfes lieber, und er beschloß, den Tag abzuwarten; und der Tag ließ nicht lange auf sich warten. Jetzt konnte der Franzose den Panther genau betrachten; sein Maul war blutbeschmiert. ›Er hat gut gefressen!‹ dachte er, ohne sich darum zu bekümmern, ob das Festmahl aus Menschenfleisch bestanden haben mochte. ›Er wird keinen Hunger haben, wenn er erwacht.‹

Es war ein Weibchen. Das Fell am Bauch und an den Schenkeln glänzte weiß. Kleine samtige Tupfer reihten sich wie Armreifen um die Tatzen. Der starke Schweif war gleichfalls weiß, hatte aber schwarze Ringe am Schwanzende. Das obere Haarkleid war gelb wie mattes Gold, aber glatt und weich, und es trug jene charakteristischen Flecken, die, in sich schattiert und wie Rosenblüten geformt, den Panther von anderen Wildkatzen unterscheiden. Diese ruhig daliegende, furchtbare Gastgeberin schnarchte in einer nicht minder anmutigen Stellung als die einer Katze, die auf dem Kissen einer Ottomane ruht. Ihre blutigen, sehnigen und krallenbewehrten Tatzen hielt sie unter ihrem Kopf hervorgestreckt, der darauf ruhte und von dem spärlich und geradegewachsen die Barthaare wie Silberfäden abstanden. Wenn sie in einem Käfig gelegen hätte, würde der Provenzale sicherlich die Anmut dieser Raubkatze und die kräftigen Kontraste ihrer leuchtenden Farben bewundert haben, die ihrem Kleid einen kaiserlichen Glanz verliehen; aber in diesem Augenblick fühlte er, wie sein Auge sich bei diesem unheildrohenden Anblick trübte. In der Gegenwart des Panthers, sogar wenn dieser schlief, fühlte er sich wie ein Kaninchen unter dem hypnotischen Blick der Schlange. Angesichts dieser Gefahr verlor der Soldat schließlich einen Augenblick lang all seinen Mut, der unter dem Kartätschenfeuer der Kanonen hingegen zweifellos gestiegen wäre. Am Ende jedoch blitzte ein verwegener Gedanke in ihm auf und ließ den kalten Schweiß, der ihm von der Stirn rann, versiegen. Er handelte wie diejenigen Menschen, die, vom Unglück bis zum Äußersten getrieben, schließlich dem Tode trotzen, ja sich ihm selber darbieten; und ohne daß er es sich klarmachte, sah er in diesem Abenteuer eine Tragödie, in der er seine Rolle bis zur letzten Szene ehrenhaft zu spielen beschloß.

›Vorgestern hätten mich vielleicht Araber getötet!‹ sagte er sich. So hatte er sich mit dem Tod schon abgefunden und harrte gefaßt und in unruhiger Neugier auf das Erwachen seiner Feindin. Als die Sonne aufging, öffnete der Panther plötzlich die Augen, streckte den Körper, spreizte dabei die Krallen weit auseinander, als wollte er die Tatzen geschmeidig machen und die Starre des Schlafes vertreiben. Dann gähnte er und zeigte dabei seine schrecklichen Zähne und seine gefurchte Zunge, die hart war wie eine Reibe. ›Sie führt sich auf wie eine Kokette!‹ dachte der Franzose, als er sah, wie die Bestie sich wälzte und sich dabei sanft und schmeichlerisch bewegte. Sie leckte sich das Blut ab, das ihre Tatzen und ihre Lefzen färbte, und mit possierlichen Gesten kratzte sie sich immer wieder den Kopf.

›Schön! ... Mach' ein bißchen Toilette ...!‹ sagte der Franzose bei sich selber, denn mit dem Mut kehrte auch seine Heiterkeit zurück. ›Jetzt wollen wir uns Guten Morgen sagen.‹ Und er ergriff den kleinen kurzen Dolch, den er den Arabern genommen hatte.

In diesem Augenblick kehrte das Pantherweibchen dem Franzosen den Kopf zu und sah ihn fest an, ohne sich zu rühren. Vor ihren metallisch starren und unerträglich klaren Augen erbebte der Provenzale, besonders als das Tier plötzlich auf ihn zukam. Aber er sah es zärtlich an, und mit einem Blick, als wolle er ihm seinen Willen aufzwingen, ließ er es dicht zu sich herankommen; dann strich er ihm mit einer Bewegung, so sanft, so liebevoll, als wollte er die hübscheste Frau streicheln, mit der Hand über den ganzen Körper hin, vom Kopf bis zum Schweif; und mit den Nägeln reizte er die geschmeidigen Wirbel, die den gelben Rücken des Panthers teilten. Wollüstig hob die Bestie den Schweif, ihre Augen umflorten sich; und als der Franzose diese berechnende Liebkosung zum drittenmal ausführte, ließ sie ein Schnurren vernehmen, ähnlich dem, durch das die Katzen ihr Wohlbehagen zu erkennen geben; aber dieses Schnurren kam aus einer so tiefen und gewaltigen Kehle, daß es in der Grotte widerhallte gleich dem letzten Baßbrummen der Orgel in einer Kirche. Da der Provenzale die Bedeutung seiner Liebkosungen begriff, setzte er sie nur um so eifriger fort, denn er wollte diese gebieterische Kurtisane betäuben und einschläfern. Als er sicher zu sein glaubte, daß die Wildheit seiner launischen Gefährtin, die zum Glück ihren Hunger am Tage zuvor gestillt hatte, besänftigt war, stand er auf und wollte die Höhle verlassen. Das Pantherweibchen ließ ihn ruhig hinaus; als er aber den Hügel erklommen hatte, sprang sie ihm leicht wie ein Sperling, der von Zweig zu Zweig hüpft, nach und rieb sich an den Beinen des Soldaten, wobei sie nach Katzenart den Rücken krümmte; dann sah sie ihren Gast mit Augen an, deren Glanz weniger unbeugsam geworden war, und stieß jenes wilde Brüllen aus, das die Naturkundigen mit dem Geräusch einer Säge vergleichen.

»Sie ist anspruchsvoll!« rief der Franzose lächelnd.

Er versuchte, mit ihren Ohren zu spielen, ihr den Bauch zu streicheln und ihr kräftig mit den Nägeln den Kopf zu kraulen. Und als er merkte, welchen Erfolg er damit hatte, kitzelte er ihr den Schädel mit der Spitze seines Dolches, während er auf den Augenblick lauerte, sie zu töten; aber die Härte der Knochen ließ ihn zurückschrecken und ein Mißlingen fürchten.

Die Sultanin der Wüste erkannte die Talente ihres Sklaven an, indem sie den Kopf hob, ihm den Hals hinreckte und durch ihre ruhige Stellung wollüstiges Behagen verriet. Unvermittelt fiel dem Franzosen ein, daß er dieser wilden Prinzessin, um sie auf einen Schlag zu töten, den Dolch in die Kehle stoßen müßte. Er hob schon die Klinge, als sie sich plötzlich, ohne Zweifel befriedigt, anmutig zu seinen Füßen zusammenrollte; von Zeit zu Zeit hob sie den Blick zu ihm auf, und trotz einer angeborenen Härte spiegelte sich in den

Augen ein dunkles Wohlwollen. Der arme Provenzale lehnte sich an eine der Palmen und aß seine Datteln; aber er ließ forschend den Blick umherstreifen, mal durch die Wüste, um nach Rettern auszuschauen, mal über seine furchtbare Gefährtin, um sich ihrer ungewissen Gunst zu versichern. Das Pantherweibchen wandte jedesmal, wenn er einen Dattelkern fortwarf, den Kopf der Stelle zu, wo er hinfiel, und dann zeigten ihre Augen den Ausdruck unsäglichen Mißtrauens. Sie überwachte den Franzosen mit kaufmännischer Vorsicht; aber diese Prüfung fiel günstig für ihn aus, denn als er sein frugales Mahl beendet hatte, leckte sie ihm die Schuhe, von denen sie mit ihrer rauhen und kräftigen Zunge wie durch ein Wunder selbst den Staub beseitigte, der sich in die Falten eingelagert hatte.

›Aber wenn sie hungrig wird?‹ dachte der Provenzale. Trotz des Schauders, der ihn bei diesem Gedanken durchlief, begann der Soldat neugierig die Größe des Tieres abzuschätzen; es war sicherlich eins der schönsten Exemplare der Gattung, denn es maß in der Höhe drei Fuß und in der Länge vier, den Schweif nicht eingeschlossen. Diese gewaltige Waffe, die rund war wie ein Knüttel, maß ebenfalls beinahe drei Fuß. Der Kopf, der so groß war wie der einer Löwin, zeichnete sich durch eine seltene Feinheit des Ausdrucks aus; wohl herrschte in ihm die kalte Grausamkeit der Tiger vor, aber er hatte auch eine ferne Ähnlichkeit mit der Physiognomie einer verschlagenen Frau. Das Gesicht dieser einsamen Königin schließlich verriet in diesem Augenblick eine Art Lustigkeit, ähnlich der des betrunkenen Nero: die Bestie hatte sich am Blut gesättigt und war zum Spielen aufgelegt. Der Soldat versuchte hin und her zu gehen; der Panther ließ ihm seine Freiheit und begnügte sich damit, ihm mit den Augen zu folgen; er glich auf diese Weise weniger einem treuen Hund als einer großen Angorakatze, die alles beunruhigt, selbst die Bewegungen ihres Herrn. Als er sich umwandte, sah er hinter der Quelle die Reste seines Pferdes; bis dahin hatte der Panther den Kadaver geschleppt. Zwei Drittel etwa waren verzehrt. Dieser Anblick beruhigte den Franzosen. Es war jetzt leicht, die Abwesenheit des Tieres zu erklären, sowie auch, daß es den Menschen während seines Schlafes geschont hatte. Dieser erste Glücksumstand ermutigte ihn, es auch weiterhin darauf ankommen zu lassen, und er erwog die wahnsinnige Hoffnung, den ganzen Tag hindurch mit dem Pantherweibchen friedlich zusammenzuleben, indem er kein Mittel versäumte, es zu zähmen und seine Gunst zu gewinnen. Er kehrte zu ihr zurück, und ihm wurde das unsägliche Glück zuteil, daß er sah, wie sie in einer fast unmerklichen Bewegung den Schweif hob. Da setzte er sich furchtlos neben sie, und sie begannen miteinander zu spielen; er faßte ihre Tatzen, ihre Schnauze, drehte ihr die Ohren, wälzte sie auf den Rücken und kraulte kräftig ihre heißen und seidigen Flanken. Sie ließ es geschehen; und als der Soldat versuchte, ihr das Fell an den Tatzen zu glätten, zog sie sorgsam die Krallen ein, die krumm waren wie die Säbel der Türken. Der Franzose, der die eine Hand auf dem Dolch hielt, dachte noch einmal daran, ihn der allzu vertrauensseligen Bestie in den Leib zu bohren; aber er fürchtete, sie würde ihm im Todeskampf, der sie aufgucken lassen müßte, sogleich die Kehle zerbeißen. Und zudem vernahm er in seinem Herzen eine Stimme des Gewissens, die ihm zurief, ein Geschöpf, das sich harmlos verhielt, zu schonen. Ihm war, als hätte er in dieser grenzenlosen Wüste eine Freundin gefunden. Unwillkürlich dachte er an seine erste Geliebte, die er ›Liebling‹ genannt hatte, und zwar widersinnigerweise, denn sie war von so wilder Eifersucht besessen gewesen, daß er während der ganzen Zeit ihrer Leidenschaft das Messer zu fürchten gehabt hatte, das ihm stets angedroht wurde. Diese Erinnerung an seine Jugend gab ihm den Gedanken an den Versuch ein, das junge Pantherweibchen, dessen Behendigkeit, Anmut und Weichheit er jetzt mit weniger Angst bewunderte, an diesen Namen zu gewöhnen.

Als der Tag zur Neige ging, hatte er sich mit seiner gefährlichen Lage abgefunden, ja er liebte seine Ängste fast. Und seine Gefährtin hatte sich schließlich schon daran gewöhnt, ihn anzusehen, wenn er mit hoher Stimme ›Liebling‹ rief. Beim Sonnenuntergang ließ sie wiederholt ein tiefes und melancholisches Brüllen vernehmen. ›Sie ist gut erzogen‹, dachte der lustige Soldat, ›sie spricht ihr Gebet!‹ Aber dieser unausgesprochene Scherz war ihm erst in den Sinn gekommen, als er erkannte, in welcher friedlichen Haltung seine Kameradin verharrte. ›Geh, kleine Blonde, du darfst dich zuerst schlafen legen‹, sagte er, denn er zählte auf die Behendigkeit seiner Beine, um aufs schnellste zu entfliehen, wenn sie eingeschlafen wäre; er wollte sich für die Nacht ein anderes Lager suchen.

Ungeduldig wartete der Soldat auf den Zeitpunkt zur Flucht; und als er gekommen war, schritt er eilig in die Richtung auf den Nil davon. Kaum aber hatte er eine viertel Meile im Sand zurückgelegt, so hörte er schon das Pantherweibchen hinter sich herspringen; es stieß von Zeit zu Zeit jenen sägeartigen Laut aus, der noch beängstigender war als das schwere Geräusch ihrer Sprünge. ›Also‹, sagte er, ›sie hat Freundschaft mit mir geschlossen! Vielleicht ist dieses junge Weibchen noch niemandem begegnet; es ist schmeichelhaft, ihre erste Liebe zu besitzen.‹

In diesem Augenblick geriet der Franzose in einen jener für den Fremden so gefährlichen lockeren Sandseen, aus denen sich zu retten unmöglich ist. Als er sich dort versinken fühlte, stieß er einen Schreckensschrei aus; das Pantherweibchen packte ihn mit den Zähnen am Kragen, sprang mit einem kraftvollen Satz zurück und riß ihn wie durch Zauber aus dem Abgrund heraus. »Ah, Liebling«, rief der Soldat, indem er sie wie wild dankbar liebkoste, »jetzt sind wir auf ewig in Freundschaft verbunden.« Es sollte keine Hinterhältigkeit mehr geben. Und er kehrte um.

Die Wüste war für ihn von jetzt an gleichsam bevölkert; in ihr lebte ein Wesen, mit dem der Franzose reden konnte und dessen Wildheit ihm gegenüber verschwunden war, ohne daß er sich die Gründe dieser unglaublichen Freundschaft erklären konnte. So mächtig auch das Verlangen des Soldaten war, auf den Füßen und auf der Hut zu bleiben, so schlief er doch ein. Als er erwachte, sah er den Liebling nicht mehr; er stieg auf den Hügel und sah in der Ferne, wie sie in Sprüngen herbeigelaufen kam; all diese Tiere springen, denn den einfachen Lauf macht ihnen die große Biegsamkeit ihrer Wirbelsäule unmöglich. Liebling kam mit blutigen Lefzen. Sie erhielt die nötigen Liebkosungen, die ihr Gefährte ihr zuteil werden ließ; und sie bezeigte sogar durch ein wiederholtes tiefes Schnurren, wie glücklich sie war. Ihre äußerst weichen Augen ruhten noch milder als am Tage zuvor auf dem Provenzalen, der wie zu einem Haustier zu ihr sprach: »Oh, oh, Mademoiselle, wir sind aber ein anständiges Mädchen, nicht wahr? Seht einmal an! ... Wir lassen uns gern streicheln. Schämen Sie sich nicht? Sie haben irgendeinen Araber gefressen? ... Na, schön! Und doch sind das Tiere wie Sie! ... Wenigstens werden Sie mir keine Franzosen verspeisen! ... Dann hätte ich Sie nicht mehr lieb!«

Sie spielte wie ein junger Hund mit ihrem Herrn; sie ließ sich abwechselnd auf den Rücken wälzen, liebevoll klopfen und schmeicheln, und bisweilen trieb sie den Soldaten an, indem sie wie mit bittender Geste die Tatze auf ihn legte.

In dieser Weise vergingen ein paar Tage. Seine Gesellschaft erlaubte dem Provenzalen, die erhabene Schönheit der Wüste zu bewundern. Sobald er Stunden der Furcht und der Ruhe, Nahrung und ein Geschöpf gefunden hatte, an das er denken konnte, bewegten die Gegensätze seine Seele ... Es war ein Leben voller Kontraste. Die Einsamkeit offenbarte ihm all ihre Geheimnisse, hüllte ihn ein in ihren Zauber. Er sah im Aufgang und Untergang der Sonne Schauspiele, wie sie die Welt nicht kannte. Er konnte erzittern, wenn er über sich das leise Schwirren der Flügel eines Vogels vernahm – eines seltenen Gastes –, oder wenn er beobachtete, wie die Wolken sich ineinanderschoben – die wechselnden und farbenreichen

Wanderer! Nachts studierte er die Lichtwirkungen des Mondes auf dem Sandmeer, in das der Samum Wogen warf, Wellen, und das im raschen Wechsel. Er begann zu leben mit dem Tag des Orients, er bewunderte seinen märchenhaften Prunk; und oft, wenn er das furchtbare Schauspiel eines Sturmes auf dieser Ebene gesehen hatte, wo der emporgewirbelte Sand rote und trockene Nebel und todbringende Wolken schuf, sah er die Nacht voll Entzücken nahen, denn dann senkte sich die wohltuende Frische der Sterne nieder. Er lauschte auf die unwirkliche Musik der Himmel. Und dann lehrte ihn die Einsamkeit, die Schätze des Traums zu entfalten. Ganze Stunden brachte er damit zu, sich irgendwelcher Nichtigkeiten zu entsinnen, sein vergangenes Leben mit seinem gegenwärtigen zu vergleichen. Dann aber ergriff ihn eine Leidenschaft zu seinem Pantherweibchen, denn er brauchte etwas, was er lieben konnte. Sei es, daß sein Wille, der, kraftvoll geäußert, den Charakter seiner Gefährtin geändert hatte, sei es, daß sie, dank der Kämpfe, die in diesen Wüsten stattfanden, reichliche Nahrung fand, jedenfalls schonte sie das Leben des Franzosen, der schließlich, als er sie so gezähmt sah, jedes Mißtrauen fallenließ. Den größten Teil der Zeit verwandte er auf den Schlaf; aber wie eine Spinne in ihrem Gewebe mußte er dennoch wachen, um den Augenblick der Befreiung nicht zu verpassen, wenn jemand innerhalb seiner Sichtweite vorüberkommen sollte. Er hatte sein Hemd geopfert, um eine Fahne daraus zu machen, die er oben an eine kahle Palme hängte. Die Not war ihm ein guter Ratgeber, und also fand er ein Mittel, sie mit Hilfe von Stäben aufzuspannen; denn es war ja möglich, daß der Wind sie in dem Augenblick, in dem der erwartete Wanderer in die Wüste spähte, gerade nicht aufblies...

Mit dem Pantherweibchen vergnügte er sich in den langen Stunden, da er von hoffnungsloser Stimmung erfüllt war. Er hatte schließlich die verschiedene Tönung ihrer Laute, den Ausdruck ihrer Blicke verstehen gelernt; er hatte die Launen all der Flecke studiert, die das Gold ihres Kleides abstufte. Liebling knurrte nicht einmal mehr, wenn er das Büschel in die Hand nahm, mit dem ihr furchtbarer Schwanz abschloß, um die schwarzen und weißen Ringe zu zählen, diesen anmutigen Schmuck, der in der Sonne schon von fern wie ein Geschmeide glänzte. Er fand sein Vergnügen daran, die vollen und feinen Linien ihres Körpers zu betrachten, die Weiße ihres Bauches, die Anmut ihres Kopfes. Vor allem aber, wenn sie spielte, sah er sie wohlgefällig an; immer von neuem überraschten ihn die Behendigkeit und die Jugend ihrer Bewegungen. Er bewunderte ihre Geschmeidigkeit, wenn sie zu springen, zu klettern, zu gleiten, zu kriechen, sich anzuklammern, sich zu wälzen, sich hinzuschmiegen und überall herumzuwerfen begann. Wie gewaltig auch ihr Schwung, wie glatt der Granitfels war, so blieb sie bei dem Wort ›Liebling‹ doch auf der Stelle stehen.

Eines Tages schwebte bei grellem Sonnenschein ein ungeheurer Vogel in der Luft. Der Provenzale verließ sein Pantherweibchen, um diesen neuen Gast zu betrachten, aber nach einem Augenblick des Wartens knurrte die verlassene Sultanin dumpf. »Bei Gott, ich glaube, sie ist eifersüchtig!« rief er, als er ihre wieder streng gewordenen Augen sah. »In diesen Leib ist die Seele der Virginia gefahren, soviel steht fest!«

Der Adler verschwand in den Lüften, während der Soldat den gewölbten Rücken des Pantherweibchens bewunderte. Es lag so viel Anmut und Jugend in ihren Formen! Sie war hübsch wie eine Frau. Der blonde Pelz ihres Kleides verschmolz in feinen Tönen mit dem matten Weiß an den Läufen. Das Licht, das die Sonne verschwenderisch herabgoß, ließ dieses lebendige Gold, diese braunen Flecken erglänzen und verlieh ihnen unerklärliche Reize. Der Provenzale und das Pantherweibchen sahen sich einander verstehend an. Die Kokette erbebte, als sie fühlte, wie ihr der Nagel ihres Freundes den Schädel kraulte; ihre Augen glänzten auf wie zwei Blitze, und dann schloß sie sie fest. »Sie hat eine Seele!« sagte er, indem er die ruhige Unbesorgtheit dieser Königin der Wüste studierte, die goldig war wie der Sand selbst, weiß wie er, einsam und glühend wie er...

»Nun«, sagte sie, »ich habe Ihre Verteidigungsrede zugunsten der Bestien gelesen; aber wie hat das Verhalten dieser beiden Wesen, die so sehr dazu geschaffen waren, sich zu verstehen, geendet?«

»Ah, ja! Es ging zu Ende wie alle großen Leidenschaften: durch ein Mißverständnis. Man glaubt auf der einen wie auf der andern Seite an einen Verrat, aus Stolz läßt man es zu keiner Auseinandersetzung kommen, und man überwirft sich aus Eigensinn.«

»Zuweilen gar in den schönsten Augenblicken«, sagte sie; »ein Blick, ein Ausruf, das genügt ... Nun, erzählen Sie also die Geschichte zu Ende.«

»Das ist furchtbar schwierig; aber Sie werden verstehen, was der alte Brummbär mir schon anvertraut hatte, als er seine Flasche Champagner leerte und ausrief: ›Ich weiß nicht, was ich ihr getan hatte, aber sie wandte sich um, als sei sie wütend; und mit ihren scharfen Zähnen biß sie mich in den Schenkel, ohne Zweifel noch ziemlich leicht. Ich glaubte, sie wolle mich fressen, und bohrte ihr den Dolch in den Hals. Sie wälzte sich herum, indem sie einen Schrei ausstieß, der mein Herz erstarren ließ; ich sah, wie sie ohne Groll verendete. Um alles in der Welt, um mein Kreuz, das ich damals noch nicht besaß, hätte ich sie dem Leben zurückgeben mögen. Es war, als hätte ich wirklich einen Menschen ermordet. Und die Soldaten, die meine Fahne gesehen hatten und mir zu Hilfe kamen, fanden mich in Tränen ... Nun, Monsieur‹, fuhr er nach einer Weile des Schweigens fort, ›ich habe inzwischen in Deutschland, Rußland und Frankreich im Kriege gestanden; ich habe meinen Leichnam hübsch spazieren geführt, aber ich habe nichts gesehen, was der Wüste gleichkäme ... Ah, das ist so schön!‹

›Was haben Sie dort empfunden?‹ fragte ich.

›Oh, das läßt sich nicht sagen, junger Mann. Übrigens sehne ich mich nicht immer nach meinem Palmenbusch und meinem Pantherweibchen zurück ... Dazu muß ich traurig sein. In der Wüste, sehen Sie, da ist alles, und da ist nichts...‹

›Immerhin, erklären Sie mir...‹

›Nun‹, sagte er, wobei ihm eine Bewegung der Ungeduld entschlüpfte, ›da ist Gott ohne die Menschen.‹«

Paris, 1832

Lebwohl!

Für den Fürsten Friedrich Schwarzenberg

Los, Zentrumsdeputierter, vorwärts! Es gilt, den Eilmarsch anzuschlagen, wenn wir zugleich mit den anderen zu Tisch kommen wollen. Auf die Beine! Springen, Marquis! Na also, prächtig! Sie setzen ja über die Furchen wie ein Hirsch!«

Dies sagte ein Jäger, der friedlich am Rande des Waldes von L'Isle-Adam saß und seine Havanna zu Ende schmauchte; er wartete auf seinen Gefährten, der zweifellos schon vor längerer Zeit im Dickicht des Waldes vom Weg abgekommen war. Ebenso wie er blickten vier hechelnde Hunde neben ihm dem Mann entgegen, an den er seine Worte richtete. Um zu verstehen, wie spöttisch seine Rede, die er von Zeit zu Zeit wiederholte, gemeint war, muß erwähnt werden, daß der vorgewölbte Bauch des angeredeten Jägers, eines dicken und untersetzten Mannes, eine wahrhaft beamtenmäßige Wohlbeleibtheit zeigte. Es machte ihm denn auch weidliche Mühe, die Furchen eines großen frisch gemähten Feldes zu überqueren, dessen Stoppeln seinen Marsch beträchtlich erschwerten; und um die Mühsal noch zu steigern, sammelten die schräg einfallenden Sonnenstrahlen auf seiner Stirn dicke Schweißtropfen. Da er vor allem Sorge tragen mußte, sein Gleichgewicht zu bewahren, wankte er bald nach vorn und bald nach hinten, so daß seine Bewegungen den Sprüngen eines heftig hin und her gerüttelten Wagens glichen. Es war einer jener Tage im September, an denen unter äquatorialen Gluten die Trauben reifen. Ein Gewitter zog herauf. Obgleich am Horizont noch ein paar große blaue Flächen die schweren schwarzen Wolken trennten, sah man schon mit erschreckender Geschwindigkeit gelbliche Gewitterwolken nahen und von Osten bis Westen einen leichten grauen Vorhang spannen. Da der Wind nur in den oberen Regionen der Luft wehte, drückte die Atmosphäre unten die glühenden Ausdünstungen der Erde zusammen. Das Tal, durch das der Jäger kam, war von Hochwald umgeben, der es der Luft beraubte, und so herrschte in ihm die Temperatur eines Schmelzofens. Der Wald, der schweigsam und glühend dastand, schien zu dürsten. Die Vögel und Insekten waren verstummt, und die Wipfel der Bäume regten sich kaum. Jeder also, der sich noch an den Sommer des Jahres 1819 erinnern kann, muß Mitleid haben mit dem Leiden des armen Beamten, der Blut und Wasser schwitzte, um zu seinem spöttischen Gefährten hinzugelangen. Während dieser seine Zigarre rauchte, hatte er nach dem Stand der Sonne berechnet, daß es etwa fünf Uhr nachmittags sein mochte.

»Wo zum Teufel sind wir?« fragte der dicke Jäger, während er sich die Stirn abwischte und sich seinem Gefährten fast gegenüber an einen freistehenden Baum lehnte, denn er fühlte nicht mehr die Kraft, den breiten Graben zu überspringen, der die beiden noch trennte.

»Und danach fragst du mich?« antwortete lachend der andere, der an der Böschung im hohen gelben Gras lag. Er warf den Rest seiner Zigarre in den Graben und rief: »Ich schwöre bei Sankt Hubertus, daß man mich nicht wieder dabei ertappen soll, wie ich mich mit einem Beamten in unbekannte Gegenden wage, und wäre er auch wie du, mein lieber d'Albon, ein alter Schulkamerad!«

»Aber Philippe, verstehen Sie denn kein Französisch mehr? Sie haben Ihren Verstand wohl in Sibirien gelassen«, erwiderte der Dicke, wobei er einen schmerzlich-komischen Blick auf einen Wegweiser warf, der hundert Schritte von ihnen entfernt stand.

»Ich verstehe«, erwiderte Philippe, ergriff seine Flinte, sprang auf, war mit einem Satz im Feld und lief auf den Wegweiser zu.

»Hierher, d'Albon, hierher! Linksum!« rief er seinem Gefährten zu und wies ihm mit einer Handbewegung einen breiten gepflasterten Weg. »Die Straße von Baillet nach L'Isle-

Adam«, fuhr Philippe fort; »in dieser Richtung also müssen wir die nach Cassan finden, denn sie zweigt von der nach L'Isle-Adam ab.«

»Ganz recht, Oberst«, bestätigte Monsieur d'Albon und setzte sich die Mütze auf, mit der er sich zugefächelt hatte.

»Also vorwärts, ehrenwerter Rat«, erwiderte der Oberst, und er pfiff den Hunden, die ihm schon besser zu gehorchen schienen als dem Beamten, dem sie gehörten.

»Wissen Sie überhaupt, Monsieur le Marquis«, bemerkte der Offizier sarkastisch, »daß wir noch mehr als zwei Stunden vor uns haben? Das Dorf, das wir da unten sehen, muß Baillet sein.«

»Großer Gott!« rief der Marquis d'Albon aus; »Sie können ja nach Cassan laufen, wenn Ihnen das Spaß macht, aber Sie müssen allein gehen; ich ziehe es vor, trotz des Gewitters hier auf das Pferd zu warten, das Sie mir aus dem Schloß herschikken werden. Sie haben mich zum Narren gehalten, Sucy. Wir hätten eine hübsche kleine Jagdpartie unternehmen und ohne uns von Cassan zu entfernen die Felder durchstöbern sollen, die ich kenne. Bah, statt uns einen schönen Tag zu machen, haben Sie mich seit vier Uhr morgens wie einen Windhund umhergehetzt. Und zum Frühstück haben wir nichts weiter gehabt als zwei Tassen Milch! Ah, sollten Sie jemals einen Prozeß bei unserm Gerichtshof angängig machen, werde ich dafür sorgen, daß Sie ihn verlieren, und wären Sie hundertmal im Recht.«

Der entmutigte Jäger setzte sich auf einen der Marksteine am Fuß des Wegweisers, warf seine Flinte und seine leere Jagdtasche zu Boden und seufzte tief auf.

»Frankreich, das sind deine Volksvertreter!« rief lachend Oberst de Sucy. »Ach, mein armer d'Albon, hätten Sie wie ich sechs Jahre im tiefsten Sibirien gesteckt ...«

Er beendete seinen Satz nicht und hob die Augen gen Himmel, als wären seine Leiden ein Geheimnis zwischen Gott und ihm.

»Auf, vorwärts!« fuhr er fort; »wenn Sie hier sitzen bleiben, sind Sie verloren.«

»Was wollen Sie, Philippe? Die alte Richtergewohnheit! Ehrenwort, ich bin am Ende meiner Kräfte! Wenn ich wenigstens noch einen Hasen geschossen hätte!«

Die beiden Jäger stellten einen seltenen Gegensatz dar. Der Beamte war zweiundvierzig Jahre alt und sah aus, als wäre er noch nicht dreißig, während der Offizier, der dreißig war, mindestens vierzig zu sein schien. Beide trugen die rote Rosette, das Abzeichen der Offiziere der Ehrenlegion. Unter der Mütze des Obersten stahlen sich ein paar Haarsträhnen hervor, weiß und schwarz gemischt wie am Flügel einer Elster; an den Schläfen des Richters prangten schöne blonde Locken. Der eine war hochgewachsen, dürr, hager, nervig, und die Falten in seinem weißen Gesicht deuteten auf schreckliche Leidenschaften oder furchtbares Unglück; das Gesicht des anderen strahlte von Gesundheit, war jovial und eines Epikureers würdig. Beide waren von der Sonne stark verbrannt, und ihre langen Gamaschen aus falbem Leder trugen die Spuren aller Gräben und aller Sümpfe, die sie durchquert hatten.

»Auf«, rief Monsieur de Sucy, »weiter geht's! Ein Stündchen Wegs noch und wir sitzen in Cassan vor einer guten Tafel.«

»Sie dürften wohl niemals geliebt haben«, versetzte der Rat mit einem jämmerlich komischen Gesichtsausdruck; »Sie sind unerbittlich wie der Paragraph 304 des Strafgesetzbuches.«

Philippe de Sucy fuhr heftig zusammen; seine Stirn zog sich in Falten, sein Gesicht wurde so finster, wie es der Himmel in diesem Augenblick war. Obgleich eine Erinnerung von grauenhafter Bitterkeit all seine Züge verzerrte, blieb sein Auge trocken. Gleich allen kraftvollen Männern verstand er, seine Empfindungen in der Tiefe des Herzens zu verschließen; und wie viele reine Charaktere hinderte ihn vielleicht auch die

Scham, seine Qualen zu offenbaren, da doch kein menschliches Wort ihre Tiefe wiederzugeben vermag und man zugleich den Spott der Menschen fürchtet, die sie nicht verstehen wollen. Monsieur d'Albon hatte eines jener feinfühlenden Herzen, die fremde Leiden erahnen und die Erschütterung lebhaft mitempfinden, die sie wider Willen durch eine Ungeschicklichkeit hervorgerufen haben. Er achtete das Schweigen seines Freundes, stand auf, vergaß seine Müdigkeit und folgte ihm schweigend, tief betrübt, an eine Wunde gerührt zu haben, die wahrscheinlich noch nicht vernarbt war.

»Eines Tages, mein Freund«, sagte Philippe, wobei er ihm die Hand drückte und ihm durch einen herzzerreißenden Blick für seine stumme Reue dankte, »eines Tages werde ich dir mein Leben erzählen. Heute könnte ich es nicht.«

Sie schritten schweigend weiter. Als der Schmerz des Obersten sich gelegt zu haben schien, spürte der Rat seine Mattigkeit von neuem; und mit dem Instinkt oder vielmehr dem Willen eines erschöpften Menschen sondierte sein Auge alle Tiefen des Waldes; er durchspähte die Wipfel der Bäume, musterte prüfend die Wege, in der Hoffnung, irgendeinen Platz zu finden, wo er um Gastfreundschaft bitten könnte. Als sie an einen Kreuzweg gelangten, glaubte er einen leichten Rauch zu bemerken, der zwischen den Bäumen aufstieg. Er blieb stehen, blickte aufmerksam hin und erkannte mitten in einem gewaltigen, scheinbar undurchdringlichen Gehölz die grünen, düsteren Zweige einiger Fichten.

»Ein Haus! Ein Haus!« rief er mit ebensolcher Freude aus, wie ein Seemann ›Land! Land!‹ gerufen hätte.

Dann eilte er rasch durch ein ziemlich dichtes Buschwerk; und der Oberst, der in tiefes Sinnen versunken war, folgte ihm mechanisch.

»Ich will mich lieber hier mit einer Omelette, hausbackenem Brot und einem Stuhl bescheiden als nach Cassan laufen, um Sofas, Trüffeln und Bordeauxwein vorzufinden!«

Dies war der Begeisterungsruf, der dem Rat beim Anblick

einer Mauer entfuhr, deren weißliche Farbe sich in der Ferne von der braunen Masse der knorrigen Stämme des Waldes abhob.

»Aha, das sieht mir ganz nach einer ehemaligen Abtei aus!« rief der Marquis d'Albon von neuem, als er an ein altes schwarzes Gitter kam, durch das er mitten in einem recht ausgedehnten Park einen Bau im typischen Stil der einstigen Klostergebäude erblickte. »Wie gut doch diese schlitzohrigen Mönche einen günstigen Platz auszuwählen verstanden!«

Dieser neue Ausruf zeugte für die Überraschung des Beamten, als sich seinen Blicken ein malerischer, einsam gelegener Landsitz darbot. Das Haus stand auf halber Höhe am Hang des Berges, auf dessen Gipfel das Dorf Nerville liegt. Die großen hundertjährigen Eichen des Waldes, der rings um diesen Bau einen riesigen Kreis beschrieb, machten ihn zu einer wahren Einsiedelei. Der einst für die Mönche bestimmte Wohnflügel lag nach Süden zu. Der Park schien etwa vierzig Morgen groß zu sein. Um das Haus erstreckte sich eine grüne Wiese, die von mehreren klaren Bächen und scheinbar ohne künstliche Nachhilfe anmutig angelegten Wasserflächen harmonisch durchschnitten wurde. Hier und da erhoben sich grüne Bäume von gefälligen Formen und mannigfaltigem Laub; und ferner gaben geschickt eingeordnete Grotten, gewaltige Terrassen mit verfallenen Treppen und verrosteten Geländern dieser wilden Einöde ein besonderes Gepräge. Die Kunst hatte ihre Bauten zierlich mit den malerischsten Gebilden der Natur geeint. Es war, als müßten die menschlichen Leidenschaften am Fuß dieser großen Bäume ersterben, die dem Lärm der Welt den Eingang zu diesem Zufluchtsort wehrten, wie sie auch die Gluten der Sonne milderten.

›Wie verwahrlost das alles ist!‹ sagte sich Monsieur d'Albon, nachdem er den düsteren Ausdruck auf sich hatte einwirken lassen, den die Ruinen dieser scheinbar von einem Fluch getroffenen Landschaft verliehen.

Das Ganze glich einem von Menschen verlassenen Unheilsort. Überall hatte der Efeu seine vielfach gewundenen Ranken und dichtblättrigen Laubmäntel aufgehängt. Braunes, grünliches, gelbes und rotes Moos goß seine romantischen Farbtöne über die Bäume, die Bänke, die Dächer und Steine. Die wurmstichigen Fenster waren vom Regen verwittert, vom Zahn der Zeit angenagt; die Balkone waren geborsten, die Terrassen verwüstet. Einige Fensterläden hingen nur noch in einer Angel. Die aus den Fugen geratenen Türen schienen keinem Angreifer mehr standhalten zu können. Die mit den leuchtenden Büscheln der Mistel behangenen Äste der vernachlässigten Obstbäume reckten sich weithin, ohne eine Ernte zu geben. Hohes Gras wuchs in den Alleen. Diese Trümmer brachten Wirkungen von hinreißender Poesie in das Bild und erfüllten die Seele des Beschauers mit träumerischen Gedanken. Ein Dichter wäre dort sitzen geblieben, in eine langanhaltende Melancholie versunken, hätte er diese Unordnung voller Harmonie, diese Zerstörung, die nicht ohne Anmut war, bewundert. In diesem Augenblick brachen ein paar Sonnenstrahlen durch die Wolkenspalten, und sie beleuchteten die beinahe wilde Szenerie mit Lichtgarben in tausend Farben. Die braunen Ziegel glänzten auf, das Moos leuchtete, phantastische Schatten glitten über das Gras und unter den Bäumen hin; tote Farben erwachten, reizvolle Gegensätze stritten miteinander, und das Laub zeichnete sich deutlich in der Helle ab. Plötzlich verschwand das Licht. Die Landschaft, die gesprochen zu haben schien, verstummte und wurde wieder düster oder vielmehr sanft wie der sanfteste Farbton einer herbstlichen Dämmerung.

›Das ist Dornröschens Schloß‹, sagte der Rat bei sich; er sah dieses Haus bereits nur noch mit den Augen des Besitzers. ›Wem mag das nur gehören? Er muß hübsch dumm sein, daß er einen so schönen Besitz nicht bewohnt.‹

Plötzlich stürzte eine Frau unter einem Nußbaum hervor, der rechts von dem Gitter wuchs, und ohne das geringste Geräusch glitt sie schnell wie der Schatten einer Wolke an dem Rat vorüber; diese Vision machte ihn vor Überraschung sprachlos.

»He, d'Albon, was haben Sie?« fragte der Oberst.

»Ich reibe mir die Augen, um herauszubekommen, ob ich schlafe oder wache«, erwiderte der Beamte und preßte sich ans Gitter, um zu sehen, ob er die Erscheinung noch einmal zu Gesicht bekäme.

»Sie ist wahrscheinlich unter dem Feigenbaum dort«, sagte er und zeigte Philippe das Laubwerk eines Baumes, der links vom Tor über die Mauer emporragte.

»Wer, sie?«

»Nun, kann ich das etwa wissen?« erwiderte d'Albon. »Eben hat sich dort hinten, vor meinen Augen«, fügte er leise hinzu, »eine seltsame Frau erhoben; sie schien mir eher den Schatten zugehörig als der Welt der Lebenden. Sie scheint so schlank, leicht und duftig, daß sie durchsichtig sein muß. Ihr Gesicht ist weiß wie Milch. Ihre Kleider, ihre Augen und ihr Haar sind schwarz. Sie sah mich an, als sie vorüberhuschte; und obwohl ich nicht furchtsam bin, ist mir vor ihrem reglosen, kalten Blick das Blut in den Adern erstarrt.«

»Ist sie hübsch?« fragte Philippe.

»Ich weiß es nicht; ich habe in dem Gesicht nur die Augen gesehen.«

»Zum Teufel mit dem Abendessen in Cassan!« rief der Oberst; »bleiben wir hier! Ich habe das kindliche Verlangen, in diese sonderbare Besitzung einzudringen. Siehst du diese rotgestrichenen Fensterrahmen und die roten Striche auf den Tür- und Fensterleisten? Ist es nicht, als wäre dies das Haus des Teufels? Vielleicht hat er das Erbe der Mönche angetreten. Los, hinter der schwarzweißen Dame her! Komm schon!« rief Philippe in erkünstelter Lustigkeit.

In diesem Augenblick vernahmen die beiden Jäger einen Schrei, nicht unähnlich dem Laut, den eine in der Falle gefangene Maus ausstößt. Sie horchten. Das Laub einiger Büsche, die jemand streifte, klang in der Stille wie das Murmeln einer bewegten Welle; aber obgleich sie angespannt lauschten, um noch weitere Laute zu erhaschen, blieb die Erde schweigsam und bewahrte das Geheimnis der Schritte jener Unbekannten, wenn sie überhaupt geschritten war.

»Das ist doch sonderbar!« rief Philippe und folgte der Richtung, in der die Parkmauern verliefen.

Kurz darauf gelangten die beiden Freunde zu einem Waldweg, der zu dem Dorf Chauvry führte. Als sie auf diesem Weg in Richtung auf die Landstraße nach Paris zurückgegangen waren, standen sie vor einem großen Gittertor und erblickten nun die Hauptfassade des geheimnisvollen Wohnsitzes. Auf dieser Seite erreichte der Verfall seinen Höhepunkt. Ungeheure Risse durchkerbten die Mauern dreier Gebäude, die rechtwinklig zueinander erbaut worden waren. Trümmer von Ziegeln und Schiefer lagen zerbröckelt am Boden, und verwahrloste Dächer deuteten auf völlige Vernachlässigung. Obst war von den Bäumen gefallen und faulte, statt aufgesammelt zu werden. Auf den Rasenplätzen weidete eine Kuh und trat die Blumenbeete nieder, eine Ziege naschte an den unreifen Weintrauben und dem Laub einer Kletterrebe.

»Hier stimmt eins mit dem anderen überein, und die Unordnung ist gewissermaßen organisiert«, sagte der Oberst und zog an der Kette einer Schelle. Aber die Glocke war ohne Klöppel.

Die beiden Jäger hörten nur den merkwürdigen scharfen Klang einer verrosteten Feder. Obgleich die kleine Pforte in der Mauer neben dem Gittertor ganz verfallen war, widerstand sie doch jeglicher Anstrengung.

»Oho! All das scheint mir sehr eigenartig«, sagte Philippe zu seinem Gefährten.

»Wenn ich nicht ein Justizbeamter wäre«, erklärte d'Albon, »würde ich die schwarze Frau für eine Zauberin halten.«

Kaum hatte er diese Worte gesprochen, kam die Kuh an das Gitter und hielt ihnen das warme Maul hin, als triebe sie das

Bedürfnis, menschliche Wesen zu sehen. Daraufhin aber zog eine Frau, wenn man das unbestimmbare Wesen, das unter einem Strauchwerk hervorgekrochen kam, überhaupt so nennen kann, die Kuh an einem Strick zurück. Die Frau hatte ein rotes Tuch um den Kopf geschlungen, aus dem ein paar blonde Haarsträhnen herabfielen, die dem Hanf auf einer Spindel ziemlich ähnelten. Ein Schultertuch trug sie nicht. Ein grober, schwarz und grau gestreifter Wollunterrock, der um einige Zoll zu kurz war, ließ ihre Beine sehen. Man hätte glauben können, sie gehöre zu einem Stamm der Rothäute, die Cooper gerühmt hat; denn ihre nackten Beine, ihr Hals und ihre Arme schienen ziegelrot bemalt zu sein. Kein Schimmer von Verstand belebte ihr flaches Gesicht. Ihre bläulichen Augen waren kalt und trüb. Ein paar spärliche helle Haare vertraten die Stelle der Augenbrauen. Und ihr Mund schließlich war so verzogen, daß die schlechtstehenden Zähne, die jedoch weiß waren wie die eines Hundes, daraus hervortraten.

»Heda, Frau!« rief Monsieur de Sucy. Sie kam langsam ans Tor und sah die beiden Jäger mit einfältiger Miene an; bei ihrem Anblick entschlüpfte ihr ein mühsames und gezwungenes Lächeln.

»Wo sind wir? Was für ein Haus ist das da? Wem gehört es? Wer seid Ihr? Seid Ihr von hier?«

Auf diese und noch eine Menge anderer Fragen, die beide Freunde nach und nach an sie richteten, antwortete sie nur durch ein paar Kehllaute, die mehr von einem Tier als von einem menschlichen Wesen zu stammen schienen.

»Sehen Sie nicht, daß sie taubstumm ist?« fragte der Beamte.

»Bons-Hommes!« rief die Bäuerin.

»Ah, sie hat recht; es könnte sehr wohl das ehemalige Kloster der Bons-Hommes sein«, erklärte Monsieur d'Albon.

Das Fragen begann von neuem. Aber die Bäuerin errötete

wie ein launisches Kind, spielte mit ihrem Holzschuh, drehte den Strick der Kuh, die wieder zu grasen begann, und betrachtete die beiden Jäger, deren Kleidung sie in allen Einzelheiten musterte; sie kläffte, grunzte, gluckste, aber sie sprach kein Wort. »Wie heißt du?« fragte Philippe und sah sie so starr an, als wollte er ihr seinen Willen aufzwingen.

»Geneviève«, erwiderte sie mit einem stupiden Lachen.

»Bislang ist die Kuh das vernünftigste Wesen, das wir hier gesehen haben«, rief der Beamte; »ich werd mal einen Schuß abfeuern, damit jemand kommt.«

In dem Augenblick, als d'Albon zu seiner Waffe griff, hielt der Oberst ihn durch eine Geste zurück und deutete mit dem Finger auf die Unbekannte, die ihre Neugier so sehr gereizt hatte. Diese Frau schien in tiefes Sinnen versunken zu sein, und sie kam langsamen Schrittes auf einer ziemlich entfernten Allee daher, so daß die beiden Freunde Zeit hatten, sie eingehend zu betrachten. Sie trug ein Kleid aus verschlissenem schwarzem Satin. Ihr langes Haar fiel ihr in unzähligen Locken über die Stirn und um die Schultern; es wallte bis auf ihre Hüften hinab und diente ihr als Schal. Da sie augenscheinlich an solche Nachlässigkeit gewöhnt war, strich sie sich das Haar nur sehr selten auf beiden Seiten von den Schläfen zurück; dann aber warf sie den Kopf mit einem einzigen jähen Ruck nach hinten, um ihre Stirn oder ihre Augen von dem dichten Schleier zu befreien. Ihre Geste hatte übrigens wie die eines Tieres jene wundervolle mechanische Sicherheit, deren Schnelle bei einer Frau als ein Wunder erscheinen konnte. Die beiden Jäger sahen sie zu ihrem Staunen auf den Ast eines Apfelbaums springen und sich dort mit der Leichtigkeit eines Vogels festhalten. Sie griff nach den Früchten und aß sie. Dann ließ sie sich mit der anmutigen Geschmeidigkeit, die man bei den Eichhörnchen bestaunt, zu Boden gleiten. Ihre Glieder waren so biegsam, daß selbst ihre geringsten Bewegungen leicht und ungezwungen wirkten. Sie spielte auf dem Rasen und wälzte sich, wie es ein Kind hätte tun können.

Dann streckte sie plötzlich Füße und Hände von sich und blieb ausgestreckt im Grase liegen, und zwar mit der Schmiegsamkeit, der Anmut und der Natürlichkeit einer jungen Katze, die in der Sonne eingeschlafen ist. Der Donner hatte in der Ferne gegrollt; sie warf sich plötzlich herum und sprang mit der wunderbaren Behendigkeit eines Hundes, der einen Fremden kommen hört, auf alle viere. In dieser eigenartigen Haltung teilte sich ihr schwarzes Haar plötzlich in zwei breite Strähnen, die zu beiden Seiten ihres Kopfes herabfielen und beiden Zuschauern dieser Szene erlaubten, ihre Schultern zu bewundern, deren weiße Haut leuchtete wie die Maßliebchen auf der Wiese, und einen Hals, dessen Vollkommenheit auf die übrigen Proportionen ihres Körpers schließen ließ.

Sie stieß einen schmerzlichen Schrei aus und erhob sich auf die Füße. Ihre Bewegungen gingen so anmutig ineinander über, sie wurden so behend ausgeführt, daß sie kein menschliches Wesen, sondern eine jener Töchter der Luft zu sein schien, wie Ossian sie in seiner Dichtung feiert. Sie ging auf eine Wasserfläche zu, schüttelte leicht das eine Bein, um den Schuh abzuwerfen, und schien Gefallen daran zu finden, den alabasterweißen Fuß ins Wasser zu tauchen; offenbar staunte sie über die geschmeideartigen Wellen, die sie hervorrief. Dann kniete sie am Rande des Beckens nieder und vergnügte sich wie ein Kind damit, ihre langen Locken hineinzutauchen und sie jäh zurückzuziehen, als wollte sie das Wasser, das sie aufgesogen hatten und das, von den Lichtstrahlen durchleuchtet, zwei Rosenkränzen aus Perlen glich, Tropfen für Tropfen niederrinnen sehen.

»Diese Frau ist wahnsinnig!« rief der Rat.

Ein heiserer Schrei erscholl; Geneviève hatte ihn ausgestoßen; er hallte wider und schien der Unbekannten zu gelten, die sich lebhaft aufrichtete und ihr Haar aus dem Gesicht warf. In diesem Augenblick konnten der Oberst und d'Albon deutlich die Züge dieser Frau sehen, die nun, als sie die beiden

Freunde bemerkte, mit der Leichtigkeit eines Rehs in wenigen Sprüngen ans Gitter gelaufen kam.

»Leb wohl!« sagte sie mit sanfter, wohlklingender Stimme, aber ohne daß ihr Ton, auf den die Jäger ungeduldig geharrt hatten, die geringste Empfindung oder den geringsten Gedanken auszudrücken schien.

Monsieur d'Albon bewunderte ihre langen Wimpern, ihre dichten schwarzen Brauen, eine Haut von blendendem Weiß ohne den leisesten Anflug von Röte. Nur zarte blaue Adern durchzogen ihren weißen Teint. Als der Rat sich zu seinem Freund umwandte, um ihm zu sagen, wie erstaunt er über den Anblick dieser sonderbaren Frau war, sah er ihn wie tot im Grase liegen. Monsieur d'Albon feuerte seine Flinte ab, um Leute herbeizurufen, und schrie: »Zu Hilfe!«, wobei er den Oberst aufzurichten versuchte. Bei dem Knall des Schusses rannte die Unbekannte, die reglos stehengeblieben war, blitzschnell davon; wie ein verwundetes Tier stieß sie Schreckensschreie aus und drehte sich unter den Zeichen tiefsten Entsetzens auf der Wiese im Kreise herum. Monsieur d'Albon hörte auf der Straße nach L'Isle-Adam das Rollen einer Kalesche, und er winkte mit dem Taschentuch, um die Vorüberfahrenden um Hilfe zu bitten. Der Wagen lenkte sogleich auf ›Les Bons-Hommes‹ zu, und Monsieur d'Albon erkannte in den Insassen Monsieur und Madame de Granville, seine Nachbarn, die sich beeilten, aus ihrem Gefährt zu steigen und es dem Beamten anzubieten. Madame de Granville hatte zufällig ein Riechsalzfläschchen bei sich, das man Monsieur de Sucy an die Nase hielt. Als der Oberst die Augen aufschlug, richtete er sie auf die Wiese, wo die Unbekannte noch immer schreiend umherlief. Er konnte einen unverständlichen Ausruf nicht unterdrücken, der eine Empfindung des Grauens verriet; dann schloß er die Augen wieder und machte eine Bewegung, als bäte er seinen Freund, ihn schnell von diesem Anblick fortzubringen. Monsieur und Madame de Granville stellten dem Rat frei, über ihren Wagen zu verfügen, liebenswürdig erklärten sie ihm, sie wollten ihre Spazierfahrt nunmehr zu Fuß fortsetzen.

»Wer ist denn diese Dame?« fragte der Beamte, wobei er auf die Unbekannte deutete.

»Es heißt, sie käme aus Moulins«, erwiderte Monsieur de Granville. »Sie nennt sich Comtesse de Vandières; man sagt, sie sei wahnsinnig; aber da sie erst seit zwei Monaten hier ist, könnte ich Ihnen nicht für die Wahrheit dieses Geredes bürgen.«

Monsieur d'Albon dankte Monsieur und Madame de Granville und brach nach Cassan auf.

»Sie ist es!« rief Philippe, als er das Bewußtsein wiedererlangt hatte.

»Wer, sie?« fragte d'Albon.

»Stéphanie ... Ach, tot und am Leben, am Leben und wahnsinnig! ... Ich glaubte, ich müßte sterben.«

Der vorsichtige Beamte hatte den Ernst der Krisis, der sein Freund verfallen war, erkannt und hütete sich, ihn auszufragen oder aufzuregen. Ungeduldig wünschte er, zum Schloß zu gelangen, denn die Veränderung, die sich in den Zügen und in der ganzen Erscheinung des Obersten vollzog, ließ ihn befürchten, die Comtesse habe Philippe mit ihrer furchtbaren Krankheit angesteckt. Sowie der Wagen den Weg nach L'Isle-Adam erreicht hatte, schickte d'Albon den Diener zum Arzt des Ortes, so daß der Doktor in dem Augenblick, als der Oberst zu Bett gebracht worden war, auch schon an seinem Lager saß.

»Wenn der Oberst nicht einen nahezu leeren Magen gehabt hätte«, erklärte der Chirurg, »so wäre er tot. Seine Erschöpfung hat ihn gerettet.«

Nachdem er die ersten Vorsichtsmaßregeln, die zu treffen waren, angeordnet hatte, ging er hinaus, um eigenhändig einen beruhigenden Trank zu bereiten. Am folgenden Morgen ging es Monsieur de Sucy besser; der Arzt hatte selbst bei ihm wachen wollen.

»Ich gestehe Ihnen, Monsieur le Marquis«, sagte der Doktor, »daß ich eine Verletzung des Gehirns befürchtet hatte. Monsieur de Sucy hat eine heftige Erschütterung durchlebt. Er empfindet sehr leidenschaftlich; bei ihm entscheidet der erste Schlag über alles. Morgen wird er vielleicht außer Gefahr sein.«

Der Arzt täuschte sich nicht, und am folgenden Tag erlaubte er dem Beamten, seinen Freund wiederzusehen.

»Mein lieber d'Albon«, sagte Philippe und drückte ihm die Hand, »ich bitte dich um einen Gefallen! Eile schleunigst nach ›Les Bons-Hommes‹; erkundige dich nach allem, was die Dame angeht, die wir dort gesehen haben, und kehre schnell zurück, denn ich werde die Minuten zählen.«

Monsieur d'Albon sprang auf ein Pferd und galoppierte bis zur ehemaligen Abtei. Dort angelangt, bemerkte er vor dem Gittertor einen großen hageren Mann von einnehmenden Zügen, der des Beamten Frage, ob er dies verfallene Haus bewohne, bejahte. Monsieur d'Albon erzählte ihm, weshalb er käme.

»Wie!« rief der Unbekannte, »Sie hätten diesen verhängnisvollen Schuß abgefeuert? Sie hätten meine arme Kranke fast getötet!«

»Aber ich habe doch in die Luft geschossen.«

»Sie hätten der Comtesse weniger Leid zugefügt, wenn Sie sie getroffen hätten.«

»Nun, wir haben einander nichts vorzuwerfen, denn der Anblick Ihrer Comtesse hat meinen Freund, Monsieur de Sucy, fast umgebracht.«

»Wäre es der Baron Philippe de Sucy?« rief der Arzt und faltete die Hände. »Ist er in Rußland gewesen, beim Übergang über die Beresina?«

»Ja«, erwiderte d'Albon, »er wurde von den Kosaken gefangengenommen und nach Sibirien gebracht; vor etwa elf Monaten ist er zurückgekehrt.«

»Treten Sie ein«, sagte der Unbekannte und führte den

Beamten in einen Salon im Erdgeschoß des Wohnhauses, wo alles die Spuren einer eigenwilligen Zerstörung trug. Kostbare Porzellanvasen lagen zerbrochen neben einer Uhr, deren Gehäuse heil geblieben war. Die seidenen Vorhänge vor den Fenstern waren zerrissen, während der doppelte Musselinvorhang verschont worden war.

»Sie sehen« sagte er beim Eintritt zu Monsieur d'Albon, »die Verwüstungen, die das reizende Geschöpf anrichtet, dem ich mich gewidmet habe. Sie ist meine Nichte. Trotz der Ohnmacht meiner Kunst hoffe ich, ihr eines Tages die Vernunft zurückzugeben, wenn ich eine Methode anwenden kann, die unglücklicherweise nur reichen Leuten erlaubt ist.«

Dann erzählte er, wie alle in der Einsamkeit lebenden, von einem ständig wiederauflebenden Schmerz gequälten Menschen, dem Beamten ausführlich das folgende Abenteuer, dessen Bericht hier geordnet und von den zahlreichen Abschweifungen befreit wurde, die Erzähler wie Hörer sich gestatten.

Als Marschall Victor sich gegen neun Uhr abends von den Höhen bei Studjanka zurückzog, die er am 28. November 1812 den ganzen Tag hindurch verteidigt hatte, ließ er dort etwa tausend Mann mit dem Befehl zurück, diejenige der beiden Brücken über die Beresina, die noch passierbar war, bis zum letzten Augenblick zu decken. Diese Nachhut hatte sich geopfert, um den Versuch zu wagen, die erschreckend zahlreichen Nachzügler zu retten, die von der Kälte erstarrt waren und sich hartnäckig weigerten, den Troß des Heeres zu verlassen. Der Heroismus der großherzigen Truppe sollte vergeblich sein. Die Soldaten, die in Massen am Ufer der Beresina zusammenströmten, fanden dort unglücklicherweise ungeheure Mengen von Wagen, Munitionsfuhrwerken und Geräten jeder Art, die das Heer hatte im Stich lassen müssen, als es während des 27. und 28. Novembers den

Übergang vollzog. Als Erben unverhoffter Reichtümer bezogen diese vom Frost abgestumpften Unglücklichen die leeren Biwaks. Sie zerschlugen das Heeresmaterial, um sich Hütten zu bauen; mit allem, was ihnen unter die Hände kam, machten sie Feuer; sie zerlegten die Pferde, um ihren Hunger zu stillen, rissen Leinen und Planen von den Wagen, um sich zuzudecken, und legten sich schlafen, statt ihren Marsch fortzusetzen und während der Nacht ungehindert die Beresina zu überschreiten, die ein unglaubliches Mißgeschick der Armee schon so sehr hatte zum Verhängnis werden lassen. Die Abstumpfung der armen Soldaten kann nur verstehen, wer sich erinnert, wie er durch diese ungeheuren Schneewüsten gezogen ist, ohne einen anderen Trunk als den Schnee, ohne ein anderes Bett als den Schnee, ohne eine andere Aussicht als auf einen Horizont von Schnee und ohne andere Nahrung als den Schnee oder ein paar erfrorene Runkeln, ein paar Handvoll Mehl und ein wenig Pferdefleisch. Halbtot vor Hunger und Durst, Erschöpfung und Schlafsucht, kamen diese Unglücklichen zu einem Ufer, an dem sie Holz, Feuer, Lebensmittel, unzählige zurückgelassene Wagen, Lagerstellen, kurz, eine ganze improvisierte Stadt vorfanden. Das Dorf Studjanka war völlig in Stücke gelegt, zerteilt und von den Höhen in die Ebene geschafft worden. Wie gefährdet diese Città dolente auch immer war, so zeigten doch ihr Elend und ihre Gefahren diesen Leuten noch ein freundliches Lächeln, denn sie hatten nichts als die schrecklichsten Weiten Rußlands vor Augen. Kurz, es war ein ungeheures Spital, von nicht mehr als zwanzig Stunden Dauer. Lebensmüdigkeit oder ein Gefühl unerwarteten Wohlbefindens machte die Scharen jedem anderen Gedanken als dem der Ruhe unzugänglich. Obgleich die Artillerie des linken russischen Flügels unablässig auf diese Masse schoß, die sich wie ein großer, bald schwarz zusammengedrängter, bald flackernder Fleck auf dem Schnee abzeichnete, schienen der erstarrten Menge die unermüdlichen Kugeln nicht mehr zu bedeuten als eben wiederum eine Unbequemlichkeit. Sie wirkten wie ein Gewitter, dessen Blitz von allen verachtet wurde, weil er hier und da nur Sterbende, Kranke oder vielleicht Tote treffen konnte. Unaufhörlich trafen Gruppen von Nachzüglern ein. Diese wandelnden Leichen verteilten sich sofort und gingen von Feuer zu Feuer, um einen Platz zu erbetteln; und da sie meistens abgewiesen wurden, so fanden sie sich schließlich wieder zusammen, um die Gastfreundschaft, die man ihnen versagte, mit Gewalt zu erzwingen. Taub gegen die Stimmen der wenigen Offiziere, die ihnen für den folgenden Tag den Tod voraussagten, verschwendeten sie den Vorrat an Mut, der nötig gewesen wäre, um den Fluß zu überschreiten, darauf, sich für eine einzige Nacht ein Asyl zu bauen und sich eine oftmals verhängnisvolle Mahlzeit zu bereiten. Der Tod, der ihrer harrte, hatte in ihren Augen nichts Schlimmes mehr, ließ er ihnen nur eine Stunde Schlummer. Schlimm waren für sie nur noch der Hunger, der Durst und die Kälte. Als kein Holz, kein Feuer, keine Leinwand, kein Dach mehr zu finden waren, entspannen sich zwischen den Neueintreffenden, die alles entbehrten, und den Reichen, die einen Unterschlupf besaßen, grauenhafte Kämpfe. Die Schwächeren unterlagen. Schließlich kam der Augenblick, da ein paar von den Russen gejagte Männer nur noch den Schnee als Lager fanden; und sie legten sich nieder, um nicht wieder aufzustehen. Unmerklich wurde die Masse nahezu vernichteter Menschen so kompakt, so taub, so stumpf, oder vielleicht so glücklich, daß Marschall Victor, der sie heroisch verteidigt und zwanzigtausend Russen unter dem Befehl Wittgensteins Widerstand entgegengesetzt hatte, gezwungen war, sich mit gestreckter Waffe durch diesen Menschenwald Bahn zu brechen, damit die fünftausend Helden, die er dem Kaiser zuführte, die Beresina überqueren konnten. Die Unglücklichen ließen sich eher zu Tode treten, als daß sie sich rührten; schweigend kamen sie um, ihren erloschenen Feuern zulächelnd, ohne an Frankreich zu denken.

Erst um zehn Uhr abends war der Duc de Bellune auf der anderen Seite des Flusses. Ehe er die Brücken betrat, die nach Zembin führten, vertraute er Eblé, jenem Retter all derer, die das Unheil bei der Beresina überlebten, das Schicksal der Nachhut von Studjanka an. Etwa gegen Mitternacht verließ dieser große General, begleitet von einem mutigen Offizier, die kleine Hütte in der Nähe der Brücke, die er innehatte, und er begann das Schauspiel zu betrachten, das jenes Lager zwischen der Beresina und der Straße von Borissow nach Studjanka bot. Der feindliche Kanonendonner war verebbt; zahllose Feuer, die mitten in diesen Schneemengen erblaßten und kein Licht zu werfen schienen, beleuchteten hier und da Gestalten, die nichts Menschliches mehr an sich hatten. Da lagen etwa dreißigtausend Unglückliche aller Nationen, die Napoleon nach Rußland getrieben hatte, und verspielten mit brutaler Gleichgültigkeit ihr Leben.

»Versuchen wir, all das zu retten«, sagte der General zu dem Offizier; »morgen früh stehen die Russen in Studjanka. Wir müssen in dem Augenblick, in dem sie auftauchen, die Brücke abbrennen. Also Mut, mein Freund! Schlag dich bis zur Höhe durch; sag General Fournier, daß ihm kaum Zeit bleibt, seine Stellung zu räumen und sich durch diese Menschenmassen durchzuschlagen, um die Brücke zu passieren. Wenn du siehst, daß er sich auf den Weg gemacht hat, folge ihm. Nimm dir ein paar kräftige Leute und verbrenne dann erbarmungslos die Zelte, die Wagen, die Kisten, die Fuhrwerke, alles! Jage diesen ganzen Haufen dort auf die Brücke! Zwinge, was noch zwei Beine hat, sich aufs andere Ufer zu flüchten. Eine Feuersbrunst ist jetzt unser letztes Hilfsmittel. Hätte Berthier mir gleich erlaubt, diesen verdammten Troß in Schutt und Asche zu legen, so hätte der Fluß niemanden verschlungen als meine armen Brückenbauer, die fünfzig Helden, die die Armee gerettet haben und die man vergessen wird!«

Der General hob die Hand an die Stirn und verstummte; er

fühlte, daß Polen sein Grab werden und daß sich keine Stimme zugunsten dieser heldenhaften Pioniere erheben würde, die im Wasser gestanden hatten, im Wasser der Beresina, um die Brückenpfosten einzurammen. Ein einziger von ihnen lebt noch, oder genauer, er leidet unbekannt in einem Dorf. Der Adjutant machte sich auf den Weg. Kaum hatte der großherzige Offizier hundert Schritte nach Studjanka hin zurückgelegt, weckte General Eblé mehrere seiner verletzten Brückenbauer und begann sein Werk der Barmherzigkeit, indem er die bei der Brücke errichteten Lagerstellen in Brand setzte und die umliegenden Schläfer auf diese Weise zwang, die Beresina zu überschreiten. Der junge Adjutant war inzwischen nicht ohne Mühe an dem einzigen Holzhaus angelangt, das in Studjanka noch stand.

»Diese Baracke ist wohl recht voll, Kamerad?« fragte er einen Mann, den er davor bemerkte. »Wenn Sie sich Zutritt verschaffen, müssen Sie schon ein rechter Haudegen sein«, erwiderte der Offizier, ohne sich umzudrehen, wobei er unablässig das Holz des Hauses mit dem Säbel herausbrach.

»Sind Sie es, Philippe?« fragte der Adjutant, da er am Klang der Stimme einen seiner Freunde erkannt hatte.

»Ja ... Ach du bist das, alter Freund«, erwiderte Monsieur de Sucy und blickte zu dem Adjutanten hin, der wie er selbst erst dreiundzwanzig Jahre alt war. »Ich glaubte dich auf der anderen Seite dieses vermaledeiten Flusses. Bringst du uns Kuchen und Süßigkeiten zum Dessert? Du wirst gut aufgenommen werden«, fügte er hinzu und löste die Rinde des Holzes vollends ab, die er seinem Pferd als Futter gab.

»Ich suche euren Kommandeur, um ihm von General Eblé den Befehl zu überbringen, daß er nach Zembin abziehen soll. Ihr habt kaum noch Zeit, durch diesen Haufen von Kadavern hindurchzukommen, denen ich gleich einheizen werde, um ihnen Beine zu machen ...«

»Du läßt einen ja geradezu warm werden! Mir bricht der Schweiß aus bei deiner Nachricht. Ich habe zwei Freunde zu retten! Ach, ohne diese beiden Murmeltiere, mein Alter, wäre ich schon tot! Um ihretwillen halte ich meinen Gaul bei Kräften, statt ihn aufzuessen. Sag, bitte, hast du nicht irgendeine Kruste Brot? Ich habe schon seit dreißig Stunden nichts mehr zwischen die Zähne bekommen, und ich habe wie ein Rasender gekämpft, um mir das bißchen Wärme und Mut zu bewahren, das mir noch geblieben ist.«

»Armer Philippe, nichts! nichts! – Aber euer General ist da drinnen?«

»Versuche gar nicht erst, hineinzukommen. In dieser Scheune sind unsere Verwundeten. Steig noch höher hinauf: da wirst du rechts eine Art Schweinestall finden, in dem ist der General! Leb wohl, alter Kämpe. Wenn wir je wieder auf einem Pariser Parkett Trénis tanzen ...«

Er vollendete seinen Satz nicht; der Nordwind pfiff in diesem Augenblick derart heimtückisch, daß der Adjutant weiterschritt, um nicht zu erfrieren, und dem Major Philippe die Lippen starr wurden. Bald herrschte wieder Stille; sie wurde nur von dem Stöhnen, das aus dem Hause drang, und von dem dumpfen Geräusch unterbrochen, das Monsieur de Sucys Pferd machte, als es vor Hunger und Wut die gefrorene Rinde der Bäume fraß, aus denen das Haus errichtet worden war. Der Major stieß den Säbel in die Scheide zurück, griff plötzlich nach dem Zügel des kostbaren Tieres, das er hatte retten können, und riß es trotz seines Widerstandes von dem elenden Fraß fort, nach dem es lüstern zu sein schien.

»Hü, Bichette, vorwärts! Nur du, meine Schöne, kannst Stéphanie retten. Komm, hinterher dürfen wir uns ausruhen und wahrscheinlich sterben.«

In einen Pelz gehüllt, dem er seine Gesundheit und seine Energie verdankte, begann Philippe zu laufen, wobei er mit den Füßen auf den hartgefrorenen Schnee stampfte, um warm zu bleiben. Kaum aber hatte der Major fünfhundert Schritte zurückgelegt, erblickte er dort, wo er am Morgen seinen Wagen unter der Obhut eines alten Soldaten gelassen hatte, ein großes Feuer. Eine grauenhafte Unruhe bemächtigte sich seiner. Wie alle, die während dieser Flucht von einem starken Gefühl beherrscht wurden, fand er, um seinen Freunden Hilfe zu bringen, die Kraft, die er für die eigene Rettung nicht aufgebracht hätte. Bald stand er nur noch wenige Schritte vor einer Senke im Gelände, in der er eine junge Frau, seine Kindheitsgefährten und seinen teuersten Besitz, untergebracht hatte, um sie vor den Kugeln in Deckung zu bringen.

Wenige Schritte vor dem Wagen hatten sich etwa dreißig Nachzügler um ein gewaltiges Feuer versammelt, das sie mit Brettern, Kastendeckeln, Rädern und Wagenplanken unterhielten. Diese Soldaten waren ohne Zweifel die letzten all der Ankömmlinge, die von der breiten Geländefurche unterhalb Studjankas an bis zu dem verhängnisvollen Fluß gleichsam ein Meer von Köpfen, Feuern und Baracken bildeten, ein lebendiges Meer, das in fast unmerklichen Bewegungen wogte und aus dem ein dumpfes Brausen heraufklang, das bisweilen von schrecklichem Krachen durchbrochen wurde. Von Hunger und Verzweiflung getrieben, hatten diese Unglücklichen den Wagen wahrscheinlich gewaltsam durchsucht. Der alte General und die junge Frau, die sie dort auf Lumpen liegend fanden, eingehüllt in Mäntel und Pelze, lagen nun frierend vor dem Feuer. Die eine Tür des Wagens war zerbrochen.

Sowie die Leute, die um das Feuer lagen, die Schritte des Pferdes und des Majors vernahmen, erhob sich unter ihnen ein Wutschrei, zu dem der Hunger sie trieb.

»Ein Pferd! Ein Pferd!« Die Stimmen verschmolzen zu einer einzigen Stimme.

»Zurück! Achtung!« riefen zwei oder drei Soldaten, indem sie das Pferd aufs Korn nahmen. Philippe sprang vor seine Stute und schrie: »Halunken! Ich werde euch alle in euer Feuer schmeißen. Da oben liegen tote Pferde, holt euch die!«

»Ist das ein Spaßvogel, dieser Offizier! – Eins, zwei, gehst du weg?« fragte ein hünenhafter Grenadier. »Nein? Na schön, wie du willst.«

Ein Frauenschrei übertönte den Knall. Philippe wurde zum Glück nicht getroffen; aber Bichette, die gestürzt war, rang mit dem Tode. Drei Mann sprangen hinzu und gaben ihr mit den Bajonetten den Rest.

»Kannibalen! Laßt mir wenigstens die Decke und meine Pistolen«, rief Philippe verzweifelt.

»Die Pistolen ... gut«, erwiderte der Grenadier. »Die Decke ... da liegt ein Infanterist, der seit zwei Tagen nichts mehr in den Magen bekommen hat und der in seiner elenden Jacke zittert: das ist unser General ...«

Philippe schwieg, als er einen Mann erblickte, dessen Schuhwerk durchgetreten, dessen Hose an zehn Stellen durchlöchert war und der auf dem Kopf nur eine schäbige reifbedeckte Feldmütze trug. Rasch nahm er seine Pistolen an sich. Fünf Männer zogen die Stute zum Feuer und begannen sie so geschickt zu zerlegen, wie Pariser Schlächterburschen es nur je hätten tun können. In Windeseile wurden die Stücke abgetrennt und auf die Glut geworfen. Der Major setzte sich neben die Frau, die den Schreckensschrei ausgestoßen hatte, als sie ihn erkannte. Sie saß reglos auf einem Wagenkissen und wärmte sich. Sie sah ihn schweigend an, ohne ihm zuzulächeln. Da bemerkte Philippe neben sich den Soldaten, dem er die Obhut über den Wagen anvertraut hatte; der arme Bursche war verwundet. Von der Überzahl überwältigt, hatte er vor den Nachzüglern weichen müssen, als sie ihn angriffen; aber wie der Hund, der die Mahlzeit seines Herrn bis zum letzten Augenblick verteidigt hat, hatte er seinen Anteil an der Beute genommen: er hatte sich ein weißes Tuch als Mantel umgeschlungen. In diesem Augenblick war er dabei, ein Stück Stutenfleisch hin und her zu drehen, und der Major las aus seinem Gesicht, mit welcher Freude er sein Festmahl rüstete. Der Comte de Vandières, der seit drei Tagen gleichsam wieder zum Kind geworden war, ruhte bei seiner Frau auf einem

Kissen und stierte in die Flammen, deren Wärme seine Erstarrung zu überwinden begann. Ihn hatten die Gefahr und die Ankunft Philippes ebensowenig erregt wie der Kampf, nach welchem sein Wagen geplündert worden war.

Sucy griff zunächst nach der Hand der jungen Comtesse, als wollte er ihr ein Liebeszeichen geben oder ihr sagen, wie tief es ihn bedrücke, sie so im äußersten Elend zu sehen; aber er verharrte neben ihr im Schweigen. Er saß auf einem Schneehaufen, der im Schmelzen zerrann; und auch er gab sich dem Glück hin, sich wärmen zu können; er vergaß die Gefahr, er vergaß alles. Unwillkürlich nahm sein Gesicht den Ausdruck einer fast stumpfsinnigen Freude an, und er wartete ungeduldig darauf, daß der Fetzen Fleisch von der Stute, den man seinem Soldaten gegeben hatte, gar würde. Der Geruch des verkohlten Fleisches reizte seinen Hunger noch; und sein Hunger brachte sein Herz, seinen Mut und seine Liebe zum Schweigen. Ohne Zorn betrachtete er die Ergebnisse der Plünderung seines Wagens. All die Menschen, die rings um das Feuer lagen, hatten sich die Decken, die Kissen, die Pelze, die Röcke, die Männer- und Frauenkleider geteilt, die dem Comte, der Comtesse und dem Major gehörten. Philippe drehte sich um, um zu sehen, ob er noch etwas aus dem Wagenkasten retten könnte. Beim Licht der Flammen sah er das Gold, die Diamanten, das Silberzeug; es lag umher, ohne daß jemand daran dachte, sich das geringste davon anzueignen. All diese vom Zufall um das Feuer versammelten Personen wahrten ein Schweigen, das etwas Grauenhaftes hatte; und sie taten nichts, als was sie zu ihrem Wohlbefinden für nötig hielten. Das Elend war grotesk. Die von der Kälte verzerrten Gesichter waren mit einer Schmutzschicht überzogen, in die die Tränen von den Augen bis zum unteren Rand der Wangen eine Furche geschnitten hatten, die von der Dicke dieser Maske zeugte. Die langen, unsauberen Bärte ließen die Soldaten noch scheußlicher aussehen. Die einen waren in Frauenschals gehüllt, die anderen trugen Pferdeschabracken, kotige Decken, Lumpen voll schmelzenden Reifs. Einige hatten an einem Fuß einen Stiefel, am anderen einen Schuh; kurz, kein einziger saß dort, dessen Kostüm nicht eine lächerliche Besonderheit aufwies. Trotz solcher die Heiterkeit anregenden Äußerlichkeiten verharrten diese Menschen ernst und finster. Das Schweigen wurde nur durch das Krachen des Holzes unterbrochen, durch das Zischen der Flamme, das ferne Summen des Lagers und die Säbelhiebe, die die Hungrigsten gegen Bichette führten, um die besten Stücke von ihr abzureißen. Ein paar Unglückliche, die noch müder waren als die anderen, schliefen; und wenn einer von ihnen ins Feuer rollte, so holte ihn niemand heraus. Diese strengen Logiker dachten, wenn er nicht tot sei, so würde ihn die Brandwunde schon veranlassen, sich an einen bequemeren Ort zu legen. Erwachte der Unglückliche im Feuer und kam er darin um, so bedauerte ihn niemand. Ein paar Soldaten sahen einander an, als wollten sie ihre eigene Ungerührtheit durch die Gleichgültigkeit der anderen rechtfertigen. Die junge Comtesse sah zweimal ein solches Schauspiel mit an und blieb stumm. Als die verschiedenen Stücke, die man in die Glut gelegt hatte, gar waren, stillten alle ihren Hunger mit jener Gier, die uns bei Tieren so ekelhaft erscheint.

»Das ist das erste Mal, daß dreißig Infanteristen auf einen Gaul kommen!« rief der Grenadier, der die Stute niedergestreckt hatte. Es war der einzige Scherz, der echt französische Schlagfertigkeit verriet.

Bald rollten sich die meisten dieser unglückseligen Soldaten in ihre Kleider ein, legten sich auf Bretter, auf alles, was sie vor der Berührung mit dem Schnee bewahren konnte, und schliefen ein, ohne sich um ein Morgen zu kümmern. Als der Major sich gewärmt und seinen Hunger gestillt hatte, ließ ein unwiderstehliches Bedürfnis nach Schlaf seine Lider schwer werden. Während der kurzen Zeit, in der er noch gegen den Schlummer ankämpfte, betrachtete er die junge Frau, die sich mit dem Gesicht zum Feuer gewandt hatte, um zu schlafen, und von der er die geschlossenen Augen und einen Teil ihrer Stirn sehen konnte. Sie war in einen gefütterten Pelz und einen dicken Dragonermantel gehüllt; ihr Kopf ruhte auf einem blutbefleckten Kopfkissen; ihre Astrachanmütze, die durch ein unter dem Kinn geknotetes Taschentuch festgehalten wurde, schützte ihr Gesicht, soweit es möglich war, vor der Kälte; die Füße hatte sie in den Mantel hineingezogen. So in sich zusammengerollt, glich sie tatsächlich einem Nichts. War das da die Letzte der Marketenderinnen? War das die reizende Frau, der Ruhm eines Geliebten, die Königin Pariser Bälle? Ach, selbst das Auge ihres ergebensten Freundes gewahrte nichts Weibliches mehr in diesem Haufen Wäsche und Lumpen. Die Kälte hatte die Liebe im Herzen einer Frau zum Erliegen gebracht. Durch die dichten Schleier, die die unwiderstehlichste Schlaftrunkenheit vor den Augen des Majors spannte, nahm er den Mann und die Frau nur noch wie zwei Punkte wahr. Die Flammen des Feuers, die hingestreckten Gestalten, die furchtbare Kälte, die kaum drei Schritt hinter einer schnell abflauenden Hitze ihr heulendes Sausen vernehmen ließ, alles war ein Traum. Ein Gedanke drängte sich Philippe auf, der ihn erschreckte: ›Wir müssen alle sterben, wenn ich einschlafe! Ich will nicht einschlafen!‹ sagte er sich. Er schlief dennoch ein. Als er eine Stunde geschlummert hatte, wurde Monsieur de Sucy von einem furchtbaren Lärm und einer Explosion geweckt. Der Gedanke an seine Pflicht, die Gefahr, in der seine Freundin schwebte, wurden ihm schlagartig wieder bewußt. Er stieß einen Schrei aus, einem Brüllen gleich. Nur er und sein Soldat waren aufgestanden. Sie hatten ein Feuermeer vor Augen, aus dem sich im Dunkel der Nacht ein Menschengewirr abhob und das die Hütten und Lagerstellen verschlang; sie hörten Verzweiflungsschreie und Gebrüll; sie sahen Tausende trostloser Gestalten mit wütenden Gesichtern. Mitten durch diese Hölle bahnte sich eine Soldatenkolonne zwischen zwei Leichenwällen einen Weg zur Brücke hinunter.

»Unsere Nachhut zieht sich zurück«, rief der Major; »nun gibt es keine Hoffnung mehr!«

»Ich habe Ihren Wagen verschont, Philippe«, sagte freundschaftlich eine Stimme.

Sucy wandte sich um und erkannte beim Licht der Flammen den jungen Adjutanten.

»Ach, es ist alles verloren«, erwiderte der Major; »sie haben mein Pferd geschlachtet ... Wie sollte ich übrigens auch diesen stumpfsinnigen General und seine Frau auf die Beine bringen?«

»Nehmen Sie ein glühendes Scheit, Philippe, und drohen Sie ihnen!«

»Der Comtesse drohen?«

»Leben Sie wohl!« rief der Adjutant; »ich habe gerade noch Zeit, über diesen verhängnisvollen Fluß zu fliehen; ich muß es: ich habe in Frankreich eine Mutter! ... Was für eine Nacht! Diese ganze Horde dort unten will lieber im Schnee liegenbleiben, und die meisten dieser Unseligen lassen sich eher verbrennen, als daß sie aufstehen ... Es ist vier Uhr, Philippe! In zwei Stunden fangen die Russen wieder an, sich zu regen. Ich versichere Ihnen, Sie werden die Beresina noch einmal voller Leichen sehen. Philippe, denken Sie an sich! Sie haben keine Pferde, Sie können die Comtesse nicht tragen; also los doch, kommen Sie mit!« sagte er und faßte ihn am Arm.

»Mein Freund, Stéphanie im Stich lassen?«

Der Major packte die Comtesse, stellte sie auf die Füße, rüttelte sie mit der Rauheit eines Verzweifelten und zwang sie, aufzuwachen. Sie sah ihn mit starren, leblosen Augen an.

»Wir müssen fort, Stéphanie, oder wir sterben hier!«

Statt aller Antwort versuchte die Comtesse, sich niedergleiten zu lassen, um weiterzuschlafen. Der Adjutant ergriff ein brennendes Holzscheit und schwang es vor Stephanies Gesicht.

»Ob sie will oder nicht, wir müssen sie retten!« rief Philippe, hob die Comtesse auf und trug sie in den Wagen. Als er zurückkehrte, bat er seinen Freund inständig, ihm zu helfen. Sie ergriffen gemeinsam den alten General, ohne zu wissen, ob er lebte oder tot war, und legten ihn neben seine Frau. Der Major stieß mit dem Fuß die am Boden Liegenden herum, nahm ihnen, was sie geraubt hatten, deckte all die Lumpen über die beiden Gatten und warf ein paar gebratene Fleischstücke seiner Stute in eine Ecke des Wagens.

»Was wollen Sie tun?« fragte der Adjutant.

»Sie ziehen!« erwiderte der Major.

»Sie sind wahnsinnig!«

»Allerdings!« rief Philippe und kreuzte die Arme über der Brust.

Er schien plötzlich von einem verzweifelten Gedanken beherrscht zu sein. »Du«, sagte er und packte seinen Soldaten an dem gesunden Arm, »dir vertraue ich sie auf eine Stunde an! Bedenke, daß du eher sterben mußt, als irgend jemanden an diesen Wagen heranlassen!« Der Major raffte die Diamanten der Comtesse auf, nahm sie in die eine Hand, zog mit der anderen den Säbel und begann wütend auf diejenigen Schläfer einzuschlagen, die er für die Mutigsten hielt. Es gelang ihm, den riesigen Grenadier und noch zwei Männer zu wekken, deren Rang zu erkennen unmöglich war.

»Wir sind geliefert!« rief er ihnen zu.

»Ich weiß«, erwiderte der Grenadier; »aber das ist mir einerlei«.

»Nun, wenn's schon mal ans Sterben geht, ist es da nicht besser, sein Leben für eine hübsche Frau zu verkaufen und es darauf ankommen zu lassen, daß man Frankreich noch einmal wiedersieht?«

»Ich will lieber schlafen«, sagte einer der Soldaten und rollte sich im Schnee zur Seite; »wenn du mich noch einmal störst, Major, jage ich dir mein Bajonett in den Bauch.«

»Worum handelt es sich, Major?« fragte der Grenadier; »der Kerl da ist betrunken! Er ist Pariser; die machen sich's gern bequem.«

»Dies soll dein sein, wackerer Grenadier«, rief der Major und hielt ihm ein Diamantenhalsband hin, »wenn du mir folgen und wie ein Tollkühner kämpfen willst. Die Russen stehen zehn Minuten von hier, sie haben Pferde; wir wollen auf ihre erste Batterie los und uns zwei Gäule holen.«

»Aber die Vorposten, Major?«

»Einer von uns dreien ...«, sagte er zu dem Soldaten; dann unterbrach er sich und sah den Adjutanten an: »Sie kommen mit, Hippolyte, nicht wahr?«

Hippolyte bejahte durch ein Kopfnicken.

»Einer von uns«, fuhr der Major fort, »nimmt den Posten auf sich. Übrigens schlafen sie vielleicht auch, diese verdammten Russen.«

»Drauf also, Major, du bist ein ganzer Kerl! Aber du nimmst mich in deinem alten Kasten da mit?« fragte der Grenadier.

»Ja, wenn du nicht da oben deine Haut läßt. Wenn ich umkomme, Hippolyte und du, Grenadier«, wandte der Major sich an seine beiden Gefährten, »versprecht ihr mir, daß ihr alles daransetzen werdet, die Comtesse zu retten?«

»Abgemacht«, versprach der Grenadier.

Sie schritten auf die russischen Linien zu, auf die Batterien, die die Masse der Elenden am Ufer des Flusses so grausam beschossen hatten. Wenige Augenblicke nach ihrem Aufbruch hallte der Galopp zweier Pferde auf dem Schnee wider, und die erwachte Batterie feuerte Salven ab, die den Schläfern über die Köpfe sausten; die Pferde galoppierten so schnell, daß man dem Geräusch nach hätte meinen können, es wären Hufschmiede, die ein Eisen schmiedeten. Der großherzige Adjutant war gefallen. Der athletische Grenadier war munter und wohlbehalten. Philippe hatte, als er seinen Freund verteidigte, einen Bajonettstich in die Schulter bekommen; nichtsdestoweniger klammerte er sich an die Mähne des Pferdes und klemmte es so kräftig zwischen seine Schenkel, daß das Tier wie in einem Schraubstock gepreßt war.

»Gott sei gelobt!« rief der Major, als er seinen Soldaten dastehen und den Wagen noch an derselben Stelle sah.

»Wenn Sie gerecht sind, Major, so müssen Sie mir das Kreuz verschaffen. Wir haben doch ganz hübsch mit der Knarre und dem Säbel aufgespielt, wie?«

»Wir haben noch gar nichts vollbracht! Spannen wir die Gäule an; hier, nehmen Sie die Stricke.«

»Die reichen nicht.«

»Nun, Grenadier, dann befassen Sie sich ein wenig mit den Schläfern da und nehmen Sie ihnen die Schals, ihre Wäsche ...«

»Sieh mal einer an, der da ist ja tot, der Hanswurst!« rief der Grenadier, als er den ersten ausplünderte, der ihm unter die Hände kam. »Na, das ist vielleicht drollig, die hier sind alle tot!«

»Alle?«

»Ja, alle! Mir scheint, daß Pferdefleisch unverdaulich ist, wenn man es mit Schnee gebraten ißt.«

Bei diesen Worten erzitterte Philippe. Die Kälte war noch stärker geworden.

»Gott, eine Frau zu verlieren, die ich schon zwanzigmal gerettet habe!«

Der Major rüttelte die Comtesse und rief: »Stéphanie! Stéphanie!«

Die junge Frau schlug die Augen auf.

»Madame, wir sind gerettet!«

»Gerettet!« wiederholte sie und sank zurück.

Die Pferde wurden, so gut es eben ging, angespannt; der Major nahm den Säbel in die gesunde Hand, behielt die Zügel in der anderen und stieg, mit den Pistolen bewaffnet, auf eins der Pferde, der Grenadier auf das andere. Den alten Soldaten, dem die Füße erfroren waren, hatte man quer in den Wagen geworfen, über den General und die Comtesse. Die Pferde wurden mit Säbelhieben angetrieben und rasten mit dem Wagen in die Ebene hinunter, wo den Major unzählige Hindernisse erwarteten. Bald wurde es unmöglich, voranzukommen, ohne daß schlafende Männer, Frauen, ja Kinder unter den Rädern zermalmt wurden, die sich alle weigerten, aufzustehen, als der Grenadier sie weckte. Vergebens suchte Monsieur de Sucy den Weg, den sich noch eben die Nachhut durch diese Menschenmasse gebahnt hatte; er war verschwunden, wie die Spur des Schiffes auf dem Meer verschwindet. Der Wagen kam nur im Schritt weiter; unablässig wurde er von Soldaten angehalten, die die Pferde zu töten drohten.

»Wollen Sie durch?« fragte der Grenadier.

»Um den Preis meines Blutes! Ja, um den Preis der ganzen Welt!« erwiderte der Major.

»Los denn! Wo gehobelt wird, fallen Späne.«

Und der Gardegrenadier jagte die Pferde auf die Menschen, so daß die Räder blutig wurden; er riß die Zelte nieder und zog eine doppelte Spur von Toten über dieses Kopffeld. Aber wir wollen gerecht sein und hinzufügen, daß er nie unterließ, mit Donnerstimme zu rufen: »Achtung, ihr Aaskerle!«

»Die Unglücklichen!« rief der Major.

»Bah, so oder durch die Kälte, so oder durch die Kanone!« versetzte der Grenadier, während er die Tiere antrieb und mit der Spitze seines Seitengewehres spornte.

Eine Katastrophe, die ihnen schon eher hätte zustoßen müssen und vor der sie bisher ein wunderbarer Zufall bewahrt hatte, ließ ihre Fahrt plötzlich enden; der Wagen schlug um.

»Das hatte ich nicht anders erwartet!« rief der unerschütterliche Grenadier.

»Oho! der Kamerad ist tot.«

»Der arme Laurent!« sagte der Major.

»Laurent? Stand der nicht beim fünften Jägerregiment?«

»Ja.«

»Dann ist er mein Vetter ... Bah, es lohnt sich nicht, dem Hundeleben, das man in diesen Zeiten führt, eine Träne nachzuweinen.«

Der Wagen ließ sich nicht wieder aufrichten, die Pferde ließen sich nicht ausspannen, ohne daß man unendlich viel unwiederbringliche Zeit verloren hätte. Der Stoß war so heftig gewesen, daß die junge Comtesse, die die Erschütterung geweckt und aus ihrer Erstarrung gerissen hatte, sich aus ihren Decken löste und aufstand.

»Philippe, wo sind wir?« rief sie mit sanfter Stimme und blickte um sich.

»Fünfhundert Schritt vor der Brücke. Wir wollen die Beresina überschreiten. Auf der andern Seite des Flusses, Stéphanie, werde ich Sie nicht länger quälen; dann lasse ich Sie schlafen. Dort sind wir in Sicherheit; wir gelangen in aller Ruhe nach Wilna. Gebe Gott, daß Sie nie erfahren, was Ihr Leben gekostet hat!«

»Du bist verwundet?«

»Nichts von Bedeutung.«

Die Stunde der Katastrophe war herangenaht; die Kanonen der Russen verkündeten den Tag. Nachdem sie sich Studjankas bemächtigt hatten, beschossen sie die Ebene; und beim ersten Licht des Morgens sah der Major, wie sich auf den Höhen ihre Kolonnen in Bewegung setzten und aufstellten. Ein Schreckensschrei brach aus der Menge hervor, die im Nu auf den Beinen war. Instinktiv begriffen alle die Gefahr und drängten wie eine Welle zur Brücke hin. Einer rasenden Feuersbrunst gleich kamen die Russen herab. Männer, Frauen, Kinder, Tiere, alles rannte zur Brücke. Zum Glück waren der Major und die Comtesse noch ziemlich weit vom Fluß entfernt. General Eblé hatte soeben vom anderen Ufer aus Feuer an den Brückenbock legen lassen. Trotz der all jenen erteilten Warnungen, die diese Rettungsplanke betraten, wollte niemand zurückweichen. Nicht nur, daß die Brücke unter dieser Menschenlast zusammenbrach, sondern der Druck der Menschenflut, die auf diese verhängnisvolle Böschung zugetrieben wurde, war zudem auch so gewaltig, daß eine Masse aus menschlichen Wesen wie eine Lawine ins Wasser gestürzt wurde. Man vernahm keinen Schrei, sondern nur etwas wie den dumpfen Lärm eines ungeheuren Steins, der ins Wasser fällt; dann war die Beresina mit Leichen bedeckt. Die Rückwärtsbewegung derer, die in die Ebene zurückwichen, um diesem Tod zu entgehen, war so heftig, und der Zusammenprall mit denen, die noch vorwärtsdrängten, so furchtbar, daß viele Menschen erdrückt wurden. Der Comte und die Comtesse de Vandières verdankten ihr Leben dem Wagen. Die Pferde, die zahllose Sterbende zermalmt und zerstampft hatten, wurden nun selbst zerstampft und zertreten unter den Füßen einer sich zum Flußufer hinwälzenden Menschenwoge. Der Major und der Grenadier fanden Rettung in ihrer Kraft: sie töteten, um nicht getötet zu werden. Dieser Wirbelwind menschlicher Gesichter, dieses Auf- und Abfluten von Leibern, welche durch ein und dieselbe Bewegung getrieben wurden, hatte zur Folge, daß das Ufer der Beresina einige Augenblicke lang leer blieb. Die Menge hatte sich in die Ebene zurückgeworfen. Wenn noch einige Menschen von der Böschung herab in den Fluß sprangen, so geschah es weniger in der Hoffnung, das andere Ufer zu erreichen, das für sie Frankreich bedeutete, als vielmehr, um den sibirischen Wüsteneien zu entgehen. Die Verzweiflung führte einige Beherzte zur Rettung. Ein Offizier sprang von Eisscholle zu Eisscholle bis ans andere Ufer; ein Soldat kroch mit einer Geschicklichkeit, die wie ein Wunder anmutete, über einen Haufen aus Leichen und Eisschollen. Diese ungeheure Menge begriff schließlich, daß die Russen nicht zwanzigtausend erstarrte, abgestumpfte, waffenlose Menschen töten würden, die sich nicht einmal verteidigten; und nun warteten alle in furchtbarer Ergebenheit ihr Schicksal ab. Der Major und sein Grenadier, der alte General und seine Frau blieben wenige Schritt von der Stelle entfernt, wo die Brücke gewesen war. Alle vier standen sie schweigend da, mit trockenen Augen, inmitten unzähliger Leichen. Ein paar noch ungeschwächte Soldaten, einige Offiziere, denen die Umstände ihre ganze Tatkraft zurückgaben, umringten sie. Diese recht beträchtliche Schar zählte etwa fünfzig Menschen. In einer Entfernung von zweihundert Schritten entdeckte der Major die Trümmer der für die Fuhrwerke erbauten Brücke, die am Tag zuvor zusammengebrochen war.

»Laßt uns ein Floß bauen!« rief er.

Kaum gesagt, eilte die ganze Gruppe auf die Trümmer zu. Ein Trupp Männer begann, eiserne Klammern zusammenzuraffen, Holzbretter, Stricke, kurz, alles für den Bau eines Floßes nötige Material zu suchen. Etwa zwanzig Soldaten und bewaffnete Offiziere bildeten eine Schutzwehr, die der Major befehligte und die die Arbeitenden verteidigen sollte gegen verzweifelte Angriffe, die die Menge unternehmen könnte, wenn sie ihre Absicht erriet. Die Sehnsucht nach Freiheit, die Gefangene beseelt und sie Wunder verrichten läßt, kann gar nicht mit dem Gefühl verglichen werden, das in diesem Augenblick die unglücklichen Franzosen zum Handeln trieb.

»Die Russen kommen! Die Russen kommen!« riefen die Verteidiger den Arbeitenden zu.

Und das Holz gab schrille Laute von sich, die Schwimmfläche wuchs in Breite, Höhe, Tiefe. Generale, Soldaten, Oberste, alle bogen sich unter der Last der Räder, der Eisen, der Stricke, der Bretter; es war wirklich ein Bild vom Bau der Arche Noah. Die junge Comtesse, die neben ihrem Gatten saß, sah dem Schauspiel zu und bedauerte, daß sie in keiner Weise bei der Arbeit helfen konnte; und dennoch half sie, Knoten zu schlingen, um die Vertäuung fester zu machen. Endlich war das Floß fertig. Vierzig Mann ließen es ins Wasser gleiten, während etwa zehn Soldaten die Stricke faßten, die dazu dienen sollten, es an der Böschung festzuhalten. Kaum sahen die Erbauer ihr Fahrzeug auf der Beresina schwimmen, so stürzten sie sich vom Ufer herab mit schrecklicher Selbstsucht darauf. Der Major, der die Wut dieser ersten Regung befürchtet hatte, hielt Stéphanie und den General an der Hand; aber er erzitterte, als er das Floß schwarz von Menschen sah, die sich darauf drängten wie die Zuschauer im Parterre eines Theaters.

»Ihr Barbaren«, rief er, »die Idee, ein Floß zu bauen, verdankt ihr mir, ich bin euer Retter, und ihr verweigert mir einen Platz?«

Ein wirres Aufmurren war die Antwort. Die Männer am Floßrand stemmten Stangen gegen die Böschung und stießen das Floß kraftvoll ab, um ihm durch Eisschollen und Leichen hin den Weg zum anderen Ufer zu bahnen.

»Hölle und Teufel! Ich jage euch ins Wasser, wenn ihr den Major und seine beiden Gefährten nicht mitnehmt«, schrie der Grenadier, zog seinen Säbel und verhinderte die Abfahrt, indem er trotz furchtbarer Schreie die Reihen zusammendrängte.

»Ich falle gleich ... ich falle!« riefen seine Kameraden. »Weiterfahren! Vorwärts!« Der Major blickte mit trockenem Auge auf seine Gebieterin, die in einer Regung erhabener Resignation die Blicke gen Himmel hob.

»Mit dir sterben!« sagte sie.

Das Gebaren der Leute auf dem Floß hatte durchaus etwas Komisches an sich. Obgleich sie ein fürchterliches Gebrüll ausstießen, wagte doch niemand, sich dem Grenadier zu widersetzen, denn sie standen so dicht zusammengedrängt, daß es genügt hätte, einem einzigen einen Stoß zu versetzen, um alles umzuwerfen. In dieser Gefahr versuchte ein Hauptmann, den Soldaten loszuwerden; der aber bemerkte die feindliche Bewegung des Offiziers, packte ihn und stieß ihn ins Wasser, wobei er rief: »Aha, du Ente! Saufen willst du? Da hast du's! So! Jetzt haben wir zwei Plätze!« rief er. »Kommen Sie, Major, werfen Sie uns Ihre kleine Frau herüber, und kommen Sie nach! Lassen Sie diesen alten Knasterbart, der wird morgen doch krepieren!«

»Macht hin!« rief eine Stimme, die aus hundert Kehlen kam.

»Rasch, Major! Sie murren, die andern, und sie haben recht!«

Der Comte de Vandières warf seine Lumpen ab und stand hocherhoben in seiner Generalsuniform da.

»Retten wir den General!« sagte Philippe.

Stéphanie drückte ihrem Freund die Hand, warf sich ihm an die Brust und umschlang ihn in einer grauenvollen Umarmung.

»Leb wohl!« sagte sie.

Sie hatten einander verstanden. Der Comte de Vandières fand seine Kräfte und seine Geistesgegenwart wieder, als es galt, auf das Floß zu springen; Stephanie folgte ihm nach einem letzten Blick auf Philippe.

»Major, wollen Sie meinen Platz? Ich pfeif auf das Leben«, rief der Grenadier; »ich habe weder Frau noch Kind, noch Mutter ...«

»Ich vertraue sie dir an«, rief der Major und wies auf den Comte und seine Frau.

»Seid unbesorgt, ich werde sie behüten wie meinen Augapfel.«

Das Floß wurde mit solcher Gewalt auf das gegenüberliegende Ufer zugestoßen, daß bei der Erschütterung, mit der es ans Land stieß, alles wankte. Der Comte, der dicht am Rand stand, stürzte ins Wasser. In dem Augenblick, als er hineinfiel, schnitt ihm eine Eisscholle den Kopf ab und schleuderte ihn davon wie eine Kanonenkugel.

»He, Major!« schrie der Grenadier dem zurückgebliebenen Philippe zu.

»Leb wohl!« rief eine Frauenstimme.

Philippe de Sucy brach zusammen, erstarrt vor Grauen, überwältigt von der Kälte, dem Schmerz und der Ermattung.

»Meine arme Nichte war wahnsinnig geworden«, fügte der Arzt nach einem Augenblick des Schweigens hinzu. »Ach«, fuhr er fort und ergriff Monsieur d'Albons Hand, »wie grauenhaft ist das Leben für diese kleine Frau gewesen, die so jung war und so zart! Nachdem sie durch ein unerhörtes Mißgeschick von diesem Gardegrenadier namens Fleuriot getrennt worden war, wurde sie zwei Jahre lang hinter der Armee hergeschleppt, ein Spielzeug für einen Haufen von Halunken. Sie ging, wie man mir erzählt hat, barfuß und schlecht gekleidet; und ganze Monate lang blieb sie ohne Pflege und ordentliche Ernährung; bald nahm man sie in Spitälern auf, bald jagte man sie wie einen Hund davon. Gott allein kennt all das Unheil, das diese Unglückliche dennoch überlebt hat. Sie lebte, mit Irren eingesperrt, in einer kleinen Stadt in Deutschland, während ihre Verwandten, die sie für tot hielten, sich hier ihren Nachlaß teilten. 1816 erkannte der Grenadier Fleuriot sie in einer Herberge in Straßburg; sie hatte diese Stadt erreicht, nachdem sie aus ihrem Gefängnis entwichen war. Ein paar Bauern erzählten dem Grenadier, daß die Comtesse einen vollen Monat hindurch in einem Wald gelebt hatte; sie hatten eine Treibjagd veranstaltet, um sich ihrer zu bemächtigen, ohne daß es ihnen gelang. Ich hielt mich damals wenige Meilen von Straßburg entfernt auf. Als ich von einem wilden Mädchen hörte, hatte ich große Lust, mich von der Wahrheit dieser ungewöhnlichen Tatsache zu überzeugen, die so viel Stoff für lächerliche Märchen bot. Wie war mir, als ich die Comtesse erkannte! Fleuriot berichtete mir, was er von dieser beklagenswerten Geschichte wußte. Ich nahm den armen Burschen und meine Nichte mit mir in die Auvergne, wo er zu meinem großen Bedauern gestorben ist. Er hatte ein wenig Gewalt über Madame de Vandières. Er allein konnte sie dazu bewegen, daß sie sich ankleidete. ›Leb wohl!‹, das ist das einzige, was sie spricht; früher sagte sie es selten. Fleuriot hat versucht, ein paar Gedanken in ihr zu erwecken; aber das ist mißlungen, und er erreichte weiter nichts, als daß sie dieses traurige Wort ein wenig häufiger aussprach. Der Grenadier verstand es, sie zu zerstreuen und zu beschäftigen, indem er mit ihr spielte, und durch ihn hoffte ich ... aber ...«

Stéphanies Onkel verstummte eine Weile.

»Hier«, fuhr er fort, »hat sie ein zweites Menschenkind gefunden, mit dem sie sich zu verstehen scheint. Es ist eine schwachsinnige Bäuerin, die trotz ihrer Häßlichkeit und Beschränktheit einen Maurer geliebt hat. Dieser Maurer wollte sie heiraten, weil sie ein paar Äcker besitzt. Die arme Geneviève war ein Jahr hindurch das glücklichste Geschöpf der Welt, sie schmückte sich und ging sonntags mit Dallot zum Tanz; sie verstand die Liebe, es gab in ihrem Herzen und in ihrem Geist noch Raum für eine Empfindung. Aber Dallot hat sich die Sache anders überlegt; er hat ein junges Mädchen gefunden, das bei vollem Verstand ist und zwei Äcker mehr besitzt als Geneviève. Also ließ Dallot Geneviève sitzen. Das arme Geschöpf verlor auch das bißchen Verstand, das die Liebe in ihr entwickelt hatte; jetzt kann sie nur noch Kühe hüten und Gras mähen. Meine Nichte und dieses arme Mädchen sind gewissermaßen verbunden durch die unsichtbare Kette ihres gemeinsamen Schicksals und durch das Gefühl, das ihren Wahnsinn hervorgerufen hat. Da, sehen Sie!« sagte Stéphanies Onkel und führte den Marquis d'Albon ans Fenster.

Wirklich sah der Beamte die hübsche Comtesse zwischen Genevièves Knien sitzen. Die Bäuerin, die einen ungewöhnlich großen beinernen Kamm in der Hand hielt, verwandte ihre ganze Aufmerksamkeit darauf, Stéphanie, die alles geschehen ließ und erstickte Schreie ausstieß, die auf ein instinktiv empfundenes Lustgefühl deuteten, das lange schwarze Haar zu entwirren. Es durchschauderte Monsieur d'Albon, als er die Hingegebenheit des Körpers und das tierische Sichgehenlassen der Comtesse gewahrte, das ein vollständiges Fehlen des Geistes offenbarte.

»Philippe! Philippe!« rief er aus. »Das vergangene Unglück ist nichts dagegen. – Gibt es denn keine Hoffnung?« fragte er.

Der greise Arzt hob die Augen gen Himmel.

»Leben Sie wohl, Monsieur«, sagte d'Albon und drückte dem alten Mann die Hand. »Mein Freund erwartet mich; Sie werden ihn bald sehen.«

»Sie ist es also wirklich?« rief Sucy, als er die ersten Worte des Marquis vernommen hatte. »Ach, ich hatte noch daran gezweifelt!« fügte er hinzu, während seinen schwarzen, gewöhnlich streng blickenden Augen Tränen entrollten.

»Ja, es ist die Comtesse de Vandières«, erwiderte der Beamte.

Der Oberst sprang auf und begann sich in aller Eile anzukleiden.

»Hör mal, Philippe«, sagte sein Freund erstaunt, »du wirst doch nicht den Verstand verlieren?«

»Aber mir fehlt nichts mehr«, erwiderte der Oberst schlicht. »Diese Nachricht hat all meine Schmerzen gelindert; und wie könnte von Leiden noch die Rede sein, wenn ich an Stéphanie denke? Ich will nach ›Les Bons-Hommes‹; ich will sie sehen, mit ihr sprechen, sie heilen. Sie ist frei: nun, das Glück soll uns noch einmal lächeln, oder es gäbe keine Vorsehung. Glaubst du denn, daß diese arme Frau meine Stimme hören könnte, ohne den Verstand zurückzugewinnen?«

»Sie hat dich schon einmal gesehen, ohne dich zu erkennen«, erwiderte der Beamte sanft; denn da er bemerkte, wie überspannt die Hoffnung seines Freundes war, suchte er, heilsame Zweifel in ihm zu wecken.

Der Oberst erzitterte; aber er lächelte und machte eine ungläubige Geste. Niemand wagte, sich dem Vorhaben des Oberst zu widersetzen. Wenige Stunden darauf war er bei dem Arzt und der Comtesse de Vandières in der alten Abtei.

»Wo ist sie?« rief er, als er dort eintraf.

»Pst!« erwiderte Stéphanies Onkel. »Sie schläft. Sehen Sie, dort ist sie.«

Philippe sah die arme Wahnsinnige auf einer Bank in der Sonne kauern. Ihr Kopf war gegen die glühende Hitze durch den wirren Haarwald geschützt, der ihr Gesicht verdeckte;

ihre Arme hingen anmutig bis zur Erde hinab; ihr Körper lag in reizvoller Haltung da, ähnlich der einer Hirschkuh; die Beine hatte sie ungezwungen an den Körper gezogen, gleichmäßig hob und senkte sich ihre Brust; ihre Haut, ihr Gesicht schimmerte so weiß wie Porzellan, wie der durchscheinende Teint der Kinder, den wir so sehr bewundern. Geneviève saß reglos neben ihr und hielt in der Hand einen Zweig, den Stéphanie gewiß im höchsten Wipfel einer Pappel abgebrochen hatte; die Schwachsinnige bewegte das Laubwerk leise über ihrer schlafenden Gefährtin hin und her, um die Fliegen zu verjagen und ihr Kühlung zuzufächeln. Die Bäuerin sah Monsieur Fanjat und den Oberst an. Dann wandte sie wie ein Tier, das seinen Herrn erkannt hat, den Kopf langsam wieder ihrer Gefährtin zu und überwachte sie, ohne das geringste Zeichen des Staunens oder des Verständnisses von sich gegeben zu haben. Die Luft war glühend heiß; die Steinbank schien zu funkeln, und die Wiese sandte einen ungewissen, wie Goldstaub über dem Gras tanzenden, flirrenden Dunst zum Himmel empor. Aber Geneviève schien diese zehrende Hitze nicht zu spüren. Der Oberst drückte die Hände des Arztes krampfhaft in den seinen. Tränen rannen über das männliche Gesicht des Offiziers und fielen zu Stéphanies Füßen ins Gras.

»Seit zwei Jahren«, sagte der Onkel, »bricht mir tagtäglich das Herz. Bald wird es Ihnen gehen wie mir. Wenn Sie dann auch nicht mehr weinen werden, Ihren Schmerz werden Sie darum doch spüren.«

»Sie haben sie in Ihre Obhut genommen«, sagte der Oberst, dessen Augen ebensoviel Dankbarkeit wie Eifersucht ausdrückten.

Die beiden Männer verstanden sich; und nachdem sie sich nochmals kräftig die Hände gedrückt hatten, verharrten sie reglos und betrachteten die wundervolle Ruhe, die der Schlummer über jenes reizende Geschöpf ausgoß. Von Zeit zu Zeit seufzte Stéphanie; und bei diesen Seufzern, die alle Anzeichen einer empfindsamen Seele trugen, durchschauderte den unglücklichen Oberst ein Wohlgefühl.

»Ach«, sagte Monsieur Fanjat leise, »täuschen Sie sich nicht, Monsieur, Sie sehen sie in diesem Augenblick bei der ihr höchstmöglichen Vernunft.«

All jene, die ganze Stunden lang entzückt ein zärtlich geliebtes Wesen, dessen Augen ihnen beim Erwachen zulächeln mußten, im Schlaf betrachtet haben, werden ohne Zweifel die süße, furchtbare Empfindung verstehen, die den Oberst bewegte. Für ihn war dieser Schlummer eine Illusion; das Erwachen mußte ein Tod sein, und zwar der grauenhafteste Tod. Plötzlich lief eine junge Ziege in ein paar Sätzen auf die Bank zu und beschnupperte Stéphanie, die von dem Geräusch erwachte. Leichtfüßig sprang sie auf, ohne das launische Tier durch diese Bewegung zu erschrecken. Doch als sie Philippe erblickte, floh sie mit ihrer vierfüßigen Gefährtin bis zu einer Holunderhecke; dann stieß sie jenen leisen Schrei eines erschreckten Vogels aus, den der Oberst schon vom Gitter aus vernommen hatte, als die Comtesse zum ersten Mal vor Monsieur d'Albon erschienen war. Schließlich kletterte sie auf einen Goldregen, setzte sich in die grüne Krone des Baumes und begann den ›Fremden‹ mit der Aufmerksamkeit der neugierigsten aller Nachtigallen des Waldes zu betrachten.

»Leb wohl, leb wohl, leb wohl!« sagte sie, ohne daß die Seele diesem Wort den geringsten Gefühlston geliehen hätte. Es war die Empfindungslosigkeit des Vogels, der seine Weise pfeift.

»Sie erkennt mich nicht!« rief der Oberst verzweifelt … »Stéphanie, ich bin Philippe, dein Philippe! … Philippe!« Und der arme Offizier lief auf den Baum zu; doch als er sich ihm bis auf drei Schritt genähert hatte, sah die Comtesse ihn an, als wollte sie ihn herausfordern, wiewohl ihr Auge flüchtig einen Ausdruck von Furchtsamkeit zeigte; dann entsprang sie mit einem einzigen Satz aus dem Goldregenbaum in eine

Akazie, und von dort in eine nordische Fichte, in der sie sich mit unerhörter Leichtigkeit von Ast zu Ast schwang.

»Folgen Sie ihr nicht«, riet Monsieur Fanjat dem Oberst. »Sie könnten eine Abneigung Ihnen gegenüber in ihr hervorrufen, die vielleicht unüberwindlich würde. Ich will Ihnen helfen, sich ihr bekannt zu machen und sie zu zähmen. Setzen wir uns auf diese Bank dort. Wenn Sie die arme Wahnsinnige nicht mehr beachten, werden Sie bald sehen, wie sie sich unmerklich nähert, um Sie zu betrachten.«

»Sie! Und mich nicht erkennen! Und mich fliehen!« wiederholte der Oberst und setzte sich mit dem Rücken gegen einen Baum gelehnt, dessen Laub eine Gartenbank beschattete. Der Kopf sank ihm auf die Brust. Der Doktor bewahrte Schweigen. Bald darauf stieg die Comtesse leise aus ihrer Fichte herab, tänzelnd wie ein Irrlicht schmiegte sie sich bisweilen den Wellenbewegungen, die der Wind den Bäumen mitteilte. Auf jedem Ast machte sie halt, um nach dem Fremden hinzuspähen; aber als sie sah, daß er reglos blieb, sprang sie schließlich ins Gras hinab, richtete sich auf und ging langsam über die Wiese auf ihn zu. Als sie sich etwa zehn Fuß von der Bank entfernt an einen Baum gelehnt hatte, sagte Monsieur Fanjat leise zum Oberst: »Nehmen Sie unbemerkt ein paar Stücke Zucker aus meiner Tasche und zeigen Sie sie ihr, dann wird sie herkommen; ich verzichte gern zu Ihren Gunsten auf das Vergnügen, ihr die Näschereien zu geben. Durch den Zucker, den sie leidenschaftlich liebt, werden Sie sie daran gewöhnen, sich Ihnen zu nahen und Sie dann zu erkennen.«

»Seit sie den Kinderschuhen entwachsen war«, erwiderte Philippe traurig, »mochte sie Süßigkeiten überhaupt nicht.«

Als der Oberst das Stück Zucker, das er zwischen Daumen und Zeigefinger der rechten Hand hielt, Stéphanie entgegenstreckte, stieß sie erneut ihren wilden Schrei aus und sprang lebhaft auf Philippe zu; dann blieb sie stehen, bezwungen von der instinktiven Furcht, die er ihr einflößte. Bald sah sie den Zucker an, bald wandte sie den Kopf wieder ab; wie jene bedauernswerten Hunde, denen ihre Herren verbieten, die Nahrung anzurühren, bevor man einen der letzten Buchstaben des Alphabets, das langsam aufgesagt wird, ausgesprochen hat. Schließlich besiegte das tierische Verlangen die Furcht: Stéphanie stürzte auf Philippe zu, streckte furchtsam die schöne braune Hand aus, um ihre Beute zu fassen, berührte die Finger ihres Geliebten, ergriff den Zucker und verschwand im Gesträuch. Diese grauenvolle Szene entmutigte den Oberst vollends, er brach in Tränen aus und lief eilends in den Salon zurück.

»Hätte denn die Liebe weniger Kraft aufzubieten als die Freundschaft?« fragte Monsieur Fanjat. »Ich habe die Hoffnung nicht aufgegeben, Monsieur le Baron. Meine Nichte war schon in einem weit erbärmlicheren Zustand, als Sie sie jetzt sehen.«

»Ist das möglich?« rief Philippe.

»Sie blieb immer nackt«, erwiderte der Arzt. Der Oberst machte eine Bewegung des Grauens und erbleichte. Der Doktor glaubte in diesem Erbleichen ernsthafte Symptome zu erkennen; er fühlte ihm den Puls und stellte fest, daß Philippe von einem heftigen Fieber befallen war. Durch inständige Bitten gelang es ihm, den Oberst ins Bett zu bringen; und er verabreichte ihm eine leichte Dosis Opium, um ihm einen ruhigen Schlaf zu verschaffen.

Acht Tage etwa verstrichen, in deren Verlauf Baron de Sucy oft mit Todesängsten ringen mußte; bald hatten denn auch seine Augen keine Tränen mehr. Sein Herz, das so viele Qualen erduldet hatte, konnte den Anblick nicht ertragen, den ihm der Wahnsinn der Comtesse darbot; aber er schloß sozusagen mit dieser grausamen Situation einen Vergleich und fand Trost in seinem Schmerz. Sein Heroismus kannte keine Grenzen. Er brachte den Mut auf, Stéphanie an sich zu gewöhnen, indem er ihr Süßigkeiten aussuchte; er bot ihr diese Leckereien mit so viel Aufmerksamkeit dar, lernte die bescheidenen Eroberungen, die er im Instinkt seiner Geliebten, diesem letzten Fetzen ihres Intellekts, machen wollte, so gut abzustufen, daß es ihm gelang, sie zutraulicher zu machen, als sie es je gewesen war. Jeden Morgen ging der Oberst in den Park hinunter; und wenn er die Comtesse lange gesucht hatte und nicht herausfinden konnte, auf welchem Baum sie sich wiegte, noch in welchen Winkel sie sich gekauert hatte, um mit einem Vogel zu spielen, oder auf welches Dach sie geklettert war, dann pfiff er die bekannte Melodie ›Partant pour la Syrie‹, an die sich die Erinnerung einer Szene ihrer Liebe knüpfte; sogleich kam sie dann anmutig wie ein junges Reh herbeigelaufen. Sie hatte sich so sehr an den Anblick des Obersten gewöhnt, daß er sie nicht mehr erschreckte; bald pflegte sie sich ihm aufs Knie zu setzen und ihn mit ihrem mageren, behenden Arm zu umschlingen. In dieser allen Liebenden so teuren Haltung reichte Philippe der naschhaften Comtesse langsam ein paar Süßigkeiten. Wenn sie sie alle verzehrt hatte, so geschah es oft, daß sie die Taschen ihres Freundes durchsuchte, und zwar mit Gesten, die die mechanische Geschwindigkeit der Bewegungen eines Affen hatten. Sobald sie ganz sicher war, daß darin nichts mehr zu finden war, sah sie Philippe mit klaren, gedankenlosen Augen an, ohne ihn zu erkennen; dann spielte sie mit ihm, sie versuchte, ihm die Stiefel auszuziehen, weil sie seinen Fuß sehen wollte, sie zerriß seine Handschuhe und setzte sich seinen Hut auf. Aber sie duldete es, daß er mit der Hand durch ihr Haar strich, sie erlaubte ihm, sie in die Arme zu nehmen, und seine glühenden Küsse ließ sie ohne Lustempfindung über sich ergehen; schließlich sah sie ihn auch schweigend an, wenn er Tränen vergoß. Wohl verstand sie, wenn er ›Partant pour la Syrie‹ pfiff; aber es gelang ihm nicht, sie so weit zu bringen, daß sie ihren eigenen Namen Stéphanie aussprach. Philippe wurde in seinem furchtbaren Unterfangen aufrechterhalten durch eine Hoffnung, die ihn nie verließ. Wenn er die Comtesse an einem schönen Herbstmorgen friedlich unter den gelbgefärbten Blättern einer Pappel auf einer Bank sitzen sah, legte der arme

Liebende sich ihr zu Füßen nieder und sah ihr so lange in die Augen, wie sie es dulden wollte; denn immer hoffte er, daß das flüchtige Aufleuchten darinnen wieder verstehend werde. Bisweilen machte er sich Illusionen: er glaubte bemerkt zu haben, daß in diesen harten, starren Blicken etwas Neues vibrierte, daß sie weich und lebendig würden, und er rief: »Stéphanie, Stéphanie, du hörst mich, du siehst mich!« Aber sie lauschte auf den Klang seiner Stimme wie auf ein Geräusch, wie auf das Brausen des Windes, der die Bäume bewegte, wie auf das Brüllen der Kuh, auf die sie kletterte; und der Oberst rang die Hände in Verzweiflung, einer immer neuen Verzweiflung. Die Zeit und seine vergeblichen Versuche steigerten seinen Schmerz nur noch. Eines Abends unter einem ruhigen Himmel, mitten im Schweigen und Frieden dieses ländlichen Zufluchtsortes, sah Monsieur Fanjat aus der Ferne den Baron damit beschäftigt, eine Pistole zu laden. Der erfahrene Arzt begriff, daß Philippe keine Hoffnung mehr hatte. Er fühlte, wie all sein Blut ihm zum Herzen strömte; und wenn er dem Schwindelgefühl widerstand, das sich seiner bemächtigen wollte, so, weil er seine Nichte lieber als Geistesgestörte am Leben sehen wollte als tot. Er lief eilig hinzu.

»Was haben Sie vor?« fragte er.

»Die da ist für mich!« erwiderte der Oberst und wies auf eine geladene Pistole auf der Bank. »Und diese für sie!« fügte er hinzu, indem er den Ladestock in die Waffe hineinstieß, die er in der Hand hielt.

Die Comtesse lag am Boden und spielte mit den Kugeln.

»Dann wissen Sie wohl nicht«, erwiderte der Arzt kühl und verbarg sein Entsetzen, »daß sie heut nacht im Schlaf ›Philippe‹ gesagt hat?«

»Sie hat meinen Namen genannt!« rief der Baron und ließ die Pistole fallen, die Stéphanie sofort an sich raffte; er aber riß sie ihr aus der Hand, ergriff auch die, die auf der Bank lag, und eilte davon.

»Arme Kleine!« rief der Arzt, glücklich über den Erfolg, den sein Trug gehabt hatte. Er drückte die Irre an seine Brust und sagte: »Er hätte dich getötet, der Egoist! Er will dir das Leben nehmen, weil er leidet. Er versteht nicht, dich um deiner selbst willen zu lieben, mein Kind! Wir vergeben ihm, nicht wahr? Er ist von Sinnen, und du bist nur wahnsinnig. Komm, Gott allein soll dich zu sich rufen. Wir halten dich für unglücklich, weil du an unserm Elend keinen Anteil mehr nimmst, wir Dummköpfe. Aber«, sagte er und zog sie auf seine Knie, »du bist glücklich, nichts quält dich; du lebst wie der Vogel, wie das Wild ...«

Sie stürzte sich auf eine junge Amsel, die umherhüpfte, stieß einen Freudenschrei aus, als sie sie fing, erdrückte sie, sah die kleine Leiche an und warf sie unter einen Baum, ohne sich weiter etwas dabei zu denken.

Am folgenden Tage kam der Oberst, sobald es Tag wurde, in den Garten hinab und suchte Stéphanie; er glaubte an sein Glück. Da er sie nicht fand, so pfiff er. Als seine Geliebte herbeigekommen war, nahm er sie am Arm; sie gingen zum ersten Mal nebeneinander her und traten unter eine Gruppe herbstlicher Bäume, deren Blätter im Morgenwind herabfielen. Der Oberst setzte sich, und sie setzte sich ihm ganz von selbst auf den Schoß. Philippe erzitterte vor Freude.

»Mein Liebling«, sagte er und küßte der Comtesse glühend die Hände, »ich bin es, Philippe!«

Sie sah ihn neugierig an.

»Komm«, fügte er hinzu und zog sie an sich, »fühlst du mein Herz schlagen? Es hat immer nur für dich geschlagen. Ich liebe dich noch immer. Philippe ist nicht tot, er ist da, du sitzt auf seinem Knie. Du bist meine Stéphanie, ich bin dein Philippe!«

»Leb wohl«, sagte sie, »leb wohl!«

Den Obersten erschauerte, denn er glaubte zu fühlen, daß seine Glut sich der Geliebten mitteilte. Sein durchdringender Schrei, den die Hoffnung ihm entriß, die letzte Anstrengung einer unvergänglichen Liebe, einer wahnwitzigen Leidenschaft, mußte doch die Vernunft seiner Freundin wecken.

»Ah, Stéphanie, wir werden noch einmal glücklich!«

Sie stieß einen Ruf der Befriedigung aus, und in ihren Augen blitzte es wie ein Schimmer des Verstehens.

»Sie erkennt mich ... Stéphanie!«

Der Oberst fühlte sein Herz schwellen, seine Wimpern feucht werden. Aber dann sah er unvermutet, wie die Comtesse ihm ein Stückchen Zucker zeigte, das sie gefunden hatte, als sie seine Taschen durchsuchte, während er sprach. Er hatte also jene Stufe der Vernunft, die selbst die Bosheit des Affen voraussetzt, für einen menschlichen Gedanken gehalten. Philippe verlor das Bewußtsein. Monsieur Fanjat fand die Comtesse auf dem Körper des Oberst kauernd. Sie nagte an ihrem Stück Zucker und drückte ihre Freude durch possierliche Gebärden aus, die man bewundert hätte, wenn sie bei voller Vernunft aus Scherz ihren Papagei oder ihr Kätzchen hätte nachahmen wollen.

»Ach, mein Freund«, rief Philippe, als er wieder zu sich kam, »ich sterbe tagtäglich, jeden Augenblick! Ich liebe zu sehr! Ich würde alles ertragen, wenn sie in ihrem Irrsinn ein wenig weiblichen Wesens bewahrt hätte. Aber sie immer so zu sehen, so wild und selbst der Scham bar; sie zu sehen ...«

»Sie brauchten also einen Opernwahnsinn«, versetzte der Doktor bitter, »und die Hingabe Ihrer Liebe ist Vorurteilen unterworfen? Nun, Monsieur, um Ihretwillen habe ich auf das traurige Glück verzichtet, meine Nichte zu füttern; ich habe Ihnen die Freude abgetreten, mit ihr zu spielen; mir habe ich nur die beschwerlichsten Aufgaben vorbehalten ... Während Sie schlafen, wache ich bei ihr; ich ... Gehen Sie, Monsieur, verlassen Sie sie. Verlassen Sie diese traurige Einöde. Ich verstehe es, mit diesem teuren kleinen Geschöpf zu leben; ich verstehe ihren Wahnsinn, ich verfolge ihre Gesten, ich bin eingeweiht in ihre Geheimnisse. Sie werden mir eines Tages dafür danken.«

Der Oberst verließ ›Les Bons-Hommes‹, um nur noch einmal dahin zurückzukehren. Der Doktor war entsetzt, welche Wirkung seine Worte bei seinem Gast hervorgebracht hatten; er begann ihn ebenso in sein Herz zu schließen wie seine Nichte. Wenn von den beiden Liebenden einer zu bemitleiden war, so war es sicherlich Philippe: trug nicht er allein die Bürde eines furchtbaren Leides? Der Arzt ließ Erkundigungen über den Oberst einziehen und erfuhr, daß der Unglückliche sich auf ein ihm gehöriges Landgut bei Saint-Germain zurückgezogen hatte. Der Baron hatte auf Grund eines Traums einen Plan entworfen, wie er der Comtesse die Vernunft zurückgeben wollte. Ohne Wissen des Doktors verwandte er den Rest des Herbstes auf die Vorbereitungen zu diesem ungeheuren Unternehmen. Durch seinen Park floß ein kleiner Bach und überschwemmte dort im Winter ein Sumpfgebiet, das dem am rechten Ufer der Beresina glich. Das auf einem Hügel gelegene Dorf Chaton bildete den Rahmen zu dieser Szenerie des Schreckens wie Studjanka in der Beresinaebene. Der Oberst ließ Arbeiter kommen, um einen Kanal ausheben zu lassen, der den räuberischen Fluß darstellen sollte, an dem die Elite Frankreichs, Napoleon und seine Armee, zuschanden gegangen war. Es gelang Philippe, mit Hilfe seiner Erinnerungen in seinem Park ein Abbild des Ufers herzustellen, auf dem General Eblé seine Brücken erbaut hatte. Er errichtete Gerüste und brannte sie nieder, so daß sie den geschwärzten und halb verkohlten Bohlen glichen, die auf beiden Seiten des Flusses den Nachzüglern Kunde davon gegeben hatten, daß ihnen der Weg nach Frankreich abgeschnitten war. Der Oberst ließ Trümmer herbeischaffen, ähnlich denen, deren sich seine Unglücksgenossen bedient hatten, um das Floß zu bauen. Um die Täuschung, auf die er seine letzte Hoffnung setzte, vollkommen zu machen, verwüstete er seinen Park. Er bestellte zerfetzte Uniformen und Kostüme, um ein paar hundert Bauern damit zu bekleiden. Er errichtete Hütten, Lagerstätten, Batteriestellungen und setzte alles in Brand. Kurz, er vergaß nichts von alledem, was die grauenhafteste aller Szenen wieder lebendig machen konnte; und er erreichte sein Ziel. In den ersten Dezembertagen, als der Schnee die Erde in einen dicken weißen Mantel gehüllt hatte, glaubte er die Beresina vor Augen zu haben. Dieses falsche Rußland war von so erschreckender Echtheit, daß mehrere seiner Waffengefährten die Stätte ihres einstigen Elends wiedererkannten. Monsieur de Sucy hütete das Geheimnis dieser tragischen Bühne, von der man um diese Zeit in der Pariser Gesellschaft vielfach wie von einer Narrheit sprach.

Anfang Januar 1820 stieg der Oberst in einen Wagen, ähnlich dem, der Monsieur und Madame de Vandières von Moskau nach Studjanka gebracht hatte, und schlug die Richtung nach dem Wald von L'Isle-Adam ein. Die Pferde, die ihn zogen, glichen ebenfalls nahezu denen, die er unter Einsatz seines Lebens aus den russischen Stellungen geholt hatte. Er selbst trug dieselbe schmutzige und seltsame Kleidung, die Waffen, die Kopfbedeckung wie am 29. November 1812. Er hatte sich sogar den Bart und das Haar wachsen lassen und sein Aussehen vernachlässigt, damit nichts an der schauerlichen Echtheit fehlte.

»Ich habe geahnt, welchen Plan Sie verfolgen«, rief Monsieur Fanjat, als er den Oberst aus dem Wagen steigen sah. »Wenn Sie wollen, daß Ihr Vorhaben gelingt, zeigen Sie sich nicht in diesem Aufzug. Heute abend werde ich meiner Nichte ein wenig Opium geben; während sie schläft, werden wir sie ankleiden, wie sie in Studjanka gekleidet war; dann legen wir sie in diesen Wagen. Ich werde Ihnen in einer Berline folgen.«

Gegen zwei Uhr morgens wurde die junge Comtesse in den Wagen getragen, auf Kissen gelegt und in eine grobe Decke gehüllt. Ein paar Bauern leuchteten bei dieser sonderbaren Entführung. Plötzlich hallte ein gellender Schrei durch die Stille der Nacht. Philippe und der Arzt wandten sich um und sahen Geneviève, die halbnackt aus ihrer im unteren Teil des Hauses gelegenen Schlafkammer gelaufen kam.

»Leb wohl, leb wohl, es ist aus! Leb wohl!« rief sie unter heißen Tränen.

»Aber Geneviève, was hast du denn?« fragte Monsieur Fanjat.

Geneviève schüttelte mit einer verzweifelten Bewegung den Kopf, reckte den Arm zum Himmel empor, sah den Wagen an, stieß ein langes Murren aus, gab sichtliche Zeichen des tiefsten Schreckens zu erkennen und kehrte wortlos ins Haus zurück.

»Das ist ein gutes Vorzeichen«, rief der Oberst. »Dies Mädchen bedauert, daß es keine Gefährtin mehr hat. Sie *sieht* vielleicht voraus, daß Stéphanie die Vernunft wiedererlangen wird.«

»Gott gebe es!« erwiderte Monsieur Fanjat, den dieser Zwischenfall zu beeindrucken schien. Seit er sich mit dem Wahnsinn beschäftigt hatte, war er mehreren Beispielen des prophetischen Geistes und der Gabe des Zweiten Gesichts begegnet, von denen gerade Geisteskranke einige Beweise geliefert haben und die sich, den Berichten mehrerer Reisender nach, bei Stämmen Wilder finden.

Wie der Oberst es berechnet hatte, überquerte Stéphanie gegen neun Uhr morgens die imitierte Ebene der Beresina; geweckt wurde sie durch einen Böllerschuß, der etwa hundert Schritt vor der Stelle, wo die Szene sich abspielte, ausgelöst wurde. Es war ein Signal. Tausend Bauern stießen ein fürchterliches Geschrei aus, ähnlich dem Kampfschrei der Verzweiflung, der die Russen schrecken sollte, als sich zwanzigtausend Nachzügler durch eigene Schuld dem Tod oder der Gefangenschaft ausgeliefert sahen. Bei diesem Schuß und diesem Schrei sprang die Comtesse aus dem Wagen und lief in irrsinniger Angst über die Schneefläche, auf der sie die verbrannten Lagerstellen sah und unten das verhängnisvolle Floß, das man in eine gefrorene Beresina hinabstieß. Dort stand der Major Philippe und schwang seinen Säbel gegen die Menge. Madame de Vandières stieß einen Schrei aus, der alle Herzen erstarren ließ, und sprang vor den erzitternden Oberst hin. Sie sammelte sich und nahm dieses seltsame Bild zunächst unklar auf. Während eines blitzschnellen Augenblicks huschte jene des Verstandes bare Helle durch ihre Augen, die wir im glänzenden Auge der Vögel bewundern. Dann strich sie sich mit der lebhaften Geste eines Menschen, der nachdenkt, mit der Hand über die Stirn, betrachtete diese lebendige Erinnerung, dieses vergangene Leben, das ihr vorgeführt wurde, wandte den Kopf jäh Philippe zu und sah ihn aufmerksam an! Ein grauenhaftes Schweigen herrschte in der Menge. Der Oberst atmete stoßweise und wagte nicht zu reden; der Doktor weinte. Stéphanies schönes Antlitz gewann ein wenig Farbe; die sich nach und nach vertiefte, bis sie schließlich wieder den Glanz eines in seiner Frische strahlenden jungen Mädchens annahm. Ein schönes Purpurrot überzog ihr Gesicht. Leben und Glück loderten, angefacht von einer noch flackernden Intelligenz, auf wie eine Feuersbrunst. Ein krampfhaftes Zittern durchzuckte sie von den Füßen bis zum Herzen. Dann fanden diese Erscheinungen, die in einem Augenblick hervorbrachen, ein gemeinsames Band: Stéphanies Augen sprühten in einem himmlischen Strahl, einer lebendigen Flamme. Sie lebte, sie dachte! Sie erschauderte – vor Angst womöglich? Gott selber löste diese tote Zunge zum zweiten Mal und goß von neuem sein Feuer in diese erloschene Seele. Der menschliche Wille kam mit seinen elektrischen Strömen und belebte den Körper, den er so lange verlassen hatte.

»Stéphanie!« schrie der Oberst.

»Oh, das ist Philippe!« rief die arme Comtesse.

Sie stürzte sich in die zitternden Arme, die ihr der Oberst entgegenstreckte; doch in der Umarmung der beiden Liebenden lag etwas Schreckenerregendes für die Zuschauer. Stéphanie brach in Tränen aus. Plötzlich versiegten die Tropfen, das Leben erlosch, als hätte der Blitz sie gerührt, mit schwacher Stimme sagte sie: »Leb wohl, Philippe. Ich liebe dich. Leb wohl!«

»Oh, sie ist tot!« schrie der Oberst und öffnete die Arme.

Der alte Arzt fing den leblosen Körper seiner Nichte auf, nahm ihn wie ein junger Mann auf die Arme, trug ihn davon und setzte sich mit ihm auf einen Holzstapel. Er betrachtete die Comtesse und legte ihr eine kraftlose, krampfhaft zitternde Hand aufs Herz. Das Herz schlug nicht mehr.

»Es ist also wahr?« sagte er, indem er abwechselnd den reglos dastehenden Oberst und Stéphanies Gesicht ansah, das der Tod mit jener strahlenden Schönheit übergoß, der flüchtigen Aureole, dem Unterpfand vielleicht einer glänzenden Zukunft.

»Ja, sie ist tot.«

»Ach, dieses Lächeln!« rief Philippe. »Sehen Sie doch dieses Lächeln! Ist das denn möglich?«

»Sie ist schon kalt«, erwiderte Monsieur Fanjat.

Monsieur de Sucy tat ein paar Schritte, um sich von diesem Anblick loszureißen, aber dann blieb er stehen, pfiff die Melodie, auf die die Wahnsinnige gehört hatte, und ging, als er seine Geliebte nicht herbeieilen sah, wie ein Trunkener mit schwankendem Schritt davon; er pfiff noch immer, aber er sah sich nicht mehr um.

Der General Philippe de Sucy galt in der Gesellschaft als ein sehr liebenswürdiger und vor allem sehr heiterer Mann. Vor ein paar Tagen machte ihm eine Dame ein Kompliment über seine gute Laune und die Ausgeglichenheit seines Wesens.

»Ach, Madame«, sagte er, »ich bezahle meine Scherze teuer genug, wenn ich abends allein bin.«

»Sind Sie denn jemals allein?«

»Nein«, erwiderte er lächelnd.

Wenn ein kundiger Beobachter der menschlichen Natur in diesem Augenblick Sucys Gesicht hätte sehen können, so wäre er zweifellos zusammengeschaudert.

»Weshalb heiraten Sie nicht?« fuhr jene Dame fort, die mehrere Töchter in einem Pensionat hatte. »Sie sind reich, Offizier von hohem Rang, aus altem Adel; Sie haben Talente, eine Zukunft, und alles lächelt Ihnen.«

»Ja«, erwiderte er, »aber es ist ein Lächeln, das mich tötet.«

Am folgenden Tage erfuhr die Dame zu ihrem Erstaunen, daß Monsieur de Sucy sich in der Nacht eine Kugel in den Kopf geschossen hatte. In der vornehmen Gesellschaft kursierten verschiedene Meinungen über dieses außerordentliche Ereignis, nach dessen Gründen jedermann suchte. Je nach Neigung des einzelnen Schwätzers gaben das Spiel, die Liebe, der Ehrgeiz oder geheime Ausschweifungen die Erklärung dieser Katastrophe, die nur die Schlußszene eines 1812 begonnenen Dramas war. Allein zwei Menschen, ein Justizbeamter und ein alter Arzt, wußten, daß Monsieur le Comte de Sucy einer jener starken Männer war, denen Gott die selige Kraft verleiht, jeden Tag als Sieger aus einem furchtbaren Kampf hervorzugehen, den sie einem unbekannten Ungeheuer liefern. Wenn Gott einen Augenblick seine schirmende Hand von ihnen nimmt, so unterliegen sie.

Paris, März 1830

El Verdugo

Für Martinez de la Rosa

Vom Turm der kleinen Stadt Menda hatte es eben Mitternacht geschlagen. In diesem Augenblick lehnte ein junger französischer Offizier an der Brüstung einer langen Terrasse, die sich an den Gärten des Schlosses von Menda hinzog; er schien in tiefere Betrachtung versunken zu sein, als es sonst mit der Sorglosigkeit des Soldatenlebens vereinbar ist; aber man muß auch sagen, daß nie eine Stunde, eine Landschaft und eine Nacht mehr für das Nachsinnen geschaffen waren. Über seinem Haupt wölbte der schöne Himmel Spaniens ein azurnes Zelt. Das Funkeln der Sterne und das milde Licht des Mondes erhellten ein entzückendes Tal, das sich verlockend zu seinen Füßen breitete. An einen blühenden Orangenbaum gelehnt, sah der Bataillonskommandeur hundert Fuß unter sich die Stadt Menda; sie schien sich vor den Nordwinden schutzsuchend an den Fuß des Felsens geschmiegt zu haben, auf dem das Schloß erbaut war. Wenn er den Kopf wandte, sah er das Meer, dessen glitzernder Wasserspiegel die Landschaft mit einem breiten Silberband umsäumte. Das Schloß war hell erleuchtet. Der fröhliche Trubel eines Balls, die Klänge des Orchesters, das Lachen einiger Offiziere und ihrer Tänzerinnen, all das drang zu ihm, vermischt mit dem fernen Murmeln der Wellen. Die Frische der Nacht verlieh seinem von der Hitze des Tages erschlafften Körper eine gewisse Kraft. Und schließlich waren die Gärten mit so duftenden Bäumen und so lieblichen Blumen bepflanzt, daß der junge Mann gleichsam in ein Bad von Düften getaucht dastand.

Das Schloß von Menda gehörte einem spanischen Granden, der es augenblicklich mit den Seinen bewohnte. Während des ganzen Abends hatte die ältere der Töchter den Offizier mit einer von solcher Trauer getragenen Anteilnahme angesehen, daß die Empfindung des Mitgefühls, dem die Spanierin Ausdruck gab, gar wohl das träumerische Sinnen des Franzosen erklären konnte. Clara war schön; und obwohl sie drei Brüder und eine Schwester hatte, schien das Vermögen des Marquis de Léganès doch so beträchtlich zu sein, um Victor Marchand glauben zu lassen, daß das junge Mädchen eine reiche Mitgift erhalten würde. Aber wie vermessen war es, zu hoffen, daß der Greis, der mehr in seine Grandenwürde vernarrt war als irgendein Spanier, seine Tochter dem Sohn eines Pariser Krämers geben könnte! Übrigens waren die Franzosen verhaßt. Der Marquis stand bei dem General G..t..r, der die Provinz verwaltete, im Verdacht, daß er zugunsten Ferdinands VII. einen Aufstand vorbereitete; deshalb war das von Victor Marchand befehligte Bataillon in der kleinen Stadt Menda einquartiert worden, um die benachbarten Landgemeinden, die dem Marquis de Léganès gehorchten, in Schach zu halten. Eine vor kurzem eingetroffene Depesche des Marschalls Ney ließ befürchten, daß die Engländer demnächst an der Küste landen würden; und sie bezeichnete den Marquis als einen Mann, der geheime Beziehungen zum Londoner Kabinett unterhielt. Der junge Offizier war also trotz des vortrefflichen Empfangs, den dieser Spanier ihm und seinen Soldaten bereitet hatte, beständig auf der Hut. Als er auf diese Terrasse trat, von der aus er eben den Zustand der Stadt und der seiner Überwachung anvertrauten Landstriche geprüft hatte, fragte er sich, wie er die Freundschaft zu deuten hätte, die ihm der Marquis unablässig bezeigte, und wie die Ruhe des Landes in Einklang zu bringen wäre mit den Besorgnissen seines Generals; aber seit einem Augenblick waren diese Gedanken durch eine Regung der Vorsicht und durch eine sehr berechtigte Neugier aus dem Geist des jungen Kommandanten verdrängt worden. Er hatte soeben in der Stadt eine ziemlich beträchtliche Anzahl von Lichtern bemerkt. Obgleich man das Fest des heiligen Jakobus feierte, hatte er noch am selbigen Morgen befohlen, daß alle Feuer zu der in seiner Verordnung festgelegten Stunde gelöscht würden. Nur das Schloß war von dieser Regelung ausgenommen. Wohl sah er hier und da auf den gewohnten Posten die Bajonette seiner Soldaten blitzen; aber es herrschte feierliche Stille, und nichts ließ darauf schließen, daß die Spanier sich vom Rausch eines Festes hätten hinreißen lassen. Nachdem er versucht hatte, sich die Übertretung seiner Vorschrift, deren die Einwohner sich schuldig machten, zu erklären, erschien ihm dies Vergehen um so geheimnisvoller und unverständlicher, als er Offiziere in der Stadt gelassen hatte, die mit Nachtwachen und Patrouillengängen beauftragt waren. Mit dem Ungestüm der Jugend eilte er zu einer Mauerbresche, um schnell durch die Felsen hinabzuklettern und auf diese Weise rascher als auf dem gewöhnlichen Weg zu einem Vorposten zu gelangen, der auf der Seite des Schlosses, am Eingang der Stadt stand. Ein leichtes Geräusch hielt ihn im Lauf zurück; er glaubte Sand unter dem leichten Schritt einer Frau knirschen zu hören. Er wandte den Kopf und sah nichts; aber seine Augen wurden angezogen von dem außerordentlichen Glanz des Ozeans. Plötzlich gewahrte er dort einen so unheilvollen Anblick, daß er vor Überraschung reglos stehenblieb, denn er traute seinen Sinnen nicht. Die bleichen Strahlen des Mondes erlaubten ihm, in ziemlich weiter Ferne Segel zu erkennen. Er erzitterte und versuchte sich davon zu überzeugen, daß diese Erscheinung auf einer optischen Täuschung beruhe, die vom Spiel der Wellen und des Mondlichts herrührte. In diesem Augenblick rief eine heisere Stimme den Offizier beim Namen, er richtete den Blick auf die Mauerlücke und sah dort langsam den Kopf des Soldaten auftauchen, von dem er sich hatte ins Schloß begleiten lassen.

»Sind Sie es, Major?«

»Ja. Was ist los?« fragte der junge Mann mit leiser Stimme; denn eine Art Vorahnung mahnte ihn, vorsichtig zu sein.

»Diese Halunken dort unten regen sich wie die Würmer, und ich beeile mich, wenn Sie erlauben, Ihnen meine kleinen Beobachtungen mitzuteilen.«

»Rede!« befahl Victor Marchand.

»Ich bin eben einem Mann aus dem Schloß gefolgt, der mit einer Laterne in der Hand hierherschlich. Eine Laterne ist verwünscht verdächtig! Ich glaube nicht, daß dieser Christenmensch das Bedürfnis hat, um diese Stunde Kerzen zu entzünden ... ›Die wollen uns fressen!‹ hab ich mir gesagt, und ich begann ihm auf den Fersen zu bleiben. Da hab ich denn auch drei Schritt von hier, Major, auf einer Felsplatte einen Reisighaufen entdeckt ...«

Ein furchtbarer Schrei, der in der Stadt widerhallte, unterbrach den Soldaten. Ein plötzlicher Feuerschein beleuchtete den Kommandanten. Der arme Grenadier erhielt eine Kugel in den Kopf und fiel. Ein Feuer aus Stroh und trockenem Holz flammte wie eine Feuersbrunst zehn Schritt vor dem jungen Mann auf. Im Ballsaal verstummten Musik und Lachen. Eine tödliche, von Stöhnen unterbrochene Stille hatte unvermittelt den Lärm des Festes und der Musik ersetzt. Auf der weißen Fläche des Ozeans hallte ein Kanonenschuß.

Kalter Schweiß rann dem jungen Offizier über die Stirn. Er war ohne Degen. Er begriff, daß seine Soldaten umgekommen waren und daß die Engländer im Begriff waren zu landen. Er sah sich entehrt, wenn er am Leben blieb; er sah sich vor ein Kriegsgericht gestellt; dann maß er mit einem Blick die Tiefe des Tals und wollte sich gerade hinunterstürzen, als Claras Hand die seine ergriff.

»Fliehen Sie!« rief sie; »meine Brüder folgen mir, um Sie zu töten. Unten am Felsen werden Sie Juanitos Pferd finden. Gehen Sie!«

Sie stieß ihn vorwärts. Der junge Mann sah sie einen Augenblick erstaunt an, gleich darauf aber gehorchte er dem Selbsterhaltungstrieb, der den Menschen, selbst den stärksten, nie verläßt, und er stürzte in der angegebenen Richtung in den Park davon; er lief quer über Felsen dahin, auf die bisher nur Ziegen gelangt waren. Er hörte, wie Clara ihren Brüdern zurief, ihm zu folgen; er hörte die Schritte seiner

Mörder; er hörte die Kugeln mehrerer Salven an seinen Ohren vorbeipfeifen, aber er erreichte das Tal, fand das Pferd, saß auf und verschwand schnell wie ein Blitz.

In wenigen Stunden erreichte der junge Offizier das Quartier des Generals G..t..r, den er mit seinem Stab an der Tafel traf.

»Ich bringe Ihnen meinen Kopf!« rief der Bataillonskommandeur, als er bleich und niedergeschlagen eintrat.

Er setzte sich und erzählte das grauenhafte Abenteuer. Ein beängstigendes Schweigen folgte seinem Bericht.

»Ich finde, Sie haben mehr Unglück als Schuld«, erwiderte endlich der gefürchtete General. »Sie sind nicht verantwortlich für den Frevel der Spanier; und wenn nicht der Marschall eine andere Entscheidung fällt, so spreche ich Sie frei.«

Diese Worte gaben dem unglücklichen Offizier nur schwachen Trost. »Wenn der Kaiser das erfährt!« rief er aus.

»So wird er Sie erschießen lassen wollen«, versetzte der General.

»Aber wir werden sehen. Nun reden wir nicht mehr darüber«, fügte er in strengem Ton hinzu, »außer um eine Rache zu nehmen, die diesem Lande, wo man wie bei den Wilden Krieg führt, heilsamen Schrecken einjagen soll.«

Eine Stunde darauf war ein ganzes Regiment, eine Kavallerieabteilung und ein Artilleriekonvoi in Marsch gesetzt. Der General und Victor hielten sich an der Spitze dieser Kolonne. Die Soldaten, denen man von dem Meuchelmord an ihren Kameraden Mitteilung gemacht hatte, waren von beispielloser Wut erfüllt. Die Strecke zwischen der Stadt Menda und dem Hauptquartier wurde mit einer an Wunder grenzenden Geschwindigkeit zurückgelegt. Unterwegs fand der General sämtliche Dörfer unter Waffen; all diese elenden Flecken wurden umzingelt und die Anzahl ihrer Bewohner vermindert.

Durch eines jener unerklärlichen Verhängnisse waren die englischen Schiffe auf dem Meer liegen geblieben, ohne weiter vorzurücken; erst später erfuhr man, daß diese Fahrzeuge nur Artillerie geladen hatten und schneller gesegelt waren als die übrigen Transporte. Daher wurde die Stadt Menda, die ohne die erwarteten Verteidiger, die das Auftauchen der englischen Segel zu verheißen schien, geblieben war, fast ohne einen Schwertstreich von den französischen Truppen eingeschlossen. Die angsterfüllten Einwohner boten an, sich auf Gnade und Ungnade zu ergeben. Aber aufopfernde Regungen sind nicht selten auf der Halbinsel; und da die Mörder der Franzosen voraussahen, daß Menda bei der bekannten Grausamkeit des Generals wahrscheinlich eingeäschert und die ganze Bevölkerung hingemetzelt werden würde, so schlugen sie vor, sich selbst dem General zu stellen. Er nahm dieses Anerbieten unter der Bedingung an, daß ihm die Bewohner des Schlosses vom letzten Diener bis zum Marquis ausgeliefert werden würden. Man ging darauf ein, und der General versprach, die übrigen Einwohner zu begnadigen und seine Soldaten an der Plünderung und Brandschatzung der Stadt zu hindern. Dem Ort wurde eine ungeheure Geldbuße auferlegt, und die reichsten Einwohner stellten sich als Geiseln, um für die Zahlung zu bürgen, die innerhalb von vierundzwanzig Stunden erfolgt sein mußte.

Der General ergriff alle für die Sicherheit seiner Truppen nötigen Maßnahmen, sorgte für die Verteidigung des Gebiets und lehnte es ab, seine Soldaten in den Häusern einzuquartieren. Nachdem er sie ein Lager hatte aufschlagen lassen, stieg er zum Schloß empor und nahm es in Besitz. Die Mitglieder der Familie de Léganès und die Bedienten wurden sorgfältig bewacht, gefesselt und in dem Saal eingesperrt, in dem der Ball stattgefunden hatte. Von den Fenstern dieses Raumes aus konnte man die Terrasse, die die Stadt beherrschte, leicht überblicken. Der Stab richtete sich in einer nahegelegenen Galerie ein, wo der General zunächst einen Kriegsrat über die Vorkehrungen abhielt, die zu treffen waren, um eine Landung zu verhindern. Nachdem man einen Adjutanten an den Marschall Ney gesandt und Befehl erteilt hatte, die Batterien an der Küste aufzustellen, beschäftigten der General und sein Stab sich mit den Gefangenen.

Zweihundert von den Einwohnern ausgelieferte Spanier wurden sofort auf der Terrasse standrechtlich erschossen. Nach dieser militärischen Exekution befahl der General, ebenso viele Galgen auf der Terrasse zu errichten, wie im Saal des Schlosses Leute eingesperrt waren, und den Henker der Stadt kommen zu lassen. Victor Marchand benutzte die Zeit vor dem Abendessen, um die Gefangenen aufzusuchen. Bald darauf kehrte er zum General zurück.

»Ich komme«, sagte er mit bewegter Stimme, »Sie um Gnade zu bitten.«

»Sie?« versetzte der General mit dem Ton bitterer Ironie.

»Ach!« erwiderte Victor, »ich bitte Sie um recht traurige Beweise Ihrer Gnade. Als der Marquis sah, wie die Galgen errichtet wurden, hoffte er doch, Sie würden für seine Familie von dieser Art der Hinrichtung absehen; er fleht Sie an, die Adligen enthaupten zu lassen.«

»Gut«, sagte der General.

»Sie bitten außerdem, daß man ihnen den Beistand der Religion gewährt und ihnen die Fesseln abnimmt; sie versprechen, keinen Fluchtversuch zu unternehmen.«

»Ich willige ein«, erklärte der General; »aber Sie werden mir dafür haften.«

»Der Greis bietet Ihnen ferner sein gesamtes Vermögen, wenn Sie seinen jungen Sohn begnadigen wollen.«

»Wahrhaftig?« erwiderte der Oberbefehlshaber. »Seine Güter gehören ohnehin schon dem König Joseph.« Er hielt inne. Mit einem Ausdruck der Verachtung runzelte er die Stirn, dann fügte er hinzu: »Ich will ihren Wunsch noch übertreffen. Ich errate die Bedeutung seiner letzten Bitte. Nun, er möge sich den Fortbestand seines Namens erkaufen; aber ewig soll Spanien seines Verrats und seiner Hinrichtung gedenken. Ich lasse demjenigen seiner Söhne Leben und Vermögen, der das Amt des Henkers übernimmt. Jetzt gehen Sie und reden Sie mir nicht mehr davon.«

Das Diner war aufgetragen. Die Offiziere saßen an der Tafel und stillten einen Hunger, den die Strapazen noch vergrößert hatten. Ein einziger von ihnen fehlte bei dem Festmahl: Victor Marchand. Nach langem Zögern trat er in den Raum, in dem seufzend die stolze Familie de Léganès saß, und er warf einen traurigen Blick auf den Anblick, den dieser Saal jetzt bot, in welchem er zwei Tage zuvor die Köpfe der beiden jungen Mädchen und der drei jungen Männer im Walzer hatte kreisen sehen; er schauderte bei dem Gedanken, daß sie binnen kurzem herabrollen sollten, abgeschlagen vom Schwert des Henkers. An die vergoldeten Sessel gefesselt, saßen Vater und Mutter, die drei Söhne und die beiden Töchter in vollständiger Reglosigkeit da. Acht Diener standen, die Hände auf dem Rücken gebunden. Diese fünfzehn Personen sahen sich ernst an; ihre Augen verrieten kaum, welche Empfindungen sie bewegten. Eine tiefe Ergebenheit und das Bedauern über das Mißlingen ihres Unternehmens waren auf einigen Stirnen zu lesen. Unbeweglich dastehende Soldaten bewachten sie und achteten den Schmerz dieser grausamen Feinde. Eine Regung von Neugier belebte die Gesichter, als Victor erschien. Er gab den Befehl, die Verurteilten von ihren Fesseln zu befreien, und löste eigenhändig die Stricke, die Clara an ihren Sessel banden. Sie lächelte traurig. Der Offizier konnte es sich nicht versagen, die Arme des jungen Mädchens zu streifen, während er ihr schwarzes Haar und ihren geschmeidigen Wuchs bewunderte. Sie war eine echte Spanierin: sie hatte den spanischen Teint, die spanischen Augen, lange gebogene Wimpern und eine Pupille, schwärzer als der Flügel eines Raben.

»Ist es Ihnen gelungen?« fragte sie, indem sie ihn mit einem Todeslächeln ansah, in dem noch etwas Mädchenhaftes lag.

Victor konnte einen Seufzer nicht unterdrücken. Er betrachtete nacheinander die drei Brüder und Clara. Der eine, der älteste, war dreißig Jahre alt. Er war klein, ziemlich schlecht gewachsen, und trotz seiner stolzen, verächtlichen Haltung fehlte ihm nicht ein gewisser Adel im Wesen, ihm schien jene Feinheit des Gefühls nicht fremd, die einst die spanische Galanterie so berühmt gemacht hatte. Er hieß Juanito. Der zweite, Philippe, war etwa achtundzwanzig Jahre alt; er glich Clara. Der jüngste war acht Jahre alt. Ein Maler hätte in Manuels Zügen etwas von jener römischen Standhaftigkeit entdeckt, die David den Kindern in seinen republikanischen Blättern verliehen hat. Der alte Marquis hatte ein von weißen Haaren bedecktes Haupt, das einem Gemälde Murillos zu entstammen schien. Bei diesem Anblick schüttelte der junge Offizier den Kopf, er verzweifelte daran, daß einer dieser vier Männer auf den Handel des Generals eingehen würde; trotzdem gewann er es über sich, Clara das Angebot anzuvertrauen. Zuerst schauderte die Spanierin zusammen; aber plötzlich wurde ihr Gesicht wieder ruhig, und sie kniete vor ihrem Vater nieder.

»Oh«, sagte sie zu ihm; »lassen Sie Juanito schwören, daß er den Befehlen, die Sie ihm geben werden, treulich gehorchen will; dann können wir zufrieden sein.«

Die Marquise zitterte vor Hoffnung; aber als sie sich zu ihrem Gatten hinüberneigte und Claras furchtbare Mitteilung hörte, sank die Mutter in Ohnmacht. Juanito erriet alles; er sprang auf wie ein Löwe im Käfig. Victor nahm es auf sich, die Soldaten wegzuschicken, nachdem ihm der Marquis vollkommene Unterwerfung versprochen hatte. Die Bedienten wurden abgeführt und dem Henker übergeben, der sie aufhängte. Als die Familie nur noch Victor zum Wächter hatte, erhob sich der alte Vater.

»Juanito!« sagte er.

Juanito antwortete nur durch eine Kopfbewegung, die einem Nein gleichkam. Er fiel in seinen Sessel zurück und sah seine Eltern mit trockenen und entsetzten Augen an. Clara setzte sich ihm auf die Knie und sagte, mit heiterer Miene, während sie ihm den Arm um den Hals schlang und ihn auf die Augenlider küßte: »Mein teurer Juanito, wenn du wüßtest, wie süß mir der Tod sein wird, den deine Hand mir gibt. Dann brauche ich nicht die verhaßte Berührung durch die Hände eines Henkers zu erdulden. Du wirst mich heilen von den Leiden, die auf mich warteten, und ... mein guter Juanito, du wolltest nicht sehen, daß ich jemandem angehöre, nun ...« Ihre samtartigen Augen sandten Victor einen feurigen Blick, als wollte sie in Juanitos Herz seinen Abscheu gegen die Franzosen wecken.

»Fasse Mut!« sprach sein Bruder Philippe, »sonst ist unser fast königliches Geschlecht erloschen.«

Unvermittelt erhob sich Clara; die Gruppe, die sich um Juanito gebildet hatte, teilte sich, und dieser mit Fug und Recht widerspenstige Sohn sah seinen alten Vater vor sich stehen, der in feierlichem Ton rief:

»Juanito, ich befehle es dir!« Da der junge Comte reglos sitzen blieb, warf sein Vater sich ihm zu Füßen. Unwillkürlich folgten Clara, Manuel und Philippe seinem Beispiel. Alle streckten die Hände nach dem aus, der die Familie vor dem Vergessen bewahren sollte; sie schienen die väterlichen Worte zu wiederholen: »Mein Sohn, sollte es dir an der spanischen Willensstärke und an echtem Gefühl gebrechen? Willst du mich noch lange auf den Knien liegen lassen, und darfst du an dein Leben und deine Leiden denken? – Ist dies mein Sohn, Madame?« fragte der Greis, an die Marquise gewandt.

»Er willigt ein!« schrie die Mutter verzweifelt, als sie Juanito mit den Augenbrauen eine Bewegung machen sah, deren Bedeutung nur ihr bekannt war.

Mariquita, die zweite Tochter, blieb auf den Knien liegen und hielt mit den schwachen Armen ihre Mutter umschlungen; und da sie heiße Tränen weinte, schalt sie ihr kleiner Bruder Manuel. In diesem Augenblick trat der Kaplan des Schlosses ein; er wurde sofort von der ganzen Familie umringt und zu Juanito geführt. Victor, der die Szene nicht mehr mit ansehen konnte, gab Clara einen Wink und eilte davon, um beim General einen letzten Versuch zu unternehmen. Er fand ihn in bester Laune mitten beim Mahl, er trank mit seinen Offizieren, die lustige Reden zu halten begannen.

Eine Stunde darauf kamen hundert der vornehmsten Einwohner Mendas auf die Terrasse, um, den Befehlen des Generals gemäß, Zeugen der Hinrichtung der Familie de Léganès zu sein. Man stellte eine Abteilung Soldaten auf, um die Spanier, die man unter die Galgen treten ließ, an denen die Bedienten des Marquis hingen, in Schach zu halten. Die Köpfe dieser Bürger berührten fast die Füße der Märtyrer. Zwanzig Schritt vor ihnen stand ein Richtblock, blitzte ein Richtschwert. Der Henker war dort, falls Juanito sich weigern sollte. Bald vernahmen die Spanier mitten in der tiefsten Stille die Schritte mehrerer Menschen, den gemessenen Gang eines Trupps Soldaten und das leise Klirren ihrer Gewehre. Diese verschiedenen Geräusche vermischten sich mit dem fröhlichen Lärm des Festmahls der Offiziere, wie noch kürzlich die Tänze eines Balls die Vorbereitungen zum blutigen Verrat gedeckt hatten. Aller Blicke wandten sich aufs Schloß, und man sah die adlige Familie, die mit unglaublicher Ruhe daherkam. Alle Stirnen waren ruhig und heiter. Nur einer von ihnen stützte sich bleich und niedergeschlagen auf den Priester, der diesem Mann, dem einzigen, der am Leben bleiben sollte, alle Tröstungen der Religion spendete. Der Henker begriff wie alle Anwesenden, daß Juanito auf einen Tag sein Amt übernommen hatte. Der alte Marquis und seine Gattin, Clara, Mariquita und ihre beiden Brüder knieten ein paar Schritte vor der Todesstätte nieder. Juanito wurde von dem Priester geführt. Als er beim Richtblock ankam, faßte der Henker ihn beim Ärmel, nahm ihn beiseite und gab ihm vermutlich ein paar Anweisungen. Der Beichtvater stellte die Opfer so auf, daß sie die Hinrichtung nicht sehen konnten. Aber sie waren echte Spanier, die ohne Schwäche aufrecht stehen blieben.

Clara trat als erste zu ihrem Bruder. »Juanito«, sagte sie, »habe Mitleid mit meinem geringen Mut! Beginne mit mir.«

In diesem Augenblick erschollen die eiligen Schritte eines Mannes; Victor erschien auf dem Schauplatz. Clara kniete schon; ihr entblößter Hals rief nach dem Schwert. Der Offizier erbleichte, aber er fand die Kraft, herbeizueilen.

»Der General schenkt dir dein Leben, wenn du mich zum Manne nehmen willst«, sagte er mit leiser Stimme.

Die Spanierin warf dem Offizier einen stolzen und verächtlichen Blick zu.

»Wohlan denn, Juanito!« sagte sie mit tiefklingender Stimme.

Ihr Haupt rollte Victor vor die Füße. Die Marquise de Léganès konnte ein krampfhaftes Zucken nicht unterdrükken, als sie das Geräusch vernahm; es war das einzige Zeichen ihres Schmerzes.

»Stehe ich gut so, mein lieber Juanito?« fragte der kleine Manuel seinen Bruder.

»Ach, du weinst, Mariquita!« sagte Juanito zu seiner Schwester.

»O ja«, erwiderte das junge Mädchen, »ich denke an dich, mein armer Juanito: du wirst ohne uns recht unglücklich sein!«

Gleich darauf erschien die hohe Gestalt des Marquis. Er blickte auf das Blut seiner Kinder, wandte sich den stummen und reglosen Zuschauern zu, streckte die Arme nach Juanito aus und sagte mit kräftiger Stimme: »Spanier, ich gebe meinem Sohn meinen väterlichen Segen! Jetzt, *Marquis*, schlag furchtlos zu, du bist ohne Tadel!«

Als aber Juanito seine Mutter vom Beichtvater gestützt vortreten sah, rief er aus: »Sie hat mich an ihrer Brust genährt!«

Seine Stimme entriß den Versammelten einen Schrei des Entsetzens. Der Lärm des Festes und das lustige Lachen der Offiziere verstummten bei diesem grauenvollen Aufschrei.

Die Marquise begriff, daß Juanitos Mut erschöpft war; mit einem einzigen Sprung stürzte sie sich über die Balustrade und zerschellte sich den Kopf an den Felsen. Ein Schrei der Bewunderung erhob sich, Juanito war ohnmächtig zusammengebrochen.

»General«, sagte ein halb betrunkener Offizier, »Marchand hat mir eben einiges von dieser Hinrichtung erzählt; ich wette, Sie haben sie nicht befohlen ...«

»Vergessen Sie, Messieurs«, schrie der General G..t..r, »daß in einem Monat fünfhundert französische Familien in Tränen schwimmen werden und daß wir in Spanien sind? Wollen Sie, daß wir unsere Knochen hier lassen?«

Nach dieser Anrede fand sich keiner mehr, nicht einmal ein Leutnant, der sein Glas zu leeren gewagt hätte.

Trotz der Achtung, von der er umgeben ist, trotz des Titels *del Verdugo* (der Henker), den der König von Spanien dem Marquis de Léganès als Adelstitel verliehen hat, wird dieser vom Kummer verzehrt; er lebt einsam und zeigt sich selten. Von der Last seiner bewunderungswürdigen Freveltat niedergebeugt, scheint er voll Ungeduld darauf zu warten, daß ihm die Geburt eines zweiten Sohnes das Recht gibt, sich den Schatten anzuschließen, die ihn unablässig begleiten.

Paris, Oktober 1829

Anmerkungen

Eine dunkle Affäre

Die von Eberhard Wesemann vorgenommene Durchsicht des Romans *Eine dunkle Affäre* beruht auf der Ausgabe: Honoré de Balzac, Die Menschliche Komödie. Deutsche Ausgabe in zehn Bänden. Band 8: *Die Chouans. Eine dunkle Begebenheit. Der Landarzt.* Insel Verlag 1925. Die von Erika Wesemann vorgenommene Bearbeitung beruht auf Band 7 der oben genannten Ausgabe für die Erzählung *Eine Leidenschaft in der Wüste*; auf Band 9 für die Erzählungen *Lebwohl* und *El Verdugo*.
Der Roman ›Une ténébreuse affaire‹ (Eine dunkle Affäre) erschien zuerst im Feuilleton der Zeitung ›Commerce‹ (14. Januar – 20. Februar 1841) und in Buchform erstmals 1842. In Balzacs ›Comédie humaine‹ (Die menschliche Komödie) fand er 1846 Eingang als Teil der Abteilung ›Scènes de la vie politique‹ (Szenen aus dem politischen Leben).

10 *Monsieur de Margonne:* Jean de Margonne, 1780 geboren, war ein Freund der Familie Balzac. Er hatte 1803 seine Cousine Anne de Savary, ein häßliches und buckliges Mädchen, geheiratet, das ihm aber die Herrschaft Saché (Schloß, Pachthöfe, Mühlen) in die Ehe brachte. Jean de Margonne soll mit der Mutter Balzacs eine Liaison gehabt haben. 1833 schreibt Balzac an Frau von Hanska über Schloß Saché und dessen Besitzer: ›Saché ist ein zerfallenes Schloß am Indre, in einem der entzükkendsten Täler der Touraine. Der Besitzer, ein Mann von fünfundfünfzig Jahren, hat mich als Kind auf den Knien geschaukelt. Er hat eine unduldsame, frömmelnde Frau, die bucklig ist und nicht sehr gescheit. Ich gehe auch immer nur seinetwegen hin und dann, ich bin dort mein freier Herr. Man kümmert sich in der Gegend nicht mehr um mich wie um ein Kind; ich gelte dort gar nichts. Nur da zu sein, macht mich schon zufrieden, wie ein Mönch in seinem Kloster zufrieden ist. Ich gehe stets hin, wenn ich über irgendeine ernste Arbeit nach-

denken will. Der Himmel ist dort so klar, die Eichenwälder so schön und die Ruhe so grenzenlos.‹

11 *Aube:* Departement im Osten des Pariser Beckens, Teil der Champagne, Hauptstadt ist Troyes.

12 *Lavater*, Johann Kaspar (1741-1801): Schweizer Schriftsteller und protestantischer Geistlicher; Begründer der Physiognomik (›Physiognomische Fragmente‹), in der eine Menschenerkenntnis aus den Gesichtszügen oder Körperformen gewonnen wird.

Gall, Franz Joseph (1758-1828): deutscher Arzt und Begründer der Schädellehre, wonach besondere menschliche Anlagen und Fähigkeiten durch Schädelwölbungen kenntlich seien. Während Gall in Deutschland mit seiner Lehre nur Gelächter erntete, hatte er seit 1807 in den Pariser Salons großen gesellschaftlichen Erfolg.

13 *Schreckenszeit:* Gemeint ist die Diktatur der Jakobiner (2. Juli 1793-27. Juli 1794). In jener Periode der Französischen Revolution wurde die politische Gewalt durch Konventsausschüsse, das Revolutionstribunal und die örtlichen Revolutionskomitees ausgeübt.

Jakobinerklub: bedeutendster politischer Klub der Französischen Revolution (1789-1794), benannt nach seiner Tagungsstätte, dem Dominikanerkloster Saint-Jacques in Paris; mit der Radikalisierung der Revolution spaltete sich der Klub mehrmals: 1791 Ausscheiden der Feuillantiner, 1792 Abfall der Girondisten; mit dem Umsturz vom 9. Thermidor (27. Juli 1794) und der Hinrichtung von Robespierre, Saint-Just u.a. wurde der Klub aufgelöst.

Fallbeil des Gesetzes: Gemeint ist die Guillotine.

14 *Mansart*, François (1598-1666): berühmter französischer Architekt.

Guisen: lothringisches Herzogsgeschlecht, im 16. Jh. die schärfsten Feinde der Hugenotten und Anwärter (Henri Ier de Guise) auf den französischen Königsthron der Valois.

Valois: französisches Königsgeschlecht (1515-1589); gemeint ist im Text vor allem die Zeit der französischen Religionskriege, die Zeit der Herrschaft Heinrichs III., dessen Gegenspieler Henri Ier de Guise war.

Richelieu, Cardinal de (1585-1642): Erster Minister unter Ludwig XIII. und Begründer des königlichen Absolutismus in Frankreich.

Ludwig XIV. (1638-1715): König von Frankreich (1643-1715), bestieg nach dem Tod seines Vaters (Ludwig XIII.) unter Vormundschaft seiner Mutter den Thron; die Politik in jener Zeit führte bis zu seinem Tod 1661 Kardinal Mazarin, der die Adelsreaktion der Fronde (1648-1652) gegen das absolutistische Königtum niederschlug; 1661 übernimmt Ludwig XIV. selbst die Staatsgeschäfte und vollendet den Absolutismus in Frankreich, das zum politischen und kulturellen Mittelpunkt des spätfeudalen Europa wurde.

Liga: die vom Duc de Guise 1576 gegründete katholische Vereinigung gegen die Hugenotten.

Fronde: Widerstandsbewegung des französischen Adels gegen die Errichtung des königlichen Absolutismus.

15 *Ludwig XV.* (1710-1774): König von Frankreich (1715-1774); Urenkel Ludwigs XIV., dem er unter der Regentschaft des Duc d'Orléans (1715-1723) auf dem französischen Thron folgte; 1743 übernahm Ludwig XV. selbst die politische Führung des Königreiches, die gekennzeichnet war durch Mätressenwirtschaft und kostspielige Kriege, die Frankreich die politische Vormachtstellung in Europa kosteten.

Schicksal des Hauses Condé: Gemeint ist Louis-Joseph, Prince de Condé (1736-1818), der seit Ausbruch der Französischen Revolution die Konterrevolution der adligen Emigranten vom Ausland her organisierte.

16 *Louis-Philippe* (1773-1850): französischer König (1830-1848); unter ihm wurde das Königsschloß von Versailles zum Museum.

Attika: Aufbau mit Pfeilern und Säulen auf Torbögen und Simsen.

Devise ›Si meurs!‹: frz., ›Und wenn es den Tod kostet!‹

17 *Herzog von Braunschweig:* Karl Herzog von Braunschweig (1735-1806); Oberbefehlshaber der gegen die französische Republik gerichteten Koalitionsarmee, die 1792 bei Valmy geschlagen wurde. In der Schlacht von Jena/Auerstedt wurde der Herzog von Braunschweig tödlich verwundet.

Fürst von Coburg: Friedrich Herzog von Sachsen-Coburg (1737-1815), österreichischer Feldherr; sein Interventionsheer verlor 1794 in der Schlacht bei Fleurus gegen die französischen Revolutionstruppen.

Brutus: Marcus Junius Brutus (85-42 v. Chr.), Führer der Verschwörung gegen Cäsar, 42 v. Chr. bei Philippi von Oktavian und Antonius geschlagen, Tod durch Selbstmord.

18 *Saint-Just*, Louis de (1767-1794): jakobinischer Politiker und Theoretiker der Französischen Revolution; führender Organisator des revolutionären Terrors; reorganisierte das Revolutionsheer.

Verschwörung Babeufs: François Babeuf, genannt ›Gracchus‹ (1760-1797); Revolutionär und Kommunist. Nach dem Sturz der Jakobiner (1794) leitete er 1796 die ›Verschwörung der Gleichen‹, deren Ziel es war, das Direktorium zu stürzen und eine Volksdiktatur zu errichten. Die Verschwörung wurde aufgedeckt und Babeuf hingerichtet.

..., bei einer republikanischen Zeremonie die Freiheitsgöttin zu spielen: Gemeint ist der Kultus der Freiheit und des Vaterlandes, der seit 1793 Staatsreligion war. Anstelle des bisherigen christlichen Gottesdienstes wurden Feste der Freiheit eingeführt, wo auf dem ›Altar der Vernunft‹ die ›Flamme der Freiheit‹ brannte und Mädchen aus dem Volk als Freiheitsgöttinnen auftraten.

Citoyen: Citoyen (Bürger) und Citoyenne (Bürgerin) waren während der Französischen Revolution die vorgeschriebenen Anreden; die Anrede mit Monsieur, Madame oder Mademoiselle galt als reaktionär.

Bergpartei: im Nationalkonvent Partei der Jakobiner, so genannt wegen deren höheren Sitze im amphitheatralisch gebauten Sitzungssaal.

18. Brumaire: Tag (9. November 1799), an dem General Napoleon Bonaparte durch einen Staatsstreich die Macht als Erster Konsul an sich riß.

19 *Konsulat:* französische Regierung (1799-1804), der zuerst drei provisorische Konsuln (Bonaparte, Sieyès, Ducos) vorstanden, danach drei für zehn Jahre ernannte Konsuln (Bonaparte, Cambazérès, Lebrun); 1802 wurde Bonaparte zum Ersten

Konsul auf Lebenszeit ernannt und am 18. Mai 1804 zum Kaiser proklamiert.

20 *vor Mainz gefallen:* Gemeint ist die Schlacht bei Valmy 1792, in der die französischen Revolutionstruppen das preußische Interventionsheer schlugen.

23 *Codex:* Gemeint ist der Code civil des Français oder Code Napoléon, das bürgerliche Gesetzbuch vom 21. März 1804.

27 *Anhänger der royalistischen Klubs und die Jeunesse dorée:* Gemeint ist der Klub der Clichyens in der Zeit des Direktoriums. Die Clichyens, so genannt wegen ihrer Versammlungen im Garten von Clichy, bereiteten eine konterrevolutionäre Verschwörung vor, hatten im Rat der Alten und im Rat der Fünfhundert auch schon eine royalistische Mehrheit, wurden aber durch den Staatsstreich vom 18. Fructidor (September 1797) besiegt. Ebenso wie die Clichyens brachten auch die Muscadins, die Incroyables oder Merveilleux, genannt Jeunesse dorée (Goldene Jugend), ihren Protest gegen die Revolution in ihrer Kleidung zum Ausdruck. Man trug langes gepudertes statt des rundgeschnittenen Haares, den kurzen Frack ersetzte ein runder Rock mit langem Schoß. Man trug Brillen und Lorgnetten, auch einen Stock. Um den Hals wand sich eine sechsfache Halsbinde.

28 *Ecarté:* französisches Kartenspiel (32 Blatt) zwischen zwei Spielern; jeder Spieler bekommt fünf Karten, kann aber eine oder mehrere austauschen.

29 *Rote Mütze:* auch Freiheits-, Jakobiner- oder Phrygische Mütze genannt; ursprünglich Kopfbedeckung der Marseiller Galeerensträflinge, wurde nach deren Befreiung 1792 zum Symbol der Französischen Revolution.

35 *Konvent:* Der Nationalkonvent, die französische Nationalversammlung von 1792 bis 1795.

36 *Mutter des Friedensfürsten:* Den Ehrentitel Friedensfürst (span.: Principe de la paz) erhielten ehemals in Spanien mehrere Minister, die sich um den Frieden verdient gemacht hatten. Gemeint ist hier Don Manuel Godoy (1767-1851), spanischer Premierminister und Günstling der Marie Louise von Parma, der Gemahlin des spanischen Königs Karl IV. Godoy verhandelte mit dem Konvent in Paris wegen der Rettung Lud-

wigs XVI. und erklärte nach dessen Hinrichtung Frankreich den Krieg, was jedoch die spanischen Staatsfinanzen ruinierte. Godoy gelang es, im Baseler Frieden (1795) für Spanien günstige Bedingungen zu erlangen, so daß ihn Karl IV. zum Friedensfürsten ernannte.

Der vorliegende Text spielt auf den Volksaufstand der Spanier 1808 an, der sich sowohl gegen Napoleon als auch gegen den allmächtigen Minister Godoy richtete, der nur durch Einschreiten Napoleons sein Leben retten konnte.

37 *Habeas corpus:* lat., du habest den Körper; gemeint ist die Habeaskorpusakte, das englische Staatsgrundgesetz von 1679 zum Schutz der persönlichen Freiheit.

38 *Fouché*, Joseph, Duc d'Otrante (1759-1820): Begann seine politische Laufbahn während der Französischen Revolution als Mitglied der Bergpartei. Unterdrückte 1793 den royalistischen Aufstand von Lyon. War Polizeiminister unter dem Direktorium, dem Konsulat und Kaiserreich Napoleon Bonapartes. Verriet diesen nach den ›Hundert Tagen‹ und behielt sein Ministerium unter der Restauration.

39 *Verschwörung Pichegru, Georges, Moreau und Polignac:* Charles Pichegru (1761-1804), französischer Divisionsgeneral, der 1795 Holland eroberte. Verriet die Sache der Französischen Revolution, als er Verbindung zur royalistischen Emigrantenarmee aufnahm und an der Verschwörung von Cadoudal gegen Napoleon teilnahm. Er verübte im Gefängnis Selbstmord.

Georges: Gemeint ist Georges Cadoudal (1771-1804), das Haupt der royalistischen Vendeer. Er war Mitbeteiligter am Attentat in der Rue Saint-Nicaise und Anführer der Verschwörung gegen Bonaparte. Er wurde am 9. März 1804 festgenommen und mit elf Mitverschworenen am 25. Juni 1804 hingerichtet.

Moreau, Jean-Victor (1763-1813): französischer General, Kommandant der französischen Rheinarmee und Rivale Bonapartes. Wegen seiner Verbindungen zu den Royalisten wurde er exiliert (USA). Er kämpfte auf seiten der Russen gegen Napoleon und fiel beim Kampf um Dresden.

Polignac: Gemeint sind hier die Brüder Armand Polignac

(1771-1847) und Jules Polignac (1780-1847). Beide emigrierten bei Ausbruch der Französischen Revolution, waren zusammen mit Pichegru und Cadoudal an der Verschwörung gegen Napoleon beteiligt und zum Tode (9. Juni 1804) verurteilt, aber auf Veranlassung der Kaiserin Josephine zu lebenslänglichem Zuchthaus begnadigt worden. Während der Restauration gehörten beide als Mitglieder der Hocharistokratie zur ultraroyalistischen Partei und bekleideten hohe politische Ämter.

im Jahre VII: Gemeint ist der royalistische Aufstand im Westen Frankreichs.

ein Kind Lenoirs: Jean-Charles Lenoir (1732-1807) bekleidete unter dem Ancien régime mehrere Verwaltungsposten, bis er 1776 Polizeileutnant von Paris wurde.

40 *Ludwig XVIII.* (1755-1824): König von Frankreich (1814, 1815-1824); Bruder Ludwigs XVI.; zu Beginn der Französischen Revolution beteiligt an der Konspiration des Marquis de Favras (1790); nach der erfolglosen Flucht des Königs Emigration; kämpfte in der preußischen Armee gegen die französischen Revolutionstruppen. Nach der Hinrichtung Ludwigs XVI. (1793) proklamierte er den Dauphin (1785-1795) als Ludwig XVII., sich zum Regenten und nahm nach dessen Tod den Königstitel an. Nach dem Sturz Napoleons I. erneuerte er als Ludwig XVIII. die Herrschaft der Bourbonen und leitete die Restauration ein.

Haus Bourbon: französisches Adelsgeschlecht seit dem 10. Jh., das mit Heinrich IV. (1589) die Königswürde erwarb und mit Unterbrechung (1792-1814, 1815) seine Herrschaft bis zur Julirevolution 1830 (Sturz Karls X.) innehatte.

›Denkst du denn nicht mehr an Favras?‹: Thomas Mahy, Marquis de Favras (1744-1790) war Offizier in Diensten des Comte de Provence, des späteren Ludwig XVIII., und versuchte zu Beginn der Französischen Revolution die Konstituierende Versammlung auszuheben und den König und seine Familie zu entführen. Das Komplott wurde entdeckt und Favras 1790 durch den Strang hingerichtet.

Pitt: William Pitt der Jüngere (1759-1806), englischer Premierminister von 1784 bis 1801 und 1804, war die Seele des

Kampfes gegen die Französische Revolution und das napoleonische Kaiserreich.
Chouans: Royalistische Aufständische im Westen Frankreichs, die sich von 1793 bis 1799 mehrmals erhoben und die Republik bedrohten.
13. Vendémiaire: Gemeint ist der royalistische Aufstand in Paris am 5. Oktober 1795 gegen den Nationalkonvent, er wurde u. a. von Bonaparte niedergeschlagen.

41 *18. Fructidor:* An diesem Tage (5. September 1797) wurde ein Komplott der Royalisten gegen das Direktorium aufgedeckt und niedergeschlagen.
Rue Saint-Nicaise: Gemeint ist das Attentat mit einer Höllenmaschine gegen den Ersten Konsul in der Pariser Rue Saint-Nicaise am 24. Dezember 1800.
Duc d'Enghien: Louis-Antoine-Henri de Condé (1772 bis 1804) emigrierte mit Beginn der Französischen Revolution nach Deutschland, wo ihn später Napoleon nach Vincennes entführen und hinrichten ließ.
Rivière: Charles-François de Riffardeau, Duc de Rivière (1763-1828); nahm teil an der Verschwörung des Cadoudal gegen Napoleon; unter der Restauration französischer Botschafter in Konstantinopel.
Comte d'Artois (1757-1836): einer der Führer des französischen Emigrationsheeres in Deutschland. Bruder von Ludwig XVI. und Ludwig XVIII. und als Karl X. König von Frankreich (1824-1830).
Seine Herrschaft wurde durch die Juli-Revolution 1830 gestürzt.

42 *Talleyrand:* Charles-Maurice de Talleyrand-Périgord (1754-1838); Bischof von Autun (1788); Deputierter der Gesetzgebenden Versammlung. Unter Napoleon war Talleyrand Außenminister (1797-1807). Er intrigierte gegen den Kaiser (1808) und fiel in Ungnade. 1814 konstituierte er eine Provisorische Regierung, die Ludwig XVIII. auf den Thron brachte; das trug ihm unter der Restauration wieder das Amt des Außenministers ein. Während der Juli-Monarchie war Talleyrand französischer Botschafter in London (1830-1835).

52 *Salisches Gesetz:* dieses Gesetz (Lex Salica) der salischen Fran-

ken, unter Chlodwig um 500 erlassen, schloß weibliche Erbfolge von Grundbesitz und Thronfolge aus.

53 *›Singend sterben‹:* bezieht sich auf den Namen Cinq-Cygne (Fünf Schwäne) und den Glauben, daß Schwäne in ihrer Todesstunde sängen.

Judith: Jüdische Heldin, die, um ihre Stadt zu retten, den feindlichen Feldherrn Holofernes verführt und ihm im Schlaf den Kopf abschlägt (vgl. Altes Testament, Buch Judith).

54 *Charlotte Corday:* eigentlich Charlotte de Corday d'Armont (1768-1793), wurde wegen Ermordung des Revolutionsführers Jean-Paul Marat 1793 auf der Guillotine hingerichtet.

55 *Walter Scott* (1771-1832): schottischer Dichter und Schriftsteller, Begründer des historischen Romans (Rob Roy, Die Braut von Lammermoor, Ivanhoe, Quentin Durward u.a.), übte durch seine Romane einen entscheidenden Einfluß auf die romantische Literatur in Europa aus.

56 *Leibrentengesellschaft ›Lafarge‹:* Diese 1791 von Joachim Lafarge gegründete Sparkasse war ›eine Vereinigung von Personen, deren jede lebenslänglich die Zinsen des eingezahlten Kapitals genießen konnte, das Gesamtkapital aber den Überlebenden vermachen mußte. Die Letzten sollten über ungeheure Summen verfügen können‹ (André Maurois).

57 *Virago:* sagt man von einer Frau von männlichem Mut.

Kastorhut: Filzhut aus Biberhaaren, im 18. Jh. sehr gebräuchliche Kopfbedeckung.

Direktorium: die französische Regierung vom 4. Brumaire des Jahres IV (26. Oktober 1795) bis zum 18. Brumaire des Jahres VIII (9. November 1799). Die fünf Direktoren regierten mit Hilfe zweier Kammern: dem ›Rat der Alten‹ und dem ›Rat der Fünfhundert‹.

Frieden zu Amiens: Friedensvertrag 1802 zwischen Frankreich und England, Ende der 2. antifranzösischen Koalition (England, Rußland, Österreich).

58 *Austerlitz:* Gemeint ist die sogenannte Dreikaiserschlacht am 2. Dezember 1805, in der Napoleon die russischen Truppen unter Zar Alexander I. und die österreichischen unter Kaiser Franz II. schlug.

61 *Gazette:* Gazette de France, die 1631 von Théophraste Renaudot

gegründete erste französische Zeitung. Seit ihrem ersten Erscheinen unter dem Patronat Richelieus bis zu ihrem Ende 1914 vertrat sie royalistische oder ultrarechte Interessen in der Politik.

62 *Brie:* französische Landschaft zwischen Seine und Marne.

63 *Boulle-Uhr:* André-Charles Boulle (1642-1732) war einer der talentvollsten Architekten, Maler und Bildhauer seiner Zeit, wurde aber besonders durch seine prunkvollen Kunsttischlerarbeiten berühmt, den von ihm erfundenen Schildpatt-, Perlmutt- und Bronzeeinlagen in Holz.

64 *Restauration:* Periode der französischen Geschichte, in der die Bourbonenherrschaft (1814, 1815-1830) erneuert war.

65 *Duc d'Orléans:* Gemeint ist Louis-Philippe-Josephe, Duc d'Orléans, genannt Philippe Égalité (1747-1793); gehörte zur jüngeren Linie der Bourbonen; Abgeordneter des Dritten Standes und des Nationalkonvents; stimmte für die Hinrichtung Ludwigs XVI.; 1793 auf der Guillotine hingerichtet.

Robespierre, Maximilien de (1758-1794): Advokat, bedeutendster Führer der Französischen Revolution, leitete die Diktatur der Jakobiner; gestürzt am 9. Thermidor (27. Juli 1794) und guillotiniert.

Kniehose: frz. ›culotte‹; modische Beinbekleidung im 18. Jh.; im Gegensatz dazu trugen die Revolutionäre sog. ›pantalons‹ (lange Hosen) und nannten sich deswegen ›Sansculottes‹ (ohne Kniehosen).

Fichu: Im 18. Jh. verhüllten die Damen ihr großes Dekolleté durch ein Fichu, ein dreizipfliges Schultertuch.

Marie-Antoinette: Gemahlin Ludwigs XVI., zusammen mit dem Comte d'Artois stand sie an der Spitze der Adelsreaktion bei Hofe, während der Französischen Revolution war sie das Haupt konterrevolutionärer Verschwörungen, am 16. Oktober 1793 auf der Guillotine hingerichtet.

›Soupçon‹: frz., hier: Hauch.

66 *Minimen:* Bettlerorden.

Sinekure: Pfründe; einträgliches Amt, das wenig Mühe macht.

67 *Haartour:* Im 18. Jahrhundert nannte man so die hohe Zierfrisur der Damen.

68 *Sèvres:* Ort an der Seine, berühmt durch seine 1763 im Park von Saint-Cloud errichtete Porzellanmanufaktur.

70 *Boston:* Kartenspiel zu viert mit französischen Whistkarten, das während des amerikanischen Unabhängigkeitskampfes erfunden wurde und deren Ausdrücke aus dem politischen Wortschatz dieser Zeit stammten (z. B. Indépendance, Grande misère usw.).

71 *Höllenmaschine:* Es handelt sich um das Attentat vom 24. Dezember 1800 in der Rue Saint-Nicaise in Paris gegen Bonaparte.

Sieger von Marengo: Bonaparte besiegte die Österreicher am 14. Juni 1800 in der Nähe des italienischen Dorfes Marengo.

74 *Cazalès*, Jacques-Antoine-Marie de (1758-1805): bekannter Royalist; stritt als Adelsdeputierter zu Beginn der Französischen Revolution für die Erhaltung der königlichen Rechte; während der Emigration von Ludwig XVIII. stand er für diesen in diplomatischen Diensten.

75 *fünf Direktoren:* Gemeint ist das Direktorium, die französische Regierung von 1795 bis 1799. Die fünf Direktoren regierten mit Hilfe zweier Kammern: dem Rat der Fünfhundert und dem Rat der Alten.

Dubois, Louis Thibaut, Comte de (1743-1834): Abgeordneter während der Französischen Revolution, Senator unter Napoleon, unter der Restauration exiliert.

Cochon, Albert-Auguste, Comte de Lapparent (1750-1825): Mitglied der Constituante und des Nationalkonvents, 1796 Polizeiminister, unter dem Konsulat und Kaiserreich Präfekt und Senator, 1816 als Königsmörder exiliert, 1818 Rückkehr nach Frankreich.

Affäre Walcheren: Während der Abwesenheit des Kaisers Napoleon I. (1809 in Österreich) war der zum Duc d'Otranto ernannte Fouché zwischenzeitlich Innenminister. In dieser Zeit landete ein englisches Expeditionsheer auf der Insel Walcheren und bedrohte Belgien. Fouché betraute den bei Napoleon in Ungnade gefallenen Marschall Bernadotte (später Karl XIV. von Schweden, 1818-1844) mit dem Kommando gegen die Engländer, die auch zurückgeschlagen wurden. Die Worte: »Beweisen wir Europa, daß, wenn das Genie Napoleons durch seine Siege Frankreich Glanz geben kann, seine Anwesenheit doch nicht nötig ist, um den Feind zurückzuschlagen«, sollen

Fouché die Ungnade des Kaisers eingebracht haben, der ihn seines Ministerpostens enthob.

Duc de Rovigo: Anne Savary, Duc de Rovigo (1774-1833), französischer General, Polizeiminister unter Napoleon I.

77 *Oratorianer:* ein im Sinne der Gegenreformation 1564 in Rom gegründeter Orden (in Frankreich seit 1611).

78 *Monsieur de la Besnardière:* Jean-Baptiste de Gouey, Comte de (1765-1843); ehemaliger Oratorianermönch; diente als hoher Beamter des Außenministeriums unter allen Regimes von der Französischen Revolution bis zur Juli-Monarchie. Er wurde von Talleyrand und Napoleon geschätzt, von Ludwig XVIII. in den Grafenstand erhoben und von Karl X. zum Staatsrat ernannt.

Gentz, Ludwig von (1764-1832): politischer Schriftsteller und engster Mitarbeiter des Fürsten von Metternich (1773-1859).

Dundas, Henry (1741-1811): Staatsmann, Freund und engster Mitarbeiter des englischen Premierministers William Pitt d.J. (1759-1806), der die antifranzösische Koalition in Europa gegen Napoleon anführte. In dessen Kabinett war Dundas 1791 Innenminister und 1794 Kriegsminister.

Duroc: Géraud-Christophe-Michel, Duc de Frioul (1772-1813), General und unter Napoleon I. Großmarschall.

Chavigny: Léon le Bouthilier, Comte de (1608-1652), Günstling des Kardinals Richelieu, wurde 1632 Staatssekretär, 1635 Oberkontrolleur der Finanzen, dann Außenminister.

der heimliche Tristan dieses Ludwig XI.: König Ludwig XI. (1423-1483) mißtraute dem Adel als Ratgeber und umgab sich mit Vorliebe mit Dienern niederen Standes wie seinem Barbier Olivier le Dain und dem Henker Tristan, seinem ›Gevatter‹.

81 *Harmodios* aus Athen: gest. 514 v. Chr., konspirierte mit seinem Freund Aristogiton gegen den Tyrannen Hippias.

Jacques Clément: Dominikanermönch (1567-1589), Mörder des französischen Königs Heinrich III.

Ankaström, Johan Jakob (1760-1792): schwedischer Edelmann, der aus Unzufriedenheit mit der Politik Gustavs III. diesen umbringt.

Limoelan, Joseph-Pierre Picot de (1768-1826): während der Französischen Revolution Teilnehmer am royalistischen Aufstand der Chouans; organisierte das Attentat mit der Höllenmaschine gegen Napoleon (1800), entging aber der Guillotine und flüchtete nach Amerika.

123 *ich habe schon eine zum Bersten gebracht:* Es handelt sich um Marie de Verneuil, Spionin von Fouché, die die Liebe Corentins abgelehnt hatte.

131 *Josephine:* Marie-Josèphe Tascher de la Pagerie (1763-1814), Gemahlin Kaiser Napoleons I., heiratete 1779 den Vicomte de Beauharnais, der 1794 guillotiniert wurde, 1796 den General Bonaparte, der sie 1809 verstieß.

137 *Menächmen:* Bezug wird hier genommen auf die Verwechslungskomödie ›Menaechmi‹ (Die Zwillinge) von Titus Maccius Plautus (um 254-184 v. Chr.).

143 *Sontag*, Henriette (1805-1854): berühmte deutsche Sängerin an der Italienischen Oper von Paris (1826-1830), Rivalin der Malibran.

Malibran, Maria-Felicia Garcia (1808-1836): seit 1828 berühmteste Opernsängerin in Paris.

146 *Trafalgar:* 1805 britischer Seesieg über die französische Flotte.

148 *Friedrich:* Friedrich II. (1712-1786) König von Preußen.

162 *Benedicité:* lateinisches Gebet vor den Mahlzeiten.

178 *Verurteilung in contumaciam:* lat., in Abwesenheit verurteilen wegen widersetzlichen Nichterscheinens vor Gericht.

185 *Witwe Morin:* Die Affäre der Witwe Morin (Victoire Tarin), die 1812 zu Zuchthaus verurteilt wurde, weil sie einen Mordanschlag auf einen Monsieur Ragoulleau verübt hatte, ist Gegenstand eines Gesprächs zwischen Poiret und Mademoiselle Michonneau in Balzacs Roman ›Le Père Goriot‹ (Vater Goriot).

Fualdès, Antoine-Bernardin (1761-1817): Staatsanwalt im Kaiserreich und unter der Restauration. Wurde am 19. März 1817 von zwei ehemaligen Freunden, die seine Enthüllungen über ihre kriminelle Vergangenheit fürchteten, umgebracht. Wegen der skandalösen Umstände des Mordes – er fand in einem Bordell der Witwe Bancal statt – erregte der Prozeß großes Aufsehen in Europa.

Castaing, Edme-Samuel (1797-1823): französischer Arzt, der die Brüder Hippolyte und Auguste Ballet vergiftete, um sich deren Vermögen anzueignen. Die für den Prozeß notwendigen Indizien wurden von Horace Raisson, einem Freund Balzacs, besorgt. Castaing wurde zum Tode verurteilt und hingerichtet.

Lafarge: Marie Capelle (1816-1852) wurde 1840 angeklagt, ihren Mann vergiftet zu haben. Sie wurde zu lebenslänglicher Zuchthausstrafe verurteilt.

Fieschi: Es handelt sich um das Attentat des Korsen Joseph Fieschi am 28. Juli 1835 auf König Louis-Philippe, bei dem etwa fünfzig Personen verwundet oder getötet wurden. Der Attentäter wurde am 19. Februar 1836 hingerichtet.

186 *Koalition von 1806:* 4. Koalition (Preußen, Rußland, England, Schweden) gegen Napoleon, die im Frieden von Tilsit endete.

Cambacérès, Jean-Jacques Régis de (1753-1824): während der Französischen Revolution Präsident des Nationalkonvents, danach Mitglied des Wohlfahrtsausschusses und Zweiter Konsul nach Napoleon, im Kaiserreich Erzkanzler und Senatspräsident.

Régnier, Duc de Massa (1736-1814): ehemaliger Abgeordneter der Generalstände zu Beginn der Französischen Revolution, unter dem Direktorium Mitglied des ›Rates der Alten‹, unter dem Kaiserreich hatte er die oberste Führung von Polizei und Justiz inne, Vorsitzender des Kassationshofes.

198 *Descartes*, René (1596-1650): französischer Mathematiker, Physiker und Philosoph des Rationalismus, zweifelte an der Sinneserkenntnis, stellte die Selbstgewißheit (›ich denke, also bin ich‹) als Prinzip und Ausgangspunkt aller Wahrheit dar.

215 *die jüngere Linie:* Gemeint ist das Haus Orléans, die jüngere Linie der Bourbonen, die mit Louis-Philippe I. (1830-1848) auf den Königsthron Frankreichs kam.

Legitimisten: So nannten sich die Anhänger der älteren Linie der Bourbonen, die mit Karl X. 1830 entthront waren.

225 *Höchstes Wesen:* Die von Robespierre eingeführte Staatsreligion nannte sich ›Kult des Höchsten Wesens‹.

228 *Merlin*, Philippe-Antoine, Comte de (1754-1838): während der Französischen Revolution Abgeordneter in der Gesetzgebenden Versammlung und im Nationalkonvent, später Mitglied des Wohlfahrtsausschusses und Justizminister; unter dem

Kaiserreich Generalstaatsanwalt des Kassationshofes; die Restauration setzte ihn ab und exilierte ihn.
Marais: Stadtviertel in Paris.

233 *Robert Lefebvre* (1756-1830): bekannter französischer Porträtmaler.

240 *General Rapp:* Jean, Comte Rapp (1772-1821), glänzende militärische Karriere unter Napoleon I., Gouverneur von Danzig (1813), nach der Abdankung Napoleons Übertritt zu den Bourbonen, während der ›Hundert Tage‹ wieder Dienst unter Napoleon, nach der Schlacht bei Waterloo Emigration in die Schweiz, 1819 Rückkehr nach Frankreich, zuletzt Kammerherr Ludwigs XVIII.
Grand-Duc de Berg: Joachim Murat (1767-1815), Marschall von Frankreich; steile militärische Karriere unter Napoleon I., dessen Schwager er wurde; ernannt zum Großherzog von Berg, später König von Neapel (1808-1815); schloß als König von Neapel einen Separatfrieden mit den Alliierten; während der ›Hundert Tage‹ suchte er wieder Anschluß an Napoleon; 1815 Flucht nach Korsika, um von dort Neapel wieder zu erobern; am 13. Oktober 1815 standrechtlich erschossen.

242 *Sommo-Sierra:* spanische Stadt, wo Napoleon am 30. November 1808 die Spanier schlug.

244 *Rue du Faubourg-du-Roule:* Teil des vornehmen Pariser Stadtviertels Saint-Honoré.
Majorat: der unveräußerliche Besitz, der mit einem Adelstitel verbunden war und nur, zusammen mit dem Titel, an den ältesten Sohn der Familie vererbt werden durfte. Majorate waren im Frankreich des Ancien régime gebräuchlich, wurden aber von der Französischen Revolution abgeschafft. Napoleon führte die Majorate für seinen Adel wieder ein. Die Restauration behielt sie bei und ordnete sie neu.

245 *Gesetz über die Entschädigungen:* Es handelt sich um das Gesetz Villèle, das 1825 bei Thronbesteigung Karls X. von dem Minister Villèle (1773-1854) erlassen wurde und alle Grundbesitzer entschädigte, deren Güter während der Französischen Revolution konfisziert worden waren. Die Entschädigungssumme betrug das Zwanzigfache des Wertes von 1790.
Italienern: Gemeint ist das in den letzten Jahren der Restaura-

tion gebaute Théâtre-Italien, wo man italienische Opern mit italienischen Sängern aufführte.

Bois: der Bois de Boulogne, die waldreiche Promenade der vornehmen Welt von Paris, im Westen der Hauptstadt gelegen.

Faubourg Saint-Germain: Stadtviertel von Paris, wo im 19. Jahrhundert die vornehme Gesellschaft, vor allem die Hocharistokratie, wohnte.

246 *Duc d'Orléans:* Gemeint ist hier Louis-Philippe, der sog. ›Bürgerkönig‹, Sohn des Duc d'Orléans (Philippe Égalité).

Monsieur de Sainte-Aulaire: Louis-Clair de Beaupoil, Comte de (1778-1854): Schriftsteller und Diplomat, kaiserlicher Präfekt; während der Restauration liberaler Abgeordneter; seit der Julirevolution 1830 französischer Botschafter in Rom und Wien.

247 *Decazes*, Elie, Duc de (1780-1860): Minister Ludwigs XVIII., nach dem Attentat auf den Duc de Berry am 14. Februar 1820 wurde er von den Ultraroyalisten gestürzt.

Villèle, Jean-Baptiste-Guillaume-Joseph, Comte de (1773-1854): Führer der Ultraroyalisten unter der Restauration.

249 *Sieyès*, Emmanuel-Joseph (1748-1836): französischer Politiker, vor der Revolution Generalvikar von Chartres, veröffentlichte 1789 die berühmte Broschüre über den ›Dritten Stand‹, Mitglied der Constituante, des Nationalkonvents, des Rates der Fünfhundert und des Direktoriums, organisierte mit Bonaparte den Staatsstreich vom Brumaire des Jahres VIII (1799).

Carnot, Lazare (1753-1823): berühmter französischer Mathematiker, Mitglied des Nationalkonvents und des Wohlfahrtsausschusses, Militärtheoretiker der Französischen Revolution, unter der Restauration als Königsmörder exiliert.

Lebrun, Charles-François, Duc de Plaisance (1739-1824): nach dem Staatsstreich Napoleon Bonapartes am 18. Brumaire (1799) Dritter Konsul nach Bonaparte und Cambazérès.

251 *Hannibal* (246-183 v. Chr.): karthagischer Feldherr, bedrohte nach verlustreichem Alpenübergang in Italien die Stadt Rom, wurde 202 v. Chr. von Scipio bei Zama geschlagen.

Melas, Michael, Baron von (1729-1806): österreichischer Heerführer, kommandierte 1799 die österreichische Armee in Italien, verlor die Schlacht bei Marengo gegen Napoleon.

Massena, André, Duc de Rivoli (1758-1817): Marschall von Frankreich, der sich in vielen Schlachten der napoleonischen Kriege auszeichnete.

252 *Bonaparte*, Lucien (1775-1840): Bruder Napoleons, spielte als Präsident des Rates der Fünfhundert eine entscheidende Rolle beim Staatsstreich Napoleons, später zeitweise Innenminister.

253 *Philipp II.* (1527-1598): König von Spanien, löste durch grausame Unterdrückung die Unabhängigkeitsbewegung der Niederlande aus, Oberhaupt der Gegenreformation (Inquisition).

Tiberius (42 v. Chr.-37 n. Chr.): römischer Kaiser, der eine blutige Herrschaft ausübte.

Borgia, Cesare (1475-1507): italienischer Politiker und skrupelloser Gewaltmensch.

Eine Leidenschaft in der Wüste

›Une Passion dans le désert‹ (Eine Leidenschaft in der Wüste) erschien erstmals in der ›Revue de Paris‹ vom 14. Dezember 1830 und wurde nach zweimaligen Buchauflagen (1837 und 1845) 1845 den ›Scènes de la Vie militaire‹ (Szenen aus dem Soldatenleben) der ›Comédie humaine‹ (Menschliche Komödie) zugeordnet.

261 *Martin*, Henri (geb. 1793): hatte sich bereits als Dompteur einen Namen gemacht, bevor er 1829 in Paris eine Menagerie eröffnete, in der er Vorstellungen seiner Dressurakte bot, die begeistert gefeiert wurden.

262 *Desaix*, Louis-Charles-Antoine des Aix, gen. Desaix (1768-1800): französischer General; zeichnete sich in den Kämpfen der Rheinarmee (1796) aus, eroberte Oberägypten. Seine Ankunft in Marengo in Italien trug entscheidend zum Sieg über die Österreicher (14. 6. 1800) bei, er selber fiel im Verlauf der Kampfhandlungen.

263 *Sarraß* oder Sarras: krummer Türkensäbel.

276 *Virginia:* Tochter des römischen Plebejers Virginius (5. Jh. v. Chr.), die von ihrem Vater öffentlich erstochen wurde, weil dieser sie vor dem Decemvirn Appius Claudius Sabinius schützen wollte.

Lebwohl!

Die Erzählung ›Adieu‹ (Lebwohl!) erschien zum ersten Mal, in drei Kapitel gegliedert, unter dem Titel ›Souvenirs soldatesques, Adieu‹ (Soldatische Erinnerungen, Lebwohl) in der Zeitschrift ›La Mode‹ in den Ausgaben vom 15. Mai und 5. Juni 1830, 1832 ohne Kapiteleinteilung als ›Le Devoir d'une femme‹ (Die Pflicht einer Frau) in der zweiten Auflage der ›Scènes de la Vie privée‹ (Szenen aus dem Privatleben), 1835 unter dem Titel ›Adieu‹ in der Neuauflage der ›Études philosophiques‹ (Philosophische Studien). 1846 wurde die Erzählung in vorliegender Form in Band II der ›Études philosophiques‹ der ›Comédie humaine‹ (Menschliche Komödie) aufgenommen.

280 *Schwarzenberg*, Friedrich Karl, Fürst von (1800-1870): österreichischer General; in seiner Begleitung besichtigte Balzac im Sommer 1835 das ehemalige Schlachtfeld von Wagram.

284 *Paragraph 304:* Paragraph über die Todesstrafe bei Mord.

290 *Cooper*, James Fenimore (1789-1851): amerikanischer Schriftsteller, Verfasser der Lederstrumpferzählungen.

(Les) Bons-Hommes: frz., die guten Leute; auf Ludwig XI. zurückgehende Bezeichnung für die Angehörigen des Minimenordens in Frankreich, der, 1460 in Cosenza gegründet, ab 1482 auch in Frankreich Verbreitung fand.

292 *Ossian*: sagenhafter keltischer Sänger aus dem 3. Jahrhundert, unter dessen Namen der schottische Dichter James Macpherson (1736-1796) eine seinerzeit hochberühmte Gedichtsammlung veröffentlichte.

295 *... beim Übergang über die Beresina:* Nebenfluß des Dnjepr, den die Franzosen auf ihrem Rückzug von Moskau vom 26. bis 28. November 1812 überquerten. Beim Übergang über die Beresina verlor Napoleon mehr als die Hälfte der ihm noch verbliebenen Soldaten.

296 *Victor:* Claude-Victor Perrin, gen. Victor, Duc de Bellune (1766-1841); Marschall von Frankreich; machte sich verdient in den Napoleonischen Feldzügen; während der 2. Restauration Pair von Frankreich und Generalstabschef der königlichen Garde, 1821-23 Kriegsminister. Im Rußlandfeldzug sicherte er

als Befehlshaber des 9. Armeekorps den Übergang der Franzosen über die Beresina.

297 *Città dolente:* ital., Stadt der Schmerzen; Anspielung auf Dantes ›Göttliche Komödie‹ (Hölle, 3. Gesang).

298 *Wittgenstein*, Ludwig, Fürst von Sayn-Wittgenstein-Ludwigsburg (1769-1843): russischer Feldmarschall; zeichnete sich zuerst in der Schlacht bei Austerlitz (1805) aus, war Oberbefehlshaber der russischen Truppen bei der Verfolgung der Grande Armée und hatte 1813 das Kommando über die russischen und preußischen Streitkräfte in der Völkerschlacht bei Leipzig.

299 *Duc de Bellune:* vgl. Anm. zu Victor (S. 296)

Éblé, Jean-Baptiste, Comte d'(1758-1812): französischer General; hatte den Auftrag, beim Rückzug der Grande Armée den Übergang über die Beresina durch den Bau und rechtzeitigen Abbruch von Brücken zu sichern.

Fournier, Claude (1745-1825): französischer General; nahm an der Erstürmung der Bastille teil, floh während der Schrekkensherrschaft ins Exil; nach seiner Rückkehr 1809 militärische Karriere in der Armee Napoleons.

Berthier, Louis-Alexandre, Prince de Neuchâtel und Wagram (1753-1815): Marschall von Frankreich, Generalstabschef und Vertrauter Bonapartes; huldigte nach Napoleons Sturz Ludwig XVIII.

300 *Ein einziger von ihnen lebt noch ...* : Zwei Brückenbauer der Beresina überlebten das Desaster des Rückzugs, Pierre Lazutte (1769-1837) und Nicolas Camus (1780-1860).

301 *Trénis*: aus einer Quadrillenfigur hervorgegangener Kontertanz, nach seinem Schöpfer benannt.

310 *das Kreuz*: das Kreuz der Ehrenlegion.

324 ›*Partant pour la Syrie*‹: frz., ›Er wollt nach Syrien ziehn‹; Beginn einer bonapartistischen Romanze, die unter der Restauration als aufrührerisch galt.

329 *Berline:* vierrädrige geschlossene Kutsche.

El Verdugo

Die Erzählung ›El Verdugo‹ wurde erstmalig in der Zeitschrift ›La Mode‹ am 29. Januar 1830 veröffentlicht, erschien 1831 und 1835 in Buchauflagen und wurde 1846 in vorliegender Form in Band II der ›Études philosophiques‹ (Philosophische Studien) der ›Comédie humaine‹ (Menschliche Komödie) aufgenommen.

336 *Martinez de la Rosa*, Francisco (1789-1862): spanischer Staatsmann, Dichter und Schriftsteller; als Verteidiger der Unabhängigkeitsbewegung Spaniens gegen die französischen Invasoren und Vertreter einer gemäßigten konstitutionellen Politik mehrfach mit hohen Staatsämtern betraut; lebte viele Jahre in Paris, an dessen kulturellem Leben er lebhaft Anteil nahm.

338 *Ferdinand VII.* (1784-1833), König von Spanien (1808, 1814-1832): Durch die Volkserhebung vom 18. März 1808 wurde Karl IV. (1748-1819), König von Spanien (1788-1808), gezwungen, zugunsten seines Sohnes Ferdinand abzudanken. Unter dem Druck Napoleons mußte Ferdinand VII. seinem Vater kurz darauf die Krone zurückerstatten (6. 5. 1808), worauf dieser zugunsten Napoleons auf den Thron verzichtete. Napoleon setzte seinen Bruder Joseph als König von Spanien ein.

Ney, Michel, Duc d'Elchingen, Prince de La Moskova (1769-1815): Marschall von Frankreich; zeichnete sich in den Revolutionskriegen und den Feldzügen des Kaiserreichs aus (besonders im Rußlandfeldzug); unter Ludwig XVIII. Pair von Frankreich, trat aber während der ›Hundert Tage‹ wieder zu Napoleon über; 1815 vor der Pairskammer des Verrats angeklagt und zum Tode verurteilt.

343 *König Joseph:* Joseph Bonaparte (1768-1844), ältester Bruder Napoleons, von diesem zum König von Neapel (1806) und zum König von Spanien (1808-1813) ernannt.

345 *David*, Louis (1748-1825): französischer Maler, Haupt der neoklassizistischen Schule; begeisterter Anhänger der Revolution, die ihn zu vielen seiner Werke inspirierte.

Murillo, Bartolomé Estéban (1617-1682): spanischer Maler, der neben Madonnen- und Heiligenbildern auch realistische Genreszenen schuf.

Honoré de Balzac
Die Menschliche Komödie

Die großen Romane und Erzählungen
Zwanzig Bände in Kassette
Die Bände sind auch einzeln lieferbar

Band 1 · *Eugénie Grandet*
Einleitung von Hugo von Hofmannsthal
Vorrede von Honoré de Balzac · it 1901

Band 2 · *Ursule Mirouët* · it 1902

Band 3 · *Ein Junggesellenheim* · it 1903

Band 4 · *Die alte Jungfer* · it 1904

Band 5 · *Pierrette* · it 1905

Band 6 · *Verlorene Illusionen* · it 1906

Band 7 · *Geschichte der Dreizehn*
Ferragus, das Haupt der Verschworenen · *Die Duchesse de Langeais* · *Das Mädchen mit den Goldaugen* · it 1907

Band 8 · *Glanz und Elend der Kurtisanen* · it 1908

Band 9 · *Tante Lisbeth* · it 1909

Band 10 · *Vetter Pons* · it 1910

Band 11 · *Vater Goriot* · it 1911

Band 12 · *Oberst Chabert* · it 1912

Band 13 · *Gobseck · Das Haus zur »Ballspielenden Katze«* · it 1913

Band 14 · *Die Frau von dreißig Jahren* · it 1914

Band 15 · *Der Landarzt* · it 1915

Band 16 · *Die Lilie im Tal* · it 1916

Band 17 · *Die Chouans, Rebellen des Königs* · it 1917

Band 18 · *Das Chagrinleder* · it 1918

Band 19 · *Das verfluchte Kind*
Die Verbannten · Meister Cornélius · Das Lebenselixier · Das verfluchte Kind · Das unbekannte Meisterwerk · Die Sühnemesse – Eine Episode aus der Schreckenszeit · Der Rekrut · it 1919

Band 20 · *Eine dunkle Affäre*
Eine Leidenschaft in der Wüste · Lebwohl · El Verdugo · it 1920

Französische Literatur
im insel taschenbuch

Alain: Sich beobachten heißt sich verändern. Betrachtungen. Auswahl, Übersetzung und Nachwort von Franz Josef Krebs. Neuübersetzung. it 1559

Honoré de Balzac: Eugénie Grandet. Aus dem Französischen von Gisela Etzel. Herausgegeben von Eberhard Wesemann. it 1127

– Die Frau von dreißig Jahren. Aus dem Französischen übertragen von Werner Blochwitz. it 460

– Glanz und Elend der Kurtisanen. Aus dem Französischen von Felix Paul Greve. it 1232

– Tolldreiste Geschichten. Aus dem Französischen von Benno Rüttenauer. Mit Illustrationen von Gustave Doré. it 911

– Vater Goriot. Aus dem Französischen von Franz Hessel. Herausgegeben von Erika Wesemann. it 1167

Charles Baudelaire: Die Blumen des Bösen. Übertragen von Carlo Schmid. it 120

Pierre Augustin Caron de Beaumarchais: Die Figaro-Trilogie. Der Barbier von Sevilla oder Die nutzlose Vorsicht. Der tolle Tag oder Figaros Hochzeit. Die Schuld der Mutter oder Ein zweiter Tartuffe. Deutsch von Gerda Scheffel. Nachwort von Norbert Miller. Mit zeitgenössischen Illustrationen. it 228

George Clémenceau: Claude Monet. Betrachtungen und Erinnerungen eines Freundes. Mit farbigen Abbildungen und einem Nachwort von Gottfried Boehm. it 1152

Alphonse Daudet: Briefe aus meiner Mühle. Aus dem Französischen von Alice Seiffert. it 446

– Tartarin von Tarascon. Die wunderbaren Abenteuer des Tartarin von Tarascon. Mit 45 Zeichnungen von Emil Preetorius. it 84

Denis Diderot: Die Nonne. Mit einem Nachwort von Robert Mauzi, die Übersetzung des Nachworts besorgte Margaret Carroux. it 31

Alexandre Dumas fils: Die Kameliendame. Aus dem Französischen von Walter Hoyer. Mit Illustrationen von Paul Gavarni. it 546

Alexandre Dumas père: Die drei Musketiere. Aus dem Französischen von Herbert Bräuning. it 1131

– Der Graf von Monte Christo. 2 Bde. Bearbeitung einer alten Übersetzung von Meinhard Hasenbein. Mit Illustrationen von Pavel Brom und Dagmar Bromova. it 266

Gustave Flaubert: Bouvard und Pécuchet. Aus dem Französischen übersetzt von Georg Goyert. Mit Illustrationen von András Karakas. Mit einem Vorwort von Victor Brombert und einem Nachwort von Uwe Japp. it 373

152/1/12.95

Französische Literatur
im insel taschenbuch

Gustave Flaubert: Lehrjahre des Gefühls. Geschichte eines jungen Mannes. Übertragen von Paul Wiegler. Mit einem Essay und einer Bibliographie von Erich Köhler. it 276
– Madame Bovary. Revidierte Übersetzung aus dem Französischen von Arthur Schurig. it 167
– November. Aus dem Französischen von Ernst Sander. Mit einem Nachwort von Monika Bosse. it 1765
– Salammbô. Herausgegeben und mit einem Nachwort versehen von Monika Bosse und André Stoll. Aus dem Französischen übersetzt von Georg Brustgi. it 342
– Ein schlichtes Herz und andere Erzählungen. Aus dem Französischen von Cora van Kleffens und André Stoll. Großdruck. it 2314
Victor Hugo: Der Glöckner von Notre-Dame. Roman. Aus dem Französischen von Else von Schorn. Mit zeitgenössischen Illustrationen. it 1781
Choderlos de Laclos: Schlimme Liebschaften. Mit 14 Kupferstichen. Übertragen und eingeleitet von Heinrich Mann. it 12
Jean de La Fontaine: Die schönsten Fabeln. Aus dem Französischen von Thomas Keck. Mit farbigen Illustrationen von Rolf Köhler und einem Nachwort von Jürgen von Stackelberg. it 1451
Gaston Leroux: Die blutbefleckte Puppe. Roman. Aus dem Französischen von Annegret Sellier. it 1567
Guy de Maupassant: Bel-Ami. Aus dem Französischen von Josef Halperin. Mit zeitgenössischen Illustrationen. it 280
Prosper Mérimée: Carmen. Mit Zeichnungen von Pablo Picasso. Aus dem Französischen übersetzt von Franz Schnabel. it 361
Honoré-Gabriel Mirabeau: Der gelüftete Vorhang oder Lauras Erziehung. Aus dem Französischen von Eva Moldenhauer. Nachbemerkung von Norbert Miller. it 32
Molière: Der eingebildete Kranke. Aus dem Französischen von Johanna Walser und Martin Walser. it 1014
– Der Menschenfeind. Nach dem Französischen des Molière von Hans Magnus Enzensberger. it 401
Michel de Montaigne: Essais. Herausgegeben und mit einem Nachwort versehen von Ralph-Rainer Wuthenow. Revidierte Fassung der Übertragung von Johann Joachim Bode. it 220
– Tagebuch einer Reise durch Italien. Aus dem Französischen von Otto Flake. it 1074
Blaise Pascal: Größe und Elend des Menschen. Aus den »Pensées«. Auswahl, Übersetzung und Nachwort von Wilhelm Weischedel. it 441

152/2/12.95

Französische Literatur im insel taschenbuch

François Rabelais: Gargantua und Pantagruel. Mit Illustrationen von Gustave Doré. Herausgegeben von Horst und Edith Heintze. Erläutert von Horst Heintze und Rolf Müller. 2 Bände. Übersetzung auf Grund der maßgebenden französischen Ausgabe, unter Benutzung der deutschen Fassung von Ferdinand Adolf Gelbcke. it 77

Arthur Rimbaud: Sämtliche Werke. Französisch und deutsch. Übertragen von Sigmar Löffler und Dieter Tauchmann. Mit Erläuterungen zum Werk und einer Chronologie zum Leben Arthur Rimbauds, neu durchgesehen von Thomas Keck. it 1398

Jean-Jacques Rousseau: Bekenntnisse. Aus dem Französischen von Ernst Hardt. Mit einer Einführung von Werner Krauss. it 823

Marquis de Sade: Justine oder Die Leiden der Tugend. Mit einem Essay von Albert Camus. Aus dem Französischen von Raoul Haller. it 1257

– Verbrechen der Liebe. Heroische und tragische Novellen. Aus dem Französischen von Christian Barth. it 1448

George Sand: Geschichte meines Lebens. Aus ihrem autobiographischen Werk ausgewählt und mit einer Einleitung versehen von Renate Wiggershaus. it 313

– Indiana. Aus dem Französischen von A. Seubert. Mit einem Essay von Annegret Stopczyk. it 711

– Lélia. Aus dem Französischen von Anna Wheill. Mit einem Essay von Nike Wagner. it 737

– Lucrezia Floriani. Roman. Aus dem Französischen von Anna Wheill. it 858

– Das Teufelsmoor. Aus dem Französischen von Helene und Herbert Kühn. Mit Illustrationen von Tony Johannot. it 943

Misia Sert: Pariser Erinnerungen. Aus dem Französischen von Hedwig Andertann. Mit einem Bildteil. it 1180

Anne Germaine Madame de Staël: Über Deutschland. Vollständige und neu durchgesehene Fassung der deutschen Erstausgabe von 1814 in der Gemeinschaftsübersetzung von Friedrich Buchholz, Samuel Heinrich Catel und Julius Eduard Hitzig. Herausgegeben und mit einem Nachwort versehen von Monika Bosse. Mit einem Register, Anmerkungen und einer Bilddokumentation. it 623

Stendhal: Die Kartause von Parma. Vollständige Ausgabe. Aus dem Französischen von Arthur Schurig. it 1222

– Rot und Schwarz. Vollständige Ausgabe. Aus dem Französischen von Arthur Schurig. Mit einem Nachwort von Uwe Japp. it 1210

– Über die Liebe. Vollständige Ausgabe. Aus dem Französischen und mit einer Einführung von Walter Hoyer. it 124

152/3/12.95

Französische Literatur im insel taschenbuch

Paul Verlaine: Poetische Werke. Französisch und deutsch. Übertragen von Sigmar Löffler. it 1556

François Villon: Sämtliche Dichtungen. Zweisprachige Ausgabe. Aus dem Französischen von Walther Küchler. it 1039

Voltaire: Candide oder der Optimismus. Mit Zeichnungen von Paul Klee. it 11

– Sämtliche Romane und Erzählungen. Mit einer Einleitung von Victor Klemperer und Stichen von Moreau le jeune. Aus dem Französischen übersetzt von Ilse Lehmann. it 209

Emile Zola: Das Geld. Aus dem Französischen von Leopold Rosenzweig. it 1749

– Germinal. Aus dem Französischen von Armin Schwarz. Mit Illustrationen von Renate Sendler-Peters. it 720

– Nana. Aus dem Französischen und mit einem Nachwort versehen von Erich Marx. Illustrationen von Renate Sendler-Peters. it 398

– Thérèse Raquin. Aus dem Französischen von Ernst Hardt. it 1146

152/4/12.95

Klassische deutsche Literatur im insel taschenbuch

Bettine von Arnim: Goethes Briefwechsel mit einem Kinde. Herausgegeben und eingeleitet von Waldemar Oehlke. Mit zeitgenössischen Abbildungen. it 767

– Die Günderode. Mit einem Essay von Christa Wolf. it 702

Ludwig Börne: Spiegelbild des Lebens. Aufsätze zur Literatur. Erweiterte Neuausgabe. Ausgewählt und eingeleitet von Marcel Reich-Ranicki. it 1578

Hermann Bote: Till Eulenspiegel. Ein kurzweiliges Buch aus dem Lande Braunschweig. Wie er sein Leben vollbracht hat. Sechsundneunzig seiner Geschichten. Herausgegeben, in die Sprache unserer Zeit übertragen und mit Anmerkungen versehen von Siegfried H. Sichtermann. Mit zeitgenössischen Illustrationen. it 336

Clemens Brentano: Rheinmärchen. In der von Guido Görres herausgegebenen Ausgabe von 1846. Mit Illustrationen von Edward Steinle. it 804

– Gedichte. Erzählungen. Briefe. Herausgegeben von Hans Magnus Enzensberger. it 557

Die Briefe von Goethes Mutter. Gesammelt und herausgegeben von Albert Körner. Mit einem Nachwort von Karl Riha. it 1550

Georg Büchner: Lenz. Erzählung. Mit Oberlins Aufzeichnungen ›Der Dichter Lenz, im Steinthale‹, ausgewählten Briefen von J. M. R. Lenz und einem Nachwort von Jürgen Schröder. it 429

– Leonce und Lena. Ein Lustspiel. Mit farbigen Illustrationen von Karl Walser und einem Nachwort von Jürgen Schröder. it 594

– Woyzeck. Nach den Handschriften neu herausgegeben und kommentiert von Henri Poschmann. it 846

Gottfried August Bürger: Wunderbare Reisen zu Wasser und zu Lande. Feldzüge und lustige Abenteuer des Freiherrn von Münchhausen, wie er dieselben bei der Flasche im Zirkel seiner Freunde selbst zu erzählen pflegt. Mit den Holzschnitten von Gustave Doré. it 207

Wilhelm Busch: Kritisch-Allzukritisches. Gedichte. Ausgewählt und mit einem Nachwort von Theo Schlee. Mit Illustrationen von Wilhelm Busch. it 52

Adelbert von Chamisso: Peter Schlemihls wundersame Geschichte. Nachwort von Thomas Mann. Illustriert von Emil Preetorius. it 27

Matthias Claudius: Der Wandsbecker Bote. Mit einem Vorwort von Peter Suhrkamp und einem Nachwort von Hermann Hesse. it 130

Annette von Droste-Hülshoff: Die Judenbuche. Ein Sittengemälde aus dem gebirgichten Westfalen. Mit Illustrationen von Max Unold. it 399

161/1/12.95

Klassische deutsche Literatur im insel taschenbuch

Annette von Droste-Hülshoff: Sämtliche Erzählungen. Herausgegeben von Manfred Häckel. it 1521

– Sämtliche Gedichte. Mit einem Nachwort von Ricarda Huch. it 1092

Marie von Ebner-Eschenbach: Dorf- und Schloßgeschichten. Mit einem Nachwort von Joseph Peter Strelka. it 1272

Johann Peter Eckermann: Gespräche mit Goethe in den letzten Jahren seines Lebens. 2 Bde. Herausgegeben von Fritz Bergemann. it 500

Joseph von Eichendorff: Aus dem Leben eines Taugenichts. Mit Illustrationen von Adolf Schrödter und einem Nachwort von Ansgar Hillach. it 202

– Gedichte. Mit Zeichnungen von Otto Ubbelohde. Herausgegeben von Traude Dienel. it 255

– Gedichte. In chronologischer Folge herausgegeben von Hartwig Schultz. it 1060

– Novellen und Gedichte. Ausgewählt und eingeleitet von Hermann Hesse. it 360

Theodor Fontane: Briefe an Georg Friedlaender. Herausgegeben und mit einem Nachwort versehen von Walter Hettche. it 1565

– Cécile. Mit einem Nachwort von Walter Müller- Seidel. it 689

– Effi Briest. Mit 21 Lithographien von Max Liebermann. it 138 und Großdruck. it 2340

– Frau Jenny Treibel oder ›Wo sich Herz zum Herzen findt‹. Roman. Mit einem Nachwort von Richard Brinkmann. it 746

– Grete Minde. Mit einem Nachwort von Peter Demetz. it 1157

– Herr von Ribbeck auf Ribbeck. Gedichte und Balladen. Herausgegeben von Gottfried Honnefelder. it 1446

– Irrungen, Wirrungen. Mit einem Nachwort von Walther Killy. it 771

– Jenseit des Tweed. Bilder und Briefe aus Schottland. Mit zahlreichen Abbildungen und einem Nachwort herausgegeben von Otto Drude. it 1066

– Kriegsgefangen. Erlebnisse 1870. Herausgegeben von Otto Drude. Mit zahlreichen Abbildungen. it 1437

– Mathilde Möhring. Mit einem Nachwort von Peter Demetz. it 1107

– Meine Kinderjahre. Autobiographischer Roman. Mit einem Nachwort von Otto Drude. it 705

– Die Poggenpuhls. Roman. it 1271

– Schach von Wuthenow. Erzählung aus der Zeit des Regiments Gendarmes. Mit einem Nachwort von Benno von Wiese. it 816

– Ein Sommer in London. Mit einem Nachwort von Harald Raykowski. it 1723

161/2/12.95

Klassische deutsche Literatur
im insel taschenbuch

Theodor Fontane: Der Stechlin. Mit einem Nachwort von Walter Müller-Seidel. it 152
– Stine. Roman. Mit einem Nachwort von Peter Demetz. it 899
– Unwiederbringlich. Roman. it 1593
– Vor dem Sturm. Roman, aus dem Winter 1812 auf 13. Mit einem Nachwort von Hugo Aust. it 583

Georg Forster: Reise um die Welt. Herausgegeben und mit einem Nachwort von Gerhard Steiner. it 757

Johann Wolfgang Goethe: Erotische Gedichte. Gedichte, Skizzen und Fragmente. Herausgegeben von Andreas Ammer. it 1225
– Faust. Erster Teil. Nachwort von Jörn Göres. Illustrationen von Eugène Delacroix. it 50
– Faust. Zweiter Teil. Mit Federzeichnungen von Max Beckmann. Mit einem Nachwort zum Text von Jörn Göres und zu den Zeichnungen von Friedhelm Fischer. it 100
– Gedichte. Sämtliche Gedichte in zeitlicher Folge. Herausgegeben von Heinz Nicolai. it 1400
– Hermann und Dorothea. Mit Aufsätzen von August Wilhelm Schlegel, Wilhelm von Humboldt, Georg Wilhelm Friedrich Hegel und Hermann Hettner. Mit zehn Kupfern von Catel. it 225
– Italienische Reise. Mit vierzig Zeichnungen des Autors. Herausgegeben und mit einem Nachwort versehen von Christoph Michel. it 175
– Tagebuch der Italienischen Reise 1786. Notizen und Briefe aus Italien. Mit Skizzen und Zeichnungen des Autors. Herausgegeben und erläutert von Christoph Michel. it 176
– Kampagne in Frankreich 1792. Belagerung von Mainz. Herausgegeben und mit einem Nachwort von Jörg Drews. Mit zeitgenössischen Abbildungen. it 1525
– Die Leiden des jungen Werther. Mit einem Essay von Georg Lukács und einem Nachwort von Jörn Göres. Mit zeitgenössischen Illustrationen von Daniel Nikolaus Chodowiecki und anderen. it 25
– Märchen. Der neue Paris. Die neue Melusine. Das Märchen. Herausgegeben und erläutert von Katharina Mommsen. it 825
– Der Mann von funfzig Jahren. Mit einem Nachwort von Adolf Muschg. it 850
– Maximen und Reflexionen. Text der Ausgabe von 1907 mit den Erläuterungen und der Einleitung Max Heckers. Nachwort von Isabella Kuhn. it 200
– Novellen. Herausgegeben und mit einem Nachwort versehen von Katharina Mommsen. Mit Federzeichnungen von Max Liebermann. it 425

161/3/12.95

Klassische deutsche Literatur im insel taschenbuch

Johann Wolfgang Goethe: Rameaus Neffe. Ein Dialog von Denis Diderot. Übersetzt von Goethe. Zweisprachige Ausgabe. Mit Zeichnungen von Antoine Watteau und einem Nachwort von Horst Günther. it 1675

– Reineke Fuchs. Mit Stahlstichen nach Zeichnungen von Wilhelm Kaulbach. it 125

– Römische Elegien und Venezianische Epigramme. Herausgegeben von Regine Otto. it 1150

– Sollst mir ewig Suleika heißen. Briefwechsel mit Marianne und Johann Jakob Willemer. Herausgegeben von Hans-J. Weitz. it 1475

– Die Wahlverwandtschaften. Ein Roman. Erläuterungen von Hans-J. Weitz. Mit einem Essay von Walter Benjamin. it 1

– West-östlicher Divan. Mit Essays zum ›Divan‹ von Hugo von Hofmannsthal, Oskar Loerke und Karl Krolow. Herausgegeben und mit Erläuterungen versehen von Hans-J. Weitz. it 75

– Wilhelm Meisters Lehrjahre. Herausgegeben von Erich Schmitt. Mit sechs Kupferstichen von Catel, sieben Musikbeispielen und Anmerkungen. it 475

– Wilhelm Meisters Wanderjahre oder die Entsagenden. Mit einem Nachwort von Adolf Muschg. it 575

Der Briefwechsel zwischen Schiller und Goethe. 2 Bde. Herausgegeben von Emil Staiger. Mit Illustrationen. Bildkommentar von Hans-Georg Dewitz. it 250

Johann Wolfgang Goethe / Friedrich von Schiller: Sämtliche Balladen und Romanzen in zeitlicher Folge. Herausgegeben von Karl Eibl. it 1275

Goethes Gedanken über Musik. Eine Sammlung aus seinen Werken, Briefen, Gesprächen und Tagebüchern. Herausgegeben von Hedwig Walwei-Wiegelmann. Mit achtundvierzig Abbildungen, erläutert von Hartmut Schmidt. it 800

Goethes Liebesgedichte. Herausgegeben von Hans Gerhard Gräf mit einem Nachwort von Emil Staiger. it 275

Goethes Reden. Herausgegeben und mit einem Nachwort versehen von Gert Ueding. it 1650

Goethe und die Medizin. Selbstzeugnisse und Dokumente. Herausgegeben von Manfred Wenzel. Mit zahlreichen Abbildungen. it 1350

Jeremias Gotthelf: Die schwarze Spinne. Mit Illustrationen von Renate Sendler-Peters. it 991

Hans Jakob Christoffel von Grimmelshausen: Der abenteuerliche Simplicissimus. Mit Zeichnungen von Fritz Kredel. it 739

161/4/12.95

Klassische deutsche Literatur im insel taschenbuch

Grimms Märchen, wie sie nicht im Buche stehen. Herausgegeben und erläutert von Heinz Rölleke. it 1551

Karoline von Günderode: Gedichte. Herausgegeben von Franz Josef Görtz. it 809

Johann Christian Günther: Die Gedichte. Herausgegeben von Franz-Heinrich Hackel, it 1702

Wilhelm Hauff: Märchen. Erster Band. Herausgegeben von Bernhard Zeller. Mit Illustrationen von Theodor Weber, Theodor Hosemann und Ludwig Burger. it 216

Johann Peter Hebel: Kalendergeschichten. Ausgewählt und mit einem Nachwort von Ernst Bloch. Mit neunzehn Holzschnitten von Ludwig Richter. it 17

– Schatzkästlein des rheinischen Hausfreundes. Nachdruck der Ausgabe von 1811 sowie sämtliche Kalendergeschichten aus dem »Rheinländischen Hausfreund« der Jahre 1808–1819. Herausgegeben und mit einem Nachwort versehen von Jan Knopf. it 719

Heinrich Heine: Buch der Lieder. Mit zeitgenössischen Illustrationen und einem Nachwort von E. Galley. it 33

– Deutschland. Ein Wintermärchen. Mit einem Nachwort von Joseph Peter Strelka. Anhang mit Bibliographie und einer Zeittafel. it 723

– Gedichte aus Liebe. In einer Auswahl von Thomas Brasch. it 1444

– Italien. Mit farbigen Illustrationen von Paul Scheurich. it 1072

– Neue Gedichte. it 1055

– Der Rabbi von Bacherach. Ein Fragment. Mit Illustrationen von Max Liebermann und einem Nachwort von Joseph A. Kruse. it 811

– Reisebilder. Mit einem Nachwort von Joseph A. Kruse und zeitgenössischen Illustrationen. it 444

– Romanzero. Mit einem Nachwort von Joseph A. Kruse und zeitgenössischen Illustrationen. it 538

Johann Gottfried Herder: Lesebuch. Zum 250. Geburtstag. Herausgegeben von Siegfried Hartmut Sunnus. Mit zahlreichen Abbildungen. it 1609

Friedrich Hölderlin: Gedichte. Herausgegeben und mit Erläuterungen versehen von Jochen Schmidt. it 781

– Hyperion oder Der Eremit in Griechenland. Herausgegeben und mit einem Nachwort versehen von Jochen Schmidt. it 365

– Die schönsten Gedichte. Ausgewählt und mit einem Nachwort versehen von Jochen Schmidt. it 1508

E. T. A. Hoffmann: Die Abenteuer der Silvester-Nacht. Mit farbigen Illustrationen von Monika Wurmdobler. it 798

161/5/12.95

Klassische deutsche Literatur im insel taschenbuch

Märchen von Friedrich de la Motte-Fouqué. Musik von E.T.A. Hoffmann. Mit Bildern von Karl Friedrich Schinkel. Mit einem Essay von Ute Schmidt- Berger. it 1353

Wilhelm Müller: Die Winterreise und andere Gedichte. Herausgegeben von Hans-Rüdiger Schwab. Mit einem Vorwort von Christian Elsner. it 901

Johann Karl August Musäus: Rübezahl. Für die Jugend von Christian Morgenstern. Mit Illustrationen von Max Slevogt. it 73

Johann Nepomuk Nestroy: Komödien. Herausgegeben von Franz H. Mautner. it 1742

Friedrich Nietzsche: Gedichte. Herausgegeben von Karl Riha. it 1622

Novalis: Aphorismen. Herausgegeben von Michael Brucker. it 1434

– Gedichte. Die Lehrlinge zu Sais – Dialogen und Monolog. Mit einem Nachwort von Jochen Hörisch. it 1010

– Heinrich von Ofterdingen. Herausgegeben von Jochen Hörisch. Mit zeitgenössischen Abbildungen. it 596

Hermann von Pückler-Muskau: Andeutungen über Landschaftsgärtnerei. Herausgegeben von Günter J. Vaupel. Mit zahlreichen Abbildungen und einem farbigen Bildteil. it 1024

– Briefe eines Verstorbenen. Ein fragmentarisches Tagebuch. 2 Bände in Kassette. Herausgegeben von Günter J. Vaupel. Mit zahlreichen Abbildungen. it 1219

Wilhelm Raabe: Die Akten des Vogelsangs. it 888

– Die Chronik der Sperlingsgasse. Mit Handzeichnungen Wilhelm Raabes. it 370

Leopold von Ranke: Die großen Mächte. Politisches Gespräch. Herausgegeben und mit einem Nachwort versehen von Ulrich Muhlack. it 1776

Friedrich Rückert: Kindertodtenlieder. Mit einer Einleitung neu herausgegeben von Hans Wollschläger. it 1545

– Werke. Zwei Bände in Kassette. Ausgewählt und herausgegeben von Annemarie Schimmel. it 1022

Friedrich von Schiller: Der Geisterseher. Und andere Erzählungen. Mit einer Einleitung von Emil Staiger und Erläuterungen von Manfred Hoppe. Mit zeitgenössischen Illustrationen. it 212

– Wallenstein. Ein dramatisches Gedicht. Wallensteins Lager – Die Piccolomini – Wallensteins Tod. Herausgegeben von Herbert Kraft. Mit einem Nachwort von Oskar Seidlin. it 752

Friedrich Schlegel: Lucinde. Ein Roman. Mit Radierungen von M. E. Philipp und einem Nachwort von Wolfgang Paulsen. it 817

161/6/12.95